陈卫星 著

胡应麟与中国小说理论史

中国社会科学出版社

图书在版编目(CIP)数据

胡应麟与中国小说理论史/陈卫星著. —北京:中国社会科学出版社,2011.3

ISBN 978 - 7 - 5004 - 9527 - 7

Ⅰ.①胡… Ⅱ.①陈… Ⅲ.①胡应麟(1551—1602)—古典小说—文学理论—研究 Ⅳ.①I207.41

中国版本图书馆 CIP 数据核字(2011)第 020864 号

责任编辑 刘志兵
责任校对 刘 娟
封面设计 毛国宣
技术编辑 李 建

出版发行 中国社会科学出版社
社 址 北京鼓楼西大街甲 158 号 邮 编 100720
电 话 010—84029450(邮购)
网 址 http://www.csspw.cn
经 销 新华书店
印 刷 北京君升印刷有限公司 装 订 广增装订厂
版 次 2011 年 3 月第 1 版 印 次 2011 年 3 月第 1 次印刷
开 本 880×1230 1/32
印 张 11.125 插 页 2
字 数 278 千字
定 价 28.00 元

目　录

序

陈文新

清末民初以降，研究中国古代小说的学者，通常都会关注中国古代的小说理论。不过，对于中国小说理论发展史上的若干个案，例如具体的理论家和理论思想，学者们的关注程度并不一致。焦点主要集中在李卓吾、金圣叹、张竹坡、脂砚斋等人的通俗小说评点，以及晚清西学东渐背景下的新理论等。重通俗小说、轻文言小说，重西方小说理论、轻传统小说思想，已成为一种惯性和定势，好像这样才"政治正确"似的。近些年来，在中国文学理论研究界，对于西方文论影响下的"失语症"的探讨已经较为深入。这一探讨越向纵深推进，离中国古代文论思想的历史真实原貌就越近，中国古代文论的价值就越能得到彰显。陈卫星博士的《胡应麟与中国小说理论史》，就是诞生在这种学术氛围中的一部力作。

胡应麟（1551—1602）是明代著名的藏书家，也是大学问家，一生著述繁富，在文学、史学、文献学等领域均颇有建树。近十年来，胡应麟文献学思想、诗学思想、史学思想，均有学者分别作过探讨，关于其小说理论的研究成果也偶有所见。《胡应麟与中国小说理论史》在整理相关资料的基础上，从中国小说理论发展史和明代学术背景这一纵一横两个维度，系统探讨了胡应麟小说理论思想，对胡应麟小说观念、小说研究方法、小说分类思想、小说史观念等方面进行了较为深入的剖析。这一研究，对于推进中国小说理论史和明代学术思想研究，都有不容忽视的意义。

胡应麟小说理论思想的研究，还有另外一重意义，即为重新建构中国古代小说理论史提供了若干思想资料。我曾在拙著《文言小说审美发展史》中指出过这样的事实："20世纪文学学科的确立，其依据是西方的文艺理论。按照我们西方老师的教导，小说是一个有一定长度并塑造了人物形象的虚构故事。以这样的尺度来衡量中国古代小说，我们发现，唐代传奇、宋元话本、明清长篇小说等可以不勉强地称为小说，但中国传统目录学家所说的'小说'，如魏晋志怪小说、六朝轶事小说以及后世的大量笔记小说，却不符合其小说标准。这一情况表明，如果我们遵从西方老师的意见，就只能委屈我们民族文化生活中曾经扮演了重要角色的若干文学样式和若干名著，如《世说新语》、《酉阳杂俎》和《阅微草堂笔记》，将它们置于无足轻重的尴尬处境；如果我们遵从我们民族的文学传统，将《世说新语》、《酉阳杂俎》和《阅微草堂笔记》等视为具有经典意义的名著，那就必然会与西方老师的意见发生冲突。"基于这样的认识，我曾提出"加强中国古代文学的辨体研究"这一命题，并在学术研究中进行了一些探索。卫星的研究，在这个层面上也能给我们不少启发。

解读古代小说和理解古代小说理论思想，必须在"历史的语境"下进行，才能做到"了解之同情"。就卫星的课题来说，要真正做到以史实为据，真正做到"同情之了解"，对胡应麟小说理论进行"历史还原"，并给予公允评价，是有相当难度的。一方面，如果完全按照古人小说观

念来进行研究，那就很难被现代人所理解和接受，如古人
将《鲁史欹器图》、《器准图》、《茶经》等也列入小说家，
今人就很难认同。另一方面，就是在古代，小说观念也并
非一直没有变化，汉人所理解的小说与唐人的理解并不一
致，而明清人所理解的小说与唐人的理解差别也很大。
《胡应麟与中国小说理论史》从胡应麟其人、胡应麟生活
时代的学术风气、明代小说创作与传播情况、明代小说观
念的发展等多种视角展开考察，以期准确把握胡应麟的小
说观念、小说研究方法、小说功用论、小说分类思想、小
说史观念乃至小说创作情况等多方面内容，寓创新于稳健
之中，这种研究方法，我以为是恰当的。

　　《胡应麟与中国小说理论史》在研究方法上还有其他值得
肯定的地方。2004 年至 2007 年，卫星在华中师范大学文学院
古典文献学教研室读博，教研室的三位老师王齐洲先生、张三
夕先生、高华平先生均强调"以文献说话"，文献功夫扎实，
他的博士生导师王齐洲先生更以治小说文献见长。卫星的研究
也有注重文献之长。他穷搜胡应麟相关史料、海内外胡应麟研
究成果，并编撰了《胡应麟所论小说之提要》和《胡应麟研
究论著目录索引》、《胡应麟小说理论思想研究述评》等。他
将理论分析建立在文献考察的基础上，这种实证学风，在今天
仍值得大力提倡。

　　《胡应麟与中国小说理论史》是在卫星的博士毕业论文
《胡应麟小说思想研究》的基础上修改而成的。2007 年夏天，
我作为答辩委员会主席主持了他的论文答辩。答辩委员们对他
的论文给予了许多鼓励，也提出了一些改进意见。2007 年秋，
他来到武汉大学博士后流动站从事博士后研究工作，一边扎扎
实实地开拓新的研究领域，一边认真地修改他的博士学位论

文，"天道酬勤"，他这几年成果累累，崭露头角，这不是偶然的。以他的执著和认真，卫星一定能够取得更加显著的成绩。

是为序。

2010 年夏日

于武汉大学

绪　　论

　　"一种叙事性的文学体裁，通过人物塑造和事件、环境的描述来概括地表现社会生活的矛盾。"这是《现代汉语词典》给"小说"所作的定义，这一定义无疑是权威的，也是被广泛接受的。① 这样深入人心的小说观念的影响，不仅表现在当代小说创作和接受方面，也表现在中国小说研究方面。当现代小说的观念与古代小说的历史实际相遇，古代小说研究领域被打上了清晰的"现代"的烙印。但是，就在我们以为准确把握到了小说实质的时候，西方学者却在考察了西方种种叙事作品后质问："'小说'存在吗?"② 这种追问，是对西方"小说"的历史与小说理论史考察之后的反思。如果纵观西方小说发展的历史过程，全面审视西方小说的种种类型，我们一定

---

　　① 见中国社会科学院语言研究所词典编辑室编《现代汉语词典》，商务印书馆 1973 年版，第 1132 页。

　　② ［美］华莱士·马丁：《当代叙事学》，伍晓明译，北京大学出版社 2005 年版，第 31 页。该著英文版最初于 1986 年由康奈尔大学出版社（Cornell University Press）出版。该著认为，"要明确地回答诸如'小说是什么'这样的问题是困难的"，"如果我们采用依据属与种（类与亚类）来定义的经典方法，那么规定性特点的选择就决定着某一种文学种类将在我们所创造的概念栅格的何处出现。如果我们设属为长篇叙事，那么小说将与史诗和罗曼司归为一类"，"如果我们断定小说本质上是一种形式的散文，我们就会将其与韵文的史诗和罗曼司对立。""绝大多数作品都是他们赖以进行分类的那些抽象特征的'混合体'。"见该书第 28 页。

会同意这种追问。那么，对于情况复杂得多的中国古代小说，是不是应该有更多的追问呢？

一 小说观念与中国小说理论史的构建

中国小说发展源远流长，凡治中国小说者，无不知道"小说"是个复杂的概念，小说观念不是一个简单的问题。"小说"一语，最早见用于《庄子》，《庄子·外物》所云"饰小说以干县令，其于大达亦远矣"①，其意同《荀子·正名》所言"故知者论道而已矣，小家珍说之所愿皆衰矣"②，均指与"大道"相对的浅薄道理。《汉书·艺文志》诸子略列有小说家，所谓"诸子十家"，而小说家是诸子之一，指的是一种学说派别。东汉末年，曹操派邯郸淳去见曹植，"植……胡舞五椎锻、跳丸、击剑、诵俳优小说数千言讫"③，此俳优小说，指的是一种娱乐游戏。唐刘知几《史通》说，"是知偏记、小说，自成一家；而能与正史参行，其所从来尚矣"④，则是把"小说"作杂史看。而唐朝段成式《酉阳杂俎》所云"有市人小说，呼'扁鹊'作'褊鹊'，字上声"⑤，与宋朝罗烨《醉翁谈录·小说开辟》所云"夫小说者，虽为末学，尤务多闻。……只凭三寸舌，褒贬是非；略传万余言，讲论古今"⑥，"小说"用以指"说话"艺术之一种。宋朝洪迈《容斋随笔》说"唐人小说，小小情事，凄婉欲绝，洵有神遇而不自知，与

---

① 陈鼓应：《庄子今注今译》，中华书局1983年版，第707页。
② （清）王先谦：《荀子集解》，中华书局1988年版，第429页。
③ 《三国志·魏志·王粲传》裴松之注引《魏略》。
④ （唐）刘知几著，张振珮笺注：《史通笺注》，贵州人民出版社1985年版，第353页。
⑤ （唐）段成式：《酉阳杂俎》，学苑出版社2001年版，第334页。
⑥ （宋）罗烨：《醉翁谈录》，辽宁教育出版社1998年版，第3页。

诗律可称一代之奇"①,"唐人小说"专指唐代传奇。明末绿天馆主人《古今小说序》所说"史统散而小说兴。……若通俗演义,不知何昉"②,"小说"指的则是通俗演义。还有更夸张的说法,明代可一居士在《醒世恒言·序》里声称:"六经国史而外,凡著述皆小说也。"③ 则小说之意就太宽泛以至大而无当了。

以上罗列仅为较为常见的数家之说,此外种种各持己见之说,不胜枚举。且上述仅是针对直接论及"小说"概念而言,如考虑到小说著录、小说评点、小说家论创作以及小说实际创作情况等所反映出的小说观念,则更是千头万绪,难以清理。目录学可有"辨章学术,考镜源流"之用,但考察中国小说历代书目,似也难有清楚结论。仅就历代史志来说,其在小说的具体作品收录上就存在许多令人费解的现象。《隋志》中有《古今艺术》、《座右方》、《座右法》、《鲁史欹器图》、《器准图》、《水饰》等书目,《茶经》、《钱谱》一类多见于新、旧《唐志》和《宋志》。《笑林》、《笑苑》、《解颐》等笑话一类,则从《隋书》至《清史稿》均有收录。《隋志》、《旧唐志》中史部杂传类著录的《甄异传》、《古异传》、《述异记》、《近异录》、《神录》、《齐谐记》、《冥祥记》等一大批作品,《新唐志》在子部小说家中收录。《山海经》在《隋志》、《旧唐志》、《新唐志》、《宋志》属史部地理类,《搜神记》在《隋志》、《旧唐志》、《宋志》属史部杂传类,而在《清史志》中

---

① （宋）洪迈:《容斋随笔》,载程国赋编著《隋唐五代小说研究资料》,上海古籍出版社 2005 年版,第 13—14 页。

② （明）冯梦龙（原署名绿天馆主人）:《古今小说序》,载丁锡根编著《中国历代小说序跋集》,人民文学出版社 1996 年版,第 773 页。

③ （明）可一居士:《醒世恒言·序》,载黄霖、韩同文编《中国历代小说论著选》,江西人民出版社 1990 年版,第 232 页。

却入小说。私家小说目录面貌也与史志大致相同。

　　古代"小说"观念如此复杂，给小说理论史的构建无疑带来了巨大的困难。深得人心的现代小说观念，是以简驭繁的法宝，中国小说理论史构建者自觉或不自觉中争相取用。有学者在小说研究著作中声称："本书所论述的小说是作为散文体叙事文学的小说，与传统目录学的概念划清界限。唐前的志怪志人小说，只是小说的孕育形态，唐代传奇小说是小说文体的发端，唐以后凡追随班固所谓的小说学的后尘，以实录为己任的丛残小语，尺寸短书，均不在本书论述之列。"① 从现代小说观念出发，中国小说理论史的线索则十分容易清理，现有的几本中国小说理论史均走此捷径。将中国小说理论史分作小说批评的"萌发时期"（先秦至宋元）、"形成时期"（明代）、"发展时期"（清代）、"繁荣时期"（晚清）四个阶段，显得合情合理。② 或分作"萌芽时期"（先秦至魏晋南北朝）、"发生时期"（唐、宋、元）、"成熟时期"（明代）、"拓展时期"（清代前中期）四个发展时期，也似无不可。③ 还有古代小说理论研究者认为："严格地讲，中国小说史的正文当由唐代传奇写起，小说理论则须由明初发端。理由很简单，小说理论史的对象应是针对小说提出的理论，这理论又应属文学理论的范围，而这两点的著述始见于明初。"④ 按这样的思路，从庄子所说的"小说"一直到胡应麟所说的

---

① 石昌渝：《中国小说源流论》，三联书店 1994 年版，第 12 页。
② 方正耀：《中国小说批评史略》，中国社会科学出版社 1990 年版。
③ 刘良明：《中国小说理论批评史》，武汉大学出版社 1991 年版。
④ 陈洪：《中国小说理论史》，天津教育出版社 2005 年版，第 20 页。该书 1992 年安徽文艺出版社初版。

"小说家一类又自分数种"都被排除在小说理论史的视野之外。视域所及，则仅从李卓吾、金圣叹等诸家评点，到清末夏曾佑、梁启超、黄摩西、王钟麒等现代小说理论先驱者。①

现代小说观念给中国小说理论史构建所造成的影响，值得注意的当然不只是提供了以简驭繁的学术思路。至少还有以下几点是必须提及的：第一，现代小说观念极大地提高了小说的地位，小说研究和小说理论研究在文学研究中的地位也相应地得到了提高，小说理论研究受到越来越多研究者的重视，更多人关注到了中国小说理论史的构建问题；第二，小说的关注重点以通俗小说为主，小说理论史同样对与通俗小说有关的理论问题更为倚重；第三，以全新的观念来观照古代小说理论，小说理论中的一些重要问题如小说文体、小说功用、小说分类、小说虚实等有了新的阐释方式和理论框架；第四，大多数古代小说理论家们没有注意到或是不重视的理论问题，如情节冲突、叙事模式、叙事角度、心理描写等成了小说理论史关注的热点。无疑，现代小说观念对中国小说理论史构建的影响是全面而深刻的，毫不夸张地说，20世纪中国古代小说理论史是现代小说观念主导的产物。

然而，"这一小说观念在中国小说界确立，为作家和读者们广泛接受，大约是在本世纪（指该著出版时的20世纪——引者）20年代的事情"②。当时，"大地忽通，敌强

---

① 陈洪：《中国小说理论史》，天津教育出版社2005年版，第20页。

② 袁进：《中国小说的近代变革》，中国社会科学出版社1992年版，第1页。

环逼，士知诗文而不通中外；故聪明塞蔽，而才不足用；官求苟谨，而畏言兴作；故苟且粉饰，而事不能兴"①。许多有志之士都意识到，"通中外"、兴西学是强国的必由之路。"西国教科之书最盛，而出以游戏小说者尤夥。故日本之变法，赖俚歌与小说之力。"② 小说成了揭露时弊、引导民众、改革政治、重振国运的重要工具。在这样的思想背景下，小说特别是政治小说的大量创作，西方的小说观念被满腔热情地介绍和引入，则是顺理成章的事情。"将'小说'作为运用想象的事实，表现人生的情境、真理，探求心灵奥秘的一种特殊的文学体裁，实际上是外来的小说观念，是中国小说'近代化'的产物。"③ 也就是说，中国"小说"观念实际上是在20世纪初的思想文化变革中经历了重大的转变，而这一重大转变的指向则是"外来的小说观念"。由此，也揭开了中国小说理论研究的"以西例律我国小说"的序幕。

"以西例律我国小说"在给古代小说研究带来许多便利的同时，也包含着巨大的危险，这是因为，中国古代小说与西方小说确实存在不同的特点。中国小说开始是以"九流十家"之一家的面目出现的，是一种学说流别；而西方小说是作为一种文学艺术出现的。中国小说秉承中国文学的"载道"传统，重伦理教化；而西方小说却是"语言的艺术"。中国小说总体

---

① 康有为：《上清帝第四书》，《康有为政论集》，中华书局1981年版，第151页。

② 梁启超：《蒙学报演义报合叙》，《饮冰室合集》第1卷文集之二，中华书局1989年版，第56页。

③ 袁进：《中国小说的近代变革》，中国社会科学出版社1992年版，第1页。

上崇实抑虚，以"信"、"实"为尚；而西方小说重视作家的个人体验的新奇独特①，小说是作者的"关于存在的一种诗性思考"②。就小说批评来说，中国古代小说批评"把文学通盘的人化和生命化"，关注小说创作者的精神世界；而西方批评者将文学本体分为内容和形式两个方面，更加关注小说作品本身。既然存在这样的差异，那么，"以西例律我国小说"就有可能将中国古代小说创作的实际看成是印证西方小说理论的材料库，将中国古代小说理论材料中与西方小说理论契合的当作"先进"的观点，进行放大和着重强调；与西方小说理论不一致的则是"落后"的，不加重视，甚至视而不见。这样的研究带有很明显的"先入之见"，无疑是偏颇的，不可能全面地实事求是地观照中国古代小说的发展情况，做到"了解之同情"③。

古代小说理论研究中可以将现代小说观念作为一种参照，古代小说理论史也必须关注现代小说观念，但这种观念绝不应该成为研究者的"成见"。20世纪30年代，金岳霖在批评胡适的《中国哲学史大纲》时说："胡适之先生的《中国哲学史大纲》就是根据于一种哲学的主张而写出来的。我们看那本书的时候，难免一种奇怪的印象，有的

---

① "小说是最充分地反映了这种个人主义的，富于革新性的重定方向的文学形式。……因此，小说是一种文化的合乎逻辑的文学工具，在前几个世纪中，它给予了独创性、新颖性以前所未有的重视，它也因此而定名（小说，英文为no-vel，原意为'新颖的、新奇的'）。"［美］伊恩·P. 瓦特：《小说的兴起》，高原、董红钧译，三联书店1992年版，第6页。

② 米兰·昆德拉：《小说的艺术》，董强译，上海译文出版社2004年版，第45页。

③ 陈寅恪：《冯友兰〈中国哲学史〉审查报告》，载冯友兰《中国哲学史》，中华书局1961年版，第1页。

时候简直觉得那本书作者是一个研究中国思想的美国人；胡先生在不知不觉间所流露出来的成见，是多数美国人的成见。……哲学要有成见，而哲学史不要成见。哲学既离不了成见，若再以一种哲学主张去写哲学史，等于以一种成见去形容其他的成见，所以写出来的书无论从别的观点看起来价值如何，总不会是一本好的哲学史。"①"哲学要有成见，哲学史不要成见"的看法对于小说理论史的构建同样具有指导意义。小说理论研究的对象就是历代小说研究者的关于小说的看法，而小说理论史则要全面真实地反映各家思想的产生、发展、内涵、影响以及各家之间的相互联系。如果先有了现代小说观念，并以此为准则来构建小说理论史，则是"以一种成见去形容其他的成见"，就不可能公正客观地对待与现代小说观念相异的小说思想。

历史学家克罗齐有一个著名的命题："一切真历史都是当代史。"② 他认为："过去不异于在现在而活着，它作为现在的力量而活着，它融化和转化于现在中。"③ 也就是说，所有的历史都是一种重构，历史只有在进入当下人们的兴趣和视野的时候，才会复活，成为活的历史，历史不只是单纯的客观知识，而是过去与现在的一种沟通与对话。这种沟通与对话不是以当下的某种观点来改造和扭曲历史，而是在通晓历史的真实后继续追问，这样的历史能给当下什么样的启示。但是，要追问历史给当下的启示，弄清楚真正的历史是重要也是必要的前提，"融化和转化"应以历史的清楚和真实为基础。新历史主

---

① 金岳霖：《冯友兰〈中国哲学史〉审查报告》，载冯友兰《中国哲学史》，中华书局1961年版，第6—7页。

② 克罗齐：《历史学的理论和实际》，商务印书馆1997年版，第3页。

③ 同上书，第68页。

义者认为："我们不能忘记使历史讲得通的方式必须强调制造（making）。扭曲地得到历史就是理解，直书地写任何故事都是修辞的发明。"① 但在中国小说理论史的构建（或其他任何历史的构建）时，它不应成为一种偏离真实历史的一种借口，更不是理论依据。历史通过叙述来再现，历史叙述中难免有虚构成分，但这个客观事实并不意味着历史可以按照叙述者的想法来任意演绎。"叙述"不可能等同于历史本身，史家在叙述历史时出现一定程度上的"失真"，这并非史家的本意。在合格的史家那里，他的意识和愿望，明确地指向历史的真实。这恰恰也提醒我们，在进行小说理论史研究的时候，对可能存在的史的"虚构"有清醒的认识，尽可能地减少因我们的"成见"，因我们的叙述方式，因我们的知识结构所带来的历史的歪曲。

"'真实'作为史家内在的学术伦理尺度意味着史家承认原生态历史的'实有'，虽然它在本质上不可能达到，但作为主体向度，史家应保持这种向往，'理解与解释的丰富性应统一在其根基的严肃性上'。——这就是'真实'概念在批评史研究领域的极限意义，它是我们的文学史学术品位的最后防线。"② 在"真实"这一点上，文学史与文学理论史的立场是一致的。"真实"是小说理论史研究必须遵循的准则，也是本书的逻辑起点。因为，在小说理论史研究中，"只有一个'真

① 凯尔纳：《语言与历史描写：使历史被扭曲》（Language and Historical Representation: Getting the Story Crooked），载韩震、孟鸣歧《历史·理解·意义——历史诠释学》，上海译文出版社2002年版，第112页。

② 葛红兵、温潘亚：《文学史形态学》，上海大学出版社2001年版，第297页。

实'能够拯救我们"①。

二 胡应麟小说思想研究现状

胡应麟是明代著名的藏书家，也是有明一代为数不多的几个大学问家之一。他毕生以藏书、读书和写作为乐，一生著述宏富，多达千余卷，在文学、史学、文献学等领域均颇有建树，是值得深入研究的大家。与视小说为"小道"的传统小说观念不同，胡应麟十分重视古代小说，所撰《九流绪论》、《三坟补逸》、《四部正讹》、《二酉缀遗》、《华阳博议》、《庄岳委谭》等著作中小说思想极其丰富②，另外，他所撰写的一些序跋也能体现其小说思想。

胡应麟的小说思想在明代就引起了学者的共鸣，谢肇淛（1567—1624）《五杂俎》说："胡元瑞（胡应麟字元瑞——引者）曰：'凡传奇以戏文为称也，无往而非戏也，故其事欲谬悠而无根也；其名欲颠倒而亡实也。……'此语可谓先得我心矣。"③《四库全书》将小说分为"杂事"、"异闻"、"琐语"三类，前两类大致相当于胡应麟的"杂录"、"志怪"，不能说二者没有丝毫学术传承关系。近代学者鲁迅也十分重视胡应麟的小说思想，在他的古代小说研究中多处吸收和借鉴了胡应麟的观点、研究方法和研究材料。但这种研究并非有意识地对胡氏小说思想进行探讨，故而比较零散，不成系统。

胡应麟小说思想的系统研究始于20世纪80年代。所见单

---

① 葛红兵、温潘亚：《文学史形态学》，上海大学出版社2001年版，第296页。
② 《九流绪论》、《三坟补逸》、《四部正讹》、《二酉缀遗》、《华阳博议》、《庄岳委谭》均收入胡应麟《少室山房笔丛》。
③ （明）谢肇淛：《五杂俎》下，中央书店1935年版，第308页。

篇论文有王先霈《胡应麟的小说理论》①、刘晓峰《在新旧小说观念之间——胡应麟小说研究述评》②、Laura HuaWu《从汉志小说到虚构小说——胡应麟小说类型研究》③、吴学忠《胡应麟论小说述评》（硕士学位论文）④、张庆民《胡应麟对古典小说研究的贡献》⑤、董国炎《学科交义与学术错位——论胡应麟的小说学术史成就》⑥、汪燕岗《胡应麟和中国古代小说研究》⑦ 等。此外，陈谦豫《古代小说理论管窥》⑧、黄霖等《略谈明代小说理论》⑨、何华连《胡应麟及其学术成就散论》⑩、刘金仿和李军均《唐人"始有意为小说"的现象还原——从胡应麟的"实录"理念出发》⑪ 等文章也涉及胡应麟的小说思想。以专门章节讨论胡氏小说思想的著作有王先霈和周伟民《明清小说理论批评史》⑫、刘良明《中国小说理论批

---

① 王先霈：《胡应麟的小说理论》，《华中师院学报》1981 年第 3 期。

② 刘晓峰：《在新旧小说观念之间——胡应麟小说研究述评》，《清华大学学报》1988 年第 3 期。

③ Laura HuaWu, "From xiaoshuo to Fiction: Hu Yinglin's Genre Study of xiaoshuo", *Harvard Journal of Asiatic Studies*, Vol. 55, Issue 2, Dec. 1995. 该文为英文论文，为论述的方便直接译为中文。

④ 吴学忠：《胡应麟论小说述评》，硕士学位论文，香港中文大学研究院中国语言及文学学部，1995 年。

⑤ 张庆民：《胡应麟对古典小说研究的贡献》，《青岛海洋大学学报》1998 年第 2 期。

⑥ 董国炎：《学科交叉与学术错位——论胡应麟的小说学术史成就》，《明清小说研究》2003 年第 1 期。

⑦ 汪燕岗：《胡应麟和中国古代小说研究》，《内蒙古社会科学》2003 年第 4 期。

⑧ 陈谦豫：《古代小说理论管窥》，《华东师大学报》1982 年第 3 期。

⑨ 黄霖等：《略谈明代小说理论》，《语文学习》1984 年第 11 期。

⑩ 何华连：《胡应麟及其学术成就散论》，《浙江师大学报》1997 年第 6 期。

⑪ 刘金仿、李军均：《唐人"始有意为小说"的现象还原——从胡应麟的"实录"理念出发》，《鄂州大学学报》2003 年第 3 期。

⑫ 王先霈、周伟民：《明清小说理论批评史》，花城出版社 1988 年版。

评史》①、王汝梅和张羽《中国小说理论史》②、黄霖等《中国小说研究史》③、董国炎《明清小说思潮》④、韩进廉《中国小说美学史》⑤ 等。专著迄今未见。

胡应麟对小说的分类最为学界所关注。鲁迅的《中国小说史略》第一篇《史家对于小说之著录及论述》就提到"明胡应麟（《少室山房笔丛》二十八）以小说繁夥，派别滋多，于是综核大凡，分为六类……"⑥ 学者们普遍认为，胡应麟的小说分类"打破了前人的窠臼"，给志怪小说以"相当高的地位"，"还把传奇第一次收入小说，并作为小说的第二大门类"。"就文言小说而言，胡应麟的分类是更为科学化的。"⑦ 有学者对胡氏小说分类对后世的影响进行探讨，认为"这种分类方法影响到现代人对小说的研究，鲁迅《中国小说史略》关于六朝及唐代小说的分类，基本上沿用了胡应麟之说，这也成为现代治小说者的共识"⑧。对于胡应麟对小说分类的论述方式，有学者指出："这个分类，没有伴以理论的解说，只是各类标出四部代表作品，让读者从实例中体会出该类的特点。"⑨ "胡给小说的每种类别建立了标准的核心内容，反过

---

① 刘良明：《中国小说理论批评史》，武汉大学出版社 1991 年版。

② 王汝梅、张羽：《中国小说理论史》，浙江古籍出版社 2001 年版。

③ 黄霖等：《中国小说研究史》，浙江古籍出版社 2002 年版。

④ 董国炎：《明清小说思潮》，山西人民出版社 2004 年版。

⑤ 韩进廉：《中国小说美学史》，河北大学出版社 2004 年版。

⑥ 鲁迅：《中国小说史略》，山西古籍出版社 2001 年版，第 3 页。

⑦ 刘晓峰：《在新旧小说观念之间——胡应麟小说研究述评》，《清华大学学报》1988 年第 3 期，第 15 页。

⑧ 张庆民：《胡应麟对古典小说研究的贡献》，《青岛海洋大学学报》1998 年第 2 期，第 95 页。

⑨ 王先霈、周伟民：《明清小说理论批评史》，花城出版社 1988 年版，第 447 页。

来，核心作品的形式给共时的和历时的小说研究以极大方便。一方面，对一种类别的标准作品进行共时研究可以找到这种类别的定义及其明显的特征。另一方面，历时研究可以说明一类作品是如何进化的。"① 有论者以"对小说进行类型研究的第一人"②作为对胡应麟在小说分类方面所作出的贡献的赞誉，当否可另论，但褒扬之意溢于言表。

　　关于胡应麟小说观念的论述也较多见。有学者认为，"胡应麟考稽诸子源流，爬梳不同史籍目录对小说的分类及归纳，明确指出古今小说概念的不同"，他"从对古今小说概念的辨析入手，使小说概念明朗化、准确化，对小说理论的发展作出了贡献"。③ 还有学者以"'小说'概念的精确化"来评价胡应麟小说观念的积极意义，认为胡应麟"用考据学的缜密推论，区分古今小说概念的差异，把作为学术流派的小说家同文学作者的小说家，把作为文章之一体的小说同作为文学体裁之一种的小说，初步地区分开来。这在中国小说研究史上，是很有意义的，是他对小说理论的一个重要的贡献"④。但是，也有人对胡应麟小说观念持一定的批评态度。有论者认为"在小说观念上，他虽然对旧有的小说观念有所突破，但在很大程度上仍然拘泥于旧有的小说观念之中，有从史学角度看小说的倾向"⑤。还有论者从现代小说观出发，认为胡应麟"将'辨

---

① Laura HuaWu, "From xiaoshuo to Fiction: Hu Yinglin's Genre Study of xiaoshuo", *Harvard Journal of Asiatic Studies*, Vol. 55, Issue 2, Dec. 1995, p.365.

②　韩进廉：《中国小说美学史》，河北大学出版社 2004 年版，第 203 页。

③　王汝梅、张羽：《中国小说理论史》，浙江古籍出版社 2001 年版，第 56 页。

④　王先霈：《胡应麟的小说理论》，《华中师院院学报》1981 年第 3 期，第 16页。

⑤　刘晓峰：《在新旧小说观念之间——胡应麟小说研究述评》，《清华大学学报》1988 年第 3 期，第 17 页。

订'、'箴规'之类也归之于小说，正暴露了他对小说概念的认识还有模糊之处①。有学者虽然指出"不能这样准绳古人"，但还是认为胡应麟的"小说概念不具有理论性和科学性"，"胡应麟认为小说或近于这个，或类似那个，杂七杂八的什么都有，它们之间并没有什么共同特征"。②还有人认为，胡应麟"所定义的小说文体仍像一个无所不包的集合，是一个包括许多二级分类的混合物，包括叙述的和非叙述的，文学的和非文学的，虚构的和非虚构的作品"③。这样两种完全迥异的态度同时存在，说明在这一问题上还有继续深入研究的必要。

虚实问题是小说研究的重要内容，胡应麟对小说虚实的见解也常为研究者所乐道。"凡变异之谈，盛于六朝，然多是传录舛讹，未必尽幻设语。至唐人乃作意好奇，假小说以寄笔端。……惟'广记'所录唐人闺阁事，咸绰有情致，诗词亦大率可喜。"④ 屡为小说史、小说理论史以及其他小说研究论著所征引。有学者认为："胡氏对虚构问题的论述颇为广泛、细致而有深度，他不仅肯定了小说创作中的虚构，而且努力把各种虚构区别开来……胡氏的论述给了后人有益的启迪。"⑤有学者则分析得较为细致："胡应麟不但指出了小说创作需要虚构，指出了评论家和研究者不应该用历史考据的眼光来穿凿

---

① 黄霖：《中国小说研究史》，浙江古籍出版社2002年版，第60页。

② 汪燕岗：《胡应麟和中国古代小说研究》，《内蒙古社会科学》2003年第4期，第75页。

③ Laura HuaWu，"From xiaoshuo to Fiction：Hu Yinglin's Genre Study of xiaoshuo"，*Harvard Journal of Asiatic Studies*，Vol. 55，Issue 2，Dec. 1995，p.369.

④ （明）胡应麟：《少室山房笔丛》，上海书店出版社2001年版，第371页。

⑤ 何华连：《胡应麟及其学术成就散论》，《浙江师大学报》1997年第6期，第50页。

附会地曲解以玄韵为宗的小说，他还分析了不同时代不同作者的小说创作过程中的几种不同的虚构。""胡氏看到了唐代小说创作的新特点在作意好奇，但他对作意好奇并非全面肯定，并不认为所有的作意好奇都是小说创作进步的表现。不限于一般地肯定小说创作中的虚构，而是努力把各种虚构区别开来，品评其优劣短长，探讨怎样在小说创作中更好地进行虚构，这是胡应麟的论述给我们的有益的启示，是他的理论中更有价值的内容。"① 但也有不同的见解。有学者则认为："胡应麟对虚实问题，表现出矛盾甚至二元化的态度。对古代神话传说和魏晋志怪，他抛弃了崇实标准，实质上肯定怪力乱神之作。……然而，对唐宋直到明代的传奇小说，胡应麟的态度又截然不同了。他很明确地坚持崇实标准，激烈批评虚幻之作。"② 这种见解虽不具代表性，但足以体现对胡应麟小说虚实观的另一种理解。

胡应麟对通俗小说论述并不多，仅在《庄岳委谭》下篇中略有论及，但学界对此看法却最为不一。有人说："胡应麟对小说的肯定与抬高仅限于文言小说。……听不到关于话本小说以及长篇白话小说的喝彩；有的只是指责与非难，甚至对于它们能否取得'小说'的名分与资格也未可知……也许，正统的观念限制了胡应麟的视野，造成了胡氏小说观的狭隘与近视。这样说来，小说发展的方向是超出胡氏的认识力的。"③ 也有人不以为然："胡应麟对于白话通俗小说存有偏见的同

① 王先霈：《胡应麟的小说理论》，《华中师院学报》1981 年第 3 期，第 17 页。

② 董国炎：《明清小说思潮》，山西人民出版社 2004 年版，第 123 页。

③ 张庆民：《胡应麟对古典小说研究的贡献》，《青岛海洋大学学报》1998 年第 2 期，第 96 页。

时，也做了一定的研究。"① 也有论者亦褒亦贬："胡应麟以开阔的视野观照文言小说，发表了许多令人耳目一新的见解，转而面对白话小说却表现出不屑一顾的态度，但偶尔检阅某些白话小说时仍能以一个鸿儒的睿智发现白话小说独到的艺术价值……他是站在传统的高雅文学的立场上，鄙称《水浒传》这类通俗小说是'至下之技'；同时，他也看到《水浒传》具有独特的审美价值。"② 可见胡应麟对通俗小说究竟持何种态度，又为何持这种态度，他在通俗小说研究方面究竟有什么样的贡献，是值得深入探究的。

胡应麟"重定九流"而提高了小说地位也为研究者所注意到。胡应麟打破传统的"九流十家"的定论，重新"更定九流，一曰儒，二曰杂（总名法诸家为一，故曰杂，古杂家亦附焉），三曰兵，四曰农，五曰术，六曰艺，七曰说，八曰道，九曰释"③。这在客观上无疑提高了小说地位。故有论者认为，胡应麟"把小说和整个文化绑在一起，在比较中提高小说地位。若不如此，小说的发展和地位的提高只是针对自身而言，在文化结构中仍然是低贱不入流的东西。……班固之前，孔子已经定下评价小说的基调；晚明以后，清代人的见解又趋谨慎保守。所以胡应麟更定九流，重评小说，实为整个中国古代对文言小说的最高评价"④。

综上可见，胡应麟小说思想研究已经在小说分类、小

---

① 刘晓峰：《在新旧小说观念之间——胡应麟小说研究述评》，《清华大学学报》1988年第3期，第20页。
② 韩进廉：《中国小说美学史》，河北大学出版社2004年版，第212—213页。
③ （明）胡应麟：《少室山房笔丛》，上海书店出版社2001年版，第261页。
④ 董国炎：《学科交叉与学术错位——论胡应麟的小说学术史成就》，《明清小说研究》2003年第1期，第54—55页。

说观念、小说虚实、通俗小说研究等各个重要的"点"上展开，已经取得了一定的成果。但是，可以看出相关研究仍处于初始阶段，无论是单篇论文还是论著中的章节都是从整体性评价着眼，大多停留在是非评价的框架内，缺乏具体深入、穿透力强的分析研究，以致存在简单化、概念化的倾向。专门针对胡应麟小说思想中某个具体问题的研究文章还不多见。正是在具体问题上深入不够，故而在一些表层问题上也存在诸多异见。因此，胡应麟小说思想研究中业已涉及的具体问题不仅有进一步深入的空间，而且也有进一步深入的必要。

此外，胡应麟小说思想中还有一些重要的问题并未引起学界的注意。如小说的辨伪与考证是胡氏小说研究的重要组成部分，就需要认真清理和总结；胡应麟并无意构建中国小说史，但在论述中却客观地勾勒和描画了中国小说史的线条，这样全面总结前代小说发展有什么样的意义，于后世小说史的构建是否有一定的垂范作用；序跋和评点是当时小说研究的重要手段和主要表现形式，胡应麟基于什么样的学术方法和理路，执著于冷静的理论探讨。早在20世纪80年代初，就有学者指出，胡应麟的小说理论"虽有片言只语为小说史家所征引，但系统的整理与全面的评价，则迄今似未见进行"①。只有当这些重要问题都基本得到解决，才可能对胡应麟小说思想进行全面而且客观的评价。

---

① 王先霈：《胡应麟的小说理论》，《华中师院学报》1981年第3期，第14页。

三　思路、方法及概念

早在 20 世纪 30 年代，朱自清就提出文学批评史构建方法：“现在我们固然愿意有些人去试写中国文学批评史，但更愿意有许多人分头来搜集材料，寻出各个批评的意念如何发生，如何演变，——寻出它们的史迹。这个得认真的仔细的考辨，一个字不放松，像汉学家考辨经史子书。这是从小处下手。希望努力的结果可以阐明批评的价值，化除一般人的成见，并坚强它那新获得的地位。”① 只有抛弃成见，依据史实和史料来说话，才具备构建好的文学批评史的基本条件。

古代小说研究专家王齐洲曾指出，古代小说研究有两种思路与方法：“一种是以现代小说观念和文体标准为准绳，去衡量中国古代小说文体，以确定中国古代小说文体的特征和品种。这种思路和方法的好处是坚持了小说概念的同一性和思维的逻辑性，也容易为现代人所理解。其缺点则是无法描述中国小说自身的发展演变，尤其不能揭示中国古代小说的时代特征和民族特点，以及中国古代小说在中国传统文化中的地位和影响，也就不可能真正认识中国古代小说的文体特征。按照现代小说观念把中国古代小说文体定义为一种用来讲述虚构的故事的叙事性作品，至少不能反映先唐小说文体的发展实际，也不符合这一时段人们对于真实和虚构的理解，同时势必会将一批当时人以为是小说的作品排除在小说文体之外，失去了在‘了解之同情’的基础上真实解读古人思想的可能性，也放弃了以中华文化为本位构建中国小说文体学的努力。另一种思路和方法是以古人对于小说的理解和分类为根据，‘神游冥想，

---

① 朱自清：《诗言志辨》，华东师范大学出版社 1996 年版，第 3 页。

与立说之古人，处于同一境界，而对于其持论所以不得不如是之苦心孤诣，表一种之同情'（陈寅恪《冯友兰〈中国哲学史〉审查报告》），然后去批评其小说文体思想及其小说分类标准。这样做的好处是真正能够从中国古代小说发展的实际出发来研究中国古代小说文体，从而厘清中国古代小说文体的时代特征和民族特点，以及各种小说品种的来龙去脉，有利于建立符合中国古代小说实际的中国小说文体学体系。"①

这一看法对于古代小说理论研究同样有着重要的启示意义。中国小说理论史的构建，也必须建立在对历代小说理论家小说思想"同情了解"的基础之上，"任何先入为主、一相情愿的观点都会对研究工作产生误导"②。对于具体的某个小说理论家来说，同样应当尽可能地避免以现代小说观念来解剖古人思想，避免以先入为主的观念来观察历史，依据历史材料，"尽见当时事理，如身履其间"（胡应麟语），才可能最大限度地还原历史的真实，才有可能对小说理论家作出公允的评判。

胡应麟小说思想的研究存在诸多分歧，一个很重要的原因就是研究者所持小说观念不同。以今律古与"历史还原"，必然会有不同评价标准，会产生不尽一致的结论。研究中存在深入不够或郢书燕说的现象，也大多由于用现代小说观念来解剖古人小说思想，没有深入而且客观地考虑到胡应麟所身处的时代，没有考虑到其小说思想形成的历史原因，常以"有色眼镜"作"进步"或"落后"的简单二元评判。

因此在思路与方法上，本书试图以古代文献为基础，尽可

① 王齐洲：《应该重视中国古代小说文体研究》，《明清小说研究》2006年第3期，第8—9页。
② 陈洪、陈宏：《中国古代小说理论研究的百年回顾及展望》，《天津社会科学》1997年第3期，第86页。

能尊重历史，以比较客观的态度，全面观照胡应麟小说理论所产生的历史原因，发明胡应麟的小说思想所产生的时代背景，关注胡应麟小说思想与中国小说理论史的整体联系。本书意在全面探索胡应麟的小说思想，不仅在胡应麟的小说观念、小说分类思想、小说史观、小说考证等方面进行研究，并试图在此基础上，分析胡应麟小说思想的内涵与价值，发掘其理论价值和现实意义，指出不足，并作出公正客观的评价。

以尊重历史的态度对胡应麟小说思想进行系统研究，可以客观审视和全面评价其小说理论思想的价值。通过与前代、同朝及后世小说思想的对比观照，可以尽量客观地给予胡应麟小说思想以公允的历史地位。在此基础上，将胡应麟小说思想纳入中国小说理论史的视域，可以丰富中国小说理论史的内容，完善中国小说理论史的体系。此外，以这种"历史还原"的方法对一个小说理论家进行探讨，既是小说理论史研究上的学术探索和尝试，同时也是对现有的古代小说理论史的一种反思。

沿着这样的思路进行研究，其间的难度是不言而喻的。一方面，因古今小说观念的巨大差异，完全按照古人小说观念来进行研究，很难被现代人所理解和接受，如古人认为《鲁史敏器图》、《器准图》等也是小说，今人就很难接受。另一方面，就是在古代，小说观念也并非一直没有变化，汉人所理解的小说及其文体与唐人的理解并不一致，而明清人所理解的小说及其文体与唐人的理解差别也很大。但是，无论困难多大，这样的意愿和努力方向一定是必要的，因为我们在多大程度上克服了困难，就是在多大程度上取得进步。

当然，身处现代社会，要与世隔绝，完全摆脱所处文化环境的影响，是不现实也不可能的。但是，在研究中，密切地关注这种影响对"史"（无论是小说史还是小说理论史）的构建所带来的消极作用，并对这样的消极作用保持警惕，深刻反思和坚持再现真实历史的立场显然是必要的。有了这样的立场，困难再大，尝试总是有意义的，因为，即使我们还没有完全达到历史的真实，但至少我们已经身处通向历史真实的途中。

　　在本书写作之前，有些概念须先作解释。鉴于中国"小说"概念含义的丰富和复杂性，将其先进行说明。绪论中的"小说"一词，多为泛论，除特有所指外，多与现代小说观念一致；正文中的"小说"一词，多是论及胡应麟小说思想，就与其本意等同，多指"文言小说"；而在结语中，上述两种意义可能都会出现，大多仍指"文言小说"，但也会有泛指。行文中用词将尽量结合所处语境，使之不致产生歧义。"文言小说"也是重要的关键词，其义并不专指用文言所写小说，而是将中国小说看作文言小说与通俗小说两个系统，则"文言小说"实指传统小说，即子部小说。"白话小说"，有时也写作"通俗白话小说"，其义则均指"通俗小说"。

第一章

胡应麟及其学术成就

第一节　胡应麟生平及著述

胡应麟（1551—1602），字元瑞，一字明瑞，号少室山人，又自号石羊生①，浙江兰溪人。"其诗文笔力鸿邕，又佐以雄博之才"②，实为明代屈指可数的大学问家之一。《明史·胡应麟传》曰："胡应麟，幼能诗，万历四年举于乡，久不第。筑室山中，购书四万余卷，手自编次，多所撰著。携诗谒王世贞，世贞喜而激赏之。归益自负，所著《诗薮》十八卷，大抵奉世贞《卮言》为律令，而敷衍其说，谓诗家之有世贞，集大成之尼父也。其贡谀如此。"③ 这一介绍显然过于

---

① 胡应麟《玉壶遐览》、《双树幻钞》序言中尝分别自号"芙蓉峰客"、"壁观子"，但他处未见使用。见《少室山房笔丛》，上海书店出版社2001年版，第439、472页。该书有多种版本，上海书店本据多种版本新校，较为完备。后注版本同此，不再注明。

② 《少室山房集提要》，载纪昀等《四库全书总目》，中华书局1965年版，第1512页。其语实源自王世贞"元瑞才高而气雄，其诗鸿邕瑰丽"，载《弇州续稿》卷68，文渊阁四库全书本。

③ 《明史》卷287，载《二十五史》，开明书店1935年版，第7798页。

简单，且有偏激之处。① 著名历史学家吴晗考证了《少室山房
全集》、《兰溪县志》、《金华艺文志》等三十余种典籍，撰写
了近四万字的《胡应麟年谱》②，胡应麟的生平情况才渐清晰。
但《胡应麟年谱》按编年介绍胡应麟的生平情况，在一些具
体问题上无法深入，故要对胡应麟生平的相关问题作更深入的
了解，必须借助相关史料，作进一步探究。

一　生平及志趣

胡应麟自幼好学且才华早显。很小就"于世事百无一嗜，
独偏嗜古书籍"，五岁时，父亲"口授之书，辄成诵。见客，
客使属对，辄工。"③"七龄侍家大人侧，闻诸先生谈说坟典，
则已心艳慕之，时时窃取缃阅。"④九岁从里师学经生业，但读
书不限于此，涉猎广泛，"日从宪使公箧中窃取《古周易》、
《尚书》、《十五国风》、《檀弓》、《左氏》及庄周、屈原、司
马迁、相如、曹植、杜甫诸家言恣读之"⑤。十三四岁时，

---

① 吴晗曾指出："《明史》说他（指胡应麟——引者）'携诗谒王世贞，世
贞喜而激赏之……所著《诗薮》十八卷，大抵奉世贞《卮言》为律令，而敷衍其
说，谓诗家之有世贞，集大成之尼父也。其贡谀如此'。实非持平之论。"吴晗：
《胡应麟年谱》，原载《清华学报》第9卷第1期，1934年1月，第204—205页，
后收入《吴晗史学论著选集》第1卷，人民出版社1984年版，第388页。今人王
嘉川在考察胡、王交谊的基础上，以大量材料证实吴晗之说，认为"先生何言之
谀也"，载《布衣与学术——胡应麟与中国学术史研究》，商务印书馆2005年版，
第23—65页。
② 吴晗：《胡应麟年谱》，《清华学报》第9卷第1期，1934年1月，第
183—252页。
③ 王世贞：《胡元瑞传》，《弇州续稿》卷68，文渊阁四库全书本，版本后
同。
④ 胡应麟：《二酉山房记》，《少室山房集》卷90，文渊阁四库全书本，版
本后同。
⑤ 胡应麟：《石羊生小传》，《少室山房集》卷89。

"为歌诗稍稍闻里社中"，在当地就小有名气了。

胡应麟16岁补博士弟子员。① 是时，父亲胡僖已拜尚书礼部郎，随父亲"挟书俱渡钱塘，过吴阊，泛扬子，北历齐、鲁、赵、魏之墟，至燕市而止"②。自浙江兰溪至京城北京，路途遥远自不必说，但胡应麟"悲歌蓟门易水间，所至兴会感触，一发于诗"③。胡应麟到京后，南海黎惟敬、欧桢伯、梁思伯，吴郡周公瑕，吴兴徐子兴，嘉禾戚希仲、沈纯父，永嘉康裕卿等文人先后抵达京城，"发元瑞藏诗览之，咸啧啧折行请交"。因此，其"歌诗颇传播长安中"，诸贵人往往愿与交游。朋友聚会，以应麟年少，坐"末座"，但往往出语不凡，其"片语一出"，在座的"无不怃然披靡自失"，纷纷"致之为上宾"。④

少有诗名且博学多才的胡应麟，以文会友，与诸多文人均有交往，声播遐迩。其才深得文坛领袖王世贞的褒扬与推重，称"元瑞才高而气充，象必意副，情必流畅，歌之而声中宫商而彻金石，览之而色薄星汉而撼云霞"，诗文"瑰奇雄丽，变幻纵横，真足推倒一世"，"以仆而观足下，诗必大家，文必名家"，甚至声称："足下于诗，缘世定格，缘格定品，以故秩然经纬，而至于本性之情，穷极窈眇，因常究变，曲尽列剔。昔人所谓上下三千年，纵横一万里，前无古人，后无继者，殆非虚也。"⑤ 王世贞将其列入"末五子"，"许传诗统"，

---

① 据胡应麟《石羊生小传》，《少室山房集》卷89；王世贞《弇州续稿》作"十五补博士弟子员"，见卷68。当以胡应麟自作小传为准。

② 王世贞：《弇州续稿》卷68。

③ 胡应麟：《石羊生小传》，《少室山房集》卷89。

④ 王世贞：《弇州续稿》卷68。

⑤ 王世贞：《弇州续稿》卷44、206。

以衣钵相授。① 以胡应麟的才华和王世贞的推举，胡更负盛名，文人雅士都愿与其订交，"肝胆形容几欲为一"者不在少数。

　　然而，才华横溢的胡应麟科举之途并不顺利。他于万历四年（1576）参加乡试以经义中举，此后七次北上，欲在会试中夺得功名。其中，万历五年（1577）、十一年（1583）、十四年（1586）、二十三年（1595）四次参加会试，均未及第。万历十六年（1588）因疾中途而返，万历二十六年（1598）北上途中得妻舒氏卒耗驰归，万历二十七年（1599）再次北上，然卧病清源禅寺，只得暂归故里，两年后即抱憾离世。② 江湛然在《少室山房集·序》中感慨地说："世或为明瑞扼腕一第，夫唐以诗赋取士，犹失之李、杜，况夫俳偶帖括之习，

---

　　① 王世贞：《末五子篇》，《弇州续稿》卷3。

　　② 王嘉川认为，万历二十七年（1599），胡应麟第五次参加会试，"会试结果，当亦是下第南归"。见王嘉川《布衣与学术——胡应麟与中国学术史研究》，商务印书馆2005年版，第19页。其实，胡应麟万历二十七年（1599）北上，但并未参加会试。理由有二：第一，据《明史》所载，"子、午、卯、酉年乡试。辰、戌、丑、未年会试"（《明史》卷70《选举志》2）。万历二十七年为己亥，是年并未举行会试，而两年后的万历二十九年（辛丑，1601）才是会试时间，此时，胡应麟早已回到故里，并于次年（1602）辞世。第二，明沈德符《万历野获编》载："胡元瑞（应麟）以丙子举孝廉……乙未赴南宫，与同里赵常吉（士桢）酒间嘲谑，戏呼赵为家丁，赵拔刃刺之，几为所中，逾墙得免，自是稍戢。是年场后，试内阁司诰敕中书官，例取乙榜二人，胡与首揆赵兰鸡密戚深交，面许必得，时论亦服胡声华，咸无异议。既题请钦定试日，胡忽大病不能入，而粤东张孟奇（萱）得之。张盖纳赂于首揆纪纲祝六者，先为道地矣。或云张豫声言，胡倘见收，当哓言官并首揆弹治之，故胡托辞不试，未知然否？胡性亦高伉，不悄随时俯仰，既失意归，旋发病卒。"（《万历野获编》卷23《士人》）说明万历二十三年（乙未，1595）是胡最后一次参加科举考试。吴晗《胡应麟年谱》1599年条亦载："北上就试，卧病清源禅寺。以久未得副宪公音问，复暂归。"见吴晗《胡应麟年谱》，《吴晗史学论著选集》第1卷，人民出版社1984年版，第422页。

又乌足笼吾明瑞哉？"① 把胡应麟屡不及第的原因归结为"明兴以帖括俳偶之文笼士"，但这可能只是一种客观的原因，从胡应麟的诸多言行看来，也有其内在的主观原因。

胡应麟从九岁开始从师习儒，"日占毕习经生业，而心厌之"②。面对科举考试的课业，他质问："吾乡范（祖干）金（履祥）二先生，皆布衣耳，何仅以科名重耶？"③ 范祖干、金履祥皆绝意仕进，而学识渊博，著述繁富，皆浙江金华的青史留名之士。可见胡应麟更倾心于以范、金二先生为榜样，科名实是"非其好也"。胡应麟 26 岁（万历四年）举于乡，但"每摄衣冠，则揽镜自笑是楚人沐猴者。然用二尊人故，未敢遽绝去"④。次年会试下第。此后"以家严命"、"为家严谕督"而于万历十一年、十四年、二十三年参加会试，均不及第。这对于"轩盖浮名，雅非凤愿"的胡应麟来说是情理中事。胡应麟"自丁丑（万历五年）一赴公车，旋绝进取念，亦以奉宜人慈训，不忍暂离也"⑤，多次参加会试实非其本意。故会试不第的主要原因应在于其"髫年已绝轩冕好"，"意殊不在一第"⑥。

胡应麟尝自号石羊生，只因"慕其乡人皇初平叱石成羊故事，更号石羊生"⑦。"慕其乡人皇初平叱石成羊故事"与石

---

①　江湛然：《少室山房集·序》，载《少室山房集》卷首。

②　王世贞：《胡元瑞传》，《弇州续稿》卷 68。

③　吴晗：《胡应麟年谱》，《吴晗史学论著选集》第 1 卷，人民出版社 1984 年版，第 374 页。

④　胡应麟：《石羊生小传》，《少室山房集》卷 89。

⑤　胡应麟：《先宜人行状》，《少室山房集》卷 91。

⑥　胡应麟《二酉山房歌》、王世贞《胡元瑞传》，分别见《少室山房类稿》卷 29、《弇州续稿》卷 68。

⑦　王世贞：《胡元瑞传》，《弇州续稿》卷 68。

羊生之号有何内在联系？王世贞《石羊生传》云："人亦曰：
'元瑞殆非人间人也，仙而谪者也。'遂呼之石羊生。"① 此是
王世贞对胡应麟的褒扬之词，盛赞其不为世间俗务所累，随心
自在。可见，胡应麟并非羡慕皇初平能叱石成羊，而是羡慕其
能超然物外，远离世俗纷扰。胡氏自作《石羊生小传》记述
了缘起："石羊生者，金华山中人。金华山，道书曰三十六洞
天，故黄初平牧羊处也。生少迂戆，好谈长生，轻举术，又所
居邻上真。于是里人咸谓孺子不习当世务，而游方之外，岂曩
昔牧羊儿耶？生闻辄大喜，自呼石羊生。"② 《赤松稿序》（今
名《华阳》）也云："余束发慕孝标，比年病困，枕席偻然。
有轻举远投蜉蝣蝉蜕之想，因自呼曰石羊生。将弃室家，负瓢
笠遍行金华穷谷中。"③ 这说明胡应麟自号石羊生是在表达自
己"不习当世，而游方之外"的愿望。

　　胡应麟亦号"少室山人"，在其《嵩山歌》小序中陈述了
原因："去余家五十里，而近有山曰嵩，穹窿崒嵂峭蒨幽邃，
视洛之嵩高，不知孰为伯仲也。旁一峰，千仞秀出，巉嵲云
际，若轩辕浮丘所尝居者。余因以嵩之少室名之，且为作歌以
纪其胜，异日者采三花携玉女归，将结茅于兹老焉。""少室
山人"之号起之于附近的一座秀峰，但作者所以心向往之，
则是因为此山"若轩辕浮丘所尝居者"，希望"将结茅于兹老
焉"。在诗中更是表达了这种愿望："……此后三千年，少室
山人结庐长啸卧其颠（巅）。峰头一室但盈丈，大易黄庭坐相
傍。紫芝空谷纷葳蕤，真气关门浩排荡。朝飡玉池露，夜濯金

---

　　① 王世贞：《石羊生传》，载胡应麟《诗薮》，上海古籍出版社 1979 年版，
第 3 页。
　　② 胡应麟：《石羊生小传》，《少室山房集》卷 89。
　　③ 胡应麟：《赤松稿序》，《少室山房集》卷 83。

屑泉。明霞翼我体，白云怡我颜。山灵候余户，跂息不得眠。一行卧此三十载，上元夫人时往还。俯视城郭真嚣烦，缟衣素麾何翩翩。……"①

在许多诗文中，胡应麟都表达了这种愿望：

　　时援白雪琴，三弄对猿鹤。泠泠众山响，一一度林薄。五鼎非我荣，万钟亦奚乐？达哉宗炳言，先民有遗嫠。②

　　摩挲仰视众仙录，隐见若有胡生名。吁嗟我今胡为在下土，青鞋布袜漻落如流萍。乃思昔日玉皇侧，看花醉卧芙蓉城。木公徘徊向我怒，授简谪余离太清。一落人间五千载，沧溟浩劫会已盈。顾瞻灵境但咫尺，奋身欲飞还不能。倚杖还悲歌，壮心浩难遏。却忆云门期，瓢笠候明发。回望金华山，兹游信奇绝。余霞映袍袖，岚翠尚明灭。何当蹑苍虬，长揖众仙列。提携两赤松，永与尘世别。③

　　一丘宁独乐，十载旷栖止。缅怀东方生，大隐帝乡迩。聊用名吾园，归梦时徙倚。伊余东海民，蚤岁群鹿豕。孤悰托松桂，幽梦结兰芷。侧闻辋川胜，佳兴浩难已。冉冉携芳尊，悠悠负绿绮。携我初平石，适君仲长里。青鞋与布袜，行迈自兹始。④

---

① 胡应麟：《嵩山歌》（有序），《少室山房集》卷23。
② 胡应麟：《卧游室午睡起题》，《少室山房集》卷13。
③ 胡应麟：《金华山三洞歌》，《少室山房集》卷23。
④ 胡应麟：《大隐园为陈司理题》，《少室山房集》卷13。

　　大鹏抟九万，尺鹖翔榆枋。远近各有适，逍遥固其常。伊人励高躅，卜筑邻山岗。四壁罗琬琰，五车插琳琅。冥搜极浩渺，幽探穷微芒。栖心丈室间，寄情八表傍。丹霞入我牖，白云为我裳。驭风学郑圃，弃瓢怀颍阳。岂同渭川钓，耻为吴市藏。一区足吟啸，万卷聊徜徉。乐哉帷中子，岁年良可忘。[①]

　　赤松乘紫烟，皇氏憩丹穴。缅邈怀仙灵，栖迟表才杰。奕奕孝标生，漂流寄东越。长生本经世，不朽惟大业。伊余后千载，束发慕贤达。逝将辞垢氛，寻幽入林樾。大药倘可逢，雄词冀颃颉。异日骑双龙，携手轻六合。[②]

　　但是，如果仅仅把胡应麟的人生志趣理解为"追求一种超然世外的隐逸生活"[③]，未免过于片面和流于肤浅。在很多地方，胡应麟都表达了自己的人生志向：

　　丈夫壮志在不朽，要令竹帛存乾坤。升堂入室即先达，眼底穷愁安足论。[④]

---

　　① 胡应麟：《题陆信卿书屋二首》之二，《少室山房集》卷13。

　　② 胡应麟：《将负瓢笠入金华山从赤松三子游作》，《少室山房集》卷13。

　　③ 王嘉川：《布衣与学术——胡应麟与中国学术史研究》，商务印书馆2005年版，第13页。是书认为"隐居岩穴迟迟无期，胡应麟遂把生活旨趣全部移至访书、读书与写作中来"，似有欠妥。胡应麟藏书、读书与写作当是其人生志趣所在，并非隐居无望之后的无奈选择。

　　④ 胡应麟：《长歌行公方翁恬游武夷》，《少室山房集》卷39。

　　五侯七贵俱浮云，邺侯万卷堪横陈。男儿大业在金
石，那令七尺随风尘。①

　　男儿七尺当自强，巢由岂必攀虞唐。千秋大业在竹
素，胡为燕雀讥鸾凰。②

　　在 30 岁生日时，胡应麟自作《抒怀六百字》，更是清楚
地表达自己的志趣所在：

　　千秋竟何以，百岁讵足营。茕茕六尺躯，皇皇五鼎
荣。岂无箕山穴，亦有谷口扃。逝将守初服，毕世穷遗
经。鸿裁列琬琰，大业垂丹青。藏书遍五岳，濯足凌沧
溟。却招两黄鹄，万里还瑶京。③

　　"藏书遍五岳"，是藏书；"毕世穷遗经"，是读书；"大业
垂丹青"，是著述。故前所谓希望"不习当世务，而游方之
外"，并不是胡应麟的最终目的，"游方之外"是为了摆脱
"当世务"的纷繁复杂的干扰。完全可以想见，对功名了无兴
趣的胡应麟为了父母之命，屡次北上参加会试的痛苦心情；巨
大的生活压力，给这位没有充裕经济来源的读书人所带来的窘
困；家庭生活琐事，给这位潜心读书的学者的纷扰。当然还不
止这些。对于胡应麟来说，最大的愿望就是不受世俗干扰，能

---

　　①　胡应麟：《夜饮芙蓉馆，大醉放歌，寄黎惟敬、康裕卿、李惟寅、朱汝
修》，《少室山房集》卷23。
　　②　胡应麟：《寄张伯起》，《少室山房集》卷24。
　　③　胡应麟：《庚辰夏五月念之二日，余三旬初度也，碌碌尘土，加以幽忧之
疾，靡克自树，俯仰今昔，不胜感慨，信笔抒怀六百字》，《少室山房集》卷20。

广罗天下好书，潜心读书与著述。其人生志趣正在于此。

纵观胡应麟一生，除了依父母之命参加会试之外（参加会试途中还常常去搜罗书籍，短则旬余，长则经月），绝大部分正是在从事藏书、读书与著述。当《明史》为其立传，当《四库全书》收录其书，当我们以"明代大学者"冠其名前，胡应麟欲效仿同乡范（祖干）、金（履祥）二先生的儿时清梦，其"丈夫壮志在不朽，要令竹帛存乾坤"的个人理想早已悄然成为现实。

二　藏书与读书

清人张金吾尝言："藏书者，诵读之资，而学问之本也。"要做学问，必先读书，要读书，则先要藏书，藏书是"学问之本"。访书与藏书，是胡应麟读书生活的一项重要内容。

有明一代，藏书之风甚炽，江浙一带尤其如此。[①] 胡应麟的父亲也"雅负兹好"，当胡应麟随父进京后，常有"贾人以籍来"，他们经常有所购得。遇"旱蝗迭见"之灾年，"俸入不足"，"以故帙繁而价重者，率不能致，间值异书顾非力所办，则相对太息久之"。后来，"俸入稍优，于是极意购访"。寓京五载，举家南返之日，则"宦橐亡锱铢"，而"独载所得书数箧，累累出长安"。[②]

这种影响对胡应麟来说肯定是积极的，但"性嗜古书籍"则是更重要的内在动力。胡应麟因赶考等事出游，

---

① 据吴晗《两浙藏书家史略》，明代江浙有名的藏书家达 80 人之多。见《吴晗史学论著选集》第 1 卷，人民出版社 1984 年版，第 120 页。

② 胡应麟：《二酉山房记》，《少室山房集》卷 90。

"身所涉历，金陵、吴会、钱塘，皆通都大邑，文献所聚，必停舟缓辙，搜猎其间。小则旬余，大或经月，视家所无有，务尽一方乃已。市中精绫巨轴，坐索高价，往往视其乙本收之。……至不经见异书，倒庋倾囊，必为己物。亲戚交游，上世之藏，帐中之秘，假归手录，卷轴繁多，以授侍书，每耳目所值，有当于心，顾恋徘徊，寝食偕废。一旦持归，亟披亟阅，手足蹈舞，骤遇者以为狂而家人习见弗怪也"①。

宋代陆游曾自嘲："人生百病有已时，唯有书淫不可医。"② 胡应麟对书也有这样执著的嗜好。"有所购访，时时乞月俸，不给则脱妇簪珥而酬之，又不给则解衣以继之。元瑞之囊无所不罄，而独其载书，陆则惠子（惠施），水则米生（米芾），盖十余岁而尽毁其家以为书，录其余赀以治屋而藏焉。"③ 为了藏书，"节缩于朝脯，展转于称贷，反侧于癀痹，旁午于校雠"，因此，"书日益富家日益贫"，以致"敝庐仅仅蔽风雨"。④历史上的许多藏书大家均家境殷实，但胡应麟为了书，顾不上吃穿，顾不上妻子，顾不上家庭日用，为书"毁家"，实为少见。

经过胡应麟的努力，"所藏书越中诸世家顾无能逾过者"。据王世贞统计："所藏之书为部有四，其四部之一曰经，为类十三、为家三百七十、为卷三千六百六十；二曰史，为类十、为家八百二十、为卷万一千二百四十四；三曰子，为类二十

---

① 胡应麟：《二酉山房记》，《少室山房集》卷90。
② 陆游：《示儿》，载陆游著，钱仲联校注《剑南诗稿校注》，上海古籍出版社1985年版，第1663页。
③ 王世贞：《二酉山房记》，载胡应麟《少室山房笔丛》，第26页。
④ 胡应麟：《二酉山房记》，《少室山房集》卷90。

二、为家一千四百五十、为卷一万二千四百；四曰集，为类十四、为家一千三百四十六、为卷一万五千八十。合之四万二千三百八十四卷。"① 以个人之力，藏书达 42384 卷之多②，确属不易，这使胡应麟当之无愧地成为明代著名的藏书大家之一。

藏书是为了读书。"书好而弗力，犹不好也"；"书聚而弗读，犹亡聚也"。③对于藏书者读与不读，胡应麟以"赏鉴家"和"好事家"名之："画家有赏鉴、有好事，藏书亦有二家。列架连窗，牙标锦轴，务为观美，触手如新，好事家类也；枕席经史，沈湎青缃，却扫闭关，蠹鱼岁月，赏鉴家类也。至收罗宋刻，一卷数金，列于图绘者，雅尚可耳，岂有所谓藏书哉？"对于历史上藏书不读和欲读无书者，他更是感慨："博洽必资记诵，记诵必资诗书，然率有富于青缃而贫于问学，勤于访辑而怠于钻研者。好事家如宋秦、田等氏弗论，唐李邺侯何如人？天才绝世，插架三万而史无称，不若贾耽辈多识也。扬雄、杜甫诗赋咸征博极，而不闻蓄书，雄犹校雠天禄，甫僻居草堂拾橡栗，何书可读？当是幼时父祖遗编长笥胸腹耳。至家无尺楮，藉他人书史成名者甚众，挟累世之藏而弗能读，散为乌有者又比比皆然，可叹也！"④

胡应麟有诗云：

①　王世贞：《二酉山房记》，载胡应麟《少室山房笔丛》，第 26 页。

②　吴晗《胡应麟年谱》认为王世贞《二酉山房记》作于胡应麟 30 岁时（1580），据胡应麟《二酉山房歌》序，王世贞《二酉山房记》、汪道昆《山房书目叙（序）》、胡应麟《二酉山房歌》当是应和之作，作于同一时，笔者以为可能作于 1586 年。该书数的统计只说明此（1586）前的藏书，此后则不及，当还有增加。

③　胡应麟：《经籍会通》卷 4，《少室山房笔丛》，第 52 页。

④　同上书，第 46 页。

五岳岂不遐，一丘良自适。言从谷口居，永憩隆中
膝。结构凌层霄，飞轩控奇石。嵌岑带林峦，窈窕罗原
隰。轻飔回座隅，明霞护檐隙。之子何逍遥，鸣琴坐幽
寂。列岫披琅函，遥峰映缃帙。揽挈万古心，俯仰千秋
迹。白马穷妙诠，青牛探真籍。神游羲禹庭，冥栖素王
室。伊余麋鹿踪，羡尔烟霞癖。殷勤劳梦思，恻怆务晨
夕。何当辞世纷，相对扣萝薜。散发翻金书，长歌抱琼
笈。一笑尘氛空，挥手凌八极。①

在诗中，明显可以感受到作者十分享受能"辞世纷"，而
"散发翻金书"的闲适、安逸和优雅。

知交王世贞对胡应麟十分了解，他是这样描述胡应麟读
书的：

元瑞自言于他无所嗜，所嗜独书。饥以当食，渴以当
饮，诵之可以当韶濩，览之可以当夷施，忧藉以释，忿藉
以平，病藉以起色。而是三楹者无他贮，所贮亦独书。书
之外，一榻、一几、一博山、一蒲团、一笔、一研、一丹
铅之缶而已。性既畏客，客亦见畏，门屏之间剥啄都尽。
亭午深夜，坐榻隐几，焚香展卷，就笔于研（砚），取丹
铅而雠之，倦则鼓琴以抒其思。如是而已。②

这里生动地体现了胡应麟以读书为人生之最大乐趣，无论
物质条件多么贫乏，书所能带给他的精神享受是无与伦比的，

---

① 　胡应麟：《题陆信卿书屋二首》之一，《少室山房集》卷13。
② 　王世贞：《二酉山房记》，载胡应麟《少室山房笔丛》，第26页。

"饥以当食，渴以当饮，诵之可以当韶濩，览之可以当夷施，忧藉以释，忿藉以平，病藉以起色"，世界上没有什么比书更好的了。

对读书之乐，胡应麟自己当然更有体会：

> 上距羲农下昭代，触手牙签宛相待，圣神贤哲穷吁谟，帝伯皇王罄元会。一榻一几横疏寮，一琴一研祛烦嚣，焚香独拥四部坐，南面王乐宁堪骄！①

对读书的这种惬意，胡应麟还曾这样描述："亭午深夜，焚香鼓琴，明烛隐几，经史子集，环绕相向，大而皇王帝霸之事功，显而贤哲圣神之谟训，曲而稗官野史之纪录，葩而墨卿文士之撰述，奥而竺干柱下之宗旨，亡弗涉其波流，咀其隽永。意所独得，神与天游，陶然羲皇，万虑旷绝，即南面之荣、梵天之乐，弗愿易也。"②坐拥四部，与历代帝王将相、先贤圣哲、稗官史家、墨客骚人心趣相通，共游天地，这种精神上的享受只有胡应麟这样的读书人才能完全体会。有了这种读书之乐，即使是南面为君或西天为佛也不愿意了。这是一个以藏书、读书和著述为人生志趣的人，是一个视读书为生命第一要义的人，当然也是一个能真正享受到读书之乐的人。

三 著述考

作为藏书家的胡应麟，对书之"用"，有清楚的看法：

---

① 胡应麟：《二酉山房歌》，《少室山房集》卷29。
② 胡应麟：《二酉山房记》，《少室山房集》卷90。

"博洽必资记诵，记诵必藉诗书。""书好而弗力，犹亡好也"；"书聚而弗读，犹亡聚也"。①藏书是为了读书，读书有得，即著述以行世，所以他"生平于笔砚未尝斯须废去"②，"有概于心，则书片楮投箧中"③。

胡应麟一生著述繁富，《明史》所云"手自编次，多所撰著"，并未言明著述具体情况。今人更是不明表里，多人云亦云，就是胡应麟故里后人也未知详情。《金华日报》曾称："胡应麟性孤介，薄荣利，自负甚高，38 岁时已写了 18 部书。晚年在兰溪筑二酉山房，专心著述。著有《少室山房笔丛》、《诗薮》、《少室山房类稿》等 37 种，计 347 卷。"④ 结论不知出自何据，但与胡应麟著述实际情况相差甚远。对其著述情况须作详细考证，方能明了真实情况；否则，总不免流于蹈袭。

胡应麟著述，今存者 5 部：

1. 《少室山房类稿》120 卷（诗集 40 卷，文集 80 卷）；

2. 《少室山房笔丛》48 卷（包括《经籍会通》4 卷、《史书占毕》6 卷、《九流绪论》3 卷、《四部正讹》3 卷、《三坟补逸》2 卷、《二酉缀遗》3 卷、《华阳博议》2 卷、《庄岳委谭》2 卷、《玉壶遐览》4 卷、《双树幻钞》3 卷、《丹铅新录》8 卷、《艺林学山》8 卷）；

3. 《诗薮》20 卷；

4. 《甲乙剩言》1 卷；

---

① 胡应麟：《经籍会通》四，《少室山房笔丛》，第 46、52 页。
② 王世贞：《胡元瑞传》，《弇州续稿》卷 68。
③ 胡应麟：《史书占毕·引》，《少室山房笔丛》，第 126 页。
④ 《兰溪"天一阁"二酉山房何时能恢复》，《金华日报》2004 年 8 月 20 日第 7 版。

5.《皇明律范》22 卷①。

共计 16 种 211 卷。②

胡应麟因婴肺疾，恐忽湮没，无征于世，曾于万历十四年（1586）自作《石羊生小传》备述生平所著。据《石羊生小传》③，胡应麟是年已成书但今不存的著作有：

1.《弇州律选》6 卷；

2.《六经疑义》2 卷；

3.《诸子折衷》4 卷；

4.《史蕞》10 卷；

5.《娿献》10 卷；

6.《皇明诗统》30 卷；

7.《明世说》10 卷；

8.《古韵考》1 卷；

9.《二酉山房书目》6 卷；

10.《交游纪略》2 卷；

11.《兜玄国志》10 卷；

12.《酉阳续俎》10 卷；

13.《同姓名考》10 卷；

14.《群祖心印》10 卷；

15.《方外遗音》10 卷；

---

① 《皇明律范》，明万历三十一年（1603）刊本，北京大学图书馆藏。笔者未见，此据王明辉《胡应麟诗学研究》，附录《胡应麟著作版本考述》，博士学位论文，北京大学，2004 年，第 162 页。

② 《少室山房类稿》实包括多种诗文集，但无法一一厘清，此作一种；除此 5 种外另有《少室山房曲考》，中华书局民国二十九年（1940）刊本，为《新曲苑》第 8 种，但实自《少室山房笔丛》中辑出与戏曲相关条目汇成，并非胡应麟著有《少室山房曲考》。

③ 胡应麟：《石羊生小传》，《少室山房集》卷 89。

16. 《两司马录》2 卷；

17. 《考槃集》10 卷；

18. 《谈剑编》2 卷；

19. 《采真游》2 卷；

20. 《会心语》2 卷；

21. 《经籍会通》40 卷；

22. 《图书博考》12 卷；

23. 《诸子汇编》60 卷；

24. 《虞初统集》500 卷；

25. 刘孝标骆宾王《遗文》1 卷①。

两年后（1588），王世贞为其作《胡元瑞传》，据王世贞撰传②，胡应麟在此三年中著述而今不存者有：

1. 《史评》12 卷；

2. 《拟古乐府》2 卷；

3. 《隆万新闻》4 卷；

4. 《隆万杂闻》6 卷；

5. 《补刘氏山栖志》16 卷；

6. 《澄怀录》1 卷；

7. 《抱膝编》10 卷；

8. 《真赏编》10 卷；

9. 《会心语》4 卷③；

10. 他书未成者数百卷。

---

① 胡应麟《石羊生小传》作"一编"，王世贞《胡元瑞传》作《骆侍御忠孝辩》"一卷"。

② 王世贞：《胡元瑞传》，《弇州续稿》卷 68。

③ 前有《会心语》2 卷，此当在其基础上有所增益。两《会心语》当为同一种书。

成书但不存者计 34 种 827 卷，另有未成书数百卷。

综上所述，胡应麟著述可考者总计 49 种 1036 卷，成书存世共计 211 卷，不存共计 825 卷，还有未成书数百卷。以上所列是胡应麟于万历十六年（1588）之前的著述，以后可能还有书成，惜无从考焉。

第二节　胡应麟的学术成就

胡应麟潜心读书，学识渊博，且勤于著述，王世贞赞其"髫卯时读书几与身等，今学无不窥，浸浸有雄视百代意"①。陈文烛在给《少室山房笔丛》作序时感叹曰："壮哉元瑞！崛起于数千载之后而尚论于数千载之前。索绪九丘之远，论于六合之外，称文小而指极大，举类近而见义远。辨往诘之屈笔，闻者颐解；反先代之成案，令人心服。……儒有博学而不穷，笃行而不倦，幽居而不淫，上通而不困者，其元瑞之谓乎？"②从其著作的数量和内容看来，胡应麟的确是明代屈指可数的饱学之士。

胡应麟"学无不窥"，内容庞杂，包罗万象，要而言之，其学术成就主要体现在文献学、史学和文学研究三个方面。

一　文献学研究

在文献学方面，考据学、辨伪学、目录学等都是胡应麟所关注的内容，且用力颇深，创见迭出。胡应麟长于考据，考据既是一种重要方法，也是其学术研究的重要内容。《经籍会

---

① 王世贞：《答胡元瑞第二书》，《弇州续稿》卷 206。
② 陈文烛：《少室山房笔丛·序》，载胡应麟《少室山房笔丛》，第 1 页。

通》四卷考书籍源流、类例、遗佚，"论古来藏书存亡聚散之迹"，多引历代史志、各类私目、笔记；《九流绪论》三卷考论儒、杂、兵、农、术、艺、说、道、释九家，"皆论子部诸家得失"；《四部正讹》三卷皆"考证古来伪书"；《三坟补逸》二卷"专论《竹书纪年》、《逸周书》、《穆天子传》三种，以补三坟之缺"；《二酉缀遗》三卷多考小说笔记，"皆采摭小说家言"；《庄岳委谭》二卷，考订小说杂记之舛误，"皆正俗说之附会"；《玉壶遐览》四卷及《双树幻钞》三卷考论道书与佛典；《丹铅新录》八卷及《艺林学山》八卷则"专驳杨慎而作，其中征引典籍极为宏富"。在考证方面，胡应麟足可与杨慎、陈耀文、焦竑等比肩，故四库馆臣们以为："自万历以后，心学横流，儒风大坏，不复以稽古为事。应麟独研索旧文，参校疑义，以成是编。虽利钝互陈，而可资考证者亦不少。朱彝尊称其'不失读书种子'，诚公论也。杨慎、陈耀文、焦竑诸家之后，录此一书，犹所谓差强人意者矣。"①

　　胡应麟在辨伪方面的成就最为卓著。《四部正讹》是一部辨伪学的专书，书中系统地总结了辨伪的方法，较全面地揭示了伪书产生的原因，对伪书的价值有清晰的认识，且进行了大量的辨伪实际工作。文献辨伪古已有之，而胡应麟最早系统地总结了文献辨伪方法：

　　　　凡核伪书之道，核之《七略》以观其源，核之群《志》以观其绪，核之并世之言以观其称，核之异世之言以观其述，核之文以观其体，核之事以观其时，核之撰者

　　① 《少室山房笔丛提要》，载纪昀等《四库全书总目》，中华书局1965年版，第1064页。

以观其托，核之传者以观其人。核兹八者，而古今赝籍亡隐情矣。①

这从理论上全面系统地总结了前人的辨伪实践和辨伪经验，概括精要，既有重要的理论意义，又能有针对性地指导后人的辨伪实践。

对伪书的复杂情况和各种各样的产生原因，胡应麟也进行了总结，"凡赝书之作，情状至繁，约而言之，殆十数种"："有伪作是代而世率知之者"，"有伪作于近代而世反惑之者"，"有掇古人之事而伪者"，"有挟古人之文而伪者"，"有傅古人之名而伪者"，"有蹈古书之名而伪者"，"有惮于自名而伪者"，"有耻于自名而伪者"，"有袭取于人而伪者"，"有假重于人而伪者"，"有恶其人，伪以祸之者"，"有恶其人，伪以诬之者"，"有本非伪，人托之而伪者"，"有书本伪，人补之而益伪者"，"又有伪而非伪者"，"又有非伪而曰伪者"，"又有非伪而实为伪者"，"又有当时知其非伪而后世弗传者"，"又有当时记其伪而后人弗悟者"，"又有本无撰人，后人因近似而伪托者"，"又有本有撰人，后人因亡逸而伪题者"。② 揭示伪书产生的原因，总结其规律，对于辨伪有极其重要的指导意义。

在这样的理论指导下，胡应麟进行了大量的辨伪实际工作，考辨遍及四部，计有《连山易》、《归藏易》、《子夏易》、《周易乾凿度》、《乾坤凿度》、谶纬诸书、《三坟》、《古文尚书》、《元命包》、《关朗易传》、《麻衣心法》、《王氏元经》、

①　胡应麟：《四部正讹》卷下，《少室山房笔丛》，第322页。
②　胡应麟：《四部正讹》卷上，《少室山房笔丛》，第289—291页。

《鬻子》、《阴符经》、《六韬》、《文子》、《鬼谷子》、《伍子胥》、兵家诸书、《鹖冠子》、《关尹子》、黄石公《素书》、《抱朴子》、《亢仓子》、《刘子新论》、《孙子》（孙绰）、《子华子》、《问对》、《化书》、《广成子》、《黄帝内传》、《穆天子传》、《晋史乘》、《楚梼杌》、《山海经》、《古岳渎经》、《燕丹子》、《宋玉子》、《神异经》、《十洲记》、《赵飞燕外传》、《越绝书》、《鲁史记》、《西京杂记》、《述异记》、《列仙传》、《牟子论》、《洞冥记》、《汉武内传》、《拾遗记》、《梁四公记》、《隋遗录》、《开元天宝遗事》、《广陵妖乱志》、《潇湘录》、《牛羊日历》、《龙城录》、《白猿传》、《周秦行纪》、《碧云騢》、《云仙散录》、《清异录》、《艾子》、《钟吕传道录》、《香奁集》、诗话诸书等。这些考辨不仅是胡应麟辨伪理论与方法的一种实际运用示范，而且这些辨伪成果对后人的相关研究肯定大有裨益。

胡应麟在辨伪学领域里所取得的成就无疑是令人瞩目的，有理论的总结，有新方法的开创，有理论方法的实践。"从中国学术发展史的实际看，文献辨伪工作早从汉代学者即已开始，但真正成为一门学问，则是在明代的胡应麟。"①

胡应麟目录学思想主要表现在《经籍会通》一书中。《经籍会通》以历代书目为纲，分源流、类例、遗佚、见闻四篇，对目录的作用、发展、体例、类型及书籍分类等问题都进行了探讨。

胡应麟十分重视图书目录的作用，目录既可考历代图书的存佚情况，也可知今代之书的多寡散聚。他认为："往代之

---

① 王嘉川：《布衣与学术——胡应麟与中国学术史研究》，商务印书馆2005年版，第187页。

书，存没非此无可考；今代之书，多寡非此无以征。"①"观其类例，而四部之盛衰始末，亦可以概见矣。"②

他总结了史志目录的发展历程："历朝诸史，志艺文者五家，《前汉》也，《旧唐》也，《新唐》也，《隋》也，《宋》也。班氏规模《七略》，刘昫沿袭《隋书》，《新唐》损益《旧唐》，而《宋史》所因，则《崇文》、《四库》（此《四库》指南宋孝宗淳熙五年陈骙等编《中兴馆阁书目》）等目也。"③他还对历代书目的分类发展演变进行了总结。关于四部的产生和演变，他认为："夏、商以前，经即史也，《尚书》、《春秋》是已。至汉而人不任经矣，于是乎作史继之。魏、晋其浸微，而其书浸盛，史遂析而别于经。而经之名裨于佛、老矣。周、秦之际，子即集也。孟子、荀况是已。至汉而人专子矣，于是乎有集继之。唐、宋其体愈备，而其制愈繁，子遂析而入于集，而子之体夷于《诗》、《骚》矣。"④即四部的发展经历了四个阶段：经、史不分的夏商；经、史、集并出的汉代；四部之始的魏晋；四部之体完善的唐宋。

胡应麟对书目体例的研究是通过对各书目的分析评述进行的。"中垒父子，奕叶青缃，纪例编摩，故应邃密，第遗书绝寡，考订靡从。《隋志》简编，亦多散佚，而类次可观，论辩多美。《旧唐》之录本朝，大为疏略。《新书》间增所缺，颇自精详。欧阳《宋志》紊乱错杂，元人制作亡足深讥。"通过对《七略》、《隋志》、《旧唐志》、《新唐志》、《宋志》等史志目录进行分析，客观地指出了历代史志目录的得失所在。对其

---

① 胡应麟：《经籍会通》卷3，《少室山房笔丛》，第38页。
② 胡应麟：《经籍会通》卷2，《少室山房笔丛》，第16页。
③ 胡应麟：《经籍会通》卷1，《少室山房笔丛》，第2页。
④ 胡应麟：《经籍会通》卷2，《少室山房笔丛》，第16页。

他书目，胡应麟也有论及，如评郑樵《通志·艺文略》，"该括甚巨，剖核弥精，良堪省阅。第通志前朝，失标本代，有无多寡，混为一途"①；评马端临《文献通考·经籍考》，"以四部为门，实因旧史，而支流派别条理井然，且究极旨归，推明得失，百代坟籍，烨如指掌"②。对这些书目的评价应该说也是中肯的。

　　在考察历代书目的基础上，胡应麟对书目类型进行了划分。"书之有目，体制虽同，详赅品流，实分三种。"一种是"录一家之藏"的私家书目；一种是"通志一代之有"的史志目录；一种是"并收往籍之遗"的历代书目。此三种书目有不同的特点与功能，"荐绅雅士，鸠集以广见闻，馆阁词臣，雠校以存故实，目录之纂，例不可无。第中秘尽笼天下之书，故匪一家之力，而故家上世之传、帐中之秘亦往往内府所无，其目可以互稽，难于偏举。郑氏古今遍载，本属大观，而读者眩于名实，代之有无，家之藏畜反不可知，然亦各有所长也。"③

　　对"四部"图书分类法，胡应麟是持肯定态度的，"经、史、子、集区分为四，九流、百氏咸类附焉"④。但对于类书、释藏、道藏及伪书，在四部分类中难以安排，胡应麟提出，"别录二藏及膺古书及类书一部，附四大部之末"⑤。提出"五部"图书分类法，无疑是一种新的尝试，是一种创举。这种分类方法对于"二藏篇帙既多"、伪书难入书目及类书不

---

①　胡应麟：《经籍会通》卷1，《少室山房笔丛》，第3页。
②　同上书，第2页。
③　胡应麟：《经籍会通》卷2，《少室山房笔丛》，第25页。
④　同上书，第16页。
⑤　胡应麟：《九流绪论》卷下，《少室山房笔丛》，第287页。

好归类的问题的解决，有着积极的探索意义。

胡应麟的目录学理论思想及实践经验都是很丰富的，但并未引起足够的重视。"凡提及目录学的理论，就是南宋的郑樵，清季的章学诚，不知中间还有位胡应麟，实为目录学界憾事，值得反思。"①

二　史学研究

胡应麟没有一部纯粹的历史著作，但写有《史书占毕》、《史评》、《史蓑》等史学评论。时人以"良史"誉之："刘子玄谓史有三长，才也、学也、识也。有学而无才，犹良田万顷、黄金满籝而使愚者营生，鲜能货殖；有才而无学，犹思兼匠石、巧若公输而家无梗楠斧斤，难成宫室矣。元瑞才高、识高而充之以学者乎？窃谓元瑞为今之良史，《余稿》可略见一斑矣。"② 在这些史学评论著作中，胡应麟对史书、史家、史料及史注等问题都有比较深入的论述。因胡应麟的博学多识，故发言往往深中肯綮，能给后学以启迪。

对历代史书，胡应麟都有过深入的评述。对于《史记》开篇所记"三皇"之前的时代，胡应麟认为也是有好的史书存在的，有"孔甲之《盘盂》纪于班氏焉，惜乎弗传也"。其后的史书，"《左传》、《史记》、《汉书》、《后汉》、《三国》，其文之以代降也，若历阶而下也。晋、魏、齐、梁靡冗，不称史矣，而有李延寿之六朝焉；唐、宋、辽、金僻滥，不称史矣，而有欧阳氏之五代焉。李，唐之

---

① 余庆蓉、王晋卿：《中国目录学思想史》，湖南教育出版社 1998 年版，第173 页。
② 陈文烛：《少室山房笔丛·序》，载胡应麟《少室山房笔丛》，第 1 页。

初也；欧，宋之盛也，然非晔、寿比也"。① 另外，胡应麟
《少室山房集》有《读二十一首》，分别为《读后汉书》、
《读三国志》、《读三国蜀志》、《读晋书》、《读晋唐司马宣
王本纪》、《读三国志裴注》、《读宋书（二则）》、《读北齐
后周书》、《读魏书》、《读隋书》、《读南北史》、《读新旧
唐书》、《读宋辽金三史及宋史新编》、《读宋史李全传》、
《读通鉴纲目（三则）》、《读通鉴胡氏注》、《读世史正纲
（二则）》。这些文章，纵论历代史书，不乏真知灼见。如
比较《后汉书》和《三国志》："陈寿有余于质而不足于
文，范晔有余于文而不足于质，品格政（正）自相当。乃
寿书失之太简，而东京一代故迹读范书粲然足征，洎辞亦
丰藻奕奕。二史之优劣判矣。"评《晋书》云："第惜自竹
林而后，风流崇尚，芬溢齿牙，而此书备载；话言履历，
故清声雅致，往往有使人绝倒者，犹胜于宋元之尘陋也。"
评《隋书》云："《隋志》一编，古今卓绝。唐室诸臣，分
任备极研摩，又承隋世嘉则，殿三十七万之后，物力全盛，
海宇綦隆。而魏征诸公得以肆意于此，故自班氏《艺文》
后，独赖是编之存，得以考究古今载籍，离合盛衰，其关
涉非浅鲜也。"评《新唐书》与《旧唐书》："《新书》虽
耽尚奇僻，其气法劲悍，犹足成一家。言第律之史笔，当
行不无三舍耳。《旧唐》叙事委缛，间有足称，而猥俚之
词，冗蔓之调，旁午简编，果出《新唐》上否耶？故余尝
谓史畏繁而繁若《后汉》可也，《旧唐》不可也；史贵简
而简若《三国》可也，《新唐》不可也。二书者，两存之

---

① 胡应麟：《史书占毕》卷1，《少室山房笔丛》，第127页。

备考可也，举一而废一不可也。"① 此仅举数例，即足可看出胡应麟熟读历代史书，对史书见解颇深。他还将史书进行比较，认为："《檀弓》之于《左传》，意胜也；《左传》之于《史记》，法胜也；《史记》之于《汉书》，气胜也；《汉书》之于《后汉》，实胜也；《后汉》之于《三国》，华胜也；《三国》之于六朝，朴胜也。"② 这样的观点不仅有新意，也有一定的深度，值得重视，也值得深入研究。

胡应麟重视史书与史家的关系。有什么样的史家，则有什么样的史书。"《尚书》、《春秋》，圣人之史也；《檀弓》、《左传》，贤人之史也；《史记》、《汉书》，文人之史也；《后汉》、《宋书》，乱人之史也；《三国》、《元魏》，小人之史也；赵宋、辽、金，夷人之史也。举其人而史之得失，文之高下瞭然矣。"③ 史家一人修史，胜于多人合修；如是世传其业，则更为精进。"司马、班氏，人自为史，其史也，史百代而有余；司马、班氏，合而为史，其史也，史一代而不足；则史非专不可也。司马不啻谈、迁也，世为太史矣，迁而始成，而犹少孙补也。班氏不啻彪、固也，半因太史矣，固而始成，而犹大家续也，则史非久不可也。"④ 史出众手不如史家个人所修。"晋、梁、陈、齐、周、隋六史，皆唐人撰也。梁、陈姚崇，北齐李百药，周令狐德棻，学一家也，文一手也。中独晋、隋群彦所修，而晋史大为猥杂，隋史差自精详，以委任异宜，才用乖协故也。"⑤ "夫李延寿尝与修诸史矣，胡以弗南、北若

① 胡应麟：《少室山房集》卷101。
② 胡应麟：《史书占毕》卷1，《少室山房笔丛》，第130页。
③ 同上书，第127页。
④ 同上书，第129页。
⑤ 同上书，第129页。

也？夫欧阳修尝修《唐书》矣，胡以弗《五代》如也？斯独任之衡也。"①

对于史家的修养及能力要求，历来就为史学评论家所关注。唐代刘知几提出了史才须有"三长"，即要有"才"、"学"、"识"。②胡应麟则说："才、学、识三长，足尽史乎？未也。有公心焉、直笔焉。五者兼之，仲尼是也。董狐、南史，制作亡征，维公与直，庶几尽矣。秦汉而下，三长不乏，二善靡闻。左、马恢恢，差无异说。班《书》、陈《志》，金栗交关；沈《传》、裴《略》，家门互易。史乎史乎！"③在刘知几的基础上，胡应麟更强调"公心"和"直笔"，"直则公，公则直，胡以别也？而或有不尽符焉。张汤、杜周之酷附见他传，公矣，而笔不能无曲也；裴松、沈璞之文相讦一时，直矣，而心不能无私也。夫直有未尽，则心虽公犹私也，公有未尽，则笔虽直犹曲也。"④显然，这是对刘知几史才"三长"说的发展，不仅可以更多角度来评价史家的得失，也对后世史家的修养提出了更高的要求。

史家的命运往往多坎坷。"左氏废，史迁辱，班掾缧，中郎狱，陈寿放，范晔戮，魏收剖，崔浩族。甚矣！唐以前史氏之厄也。"⑤这种现象不能不引起史家及史学评论家

---

① 胡应麟：《史书占毕》卷1，《少室山房笔丛》，第132页。

② 《旧唐书·刘子玄传》载："子玄掌知国史，首尾二十余年，多所撰述，甚为当时所称。礼部尚书郑惟忠尝问子玄曰：'自古已（以）来，文士多而史才少，何也？'对曰：'史才须有三长，世无其人，故史才少也。三长：谓才也，学也，识也。……'时人以为知言。"《旧唐书》卷102，见《二十五史》，开明书店1935年版，第3387页。

③ 胡应麟：《史书占毕》卷1，《少室山房笔丛》，第127—128页。

④ 同上书，第128页。

⑤ 同上书，第131页。

的高度关注。胡应麟认为，史家命运多舛，就是因其担当的职责所引起的。"史氏多厄，何也？世以高明鬼瞰，褒贬天刑，夫天纲恢矣而史佐其漏，鬼责眇矣而史暴其微，幽赞参两，功则宏矣，而胡以罪也？必以纪载失实，赏罚徇私，胡以弗盲陈寿、腐魏收而族许敬宗哉？是必有其故矣。……肩其重则任，以太过而颠，故史氏多厄且多刑。"① 就历史事实来看，史家命运坎坷也不一定是全由修史所致，也有史家并未因修史罹祸，胡应麟的分析并不代表全部历史事实，但是，大多数史家的确因修史而带来巨大祸患，这不能不令后世史家和史学家深思。

　　对于修史来说，胡应麟充分认识到收集史料的艰难："甚矣！史之不易也。寸管之搜罗，宇宙备焉，非以万人之识为一人之识不可也。"② 而对史料的搜集和运用，胡应麟则十分强调史料的真实性，这是他评判史书好坏的一条重要标准。他多次批评刘知几《史通》在史料运用上以伪为真，以非为是。"孔甲，黄帝史也；尹佚，成王史也，刘歆《七略》、班志《艺文》昭昭载焉。而刘知几以孔甲为夏、尹佚为商，得无剿夏帝之名，传有熊之佐乎？""刘知几《史通》称舜囚尧、禹放舜、启诛益、太甲杀伊尹、文王杀季历、成汤伪让、仲尼饰智矜愚，斯数言者战国有之，然识者亡不谓虚也，胡子玄骤以为实也？""《史通》之所谓惑，若赤眉积甲，史氏弥文；文鸯飞瓦，委巷鄙说，皆非所惑者。至《竹书》杀尹、汲冢放尧，则当惑而不惑。《史通》之所谓疑，若克明峻德，《帝典》所传；比屋可封，盛世之象，皆亡可疑者也。而《山海》诡词，

① 胡应麟：《史书占毕》卷1，《少室山房笔丛》，第130页。
② 同上书，第128页。

《论衡》邪说，则当疑而弗疑。"因为《史通》在史料的选择、甄别和使用上的这些问题，胡应麟甚至认为"刘有史学而无史笔，有史裁无史识也"。①胡应麟比较推崇《资治通鉴》，但是对于该书史料采用不当之过，则颇有微词："温公（司马光卒后赠太师温国公，后人称其司马温公——引者）之于唐末也，叙裴甫之平则全采王式家传，叙高骈之惑则全录罗隐《广陵》，较之《通鉴》体制迥不侔也，且求之当日事情颇不合也。谓家乘贡谀、野史修郤，诚然，然温公弗及详，亦以流言故也。文士笔、谗夫舌、武夫兵，真三端哉。"②以史料之不实视同谗夫舌、武夫兵，足可见胡应麟对史料的真实性要求之严格。

胡应麟对史注也关注较多，且多有论及。他认为，"著书诚难，而注书尤难"，好的史注或像《三国志》裴注"傍引博据，宏洽淹通，而考究精严，辨驳明审"，或像《通鉴》胡注"宏搜博引，备录诸说，而斟酌事势，悬断是非，皆昭昭目睫于千载之上"③，只有这样史注可成为"史之忠臣，古之益友"④。对史注这样关注，将史注与史书相提并论，且作这样深入的分析，在史学史上是少见的。

胡应麟的史学研究成就还不限于此，如对史书的繁简问题，对历史人物的评价问题，对史书的论赞，他都有很精彩的看法。胡应麟对中国古代史学的发展作出的贡献是巨大的，不容忽视。可惜的是，直至目前，胡应麟的史学思想并没有受到

---

① 胡应麟：《史书占毕》卷1，《少室山房笔丛》，第132—134页。

② 同上书，第135页。

③ 胡应麟：《读〈三国志〉裴注》、《读〈通鉴〉胡氏注》，《少室山房集》卷101。

④ 胡应麟：《史书占毕》卷1，《少室山房笔丛》，第133页。

足够的重视，没有得到充分的研究。①

三　文学研究

胡应麟的文学研究成就主要体现在诗论和小说研究方面。其诗论主要体现在《诗薮》一书中。②《诗薮》纵论历代诗作，共 20 卷，分为内、外、杂、续四编。③ 内编六卷，分述古体诗和近体诗；外编六卷，历评周、汉、六朝、唐、宋、元各时代诗歌；杂编六卷，谈亡佚篇章和载籍，以及三国、五代、南宋和金代诗歌；续编二卷，论明洪武至嘉靖年间诗作。其诗学思想颇得时人汪道昆推重，汪氏在《诗薮》序言中谓是书"轶《谈艺》，衍《卮言》，廓虚心，采独见，凡诸毫倪妍丑，无不镜诸灵台。其世，则自商、周、汉、魏、六代、三唐以迄于今；其体，则自四言、五言、七言、杂言、乐府、歌行以迄律绝；其人，则自李陵、枚叔、曹、刘、李、杜以迄元美、献吉、于鳞。发其椟藏，瑕瑜不掩。即晚唐弱宋胜朝之籍，吾不欲观，虽在糠粃，不遗余粒。其持衡，如汉三尺；其握算，如周九章；其中肯綮，如庖丁解牛；其求之色相之外，如九皋

---

① 专论胡应麟史学思想的论文，所见仅两篇，一为《试析〈史书占毕〉的史学思想与历史思想》（《重庆师院学报》1995 年第 2 期），一为《胡应麟史学理论初探》（《天津师大学报》1996 年第 3 期），且二文内容有相当部分是重合的。著作仅王嘉川《布衣与学术——胡应麟与中国学术史研究》中有部分章节涉及。

② 胡应麟有《皇明律范》存世，明万历刊本，现仅存北京大学图书馆。据其序言："辑录本朝五七言近体诗为律范……诗之有五七言律也，犹刑之有律例也。"当与胡氏诗学思想有关，然北京大学王明辉博士学位论文《胡应麟诗学研究》（2004）却与此书无涉，恐是因条件所限，然实为憾事。

③ 书成时胡应麟自称"《诗薮》三编"，原书初刊序言也云"《诗薮》三编凡若干卷"，今行世本均为内、外、杂、续四编，恐是后刊行者所为。

相马……"① 为书作序,有过誉之词恐难全免,但足可看出《诗薮》的特色与价值。

胡应麟诗论的重要价值在于对不同诗歌体裁的辨析、对诗歌发展史的归纳、对诗歌理论的总结等方面。

《诗薮·内篇》探讨诗体变化,论古、近体诗之别:"国风、雅、颂,温厚和平;离骚、九章,怆恻浓至;东西二京,神奇浑璞;建安诸子,雄赡高华;六朝俳偶,靡曼精工;唐人律调,清圆秀朗,此声歌之各擅也。风雅之规,典则居要;离骚之致,深永为宗;古诗之妙,专求意象;歌行之畅,必由才气;近体之攻,务先法律;绝句之构,独主风神,此结撰之殊途也。""四言变而离骚,离骚变而五言,五言变而七言,七言变而律诗,律诗变而绝句,诗之体以代变也。三百篇降而骚,骚降而汉,汉降而魏,魏降而六朝,六朝降而三唐,诗之格以代降也。"② 不同的诗歌体裁有着不同的"体"和"格",在胡应麟而言,不同体裁诗歌的特征完全不同,绝不能混为一谈。

胡应麟论述诗之"格"与"体",以时代为序,注意到了诗体的先后传承与递嬗,有"史"的眼光和意识。《外篇》则完全按朝代先后顺序来构建全篇,历论各代诗歌,每朝为一章节,完全是诗歌史的笔法和结构方式。故有论者将胡应麟的论述总结为"汉魏六朝诗——质文代变"、"唐诗——体全格备"、"宋元诗——各出偏锋"、"明

---

① 汪道昆:《诗薮序》,载胡应麟《诗薮》,上海古籍出版社 1979 年版,第 2 页。

② 胡应麟:《诗薮》,上海古籍出版社 1979 年版,第 1 页。

诗——全美兼善"（明代诗歌的论述在《续编》中）①，则更清楚看出一部诗歌发展史的框架与脉络。胡应麟以"史"的方式对前代诗歌发展作全面总结，无论是对构建中国诗歌史实践来说，还是对深入认识中国诗歌的发展，都有着重要的意义。

此外，胡应麟诗论中大量运用了"格"、"格调"、"兴象"、"风神"等审美范畴。这些审美范畴并不是胡应麟的发明，但胡应麟将其作为品评诗歌的工具，在实际运用中，既综合了前人理论成果，又有所扬弃，有所创新，为诗论的发展作出了自己的贡献。

胡应麟小说研究显然没有诗论那样系统和集中，但其思想内容是丰富而深邃的，值得深入研究。因其是本书将重点展开论述的内容，此暂不赘。

胡应麟的诗论和小说思想正在日益为学者所关注，其中不乏探讨比较深入之作。值得一提的是，除了文学研究，胡应麟在文学创作方面也取得了一定的成就。首先，胡应麟是一位诗人，曾创作了大量的诗歌，有诗集《寓燕》、《还越》、《计偕》、《岩栖》、《卧游》、《长啸》、《三洞》、《两都》、《兰阴》、《畸园》等二十余卷（现大都收入《少室山房集》），其诗在当时诗坛享有盛名。其次，他也有一定的小说创作，现存世有小说集《甲乙剩言》一卷，其中不乏精彩之笔；而且，他还曾辑小说集《百家异苑》（其书今不存，仅存其序）及《虞初统集》。在全面观照其诗论和小说思想时，诗歌和小说创作无疑也是一个重要的维度。可惜在这一点上，似还没有引起足够的注意。

---

① 王明辉：《胡应麟诗学研究》，博士学位论文，北京大学，2004年，第121—131页。

第三节　胡应麟的学术态度与学术特色

胡应麟的学术成就巨大，值得认真清理。在学术探索中，胡应麟为什么能取得这样大的成就？他与时人有什么相异之处？其学术研究又有何独特之处？

一　胡应麟的学术态度

明季心宗盛行，认为"劳攘则无由见道，故观书博识，不如静坐"，讲究从顿悟入手，直指本心，不尚读书。两相比较，悟"道"明"理"比读书重要得多，"道不明，虽日诵万言，博极群书，不害为未学"。特别是自万历以来，束书不观、空言心性、游谈无根之学风弥漫一时，实是四库馆臣所谓"心学横流，儒风大坏"。明末清初顾炎武就曾批评其时学者"不习六艺之文，不考百王之典，不综当代之务"，"以明心见性之空言，代修己治人之实学"。①

科举制度对学界也有明显影响。明朝建国之初，科举考试承袭前朝旧制，并略有改造。其应试科目，"沿唐、宋之旧，而稍变其试士之法，专取四子书及《易》、《书》、《诗》、《春秋》、《礼记》五经命题试士。盖太祖与刘基所定。其文略仿宋经义，然代古人语气为之，体用排偶，谓之八股，通谓之制义。……《四书》主朱子《集注》，《易》主程《传》、朱子《本义》，《书》主蔡氏传及古注疏，《诗》主朱子《集传》，《春秋》主左氏、公羊、谷梁三传及胡安国、张洽传，《礼记》主古注疏"。

---

① （清）顾炎武著，（清）黄汝成集释：《日知录集释》卷7，影印本，上海古籍出版社1985年版，第538页。

随后在永乐十五年（1417），"颁《四书五经大全》，废注疏不用。其后，《春秋》亦不用张洽传，礼记止用陈澔《集说》"。①由于考试科目减少以及版本的限定，应试者无须本经及传注全文，只须在应考之书上用功。更有甚者，"务于捷得，不过于《四书》、一经之中拟题一二百道，窃取他人之文记之，入场之日，抄誊一过，便可侥幸中式，而本经之全文有不读者矣。"于是，明代科举考试内容遂日趋空疏，"文辞增而实废"，"率天下而为欲速成之童子，学问由此而衰，心术由此而坏"。②

一面是科举考试内容的空疏，一面是"心学"的日渐兴盛，无怪明代学人多不愿多读书，更不愿在古籍上用力。学术以顿悟为要途，然最终不免流于虚空。《明史·贺钦传》载："钦学不务博涉，专读《四书》、《六经》、《小学》，期于反身实践。谓为学不必求之高远，在主敬以收放心而已。"《王艮传》载："艮读书，止《孝经》、《论语》、《大学》，信口谈说中理解。"③贺钦、王艮均载《明史·儒林传》，属儒林楷模，可见当时受此类思想影响的读书人绝不在少数。更有甚者，将经书视作顿悟之碍，《明史》对当时的这种情况也略有描述："时心学盛行，谓学惟无觉，一觉即无余蕴，九容、九思、四教、六艺皆桎梏也。"④这就与明季"狂禅"之风略近了。⑤

---

① 《明史》卷70，载《二十五史》，开明书店1935年版，第7241页。

② （清）顾炎武著，（清）黄汝成集释：《日知录集释》卷16，影印本，上海古籍出版社1985年版，第1256页。

③ 《明史》卷283，载《二十五史》，开明书店1935年版，第7786页。

④ 同上书，第7788页。

⑤ 明季狂禅之风，强调本心即是道，本心即是佛，其余皆是虚妄，佛祖、经义也是"屡窨子"，是"十字街头破草鞋"，应该"抛向钱塘江里着"。参见《楚石梵琦禅师语录》卷3《住嘉兴路本觉寺语录》、卷4《再住海盐州天宁祚禅寺语录》、卷2《住杭州路凤山大报国禅寺语录》。

心学盛行于明代中期，故束书不观，空谈心性之风于这一时期也最为炽烈。胡应麟所处嘉靖、隆庆及万历年间，正是明朝中叶。王世贞谈及这时候的学风，说："……顾其所习，仅科举章程之业，一旦取甲第，遂厌弃其事。至鸣玉登金，据木天藜火之地者叩之，自一二经史外，不复知有何书，所载为何物，语令人愦愦气塞。休明之代，士大夫谈性命者创不根之语，蝇袭蛙传，以文其陋，而翛然欲主齐盟，即所谓：驴非驴，马非马，龟兹王乃骡也。其稍上者，即操觚之士，攀西京，蹑大历，厌薄宋儒，以为不足道，实不如宋儒。日占毕，小有所撰述也。即所谓夜郎王谓汉使者'我孰与汉大也？'……杨用修自谓近代子云，见足下聊萧之，仆初未敢奉从。然睹其书如方城万城张浚张俊三尺竖子所不道者，何也？近有致《河南通志》者，名宦中相州刺史高阳王雍，魏孝文帝弟也，以孝文戒益自励。今作王雍，高阳人，此又大可笑也。今世所称博学知名士如此。"① 胡应麟也切身感受到了这种风气："近岁市人转相摹刻，诸子百家之书，日传万纸。学者之于书，多而且易致如此，其文词学术当倍蓰于昔人。而后生科举之士，皆束书不观，游谈无根，此又何也？"② 难能可贵的是，胡应麟不仅未囿于当时的风气，而且对这种风气的弊端也看得十分清楚，予以批评："文章学问，本非二途，无论左、马、杜、韩，人皆渊洽；即六代唐初，风轨具存；自宋熙丰，趣尚浸异，乃一时博雅，尚有其徒。弘正诸贤，号称复古，操觚云涌，而咸以读书为戒，至有晋魏以还，茫然心目者。……国朝文章之盛，几轶古先，而学问之衰，无逾晚季。

① 王世贞：《与陈户部晦伯》，《弇州四部稿》卷126。
② 胡应麟：《经籍会通》卷4，《少室山房笔丛》，第51页。

至于嘉隆玄谈日沸，即豪特之士崛起其间，而属辞者虞讥于堆垛，多识者取诮于支离。"①

一方面，胡应麟对这种空疏学风持鄙夷态度；另一方面，他赞赏博学之风，极力推崇博学之士。在《华阳博议》中，对历代博洽学者，胡应麟如数家珍："文人以博雅名，古今莫过刘氏，盖代不乏人矣，录其尤灼灼者。汉刘向、刘歆，魏刘劭，晋刘沈、刘寔，宋刘瓛、刘珊、刘湛，齐刘虬，梁刘显、刘逊、刘峻、刘杳……北朝刘芳、刘书、刘兰、刘懋，隋刘焯、刘炫、刘善经，唐刘孝孙、刘知几、刘仁轨……五代刘希古，宋刘载、刘琦、刘易……六代文人类耽载籍，故该洽之士往往有闻，晋则张华、郭璞，宋则袁豹、陆澄，齐则王摛、何宪，陈则虞荔、姚察，魏则崔浩、高允，齐则邢劭、魏收，周则庾信、王褒，隋则刘炫、苏绰，皆其著者。……梁自武帝好学，诸子彬彬继之，故博洽之士弥众，任昉、沈约、江淹、顾协、僧孺、子野、孝绪、之遴、二周（弘正、弘让）、二张（缵、绾）、诸刘（峻、显、杳、讦）、诸贺（场、琛），肩摩毂接，竞爽一时，殆古今所罕也。此外淹通经术又十数人，盛哉！"② 对当朝该洽人士，胡应麟也赞扬有加："国初之博学者无如宋文宪，且该通内典"；"成、弘间，馆阁钜公颇尚该洽……中间惟王子衡核经术，何子元治子、史，杨用修特号多闻，云多宋元秘籍，第不知他书若何"；"嘉、隆间，冯汝言辑《诗纪》甚精详"，"陈晦伯亦嘉、隆间人，所为《正杨》殊博核可观"。③

<hr>

① 胡应麟：《与少司马王公》，《少室山房集》卷112。
② 胡应麟：《华阳博议》卷上，《少室山房笔丛》，第388—389页。
③ 胡应麟：《经籍会通》卷4，《少室山房笔丛》，第48页。

胡应麟也认识到，学问之途千歧万轨，泛无边际，以一人之力穷之，实是难事，故"昔人专一，往往终身，间遇兼长，要非世出。若贯穿玄宗、融镜内典，求之方外时有其人，文士儒流涉猎而已"。对于大多数学者来说，终其一生只能在某一方面（甚至是某一部经书）有所建树。"六经之学，广大闳深，历世名儒第专其一，有博于《易》者，有博于《书》者，有博于《诗》者，有博于《礼》者，有博于《春秋》者，有博于《尔雅》者"；"诸史之文，汪洋浩瀚，材质所诣，咸自名家，有博于正史者，有博于杂史者，有博于古史者，有博于今史者"；"子则有博于儒者、墨者、法者、名者、辩者、杂者、兵者、农者、术者、数者"；"集则有博于骚者、赋者、诗者、文者"。也有兼通者，则往往博而未精，"若马融、郑玄、贾逵、王肃、刘炫、崔浩、颖达、德明数子，诸经并释，六籍兼该，义或未精，博斯称极"。①

博而不精，是胡应麟所不称道的。王性之《莺莺传》跋云："仆性喜讨论，考合异同，每闻一事隐而未见及可见而不同，如瓦砾之在怀，必欲讨阅归于一说而后已。尝谓读千载之书而探千载之迹，必须尽见当时事理，如身履其间，丝分缕解，终始备尽，乃可置议论。若略执一言一事，未见其余，则事之相戾多矣。"又谓："前世之事无不可考，特学者观书少而未见尔。"对此，胡应麟深有共鸣："以上俱王语，余每为之击节。今去唐千余载，而微之事一经考订，万口同然，学者诚博阅古今，渔猎既广，识见自融，而加以精心综核，既前代之事信无弗可考者。至于'身履其间'数言，尤为曲尽。"②

---

① 胡应麟：《华阳博议》卷上，《少室山房笔丛》，第382—283页。
② 胡应麟：《华阳博议》卷下，《少室山房笔丛》，第409页。

既要"博阅古今",又要"精心综核",才能作出令人信服的结论。对以博学名世的学者宋代洪迈及明代杨慎,胡应麟均认为其在"精心综核"方面有所欠缺。"如宋洪景卢、明杨用修非不旁搜广涉,正以轻于立论,遗诮后人,读王氏此跋,可谓良工苦心至于斯极。"①

"博"与"精"正是胡应麟所推重的学术态度。胡应麟指出:"凡著述贵博而尤贵精。浅闻眇见,曷免空疏;夸多炫靡,类失卤莽。博也而精,精矣而博,世难其人……夫博而不精,以骇肤立可耳,稍近当行,讹漏百出,得不慎与!"②"博",即广涉博采,"读千载之书而探千载之迹";"精",即是要在"博阅古今"的基础上用心思考,"必须尽见当时事理,如身履其间,丝分缕解,终始备尽,乃可置议论"。值得一提的是,胡应麟所认同的"身履其间,丝分缕解,终始备尽",即是说应身处古人之情境,"尽见当时之事理",方可"置议论"。这与陈寅恪先生所谓"同情之了解"很有相通之处了。"博阅古今"、"精心综核",则可考合异同,使"隐而未见"者清晰,使"可见而不同"者归于一说,使"前代之事无弗不可考"。③

胡应麟以"博"与"精"作为自己治学之圭臬,目的并非苛责古人,亦非炫其才学,徒取虚名。对于考订异同,推翻前人成说,陈述己见,胡应麟以为要有个正确的思想认识:"读书大患在好诋诃昔人,夫智者千虑必有一失,昔人所见岂必皆长?第文字烟埃,纪籍渊数,引用出处时或参商,意义重轻各有权

---

① 胡应麟:《华阳博议》卷下,《少室山房笔丛》,第409页。
② 胡应麟:《诗薮》,上海古籍出版社1979年版,第163—164页。
③ 胡应麟:《华阳博议》卷下,《少室山房笔丛》,第409页。

度，加以鲁鱼亥豕，讹谬万端，凡遇此类，当博稽典故，细绎旨归，统会殊文，釐正脱简，务成曩美，毋薄前修，力求弗合，各申己见可也。今偶睹一斑便为奇货，恐后视今犹今视昔矣。"①

纵观胡应麟的学术研究，"博阅古今"、"精心综核"的学术态度贯穿始终。其《少室山房笔丛》中所论及典籍数千种，论及学者近万人，对古今书籍聚散了然于心，实是渊博之至；而所发议论均言出有据，绝无无根之谈，很少空发宏论。王世贞将其与明代博学之士陈耀文和杨用修相比，认为其有过之而无不及："足下聚书三万卷，插架不减邺侯，日枕席坐卧其中，世间事无足上眉尖胸次者。以仆所见，当今博洽士，陈晦伯（陈耀文——引者）可称无二，然不无书籍之恨；杨用修（杨慎——引者）颇以缀属称，而疏卤百出，点检不堪。自李献吉（李梦阳——引者）戒人读书，当令此道弥厄，海内故不乏隽流才一篇一叶有味，便厌薄六代以还，即晋唐诸史，高阁束之。矧其余者，自分此生已矣。何意晚岁从少年中得足下，家弟每啧啧足下过目不忘，髫卯时读书几与身等，今已学亡不窥浸浸有雄视百代意，而独稍降心于仆。噫！足下故刘子政、张茂先辈也。"② 汪道昆对胡应麟的"博"与"精"更是赞叹和钦佩："孔子博学无所成名，自生民以来未之有也。楚郑而下，代有其人，或博而无征，或征而不作，西京或博异物，或博陈言，迄于南渡，马郑诸人亦传于博。近则成都博而不核，弇山核而不精，博而核，核而精，宜莫如元瑞，当之则千古自废，其诸搏扶摇而契溟涬耶？"③ 将胡应麟列于与"累

---

① 胡应麟：《华阳博议》卷下，《少室山房笔丛》，第 409 页。

② 王世贞：《弇州续稿》卷 206。

③ 汪道昆：《少室山房四集序》，载《太函集》卷 27，续修四库全书本，据明万历刻本影印，上海古籍出版社 1995 年版，第 114 页。

世不能穷其学，当年不能究其礼"的孔子同等的位置，尽显对胡应麟学术态度及学术地位的推崇之意。

二　胡应麟的学术特色

胡应麟能在学术上取得巨大成就，与"博阅古今"、"精心综核"的学术态度有着密切关系。正是由于这种学术态度，使他的学术研究呈现出一些鲜明的特色。

纵横四部，视界阔大，是胡应麟学术研究的最突出特点。"古今大学术概有数端，命世通儒罕能悉备。"①自战国中期以来，就有儒士以博于一家之说而自诩；两汉则出现五经博士，以博于一经为要务；此后穷毕生而治一经者，屡见不鲜。胡应麟藏书丰富，涉猎更是广泛；在学术上，无论经、史、子、集均在其研究范围之内，呈现出一种阔大的气象。

《四部正讹》论四部典籍伪书情况，涉及四部典籍近百种；《华阳博议》论古今博于经、史、子、集及道、释二典之士几千人；《三坟补逸》专论《纪年》、《逸周书》和《穆天子传》三部典籍；《艺林学山》与《丹铅新录》专驳杨慎，四部均有涉及，以子部和集部为多。四部典籍中，胡应麟又对史部和子部尤为关注，另有专论。《史书占毕》专论史书及史学，《九流绪论》专论诸子九流。《二酉缀遗》和《庄岳委谭》对小说、戏曲等均有详细论述。此外，胡应麟还有《玉壶遐览》和《双树幻钞》，分别论道、释二家。② 由其现存著述观之，胡应麟的学术研究实在没有拘于四部中的哪一种，随心随性，纵论四部，其渊博学识和不凡气度实非一般人能望其

---

① 胡应麟：《华阳博议·序》，《少室山房笔丛》，第381页。
② 以胡应麟的图书分类方法，释、道及类书别为四部之外，另作一类。

项背。故有人云："应麟无所涉世，第作一蠹鱼，老万卷中，墐而不僵，此其沫也。……自十三经、二十一史、三坟二酉、四部九流以及百家，莫不囊括刃解。"① 实非虚词。

重视考证，言而有据是胡应麟学术研究的另一个重要特点。胡应麟在读书和写作过程中，"每闻一事隐而未见及可见而不同，如瓦砾之在怀，必欲讨阅归于一说而后已"。无论研究哪一个方面的内容，考据均是胡应麟学术研究的一种重要的方法，因而结论均是据实而来，大多真实可信。② 也因为考据方法的一以贯之，胡应麟书中，考证成为一种重要特色，成果异常丰富。

胡应麟对《竹书纪年》、《汲冢琐语》、《逸周书》等古籍进行考证，认为："《穆天子传》、《纪年》、《琐语》、《逸周书》皆汲冢，皆竹书，皆古文也。世以'汲冢'冠《周书》，'竹书'冠《纪年》，'古文'冠《琐语》，而《穆天子》第仍初出之称者，互见之文耳。晋史，汲郡人发魏襄王冢，得竹书数十车，皆古文。束皙校定，以今文写之。即诸书并同可见。后人以《周书》上不应有重出字，故以'汲冢'冠之，而'竹书'冠于《纪年》，二书互见已备，而《穆天子传》本四字题名，故直仍其旧耳。《琐语》冠以'古文'见《太平广记》，或仍举'汲冢'冠之，而《师春》亦题'汲冢'，盖俱可互称。世率未精此故，而诸书名纷拏舛连，特详之。"③ 这

---

① 汪道昆：《少室山房四集序》，载《太函集》卷27，续修四库全书本，据明万历刻本影印，上海古籍出版社，第114页。

② 《四库全书总目·〈少室山房笔丛〉提要》认为胡应麟著述"可资考证者亦不少"，但同时也指出其书"牴牾横生，固有所不免"，并列举多例胡应麟疏误之处。但疏误与其著作中的广博材料相比较而言，实在是少数。

③ 胡应麟：《三坟补逸》下卷，《少室山房笔丛》，第337页。

一考证对于《穆天子传》、《竹书纪年》、《汲冢琐语》、《逸周书》等书的来源和书名起因进行了详细说明，后学者断不致在这一问题上存在疑惑或误解。

对汲冢竹书所纪年代，胡应麟不同意流传已久的各家之说。"杨慎《逸周书》跋云：'晋太康二年，汲郡人私发魏安釐王冢，得竹书数十车。'用修以冢为安釐，盖据宋陈氏、李氏所云，而二氏则又本之隋、唐诸志也。""《束皙传》叙汲冢事云：'《纪年》十三篇，记夏以来至周幽王为犬戎所灭，迄魏安釐王二十年。'""杜预所称竹书终哀王二十年，较之《晋书》差近，然亦非也。竹书所谓二十年者直接惠王之后，当为襄王，襄王止十六年，安得二十耶？如以哀王，哀王立于十六年之后，距惠王薨二十年才四年耳，又安得二十耶？注《史记》者皆从杜预说，不深考也。或以慎靓王止六年为疑，亦非也。"胡应麟别有新证："余考《穆天子传》晋荀勖序云：'按所得《纪年》，出魏惠成王子令王之冢，于《世本》盖襄王也。'其言实与今竹书合。"胡应麟认为，"据诸家史传，惠王子襄王，襄王子哀王，哀王子昭王，昭王子安釐，相去世次甚远"，故竹书所纪应终于襄王，而非杨慎所说安釐王时或《晋书》所说"安釐王二十年"及杜预所说"哀王二十年"。①

称汉董仲舒所撰《春秋繁露》，因"刘氏《七略》春秋类惟《公羊治狱》十六篇称仲舒而绝无《繁露》之目，隋《经籍志》始有之"，所以"自宋以来读者咸以为疑而莫能定其真伪"。在细读历代典籍的基础上，胡应麟进行了精心考证："余读汉《艺文志》，儒家有仲舒百二十三篇，而东汉志不可

---

① 胡应麟：《三坟补逸》上卷，《少室山房笔丛》，第327—328页。

考,《隋志》西京诸子凡贾谊、桓宽、扬雄、刘向,篇帙往往
具存,独仲舒百二十三篇不著录,而春秋类特出《繁露》一
十七篇。今读其书,为《春秋》发者仅仅十之四五,自余
《王道》、《天道》、《天容》、《天辩》等章率泛论性术治体,
至其他阴阳五行诊胜,生克之谈尤众,皆与《春秋》大不相
蒙,盖不特《繁露》冠篇为可疑,并所命《春秋》之名亦匪
实录也。余意此八十二篇之文即《汉志》儒家百二十篇者,
仲舒之学究极天人,且好明灾异,据诸篇见解,其为董氏居
然,必东京而后章次残缺,好事因以《公羊治狱》十六篇合
于此书。又妄取班氏所记《繁露》之称系之,而儒家之董子
世遂无知者。后人既不察百二十篇所以亡,又不深究八十二篇
所从出,徒纷纷聚讼篇目间,故咸失之,当析其论《春秋》
者复其名曰《董子》可也。"① 这一考证,解决了关于《春秋
繁露》成书的千年疑案,可谓功莫大焉。

　　此仅举数例,类似的考证在胡应麟著作中极为多见。此
外,胡应麟有《艺林学山》八卷,《丹铅新录》八卷,专驳
杨慎之舛误。杨慎系明朝最为博学之士,学识极为渊博,著
述宏富,堪称大家。《艺林学山》和《丹铅新录》书名源自
杨慎《艺林伐山》及《丹铅录》,主要对此二书中的疏误之
处进行辩驳。胡应麟曾言:"用修(杨慎字用修——引者)
才情学问,在弘、正后嘉、隆前,挺然崛起,无复依傍,自
是一时之杰,第诗文则饾饤多而熔铸乏,著述则剽袭胜而考
证疏。"② 在《艺林学山》和《丹铅新录》中,多指"杨慎

　　① 胡应麟:《九流绪论》中卷,《少室山房笔丛》,第272—273 页。
　　② 胡应麟:《诗薮》,第348 页。

皆臆度，未必然"①，"非记忆之讹则传录之舛，第或致误后学"②，"于诸书一不之考，直据胸臆"，"既无所因，又无所考"③，"大卤莽也"④。可见，胡应麟写《艺林学山》和《丹铅新录》有一个重要原因，就是对杨慎疏于考证的不满。针对杨慎著述的疏误，二书指正一百八十余处，多据实而言，颇见功力，也足可见胡应麟重视考证，言而有据的治学特点。

客观公正、不偏不倚是胡应麟学术研究的第三个重要特点。在论史家修养时，胡应麟就在刘知几的"三才说"（才、学、识）的基础之上提出"公心"和"直笔"。"五者兼之，仲尼是也。"且"直有未尽"或"公有未尽"都是不可取的。"夫直有未尽则心公犹私也，公有未尽则笔虽直犹曲也。"⑤ 在其他学术研究中，胡应麟同样十分注意"公心"，强调要有个客观公正的态度。

胡应麟云："昔人之说有当于吾心，务著其出处而韪之；亡当于吾心，务审其是非而驳之。毋先入、毋迁怒、毋作好、毋狥名，此称物之恒而尚论之极也。今明知其得而掩为己有，未竟其失而辄恣讥弹，壮夫不为，大雅当尔耶？"⑥ 一方面，胡应麟认为学术研究不应带有个人的感情色彩和功利私心，"毋先入、毋迁怒、毋作好、毋狥名"。先入为主的观念常常带来一定的视野的遮蔽，对学术研究的客观性来说显然是不利

---

① 胡应麟：《艺林学山》卷5，《少室山房笔丛》，第228页。
② 胡应麟：《丹铅新录》卷1，《少室山房笔丛》，第54页。
③ 胡应麟：《丹铅新录》卷7，《少室山房笔丛》，第107页。
④ 胡应麟：《艺林学山》卷8，《少室山房笔丛》，第255页。
⑤ 胡应麟：《史书占毕》卷1，《少室山房笔丛》，第127—128页。
⑥ 胡应麟：《华阳博议》卷下，《少室山房笔丛》，第409页。

的。胡应麟此说，当为所有学者戒。另一方面，胡应麟强调对前人之说应有正确态度，对的要"著其出处"，不可私占己有，不对的要"审其是非而驳之"。"前人制作，瑜而掩之，私也；瑕而匿之，亦私也。"① 这既强调了学术研究的客观和公正，同时也强调了对学术的严肃、认真和负责的态度。

胡应麟对杨慎的博学多识，不无崇敬和景仰。他直言"余少癖用修书，求之未尽获，已稍稍获，又病未能悉窥"②，"用修之识，致足仰也"③。《丹铅新录·引》云："杨子用修拮据坟典，摘抉隐微，白首丹铅，厥功伟矣！今所撰诸书盛行海内，大而穹宇，细入肖翘，耳目八埏，靡不该综，即惠施、黄缭之辩未足侈也。"④ 既是这样，胡应麟为何还要写专书《丹铅新录》和《艺林学山》，专为驳正杨慎？在写书之时，当即有人提出质疑："子之说则诚辩矣，独不闻之蒙庄之言乎？'天地一指也，万物一马也。'昔河东氏非《国语》而《非〈非国语〉》传，成都氏反《离骚》而《反〈反离骚〉》作。用修之言，世方社而稷之，而且哓哓焉数以辩哗其后，后起者藉焉，子其穷矣。"对此，胡应麟的回答是："窃闻之，孔鲋诘墨，司马疑孟，方之削荀，晦伯正杨，古今共然，亡取苟合。不佞于用修，尽心焉耳矣。千虑而得，间有异同即就正大方，方兹藉手而奚容目睫诿也？"⑤ 对杨慎博学的仰慕和崇敬，并不影响胡应麟在学术问题上对杨慎的修正；相反，胡应麟以为这种辩驳是对杨慎"尽心"，故其有

①　胡应麟：《史书占毕》卷1，《少室山房笔丛》，第134页。
②　胡应麟：《艺林学山·引》，《少室山房笔丛》，第190页。
③　胡应麟：《艺林学山》卷8，《少室山房笔丛》，第257页。
④　胡应麟：《丹铅新录·引》，《少室山房笔丛》，第53页。
⑤　胡应麟：《艺林学山·引》，《少室山房笔丛》，第190页。

言："鄙人于杨子业忻慕为执鞭，辄于占毕之暇稍为是正，甕天蠡海，亡当大方，异日者求忠臣于杨子之门，或为余屈其一指也夫。"① 胡应麟在多处表示："第用修之语，后必信之，余恐致累学人，不敢避也"②；"第或致误后学，是故谨识之，后仿此"③。这就是既对杨慎负责，也对后学负责的严肃学术态度。

胡应麟对王世贞敬仰有加，但在有歧见的学术问题上绝不遮掩，直指病痛。胡应麟《关忠义》论关羽失败之原因，就不同意王世贞的看法："王长公谓荆州之失，昭烈与有责焉。当忠义破襄，宜遣孔明益（翼）德帅精甲数万，控扼江陵，遥相首尾，庶乘魏之衅而伐吴之谋。其论甚卓，而夷考时势则有不遑及，而且有不必然者。先是刘封、孟达屯戍上庸，侯始围樊，累趣发兵，而二人御其矜高，坚闭不出，以致径路断绝。迄堕吴寇之奸，当南郡既失，麦城孤危，二人馨兵风发赴难，即无救荆，无何至忠义父子，骈首沦胥，致古今一大扼腕哉！若昭烈之不预遣孔明益（翼）德，非委侯也。三蜀甫定，惊扰不常，如魏众所传日斩数人，而莫能靖孔明，固未可旦夕离。益德破张合，镇阆中，移军远出，合必乘虚来寇，亦非所以戡辑巴徼，总之时势未遑。然俾昭烈逆计侯之安危，则宁舍巴蜀而援荆之师，有不俟终日者。要以侯方乘胜，而南郡匪旦夕可下，或小有利钝，上庸密迩，足相应援，讵意封达外讧，芳仁内叛，瓦解土崩，至于斯极也耶。"④ 胡应麟直言对王世贞的观点不赞同，且论述了充分的理由。胡应麟十分推崇王世

---

①　胡应麟：《丹铅新录·引》，《少室山房笔丛》，第53页。
②　胡应麟：《丹铅新录》卷4，《少室山房笔丛》，第81页。
③　胡应麟：《丹铅新录》卷1，《少室山房笔丛》，第54页。
④　胡应麟：《关忠义》，《少室山房集》卷96。

贞的《艺苑卮言》，但也不时对其进行补正。《华阳博议》中，胡应麟尝言："读《卮言》所记古今博物事，偶忆史传、小说中有相类者，并疏左方。"又云："余历考博识事，自谓庶几足补《卮言》之缺。"①

胡应麟对杨慎的匡正和纠偏，并非一味指责，后人对杨慎指责有失当的地方，胡应麟同样予以坚决辩护。陈耀文有《正杨》一书，专事批评杨慎疏失，胡应麟说："陈晦伯（陈耀文字晦伯——引者）《正杨》，援证颇精，至诗文引用，或断章取义，或反覆抑扬。此自词人所解，而陈第据纸上陈言格之，恐用修有灵，将复称屈地下。"②《艺林学山》卷7、卷8多条肯定杨慎，而对陈耀文《正杨》进行批判，制造了学术史上著名的"正正杨"风波。③

胡应麟曾言："凡著述最忌成心，成心著于胸中则颠倒是非，虽丘山之钜，目睫之近，有蔽不自知者。"④ 在学术研究中，无论是对于自己崇敬有加的前贤长辈，还是一般的名不见经传的学者，胡应麟保持了同样的客观与公正，他所关注的只是学术研究的内容，而不受其他任何因素的影响。这是胡应麟的一种学术风格和特点，更是一种值得肯定和推崇的学术精神。

---

① 胡应麟：《华阳博议》下卷，《少室山房笔丛》，第397、401页。
② 胡应麟：《燕中与祝生杂束八通》之四，《少室山房集》卷116。
③ 明末清初周亮工云："杨用修先生《丹铅》诸录出，而陈晦伯（耀文）《正杨》继之，胡元瑞（应麟）《笔丛》又继之。时人颜曰《正正杨》。当时如周方叔（婴）、谢在杭（肇淛）、毕湖目（拱辰）诸君子集中，与用修为难者，不止一人。然其中虽极辨难，有究竟是一义者，亦有互相发明者。予已汇为一书，颜曰《翼杨》。书已成，尚未之镌耳。"见周亮工《书影》卷8，上海古籍出版社1981年版，第227页。
④ 胡应麟：《经籍会通》卷2，《少室山房笔丛》，第21页。

第 二 章

胡应麟的小说研究与小说创作

在胡应麟的学术成就中，文学研究方面的成就令人瞩目。其诗论以《诗薮》为代表，很早就为人所注意，并进行了深入而广泛的研究。其小说思想主要集中于《少室山房笔丛》，以《九流绪论》、《二酉缀遗》、《庄岳委谭》等篇为尤，有较大篇幅论及小说理论，论及具体小说作品多达数百部，所引用小说则不可胜数。另外，《少室山房集》中的一些序、跋及文章包含了丰富的小说理论思想。可以说，凡治中国古代小说者，无人不知胡应麟，只是理解深浅程度不同而已。但是，胡应麟的小说研究成果有些为人所熟知，而有些却不为人知，还有些地方存在很大程度的误读。

另外，胡应麟也是一位小说创作者和编纂者，存世有小说集《甲乙剩言》一卷。读书写作之余，他还曾辑小说集《百家异苑》及《虞初统集》等，辑佚小说集多部。中国古代小说史上，既是小说家又是小说理论家的较为少见。更重要的是，在胡应麟之前，没有哪一位小说理论家能像他这样全面集中地论述过小说理论（其后也只有在近现代才出现），也没有哪一个像他这样重视小说。因此，无论是从胡应麟小说思想本身来说，还是从中国小说理论史的构建角度来看，胡应麟的小说思想确有深入研究之价值。

第一节　胡应麟的小说研究视角与范围

一　胡应麟的小说研究视角

中国古代小说研究历史久远，研究形式也多种多样。纵观中国古代小说研究的历史，有编纂小说目录者，有对小说进行注释者，有辨别伪书者，有汇集辑佚者，有撰写序跋者，有小说评点者等。

编纂小说目录以《汉书·艺文志》为代表。《汉书·艺文志》"诸子十家"中列有小说家，著录"小说十五家，千三百八十篇"。班固感到"六学既登，遭世罔弘，群言纷乱，诸子相腾。秦人是灭，汉修其缺"，故作《艺文志》。① 因此，《汉书·艺文志》的小说研究是从编辑图书目录的角度来进行的，故其小说研究主要只涉及小说的目录编纂。此后，《隋书·艺文志》、《旧唐书·艺文志》、《新唐书·艺文志》、《宋书·艺文志》、《明史·艺文志》乃至《清史稿·艺文志》等史志目录无不从其例，均在子部列小说家，著录小说著作。此外，晁公武的《郡斋读书志》、陈振孙的《直斋书录解题》等私家书目，以及《四库全书总目》等大型官修书目也都在小说著录上进行过探索和实践。编纂小说目录，所采取的显然是目录学的视角，其重点考虑的是选目、排序、编写等问题。

古人为书作注的主要是经学著作，但也有人为一些小说作注。最有代表性的当是郭璞注《山海经》，后又有刘孝标注《世说新语》。清代，还出现了《聊斋志异》、《蟫史》等小说

---

① 《汉书》卷100下，载《二十五史》，开明书店1935年版，第636页。

的注书。孔颖达《毛诗正义》云："注者，著也。言为之解说，使其著也。"① 顾炎武《日知录·十三经注疏》说："其先儒释经之书，或曰传，或曰笺，或曰解，或曰学，今通谓之注。"② 小说的注同经书一样，是将书中的晦涩字词、名物形态、相关史实、事件背景、作者旨意等内容作解释、补充、说明或证实，使读者更加容易理解小说的内容和主旨。为小说作注作为小说研究的形式之一，是从解释和补充的角度来进行研究的。

"中国人造伪的本事特别大，而且发现特别早，无论哪门学问都有许多伪书。"③ "一分真伪，而古书去其大半。"④ 小说因其在古代典籍中的特殊位置，伪书更盛。《汉志》小说家所著录小说的多条注语如"其语浅薄，似依托也"，"迂诞依托"等，就有辨伪的意思。后代诸多学者如郑樵、洪迈、高似孙、晁公武、陈振孙等辨伪古书都涉及了古代小说。小说辨伪要从书籍版本、纸张、装帧以及语言特点、写作风格、写作内容等方面来仔细甄别，以明确小说是否为后人所伪造为目的。

辑佚与汇集也是小说研究的一种形式。辑佚是将已经散佚的小说，通过其他书的引用、选载所保存的材料，重新搜集，整理成册；汇集则是汇刊他人所作小说，包括摘编、选集、总

---

① 孔颖达：《毛诗正义》卷1，载阮元校刻《十三经注疏》（附：校勘记），影印本，中华书局1980年版，第269页。

② （清）顾炎武著，（清）黄汝成集释：《日知录集释》卷18，影印本，上海古籍出版社1985年版，第1369页。

③ 梁启超：《古书真伪及其年代》，《梁启超国学讲录二种》，中国社会科学出版社1997年版，第135页。

④ 张之洞：《輶轩语·语学第二》，《张之洞全集》第12册，河北人民出版社1998年版，第9796页。

集、丛书等。通过辑佚和汇集，前代小说可以以更为完好的面貌传于后世。汇集和辑佚是小说研究的重要组成部分，其研究成果为进一步的小说研究提供了坚实基础。

序跋是中国古代小说研究的重要表现形式之一。各种小说序跋资料多而庞杂，其中所蕴涵的小说思想也相当丰富。序跋大多是针对单篇小说作品而作，虽也有"借他人之酒杯，浇心中之块垒"，但多是作序者介绍作者、对作品的评价与分析等。序跋是从解读具体某个文本的角度而作，故而视野大多限于单篇作品和单个作者，内容比较单一。

自明万历以来，小说评点盛行。① 小说评点大量出现，很快便成为小说研究的主流形式。小说评点借鉴了诗文评点的方式，综合运用了圈、点、夹批、旁批、文前总评等形式，创造了一种新的小说研究样式。其中，李贽、叶昼、金圣叹、毛宗岗、张竹坡、脂砚斋、闲斋老人等的小说评点流传十分广泛，深受当时读者的喜爱。小说评点多为有感而发，有的放矢，优秀的评点往往能直接点出作者的匠心和作品的奥妙所在，画龙点睛地引导读者去领悟和欣赏。显然，小说评点也是从解读文本角度来进行小说研究的，但与序跋不同的是，评点既关注整部作品，有总体上的评论和概括，同时还关注具体的段落、章法、句子乃至语词的运用，既有综合的一面，也有细致的一面。

胡应麟的小说研究视角与上述均有所不同，所以在研究成果的表现形式上也有着与众不同的特征。

从篇幅上来看，胡应麟小说研究的最主要部分集中在

---

① 谭帆：《小说评点编年叙录》，《小说评点研究》，华东师范大学出版社2001年版，第168—325页。

《九流绪论》和《二酉缀遗》。关于小说的许多重要论述均在《九流绪论》中，胡应麟在《九流绪论·引》中说："子书盛于秦、汉，而治子书者错出于六朝、唐、宋间，其大要二焉，猎华者纂其言、核实者综其指。纂其言者沈休文、庾仲容各有钞，并轶弗传，仅马氏《意林》行世，略亦甚矣。……余少阅诸子书，辄思有所撰述以自附，而恒苦于二家之弗能合，则于诵读之暇取前人铨择辩难之书，以及洪氏《随笔》、晁氏《书志》、黄氏《日钞》、陈氏《解题》、马氏《通考》、王氏《玉海》之评诸子者，及近粤黎氏、越沈氏题词，复稍传诸作者履历之概，会为一编，时自省阅。……辄捃拾其中诸家见解所遗百数十则，捐诸剞氏，备一家言。凡有前人业有定论者，不复赘入。"① 这说明胡应麟写作《九流绪论》的意图十分明确，这是一本"治子书"的著作；从其书名也约略可知其书旨意。小说是子部十家之一，故论之。而《二酉缀遗》系作者读书"有得而系之，且并著其说"②，"皆采撼小说家言"③，杂论历代小说及小说中的人、事或小说中的诗词等。此书虽只针对具体的一部小说或一人一事，少有对小说整体的把握和理论上的总结，但其书涉及小说作品众多，资料丰富翔实，或有考证，间有议论，同样极具学术价值。

　　此外，《四部正讹》专辨伪书，其中进行了大量的小说辨伪工作。胡应麟并非专事小说辨伪，而是在对四部书籍进行辨伪中自然涉及的。其他如《三坟补逸》、《华阳博议》、《庄岳委谭》，也均不是小说专论，而只是在论述其他学术问题中或

① 胡应麟：《九流绪论·引》，《少室山房笔丛》，第259页。
② 胡应麟：《二酉缀遗·引》，《少室山房笔丛》，第350页。
③ 纪昀等：《四库全书总目》，中华书局1965年版，第1063页。

有涉及。

全面审视胡应麟小说思想，胡应麟的小说研究采取了独特的学术史视角，即从学术史的角度来看中国古代小说的发展，来探讨与分析小说。因此，在胡应麟的小说研究成果中，没有专门的小说目录，迄今也未见其有小说评点行世；其小说研究成果主要是理论论述、小说辨伪、资料的收集与考证以及少量的序跋等。

胡应麟为什么采取学术史视角来研究古代小说？这与胡应麟对小说的理解有关。胡应麟意识到："班氏取其有补世道者九而诎其一小说家，九流之名所昉也。"① 小说作为一类作品的正式提出源自班固《汉书·艺文志》，其后的《隋书·艺文志》、《旧唐书·艺文志》、《新唐书·艺文志》、《宋书·艺文志》等史志目录以及晁公武的《郡斋读书志》、陈振孙的《直斋书录解题》等私家书目均在子部列小说家，著录小说作品。故要想对小说及历代小说思想深入研究不得不重视《汉书·艺文志》。《汉书·艺文志》中小说家列于诸子略，与儒家、道家、阴阳家、法家、名家、墨家、纵横家、杂家、农家等相提并论，那么小说家就与诸子略中其余九家具有相同的性质，是一种学说派别之称。当然，小说家与其余各家相比广博有余，但琐碎零乱，也不够高深玄奥，不成系统的思想和琐碎的奇闻轶事是小说家的核心内容。在论"九流"中论小说，既是一种学术上的传承，也是与历代小说思想对话的平台，可以更好地清理和总结前代小说思想；同时，历代书目子部小说家所著录的小说目录，也确有"考镜源流"之用。

从学术史的角度来研究中国小说，胡应麟保持了比较客观

---

① 胡应麟：《九流绪论》上卷，《少室山房笔丛》，第260页。

的态度，既不沿袭固守旧人成说，也不以个人偏好来左右小说研究。胡应麟自幼好读志怪小说，"幼尝戏辑诸小说为《百家异苑》"①，所收小说近百种。班固《汉志》诸子略列有小说家，但认为诸子十家，可观者九家而已，独小说家不入。胡应麟认识到班固以降对小说的贬斥态度，但这并不影响胡应麟的小说研究。从学术史的角度出发，胡应麟摒弃了传统的视小说为"小道"而"君子不为"的偏见，客观地看待小说的发展历史与现状："子之为类，略有十家，昔人所取凡九，而其一小说弗与焉。然古今著述，小说家特盛；而古今书籍，小说家独传……夫好者弥多，传者弥众，传者日众则作者日繁，夫何怪哉？"② 可以看出，这是对小说创作和流传日益兴盛的现象的冷静观察和表述，这种描述是客观的，不带有前人成见的阴影或个人的好恶因素。

将中国小说的发展放在学术史背景之下，使胡应麟的小说研究有了宏观的视野。在关注小说的发展时，胡应麟是将其放在诸子其他各家的发展态势的大背景下来观察的。"秦、汉前诸子，向、歆类次其繁简固适中，以今较之，殊有不合者。夫兵书、术数、方技皆子也，当时三家至众，殆四百余部，而九流若儒，若杂多者不过数十编，故兵书、术伎向、歆别为一录，视《七略》几半之，后世三家虽代有其书，而《七略》中存者十亡一二，九流则名、墨、纵横业皆渐泯，阴阳、农圃事率浅猥，而儒及杂家渐增。小说、神仙、释梵卷以千计，叙子书者犹以昔九流概之，其类次既多遗失，其繁简又绝悬

---

① 胡应麟：《二酉缀遗》中卷，《少室山房笔丛》，第 364 页。
② 胡应麟：《九流绪论》下卷，《少室山房笔丛》，第 282 页。

殊。"① 在这样大的背景之下观察小说的发展情况，胡应麟提出"更定九流"，"一曰儒，二曰杂，三曰兵，四曰农，五曰术，六曰艺，七曰说，八曰道，九曰释"。因为随着时代的发展，各类图书的盛衰变化是不一样的，因此，胡应麟提出"更定九流"也是自然的事情。

胡应麟重定九流，将小说置于九流之第七位，从而提高了小说的地位。但应该认识到，对小说地位的提高并非胡应麟全凭个人主观意志来决断，而是对"九流十家"古今发展情况的不同的一种总结。也就是说，小说"好者弥多，传者弥众，传者日众则作者日繁"，而诸子中有些类别"业皆渐泯"，胡应麟敏锐地意识到了这一现象并且进行了准确的揭示，这是一种学术史和文化史视野下的精辟论断。故有论者认为，胡应麟"把小说和整个文化绑在一起，在比较中提高小说地位。若不如此，小说的发展和地位的提高只是针对自身而言，在文化结构中仍然是低贱不入流的东西。……班固之前，孔子已经定下评价小说的基调；晚明以后，清代人的见解又趋谨慎保守。所以胡应麟更定九流，重评小说，实为整个中国古代对文言小说的最高评价"②。这种看法，虽有过誉之嫌，亦足资参考。

二　胡应麟的小说研究范围

胡应麟从学术史的角度来研究小说，小说之名与实历来纷繁复杂，胡应麟在论"诸子九流"中论小说，其小说研究范

① 胡应麟：《九流绪论》上卷，《少室山房笔丛》，第260—261页。
② 董国炎：《学科交叉与学术错位——论胡应麟的小说学术史成就》，《明清小说研究》2003年第1期，第54—55页。

围定位于"子部小说"。

　　然而，"子部小说"之名虽不变，其内容和所指范围却并不是一成不变的。《汉志》云："小说家者流，盖出于稗官。街谈巷语，道听涂说者之所造也。"《隋志》云："小说者，街谈巷语之说也。"二者意思虽然大体相同，但所载小说目录却迥异。《汉志》小说家著录："《伊尹说》二十七篇；《鬻子说》十九篇；《周考》七十六篇；《青史子》五十七篇；《师旷》六篇；《务成子》十一篇；《宋子》十八篇；《天乙》三篇；《黄帝说》四十篇；《封禅方说》十八篇；《待诏臣饶心术》二十五篇；《待诏臣安成未央术》一篇；《臣寿周纪》七篇；《虞初周说》九百四十三篇；《百家》百三十九卷。"① 其书皆不存，但据考证，《汉志》小说家著录的大多作品的"作者和方士有关，其内容则涉及方术，且多为武帝时作品"②。《隋志》所著录小说家作品 25 部，大致可分作三大类：一类记人言行，如《燕丹子》、《杂语》、《郭子》、《杂对语》、《要用语对》、《文对》、《琐语》、《笑林》、《笑苑》、《解颐》、《世说》、《世说》（刘孝标注）、《小说》（两部）、《迩说》、《辩林》（两部）、《琼林》等；另一类是博物类，如《座右方》、《座右法》、《鲁史欹器图》、《器准图》、《水饰》等；第三类为杂记类，有《古今艺术》、《杂书钞》等。③《旧唐书·经籍志》小说家所著录有《鬻子》、《燕丹子》、《笑林》、《博物志》、《郭子》、《世说》、《续世说》、《小说》（刘义庆撰）、《小说》（殷芸撰）、《释俗语》、《辩林》、《酒孝经》、《座右

---

　　① 《汉书·艺文志》，载《二十五史》，开明书店 1935 年版，第 435 页。

　　② 潘建国：《〈汉书·艺文志〉"小说家"》发微》，载潘建国《中国古代小说书目研究》，上海古籍出版社 2005 年版，第 17 页。

　　③ 《隋书·经籍志》，载《二十五史》，开明书店 1935 年版，第 2450 页。

方》、《启颜录》14 部。与《隋志》类似。①

宋代欧阳修等所撰《新唐书·艺文志》子部小说家共收录作品 123 部,《隋志》和《旧唐志》所收录的类别,《新唐志》均有收录,且具体作品著录均有增加。另外,《新唐志》还增加了一些新的种类。一是增加了一大批记录神怪的作品,如《列异传》、《甄异传》、《古异传》、《述异记》、《近异录》、《搜神记》、《神录》、《妍神记》、《志怪》(两部)、《灵鬼志》、《鬼神列传》、《幽明录》、《齐谐记》、《续齐谐记》、《感应传》、《系应验记》、《冥祥记》、《续冥祥记》、《因果记》、《冤魂记》、《集灵记》、《征应集》、《旌异记》、《冥报记》等。此类作品大多在《隋志》或《旧唐志》中有收录,但均列于史部杂传类。也有前代史志不曾著录的,如《卓异记》、《续卓异记》、《集异记》、《纂异记》、《独异志》、《博异志》、《异物志》、《古异记》、《传记》、《纪闻》、《灵怪集》、《还魂记》、《异闻集》、《通幽记》等。二是增加了一些家训类作品,如《家范》、《卢公家范》、《六诫》、《柳氏家学要录》等。三是增加了传奇类作品,如《玄怪录》、《续玄怪录》、《甘泽谣》、《传奇》、《补江总白猿传》等。②

查阅宋代其他公私书目,如《崇文总目》、《遂初堂书目》、《郡斋读书志》、《直斋书录解题》、《中兴馆阁书目》等,小说家所收书目情况与此情形相同。此后的《宋史·艺文志》只是数量增加到 359 部,但面目基本相同。可以说,至《新唐书·艺文志》,"子部小说"著录文言小说的目录学

---

① 《旧唐书·经籍志》,载《二十五史》,开明书店 1935 年版,第 3265—3266 页。

② 《新唐书·艺文志》,载《二十五史》,开明书店 1935 年版,第 3769 页。

传统，才算"可谓基本定型"。①

　　胡应麟对《汉志》和后世史志小说家面貌的相异之处有充分认识，他说："汉《艺文志》所谓小说，虽曰街谈巷语，实与后世博物、志怪等书迥别，盖亦杂家者流，稍错以事耳。"② 从学术史的视角出发，胡应麟小说研究的范围既包括类似《汉志》小说家所收的"小说"，也包括《隋志》以降特别是以《新唐志》为代表的史志小说家所收录的各种小说类别。在胡应麟的关于小说分类的阐述中，明确了小说的范围，即志怪、传奇、杂录、丛谈、辨订、箴规。

　　这个小说范围以今天之"小说"定义看来，过于宽泛；就是用大多数研究者常用的"文言小说"来概括，也不能全部囊括。胡应麟从学术史的角度出发，冷静审视历史上出现过的小说或是曾被称作是"小说"的文本，而不以自己的主观意愿去削足适履，这是一种科学和理性的态度。

　　值得一提的是，胡应麟曾论及《三国志演义》和《水浒传》。今天看来，毋庸置疑，这两部作品是小说。但是，在胡应麟那里，它们并非"小说"，也就是说，并不在胡应麟"小说研究"的范围之内。这里暂只指出这一事实，至于具体的原因及所论内容，已超出此节讨论的范围，容后专门讨论。

第二节　胡应麟的小说研究方法

　　胡应麟的小说研究方法，最为重要也最有特点的有二：一

---

　　① 潘建国：《中国古代小说书目研究》，上海古籍出版社 2005 年版，第 26 页。

　　② 胡应麟：《九流绪论》下卷，《少室山房笔丛》，第 280 页。

是目录学方法；二是考证与辨伪法。当然，目录学方法有时也离不了考证，考证也常常依据图书目录才能进行。但二者侧重点还是有所不同的：前者将目录作为研究对象，同时也以目录作为研究的依据；后者侧重于对各种材料（目录是其中一种）的考辨，以期得到正确结论。

一　目录学方法

目录之书，在我国产生很早，源远流长，其在文化传承和学术研究等方面有着非常重要的作用。早在唐代开元年间，智升就在其《开元释教录序》中对目录学的功用有过很好的总结："夫目录之兴也，盖所以别真伪，明是非，记人代之古今，标卷部之多少，撮拾遗漏，删夷骈赘，欲使正教伦理金言有绪，提纲举要，历然可观也。"① 稍后的毋煚更是指出："经坟浩广，史图纷博，寻览者莫之能遍，司总者常苦其多。""学者孤舟泳海，弱羽凭天，衔石填溟，倚杖追日，莫闻名目，岂详家代？不亦劳乎！不亦弊乎！"只有有了好的图书目录，才有可能"将使书千帙于掌眄，披万函于年祀，览录而知旨，观目而悉词，经坟之精术尽探，贤哲之睿思咸识，不见古人之面，而见古人之心，以传后来，不其愈已"②！目录之书成为读书之向导，目录之学则为治学之门径。清代学者王鸣盛《十七史商榷》卷七《汉书叙例》曾云："凡读书最切要者，目录之学。目录明，方可读书；不明，终是乱读。"③

胡应麟特别关注史志书目，对历代史书艺文志均有研究。

---

① （唐）释智升：《开元释教录序》，文渊阁四库全书本。

② （唐）毋煚：《古今书序序》，《旧唐书》卷59，载《二十五史》，开明书店1935年版，第3259页。

③ （清）王鸣盛：《十七史商榷》上册，商务印书馆1937年版，第53页。

他评论历代史志说："历朝诸史，志艺文者前五家，《前汉》也，《旧唐》也，《新唐》也，《隋》也，《宋》也。班氏规模《七略》，刘昫沿袭《隋书》，《新唐》损益《旧唐》，而《宋史》所因则《崇文》、《四库》等目也。中垒父子奕叶青缃，纪例编摩，故应邃密，第遗书绝寡，考订靡从。《隋志》简编，亦多散佚，而类次可观，论辩多美。《旧唐》之录本朝，大为疏略，《新书》间增所缺，颇自精详。欧阳《宋志》紊乱错杂，元人制作亡足深讥。"对于史家不大重视史志目录的编纂他深为不满："大率史氏精神全寓纪传，论序次之，表、志之流便落二义，至于经籍尤匪所先，且人靡博极，业谢专门，聊具故事而已。"① 对其他书目，胡应麟也十分注意，他说："自正史之外，奉命纂修，类例足征，卷轴可考。若刘歆之略、荀勖之部、王俭之志、孝绪之录，并轶不传。宋自庆历、淳熙、嘉定诸目外，荐绅文士，宋、尤、李、叶，并富青缃，今惟文简目存，亦多阙漏。郑氏《艺文》一略该括甚钜，剖核弥精，良堪省阅，第通志前朝，失标本代，有无多寡混为一途。番阳《通考》以四部分门，实因旧史，而支流派别条理井然，且究极旨归、推明得失，百代坟籍烨如指掌。倘更因当时所有，例及亡篇，咸著品题，稍存故实，则庶几尽善矣。"②

胡应麟自己也有编订书目的志向。其有《经籍会通》四卷，论古今书籍的发展，分别"述源流"、"述类例"、"述遗轶"、"述见闻"。其序云："凡前代校综坟典之书，汉有略，晋有部，唐有录，宋有目，元有考，志则诸史共之，肇

---

① 胡应麟：《经籍会通》卷1，《少室山房笔丛》，第1—2页。
② 同上书，第2页。

自西京，迄于胜国，纪列纂修，彬彬备矣。夫其渊源六籍，薮泽九流，绅绎百家，溯洄千古，固文明之盛集，鸿硕之大观也。昭代綦隆，钜儒辈出，诸所撰造，比迹黄、虞，惟是经籍一涂编摩尚缺，概以义非要切，体实迂繁，笔研靡资，岁月徒旷耳。夫以霸闰之朝，草莽之士，犹或拮据坟素，忝窃雌黄，矧大明日揭，万象维新，岂其独盛述鸿裁，彪炳宇宙，而腔谈冗辑，阔略襄时哉？辄不自揆，掇拾补苴，间以管窥，加之悦藻，稍铨梗概，命曰'会通'。"①序中慨叹历代均有书志，而明代"经籍一涂编摩尚缺"，愿为此有所作为。在《经籍会通》中，胡应麟更是表达了自己的这种志向："郑氏《通志》，概征往籍，而昔人著作之旨亡所发明；马氏《通考》，独纪存书，而异时阙逸之篇靡从考究，且自胜国而后未之及也。余自总丱之岁，溺志斯途，南北东西，访求余二十载，经、史、子、集类次赢三万编，诵读滋深，犁然有会，间以暇日，荟萃二书并四代《艺文》、诸家目录，以及儒先月旦、文士雌黄，续附胜国；皇朝制作，稍以己意列其指归，析类分门，总为一集。庶千载简帙之废兴，百氏编摩之得失，一日可以尽其大都，而卷轴繁猥，殆至百数，尚未能脱稿云。"② 这说明胡应麟实是有志于编一部在以往诸家目录的基础上，对郑樵、马端临二家编目体制上扬长避短，从而形成通记古（往籍）今（胜国、皇朝，即元明）有（存书）无（阙逸之篇）作有解题（稍以己意列其旨归）的鸿篇巨制。因此，"《经籍会通》之序应是胡应麟未完成的百卷本目录的全书序言，而四卷本的《经籍会通》则可以

---

① 胡应麟：《经籍会通·序》，《少室山房笔丛》，第3页。
② 胡应麟：《经籍会通》卷2，《少室山房笔丛》，第25—26页。

看作是这部未竟稿的导论或绪论"①。胡应麟所要做的是编一部备载古今，通志存佚的《历代艺文通志》，然因其早逝，只完成了 40 卷②，而今仅存 4 卷。虽然该书没有完成，但是足可以看到胡应麟对图书目录的重视和愿为图书目录付出全部努力的决心。

胡应麟通过目录来研究小说，既关注目录体系本身，同时也关注小说发展的实际情况。他注意到，旧有的固定的目录体系并不能完全反映图书的发展情况："古今书籍盛衰绝不侔，班氏所录九流曰儒、曰道、曰墨、曰名、曰法、曰杂、曰农、曰阴阳、曰纵横、曰小说，而道家外别出神仙、房中，阴阳外别出天文、五行，纵横外别出兵家，而兵家又自分四类，盖汉时数家极盛致然，实则一也。后世杂家及神仙、小说日繁，故神仙自与释典并列，小说、杂家几半九流，儒、道二家递相增减，不失旧物，兵家渐寡，遂合于纵横，视旧不能什三，阴阳与五行，天文并合于伎术，视旧不能什七，名、法间见一二，墨遂绝矣。"③

将传统目录与小说现状作对照，实在可以看出小说发展古今的不同。书籍发展的情况有变化，怎样著录才能适合新的情况呢？故胡应麟对传统的"九流十家"大胆提出质疑，"更定九流"。这既是对目录学的一种贡献，也是对小说著录的一种新思考。

编纂小说目录应也是目录学方法中的应有之义。胡应麟有

---

① 王嘉川：《〈经籍会通〉编纂考》，《图书与情报》2003 年第 5 期，第 32 页。

② 据胡应麟《石羊生小传》载 "《经籍会通》四十卷"，《少室山房集》卷 89。

③ 胡应麟：《经籍会通》卷 2，《少室山房笔丛》，第 23 页。

《少室山房书目》六卷，其中当有胡应麟所收小说目录，惜今不存故无从详考。

此外，胡应麟将小说分作六类：志怪、传奇、杂录、丛谈、辨订、箴规。[①] 此前，他所说"子之为类，略有十家……小说家一类又自分数种"云云，显然，是出于对小说著录的思考，也是从目录学的角度来对小说进行研究。中国古代小说分类是一个复杂问题，古今学者都感到棘手，胡应麟小说分类也不是一个简单问题，容后专章论述。

二 考证与辨伪法

在学术研究中，考证是胡应麟的一种重要学术方法，小说研究自不例外。胡应麟的小说考证涉及作品较多，据材料说话，结论多精当可信。

如考证《汉武故事》的成书年代："《汉武故事》称班固撰，诸家咸以王俭造。考其文颇衰尔，不类孟坚，是六朝人伪作也。史记公孙弘谏征伐，不从自杀；而钩弋夫人以病终，非武帝杀之，皆与史大异。吾以弘断不能自杀，知钩弋之说为六朝之妄无疑也。然仙传亦有钩弋事，盖祖此云。"对所见《博物志》的考证："《博物志》十卷，晋张华撰。华博洽冠古今，此书所载疏略浅猥亡复伦次，疑后世类书中录出者，然《隋志》亦仅十卷，每用为疑。近阅一杂说，记唐人殷文圭云：'华原书四百卷，武帝删之，止作十卷。'始信余见有吻合者。盖《隋志》乃武帝所删本，至宋不无脱落，后人又从《广记》录出，虽十卷，实二三存，并非隋世之旧，故益寥寥耳。"[②]

---

① 胡应麟：《九流绪论》下卷，《少室山房笔丛》，第282页。
② 同上书，第285页。

　　此外，如《山海经》之成书，《穆天子传》之来历等诸多问题，胡应麟都是通过考证来揭示正确答案。

　　辨伪本是考证的一种具体形式，在学术研究中，胡应麟于辨伪用力颇深，成就也很引人注目，故分述之。

　　胡应麟在《四部正讹·引》中说："赝书之昉，昉于西京乎？六籍既禁，众言淆乱；悬疣附赘，假托实繁。今其目存于刘氏《七略》、班氏九流者，亡虑十之六七。嘻！其甚矣。然率弗传于世，世故莫得名之。唐、宋以还，赝书代作，作者日传。大方之家第以挥之一笑，乃衒奇之夫往往骤揭而深信之，至或点圣经、厕贤撰、矫前哲、溺后流，厥系非眇浅也。余不敏，大为此惧，辄取其彰明较著者抉诬摘伪，列为一编。后之君子欲考正百家、统宗六籍，庶几嚆矢。"① 胡应麟深切认识到伪书之害，"大为此惧"，故极用心用力辨之。《四部正讹》考辨伪书近百种，其中有《鬻子》、《黄帝内传》、《穆天子传》、《山海经》、《古岳渎经》、《燕丹子》、《宋玉子》、《神异经》、《十洲记》、《赵飞燕外传》、《越绝书》、《西京杂记》、《述异记》、《列仙传》、《洞冥记》、《汉武内传》、《拾遗记》、《梁四公记》、《隋遗录》、《开元天宝遗事》、《广陵妖乱志》、《潇湘录》、《牛羊日历》、《龙城录》、《白猿传》、《周秦行纪》、《碧云騢》、《云仙散录》、《清异录》、《艾子》等30多部小说。

　　胡应麟辨伪成果闪耀着思辨的光芒，同样是不容忽视的学术贡献。许多小说辨伪成果，或提供了有价值的新观点，或提供了新的看问题的角度和思路，或廓清了小说领域长期以来悬而未决的问题，为进一步的小说研究提供了

———————————

　　① 胡应麟：《四部正讹·引》，《少室山房笔丛》，第289页。

基础。

如《燕丹子》，自《隋志》以来诸多书目均有著录，此书渊源何自，或著"燕太子丹撰"，显然无据；大多则不著撰者。[①] 马端临《文献通考》载："周氏《涉笔》曰：燕丹、荆轲事既卓诡，传记所载，亦甚崛奇。今观《燕丹子》三篇，与《史记》所载皆相合，似是《史记》事本也。然乌头白，马生角，机桥不发，《史记》则以怪诞削之；进金掷蛙，脍千里马肝，截美人手，《史记》则以过当削之；听琴姬，得隐语，《史记》则以征所闻削之。司马迁不独文字雄深，至于识见高明，超出战国以后。其书芟削百家诬谬，亦岂可胜计哉！"[②] 此说以《燕丹子》为《史记》所载之本事。宋濂《诸子辨》亦同意这一意见："《燕丹子》三卷。丹，燕王喜太子，此书载其事甚详。其辞气颇类《吴越春秋》、《越绝书》，决为秦汉间人所作无疑。考其事与司马迁《史记》往往皆合。独乌白头、马生角、机桥不发、进金掷蛙，脍千里马肝、截美人手、听琴姬得隐语等事，皆不载之。周氏谓迁削而去之，理或然也。"[③]

胡应麟并不同意他们的说法，他另有新见："《燕丹子》三卷，当是古今小说杂传之祖。然汉《艺文志》无之，周氏《涉笔》谓太史《荆轲传》本此，宋承旨亦以决秦、汉人所作。余读之，其文彩诚有足观，而词气颇与东京类。盖汉末文

① 《隋书·经籍志》子部小说家类著录："《燕丹子》一卷。"注："丹，燕王太子喜。"《旧唐书·经籍志》丙部子部小说家："《燕丹子》三卷。"注："燕太子撰。"郑樵《通志》卷68《艺文略》诸子类第五杂家类著录："《燕丹子》一卷。"注："丹，燕王喜太子。"尤袤《遂初堂书目》杂家类著录："《燕丹子》。"高似孙《子略》子钞著录："《燕丹子》三卷。"
② 马端临：《文献通考》，商务印书馆1936年版，第1755页。
③ 宋濂：《诸子辨》，《文宪集》卷27，文渊阁四库全书本。

士因太史《庆卿传》（即《荆轲传》，荆轲时人称庆卿——引者）增益怪诞为此书，正如《越绝》等编掇拾前人遗轶，而托于子胥、子贡云耳。周氏谓'乌头白、马生角'、脍千里马肝、截美人手皆太史削之，非也。惟首二事出迁赞语，自余虽应劭、土充尝言，悉不可信，吾景濂亦似未深考。且书果太史事本，汉《艺文志》乃遗之乎？《汉志》有《荆轲论》五篇，《燕丹》必据此增损成书者。"①

《史记》赞语有云："世言荆轲，其称太子丹之命，'天雨粟，马生角'也，太过。"②《燕丹子》载有乌白头、马生角、机桥不发、进金掷蛙，脍千里马肝、截美人手、听琴姬得隐语等事，故多数人以为司马迁删削《燕丹子》不实之语而为《荆轲传》，似乎不无道理。但胡应麟以为先有《史记》后有《燕丹子》，且《燕丹子》据《史记·荆轲传》和《荆轲论》，"增损成书"。胡应麟所提供的这种意见并非个人之臆测，他的根据是《燕丹子》"果太史事本，汉《艺文志》乃遗之乎"？《汉志》著录《荆轲论》，对于是《史记·荆轲传》"事本"的《燕丹子》怎么会遗漏呢？故《燕丹子》为《史记·荆轲传》本事的说法是可疑的。至于胡应麟所认为《燕丹子》据《史记·荆轲传》和《荆轲论》而成，为《燕丹子》的成书提供了一种新的观点。近人罗根泽《〈燕丹子〉真伪年代之旧说与新考》也认为《燕丹子》的"作者盖哀燕丹之志，恸荆轲之勇，而技不得售，信史昭载，于是采为本事，加以缘饰以回护丹、轲之失，而寓惋惜之意"③。与胡应麟之说相近。

————————

① 胡应麟：《四部正讹》卷下，《少室山房笔丛》，第316—317页。
② 司马迁：《史记》，载《二十五史》，开明书店1935年版，第214页。
③ 罗根泽：《〈燕丹子〉真伪年代之旧说与新考》，载《古史辨》第6册，《民国丛书》本，据开明书店1938年版影印，第365页。

《汉志》小说家有《鬻子说》19篇，注云："后世所加。"对此书真伪情况，前人说法不一，宋濂说："《鬻子》一卷……其文质，其义弘，实为古书无疑。第年代久邈，篇章舛错，而经汉儒补缀之手，要不得为完书。黄氏疑为战国处士所托，则非也。序称熊见文王时年已九十，其书颇及三监、曲阜时事，盖非熊自著，或者其徒名政者之所记欤？不然，何有称昔者文王有问于鬻子云？"① 王世贞《读鬻子》则说："《鬻子》，伪书也。其文辞虽不悖谬于道，要之至浅陋者掇拾先贤之遗，而加饰之耳。谓禹据一馈而七十起，非三吐之厄言乎？七十起何其劳也，禹得七大夫如杜、季、施，皆非夏氏因生之姓。至所谓东门虚，南门蟜，西门疵，北门侧，几乎戏矣。……阮逸伪《元经》，李荃伪《阴符》，刘歆伪《周礼》，固矣。犹能文其辞，未有如《鬻子》之浅陋者也。"②

胡应麟认为："《鬻子》章次篇名，前人论者咸以残缺不可晓，余初读尤漫然，载阅之觉其词颇质奥，虽非真出熊手，要为秦汉前书。因反复绅绎之，乃知此书之存，视旧才十之一，而篇名、章次错乱混淆之甚，宜宋以来诸家未有得其要领者也。盖古《鬻子》本书篇名、章次，与《庄》、《列》不同，而绝与今传《关尹子》类，所谓《撰吏》、《道符》等目，即《关尹》之《一宇》、《二柱》等篇也，《撰吏》下有《五帝》等目，《道符》下有《三王》等目，即《一宇》篇之盆沼等章、《二柱》篇之盌盂等章也。《关尹》九篇，而每篇章次少者六七、多者十余，更互阐发，以竟一篇之义，故每章之语，虽极寥寥而不觉其简。鬻子二十二篇，律以《关尹》，则今传短章总之当不

① 宋濂：《诸子辨》，载《文宪集》卷27，文渊阁四库全书本。
② 王世贞：《读鬻子》，《弇州四部稿》卷120，文渊阁四库全书本。

下百数十。而东京之后，兵火残逸，至唐所存，仅此一十四条。当时注者卤莽，苟欲庶几前代全书，遂以每章当其一篇，而仅以为缺其八，故今读之寥寥枯寂，若本末略无足观者。又其篇章既混而先后复淆，后人因益厌弃弗省。"①

同是对《鬻子》一书真伪的考辨，宋濂、王世贞等有论在先，胡应麟比较同意王世贞的意见。但是在考辨中，胡应麟经"反复绅绎"，并与子部《关尹子》等书比较，作出《鬻子》"大概后人掇拾残剩，而补苴缀缉"的结论。② 胡应麟对《鬻子》一书的考辨结论，虽非不刊之论，但在很大程度上总结并进一步推进了相关研究。③

胡应麟相当重视古籍辨伪，其小说辨伪成果不仅丰富，而且结论确凿，多可采用④，的确为后学带来许多方便。除了辨伪实践外，胡应麟还善于总结辨伪方法。他总结了八种重要的辨伪方法，从书目著录、世人称引、后世传述、书的文体、所书事实、所处时代、作者确否、传者人品等诸方面作考察。⑤ 有学者称他的这些方法为"胡氏八法"。⑥毫无疑问，这样的

---

①　胡应麟：《九流绪论》下卷，《少室山房笔丛》，第281页。

②　胡应麟：《四部正讹》卷中，《少室山房笔丛》，第302—303页。

③　关于《鬻子说》真伪的研究，参见王齐洲《〈汉志〉著录之小说家〈伊尹说〉〈鬻子说〉考辨》，《武汉大学学报》2006年第5期，第563—565页。

④　张心澂《伪书通考》中小说辨伪计有19条采用胡应麟辨伪结论，可见一斑。见张心澂《伪书通考》，商务印书馆1939年版，第866—902页。

⑤　前已论及，胡应麟于《四部正讹》卷下总结辨伪方法云："凡核伪书之道，核之《七略》以观其源，核之群《志》以观其绪，核之并世之言以观其称，核之异世之言以观其述，核之文以观其体，核之事以观其时，核之撰者以观其托，核之传者以观其人。核兹八者，而古今赝籍亡隐情矣。"见《少室山房笔丛》，第322页。

⑥　曾贻芬：《胡应麟与古籍辨伪》，《史学史研究》1996年第1期，第73页。

方法同样能给后世学人以启发。

总之，辨伪与考证是胡应麟小说研究的重要方法。对考证与辨伪的重视，使胡应麟的小说研究有了坚实的材料基础，所以其建立在这种坚实材料基础上的理论阐释比较可靠，容易使人信服。

第三节　胡应麟的白话小说研究

胡应麟小说研究，范围比较广泛，前代小说目录所及均为其研究和论述对象。但是，从胡应麟关于小说的论述中，找不到任何关于通俗白话小说的内容。白话小说并不在胡应麟的小说研究范围之内，也就是说胡应麟虽论及了这些作品，但他并不把它们作小说来看。因此，有学者认为："胡应麟对小说的肯定与抬高仅限于文言小说。……听不到关于话本小说以及长篇白话小说的喝彩；有的只是指责与非难，甚至对于它们能否取得'小说'的名分与资格也未可知……也许，正统的观念限制了胡应麟的视野，造成了胡氏小说观的狭隘与近视。这样说来，小说发展的方向是超出胡氏的认识力的。"① 这种看法很具有代表性，许多学人持此类意见。

其实，胡应麟对通俗小说的蓬勃发展也不是全无所知，更不是视而不见。虽然在《九流绪论》、《四部正讹》等著作中未论及，但《庄岳委谭》中曾较大篇幅论及通俗白话小说，且并非简单地鄙夷和否定。

---

① 张庆民：《胡应麟对古典小说研究的贡献》，《青岛海洋大学学报》1998 年第 2 期，第 96 页。

一　胡应麟对白话小说的褒与贬

胡应麟对通俗白话小说的态度比较复杂，既有褒扬，亦有批评。很大程度上，胡应麟对通俗白话小说的态度，是针对不同的作品而言的，对于不同的作品，胡应麟有不同的评价。

对于《水浒传》，胡应麟赞赏为多。首先，针对当时有人以为演义无根无据、全凭作者任意而为的看法，胡应麟认为《水浒传》是有据而作，并非全"凿空无据"。他认为："元人武林施某所编《水浒传》特为盛行，世率以其凿空无据，要不尽尔也。余偶阅一小说序，称施某尝入市肆，绌阅故书，于敝楮中得宋张叔夜禽（擒）贼招语一通，备悉其一百八人所由起，因润饰成此编。"① 胡应麟认为《水浒传》有据而作的看法，后来的小说理论家是同意的，李卓吾评《水浒传》明容与堂刻本卷首说："世上先有《水浒传》一部，然后施耐庵、罗贯中借笔墨拈出。若夫姓某名某，不过劈空捏造，以实其事耳。如世上先有淫妇人，然后以杨雄之妻、武松之嫂实之；世上先有马泊六，然后以王婆实之……若管营、若差拨、若董超、若薛霸、若富安、若陆谦，情状逼真，笑语欲活，非世上先有是事，即令文人面壁九年，呕血十石，亦何能至此哉？"②

其次，对于《水浒传》的写作特点，胡应麟以其与《琵

---

① 胡应麟：《庄岳委谭》下卷，《少室山房笔丛》，第436—438页。因胡应麟仅在此卷中论及白话小说，故本节中以下引及胡氏相关论述，如未注明，均同此注。

② 《〈水浒传〉一百回文字优劣》，载孙逊、孙菊园编《中国古典小说美学资料汇粹》，上海古籍出版社1991年版，第43页。据明万历三十八年（1610）容与堂刊本《李卓吾先生批评忠义水浒传》，署名为"小沙弥怀林谨述"。怀林，本有其人，曾为李卓吾侍者。但亦有不少学者认为怀林即是叶昼的托名。

琶记》相比拟，"谓皆不事文饰而曲尽人情"，"述情叙事针工密致"。"不事文饰而曲尽人情"是针对语言艺术来说，"述情叙事针工密致"是针对抒情叙事技巧来说的。《琵琶记》系元末文人高明所撰，于明代特别是明初广为流传，是南曲中的杰作。为了突出主人公蔡伯喈的"全忠全孝"，剧作精心构建了"三不从"的情节：蔡伯喈不愿远离父母、妻室进京赶考，但不为父亲所从；考中状元后，蔡伯喈不愿重婚牛府，可是不为专横跋扈的牛丞相所从，硬要将自己的女儿嫁给他；无奈之下，蔡伯喈向皇帝辞官，又不为皇帝所从，强迫他在朝廷任职。此外，为了突出"孝道"的主题，剧中还设计了蔡伯喈之妻赵五娘在蔡离家之后，挑起家庭生活的重担的情节，通过叙述籴米、吃糠、剪发等一系列事件，塑造赵五娘的"孝妇贤妻"形象。在结构布局上，《琵琶记》成功运用了双线并进、交错映照的手法，以蔡伯喈和赵五娘的悲欢离合构成两条线索，蔡伯喈的仕途和赵五娘的穷途相互穿插交错，两相映照，形成鲜明对比，逐渐将戏剧冲突推向高潮。① 在语言艺术上，《琵琶记》充分注意到语言与环境、性格、心理的关系，配合人物不同的处境以及两条戏剧线索的开展，运用两种不同风格的语言。蔡伯喈一路，出自读书人之口，辞藻华丽；赵五娘一线，通俗口语为多，尽显语言本色。正如王世贞所说："则诚（高明字则诚——引者）所以冠绝诸剧者，不唯其琢句之工、使事之美而已，其体贴人情，委曲必尽；描写物态，仿

---

　　① 郭英德认为："这种自由串联时空的流线型对称结构，非常接近于电影的'蒙太奇语言'，体现出古代剧作家能够深刻认识戏剧情节、戏剧场面作为艺术符号所含蕴的象征意味，并加以娴熟运用，从而使戏曲作品在戏剧情调和戏剧气氛上构成悲喜交集的内在连贯性。"见郭英德《明清传奇戏曲文体研究》，商务印书馆 2004 年版，第 294 页。

佛如生；问答之际，了不见捏造；所以佳耳。"① 故后人称《琵琶记》为"词曲之祖"。胡应麟认为《水浒传》在这个方面也有与《琵琶记》类似的地方，不刻意雕琢语言，而能"形容曲尽"，"述情叙事针工密致"。以"不事文饰而曲尽人情"赞扬《水浒传》的语言艺术，以"述情叙事针工密致"赞扬《水浒传》的抒情和叙事技法高超，胡应麟认为在这两个方面《水浒传》可以同《琵琶记》相媲美。给通俗小说这样高的评价，在胡应麟之前是很少见的。

最后，《水浒传》成功地塑造人物形象也为胡应麟所赞赏。《水浒传》成功地塑造人物形象，是许多小说评点家津津乐道的内容。明代小说批评家叶昼指出："《水浒传》文字，妙绝千古，全在同而不同处有辨。如鲁智深、李逵、武松、阮小七、石秀、呼延灼、刘唐等众人，都是急性的，渠形容刻画来，各有派头，各有光景，各有家数，各有身份，一毫不差，半些不混，读去自有分辨。"② 金圣叹（1608—1661）在《读第五才子书法》中也说："独有《水浒传》，只是看不厌，无非为他把一百八个人性格都写出来。"③这些评点非常确切地概括出了《水浒传》人物刻画的独到之处。其实，胡应麟更早地看到了《水浒传》的这一特色，他认为："今世人耽嗜《水浒传》，至缙绅文士亦间有好之者，第此书中间用意非仓卒可窥，世但知其形容曲尽而已。至其排比一百八人，分量重轻纤毫不爽，而中间抑扬映带、回护咏叹之工，真有超出语言之外者。"胡应麟对当时世人只看到《水浒传》的"形容曲尽"，

① 王世贞：《弇州四部稿》卷152，文渊阁四库全书本。

② 《明容与堂刻水浒传》1，上海人民出版社1975年影印本，第15页。

③ 金圣叹：《读第五才子书法》，载《第五才子施耐庵水浒传》卷3，中华书局1975年影印本。

而没有看到其写人方面的特色感到惋惜，他对《水浒传》描写人物手法的高妙表示赞赏，认为此为作者的"偏长"。

胡应麟对《水浒传》的批评，主要是说其中的韵文（诗、词、曲、赋等）水平不高，不值一提，影响了本身的价值。胡应麟将《琵琶记》和《水浒传》相比较，认为在"述情叙事"上二者不相上下，但在韵文方面，二者的差别就十分明显。"《琵琶》自本色外，'长空万里'等篇即词人中不妨翘举，而《水浒》所撰语，稍涉声偶者辄呕哕不足观。"而且，胡应麟认为，《水浒传》之所以语言鄙俗是有原因的："此书所载四六语甚厌观，盖主为俗人说，不得不尔。"虽然是这样，胡应麟还是认为好书不应如此鄙俗浅陋，他慨叹："余二十年前所见《水浒传》本尚极足寻味，十数载来为闽中坊贾刊落，止录事实，中间游词余韵、神情寄寓处一概删之，遂几不堪覆瓿，复数十年无原本印证，此书将永废矣。"

然而，对于《三国演义》，胡应麟则有更多的批评。胡应麟对施耐庵的《水浒传》多有褒扬，而认为"其门人罗本亦效之为《三国志演义》，绝浅鄙可嗤也"。《三国演义》同《水浒传》相比，胡应麟认为"二书浅深工拙若霄壤之悬"。事实上，无论是从写作手法上来说，还是从文学艺术性来看，《水浒传》比《三国演义》还是略胜一筹。

此外，对于通俗白话小说的文体卑下，胡应麟毫不掩饰自己的观点。他以"浅鄙可嗤"、"极鄙俗"、"闾阎俗说"等语来形容白话小说，除了指其语言浅俗之外，更多的则是对这种文体的一种轻视。胡应麟的"小说"研究主要在《九流绪论》、《四部正讹》、《二酉缀遗》中，其间找不到通俗小说的影子。对以《水浒传》和《三国演义》为代表的通俗小说，胡应麟只在《庄岳委谭》中论及，且并不称为"小说"，而只以"演义"名之。对《水浒传》的作者能写出这样好的作品，却没有用于"正途"，胡应麟"每惜斯人以如是心用于至下之技"，其惋惜之意溢于言表。以"至下之技"来指称文言小说的写作，是持相当鄙夷的态度的。

二　胡应麟褒贬白话小说之原因与实质

无论是褒是贬，胡应麟的态度是鲜明的，毫不含糊。那么，胡应麟为何对白话小说持这种亦褒亦贬的态度呢？又当如何看待胡应麟的这种态度？

在胡应麟的时代，通俗白话小说的创作和传播已十分兴盛，但对《水浒传》、《三国志演义》等的论述并不在胡应麟的"小说"论述范围之内，而仅在《庄岳委谭》中论及，且胡应麟对通俗小说并不完全持褒扬态度。对胡应麟的做法，人们多不以为然，或存在许多误解。要理解胡应麟为何以这样的方式论述通俗小说，必须理解明代人们对小说与演义的认识和理解。事实上，明人虽有时将小说与演义的概念混用，但对小说与演义的区别是有明确认识的。郎瑛的《七修类稿》，提到《水浒传》和《三国演义》，多用"演义"名之。如卷23《辨证类》有"三国宋江演义"一条，曰"《三国》、《宋江》二书，乃杭人罗本贯中所编。予意旧必有本，故曰编"云云；卷五十一《奇谑类·孟密鬼术》云："尝读演义三国，诸葛七擒孟获，蛮夷多有怪术，于今验之果然。"① 而"小说"多用于指传统子部小说。② 这不仅在历代史志及各种官私目录中可以见到，就是在历代文人著述中也十分常见。因此，作为文献

---

① 郎瑛：《七修类稿》，上海书店出版社2001年版，第246、538页。

② 小说也可指说话的技艺，因与所讨论的内容不相关，故在此不予讨论。

学家的胡应麟，在小说研究中又极其重视目录学方法，将通俗白话小说的论述"单列"，而不是置于"九流十家"的小说家中，自然是合情合理的了。

胡应麟对通俗小说的文体的轻视，往往也遭到许多小说理论研究者的责难。但深入考察明代文人对通俗小说的态度，就会看到，对通俗小说的重视，是发生在明代中后期的事情。而明中叶以前，正统文人对通俗小说多持轻视态度。天都外臣在《水浒传序》中说："视之《三国演义》，雅俗相牵，有妨正史，因大不侔。而俗士偏赏之，坐暗无识耳。"①田汝成更是措辞激烈："钱塘罗贯中者……《水浒传》叙宋江等事，奸盗脱骗机械甚详，然变诈百端，坏人心术。其子孙三代皆哑，天道好还之报如此。"②就是在胡应麟之后，谢肇淛仍以"俚"来贬斥《三国》，所谓"事太实而近腐，可以悦里巷小儿，而不足为士君子道也"③。胡应麟的态度正是代表了正统文人对通俗小说的一般看法。

然而，应当注意到，胡应麟对通俗小说这种文体的看法没有超出当时正统文人的窠臼，但是却从写作艺术成就上对通俗小说进行了高度肯定。对《水浒传》的叙事艺术、语言艺术、人物刻画艺术等方面的高度赞扬，表明了胡应麟认识到，白话小说中也有值得欣赏的作品，也有独特的审美价值，不能因它们的文体就一概否定，或完全视而不见。因此，从本质上来说，

① （明）天都外臣：《水浒传叙》，载黄霖、韩同文编《中国历代小说论著选》，江西人民出版社1990年版，第125页。天都外臣，或疑为汪道昆，或云另一歙人，与胡应麟当为同时人。

② （明）田汝成：《西湖游览志余》卷25《委巷丛谈》，中华书局1958年版，第468页。

③ 谢肇淛：《五杂俎》下，中央书店1935年版，第307页。

作为正统文人，胡应麟对白话小说的文体样式持否定态度，但是对于白话小说所取得艺术成就还是予以了充分肯定。

无论是肯定还是否定，胡应麟对通俗小说的正视与思考，表明了胡应麟的一种立场。也就是说，对虽然是人们多持不屑态度且胡应麟也不太看好的演义小说，仍应该有一个正确的态度，对其中的优秀作品或是某些优点，还是应该肯定。这种实事求是的态度，不仅大大改变了白话小说在正统文人心目中的地位，更重要的是让人们对白话小说有了一种理性的正面审视姿态。毫无疑问，有了这样的姿态，对通俗小说的讨论才有可能大张旗鼓地展开，才有可能涌现出更多的通俗小说评论者，通俗小说的研究才有可能更加深入。

三 胡应麟的白话小说考证

胡应麟的白话小说考证成果，最弥足珍贵的是关于《水浒传》的成书过程的考辨。胡应麟认为："世所传《宣和遗事》极鄙俚，然亦是胜国时闾阎俗说，中有'南儒'及'省'、'元'等字面，又所记宋江三十六人，卢俊义作李俊义，杨雄作王雄，关胜作关必胜，自余俱小不同，并花石纲等事，皆似是《水浒》本，倘出《水浒》后，必不更创新名。"先有《大宋宣和遗事》，后有《水浒传》，现在已成为学界共识，而胡应麟率先进行考证的参考价值及重要意义自是不言而喻。[①]

那么，《宣和遗事》的水浒故事从何而来？胡应麟通过考

---

① 有学者说："胡应麟这段考据，今天看来并不可贵，因为《宣和遗事》诸书没有失传。但作为小说思潮研究，我们不应该以成败论英雄。《宣和遗事》、《录鬼簿》等书，当时不受社会重视。现今得以传世，往往只赖孤本，或从海外找回来，本身有侥幸性。假若《宣和遗事》诸书失传，胡应麟的记载，价值又当怎样？"见董国炎《明清小说思潮》，山西人民出版社2004年版，第131页。

证认为：“郎瑛《类稿》记《点鬼簿》中亦具有诸人事迹，是元人钟继先所编。”认为《大宋宣和遗事》成书于元代，这一结论得到鲁迅先生的首肯。《宣和遗事》、《大唐三藏法师取经记》和《唐三藏取经诗话》等书的版本，罗振玉认为“盖亦宋椠也”，但鲁迅以为“或为元人所撰，未可知矣”。鲁迅的这种看法招致日本学者德富苏峰和中国学者郑振铎的不满，二人先后撰文指责鲁迅的失误，或说“想鲁迅氏未读罗氏此文，所以疑是或为元人之作罢”①，或说“故此话本，当然亦必为宋代的产物。但也有人加以怀疑的”②。但鲁迅仍坚持自己的意见：“罗氏的论断，在日本或者很被引为典据罢，但我却并不尽信奉，不但书跋，连书画金石的题跋，无不皆然。即如罗氏所举宋代平话四种中，《宣和遗事》我也定为元人作，但这并非我的轻轻断定，是根据了明人胡应麟氏所说的。”③可见，鲁迅对罗振玉的结论始终持怀疑态度，一个重要根据就是胡应麟所说“所记宋江三十六人”为“元人钟继先所编”。

此外，胡应麟另有一些论述也可看作是《水浒传》版本与流传研究的重要参考材料。如：“余偶阅一小说序，称施某尝入市肆，细阅故书，于敝楮中得宋张叔夜禽（擒）贼招语一通，备悉一百八人所由起，因润饰成此编。”可知《水浒传》成书前，就有张叔夜擒贼的故事流传，施耐庵写《水浒传》与这些故事有关。如：“余二十年前所见《水浒传》本尚极足寻味，十数载来为闽中坊贾刊落，止录事实，中间游词余

①　鲁迅：《关于三藏取经记等》，《鲁迅书话》，海南出版社 1998 年版，第 693 页。

②　鲁迅：《关于唐三藏取经诗话的版本》，《鲁迅书话》，海南出版社 1998 年版，第 696 页。

③　同上书，第 694 页。

韵、神情寄寓处一概删之,遂几不堪覆瓿,复数十年无原本印证,此书将永废矣。余因叹是编初出之日,不知当更何如也。"据此可以知,《水浒传》早期版本多载诗词韵语,而后诗词韵语才渐减少,这种删减就是在胡应麟的年代里逐渐进行的。这些言论,尽管比较简单,但是对于了解《水浒传》成书过程和早期版本情况是有较大帮助的。

关于《水浒传》和《三国演义》的作者,胡应麟也进行了一定的考证。郎瑛《七修类稿》卷25《辨证类·宋江原数》云:"史称宋江三十六人,横行齐魏,官军莫抗。而侯蒙举讨方腊,周公谨载其名赞于《癸辛杂志(识)》,罗贯中演为小说,有替天行道之言。今扬子、济宁之地,皆为立庙。据是,逆料当时非礼之礼,非义之义,江必有之,自亦异于他贼也。但贯中欲成其书,以三十六为天罡,添地煞七十二人之名;又易尺八腿为赤发鬼,一直撞为双枪将,以至淫辞诡行,饰诈眩巧,耸动人之耳目,是虽足以溺人,而传久失其实也多矣。"① 其意以罗贯中为《水浒传》的作者。鲁迅在《中国小说史略》中说:"简本撰人,止题罗贯中,周亮工闻于故老者亦第云罗氏,比郭氏本出,始着耐庵,因疑施乃演为繁本者之托名,当是后起,非古本所有。"② 在《中国小说的历史的变迁》中,鲁迅更是明确提出:"罗贯中荟萃诸说或小本'水浒'故事,而取舍之,便成了大部的《水浒传》。"③ 胡应麟另有说法,他认为:"郎瑛谓此书(《水浒传》——引者)及《三国》并罗贯中撰,大谬。二书浅深工拙若霄壤之悬,讵有

---

① 郎瑛:《七修类稿》,上海书店出版社2001年版,第271页。
② 鲁迅:《中国小说史略》,山西古籍出版社2001年版,第89页。
③ 鲁迅:《中国小说的历史的变迁》,齐鲁书社1997年版,第369页。

出一手理?" 胡应麟以郎瑛之说为非,认为 "元人武林施某所编
《水浒传》",直接提出《水浒传》的作者为施耐庵。这一结论,
许多学者以为有一定说服力,明末清初金圣叹的《第五才子书
水浒传》认为 "施耐庵《水浒正传》七十卷",令更多人接受。
20世纪初的学者大多以施耐庵为《水浒传》的作者,民国时期
万有文库本、上海中西书局、亚东图书馆、新文化书局、三民
公司等各自刊行的《水浒传》,其作者均题施耐庵。但近也有不
同意见者①,但仍无法完全否定胡应麟的结论。

　　《三国演义》的作者为罗贯中,较少疑义。但对于罗贯中
生平考察的一些关键问题,却出现争论。而胡应麟所提及的材
料当是重要的佐证。有学者认为罗贯中系元代理学家赵宝峰的
门人。根据《赵宝峰先生集》卷首《门人祭宝峰先生文》,周
楞伽《小说札记》(载《文学遗产》1981年第4期)、王利器
《罗贯中与〈三国志通俗演义〉》(载《三国演义研究集》,四
川省社会科学院出版社1983年版)等,推测罗贯中即赵宝峰
门人名单中排列第十一位的 "罗本"。有学者表示疑问,如章
培恒认为:"这篇祭文虽列有罗本之名,但既无字号,又无籍
贯,安知这个罗本不是跟罗贯中同姓名的另一个人?""赵宝
峰是个理学家,并非一般的塾师。罗本若非膺服理学,是不会
师事赵宝峰的。而罗贯中则大写通俗小说和杂剧,'乐府隐语
极为清晰',在《三国志通俗演义》中又对曹操有所肯定,这
些都是跟理学家异趣的。因此,赵宝峰的学生罗本是否即罗贯
中,实在还是个问题。"② 李灵年却断言,"罗贯中是赵宝峰的

---

　　① 除 "罗贯中说"、"施耐庵说" 外,不同意见主要计有 "托名说"、"施、
罗合作说"、"集体创作说" 等。

　　② 章培恒:《关于罗贯中的生卒年》,《文学遗产》1982年第3期,第126
页。

门生"①。研究者在罗贯中是不是赵宝峰的门人罗本这一问题上持不同意见，但立论依据主要是从作品的主旨中进行推理，"这种推论似乎还不能成为罗本即是罗贯中的确凿证据"②。其实，胡应麟在谈及《三国演义》的作者时，涉及了这一问题。在《庄岳委谭》中，胡应麟说："余偶阅一小说序……其门人罗本亦效之为《三国志演义》。"稍后，又提到："郎（瑛）谓此书及《三国》并罗贯中撰……"足可看出，以胡应麟所掌握的材料，这里所提到的《三国志演义》的作者罗本及罗贯中，实是同一人。可惜这样重要的实证性材料，却被学者们所忽略，实是憾事。

第四节　胡应麟的小说整理及小说创作

胡应麟不仅在小说理论方面颇有建树，而且，他本人也乐于参与整理小说和创作小说。据现有材料可知，其至少曾亲手编纂大型小说类书两部，辑佚《酉阳杂俎》、《夷坚志》、《搜神记》小说集三部，创作小说一种。

一　编纂小说类书和辑补小说

自幼，胡应麟便对小说有着浓厚的兴趣。《少室山房类稿》卷91《先宜人状》载，其母宋氏"警颖殊绝，虽不谙笔砚，而诸史百家、稗官小说，下逮传奇词曲，属于耳者，终身

---

① 李灵年：《罗贯中"有志图王者"辨》，《三国演义学刊》第1辑，四川省社会科学院出版社1985年版，第42页。

② 黄霖：《20世纪中国古代文学研究史·小说卷》，东方出版中心2006年版，第207页。

不忘。诸姑姨杂坐，矗矗谈说……"① 此当给胡应麟以较大影响。胡曾于幼年时期编纂小说类书《百家异苑》②，其书不存，今仅存其序。序云："自汉人驾名东方朔作《神异经》，而魏文《列异传》继之，六朝、唐、宋凡小说以'异'名者甚众，考《太平御览》、《广记》及曾氏、陶氏诸编，有《述异记》二卷，《甄异录》三卷，《广异记》三卷，《旌异记》十五卷，《古异传》三卷，《近异录》二卷，《独异志》十卷，《纂异记》一卷，《灵异记》十卷，《乘异记》三卷，《祥异记》一卷，《续异记》一卷，《集异记》三卷，《博异志》三卷，《括异志》一卷，《纪异录》一卷，《祖异录》一卷，《采异记》一卷，《摭异记》一卷，《贤异录》一卷，此外如异苑、异闻、异述、异诫诸集，大概近六十家，而李翱《卓异记》、陶穀《清异录》之类弗与焉。以所记稍不同故也。今世有刻本者，仅《神异》、《述异》数家，余俱不行，乃其事大半具诸类书，郑渔仲所谓名亡实存者也。第分门互列，得一遗二，虽存若亡。余屏居丘壑，却扫杜门，无鼎臣野处之宾，以遗余日，辄命颖生以类钞合，循名入事，名完本书。不惟前哲流风籍以不泯，而遗编故帙亦因概见大都，遂统命之曰《百家异苑》……"③ 以此序来看，《百家异苑》号称"百家"，实收60家，实在是一本广收博采的大型小说类书，所收自汉至宋各个朝代的志怪小说。更可贵的是，历代志怪小说多有亡佚，"仅《神异》、《述异》数家，余俱不行"，所以胡应麟才"以类钞合，循名入事，名完本书"。可惜其书已佚，胡应麟所付

---

① 胡应麟：《先宜人状》，《少室山房类稿》卷91。

② 具体编纂年份不详，吴晗《胡应麟年谱》将其事列于嘉靖四十四年（1565），时年胡应麟15岁。

③ 胡应麟：《二酉缀遗》中卷，《少室山房笔丛》，第363—364页。

出的辛勤劳动，今天不能目睹，否则当可看到更多的优秀志怪小说作品。

据胡应麟自撰《石羊生小传》和王世贞《胡元瑞传》所载，其还编纂有《虞初统集》500卷。① 胡应麟尝言："汉、唐、六代诸小说几于无不传者，今单行别梓虽寡，《太平广记》之中一目可尽；《御览》诸书，往往概见。郑渔仲所谓名亡实存也。宋人诸说，虽间载《百川学海》、诸家汇刻，及单行《夷坚》、《桯史》之类，盛于唐前，然曾氏、陶氏二书辑类各近千家，今所存十不二三矣。"② 有感于小说多或散或佚，胡应麟有辑佚历代小说的志向，他表示："《太平广记》虽五百卷，然自洪荒至宋已数千年，又合众小说数百家而成……余尝欲取宋太平兴国后及辽、金、元氏以迄于明，凡小说中涉怪者，分门析类，续成《广记》之书，殆亦五百余卷，其诬诞瞭然洎好奇剿掇、文士俳谑概举芟之，或不致后来之诮云。"③ 考胡应麟所著述，未有书籍内容同此，此"凡小说中涉怪者，分门析类，续成《广记》之书"可能即为《虞初统集》。如果是这样，则这本书"凡小说中涉怪者，分门析类"，与《太平广记》类似。惜其书早佚，其具体内容竟也无从可考，但其书卷帙繁重，至500卷之多（李昉等奉敕举群贤之力所纂《太平广记》也只近500卷），实在令人惊讶！

无论是《百家异苑》还是《虞初统集》的编纂，胡应麟的重点都在于勾辑和整理前代亡佚或不完整的书籍，通过考索旧文，使那些"名亡实存"的历代小说得以存续和流传。

---

① 胡应麟：《石羊生小传》，《少室山房集》卷89；王世贞：《胡元瑞传》，《弇州续稿》卷68。
② 胡应麟：《九流绪论》下卷，《少室山房笔丛》，第283—284页。
③ 胡应麟：《二酉缀遗》中卷，《少室山房笔丛》，第363页。

　　胡应麟注意到有些重要的古代小说在流传中常常出现部分佚失："唐人《酉阳杂俎》、《玄怪》等编，今皆行世，而《太平广记》所载往往有诸刻所无者，盖诸书皆自《广记》录出，而钞集者卤莽脱略致然。若魏、晋、六朝之书，即《广记》所载事亦寥寥，盖年代稍远，当宋人辑《广记》日已不尽存故也。"① 针对这一情况，胡应麟专门对某些小说也做了相当多的辑补工作。

　　胡应麟《石羊生小传》和王世贞《胡元瑞传》均载胡应麟著"《酉阳续俎》十卷"。其书今亦不存，但胡应麟在《二酉缀遗》上卷曾自述写作此书之经过："《酉阳杂俎》二十卷，续十卷。今世行本，余尝得二刻，皆二十卷，无所谓续者。近于《广记》中录出，然不能十卷，而前集漏轶殊多，因并录续集中，以完十卷之旧，俟好事博雅者核之。"② 据此可知，此书为补《酉阳杂俎》之佚。在此基础上，胡应麟对《酉阳杂俎》进行了增校，其《少室山房笔丛》收有《增校酉阳杂俎序》，序云："志怪之书，自《神异》、《洞冥》，亡虑数十百家，而独唐段氏《酉阳杂俎》最为迥出。……段氏书近多雕本，而鲁亥殊众，师儒老宿弗易征，又轶漏几过半。余谷居孔暇，稍稍据广记校定之，并录其所谓续编，通三十卷。"③ 显然，胡应麟对《酉阳杂俎》的增校和辑补，对于《酉阳杂俎》的保存和流传有着重要意义。后代不少学者注意到胡应麟的这一贡献，张丑《酉阳杂俎跋》就提到："唐段成式以将相之胄，博学强记，尤好语怪，著《酉阳杂俎》二十卷，续

---

① 胡应麟：《九流绪论》下卷，《少室山房笔丛》，第284页。
② 胡应麟：《二酉缀遗》上卷，《少室山房笔丛》，第361页。
③ 胡应麟：《增校酉阳杂俎序》，《少室山房集》卷83。

集十卷行世。今刻本有前后二种，皆二十卷，而续集不传。虽以胡元瑞之广收博取，卒未遇其原本，仅于《太平广记》录出为一册，亦莫能完十卷之旧。"①《四库全书总目》也注意到了这一问题，认为"似乎其书已佚，应麟复为合钞者"②。准此，则胡应麟的校补在《酉阳杂俎》一书的流传的历史过程中，当是不可或缺的重要一环。③

南宋洪迈用 60 年心血和精力编纂的《夷坚志》，共420卷，是宋代文言小说的重要代表。其书编纂时间跨度长，卷帙浩繁，且是随作随刊，加上宋末战乱等原因，故散佚严重。宋以后遗佚近半，至元则更为严重。《宋史·艺文志》只录甲乙丙 60 卷，丁戊己庚 80 卷。④ 胡应麟从小读《鄱阳经籍考》就知有《夷坚志》一书，以后"则遍询诸方弗获，至物色藏书之家，若童子鸣、陈晦伯，皆云未睹，盖琅琊长公，亦不省有是书矣"。胡应麟所见"武林雕本仅五十卷，而分门别类紊乱无章"，但他并没有放弃对《夷坚志》的搜寻和校订。万历十一年（1583），胡

---

① 张丑：《酉阳杂俎跋》，载（唐）段成式《酉阳杂俎》，中华书局 1981 年版，第 295 页。张丑注意到胡应麟的贡献，但其以胡应麟所辑为"一册"，而非"十卷"，则没有注意到胡应麟《石羊生小传》和王世贞《胡元瑞传》所载"《酉阳续俎》十卷"。

② 纪昀等：《四库全书总目》，中华书局 1965 年版，第 1214 页。

③ 余嘉锡认为："疑段氏原书本三十卷，无所谓续集。经宋人删削为二十卷。南渡后好事者，又从他书抄缀为续集十卷，以合于《唐志》其《自序篇》卷所云二十卷、三十篇、三十二篇者，当亦后人各就所有录之，故参差不相应。……其续集六篇之目，亦钞缀者意撰，唯非胡应麟创始耳。……应麟殆偶未见原本，漫自抄缀，欲以补亡。其后原本既出，书遂不行耳。"见余嘉锡《四库提要辨证》，中华书局 1980 年版，第 1160—1161 页。余氏以为应麟所辑未流传后世，但亦肯定胡应麟为《酉阳杂俎》所做的辑佚工作。

④ 《宋史·艺文志》，载《二十五史》，开明书店 1935 年版，第 4998页。

应麟听到"王参戎思延语及，云'余某岁憩一民家，睹敝
簏中是书钞本存焉，前后湔灭，亟取补缀装潢之，今尚完
帙也。'余剧喜，趣假录之。王曰：'无庸，子但再以《笔
丛》饷我可矣。'"①胡应麟有诗记此事，诗题为《过王思
延斋头，读所撰新草并钞本〈夷坚支志〉十卷，主人索七
言一律及〈诗薮〉三编为报，即以见归，走笔赋此》，诗
云"赤水频年迥象罔（原注：此书余向求未获），丹铅遥
夜校蠹鱼（原注：以钞本多讹脱）"②，真实地描写得此书
之不易并深夜校读的情形。王参戎处所得《夷坚志》抄本
"首撰甲至癸百卷皆亡，仅支甲至支癸十帙耳。追其中己、
辛、壬等帙，又三甲中书，盖支志亡其三，而三志亡其七
矣"。胡应麟自述根据王参戎处所得传本对《夷坚志》进
行了整理的情况："武林刻本《夷坚志》，不知始自何时。
以余所得百卷参之，盖亦洪氏之纂，非后人伪托也。其叙
事气法相类如一，意南渡宋亡之后，原书散轶，剞劂者难
于补亡，又卷帙繁迄，工不易易，故摘录其中专志奇诡事，
自余冗碎咸汰弗录，且胪列门类以便行世。其书仅五十卷，
益余藏钞本则合《夷坚》所存尚百五十卷也。第刻本统于
四百卷，摘出则余藏百卷中同者固当什二三，今阅之乃无
一重见，则刻本尚难据为洪书，姑俟再考。"③

　　胡应麟整理《夷坚志》一事，常为后世学者或藏书家所
注意。清代藏书家周亮工《书影》曾提及胡应麟整理本的情

————

　　① 胡应麟：《读夷坚志（五则）》，《少室山房集》卷104。
　　② 胡应麟：《过王思延斋头，读所撰新草并钞本〈夷坚支志〉十卷，主
人索七言一律及〈诗薮〉三编为报，即以见归，走笔赋此》，《少室山房集》
卷58。
　　③ 胡应麟：《读夷坚志（五则）》，《少室山房集》卷104。

况：“《夷坚志》宋洪迈所著。兰溪胡元瑞《笔丛》谓其书有百卷，今行世者什之一耳。元瑞曾得秘本，后归之同邑章无逸。常熟毛子晋家亦有宋版者，早至癸流号计百卷，与无逸所收同，无逸贫士，子晋作古，料无好事者为之梓行矣……元瑞所有合支甲、三甲，得百卷，全书四分之一也，其书系旧钞本，每集各有小序，如《随笔》之例。不知子晋家所藏，视此异同何如？”①《四库全书总目·夷坚志提要》云：“胡应麟《笔丛》谓所藏之本有百卷，核其卷目次第，乃支甲至三甲共十一帙，此殆胡氏之本，又佚其半也。”② 事实上，胡应麟所整理的《夷坚志》，曾得到广泛的传播，有比较深远的影响。在《夷坚志》流传过程中，有多个版本与胡应麟的整理本有关。据考，黄丕烈藏影宋抄本曾据胡应麟的整理本进行过辑补，万历吕胤昌校唐晟刻本、乾隆四十三年耕烟草堂本、缪荃孙藏抄本等，则均源于胡应麟的整理本。③

另外，胡应麟还曾做过《搜神记》的辑佚和整理工作。干宝《搜神记》是魏晋志怪小说代表作，《隋书·经籍志》杂传类著录《搜神记》30卷，与《晋书》本传所载同。新、旧《唐志》所载卷数也相同，只是《新唐书·艺文志》归入小说家。而宋代《崇文总目》小说类仅有《搜神总记》10卷，且撰者不详。可见即使此书系干宝《搜神记》，也散佚十分严重了。而明代公私书目也只录残本。万历时出现20卷本《搜神记》，题干宝撰。姚士粦《只见编》卷中曾云：“江南藏书，

① 周亮工：《书影》，上海古籍出版社1981年版，第52页。
② 纪昀等：《〈夷坚志〉提要》，《四库全书总目》，中华书局1965年版，第1213页。
③ 张祝平：《〈夷坚志〉的版本研究》，《古籍整理研究学刊》2003年第2期，第66—77页。

胡元瑞号为最富。余尝见其书目，有《搜神记》，欣然索看。胡云：不敢以诒知者，率从《法苑珠林》诸书抄出者。"① 胡应麟《甲乙剩言》中也有相似的记载："余尝于潞河道中，与嘉禾姚叔祥评论古今四部书，姚见余家藏书目中，有干宝《搜神记》，大骇曰：果有是书乎？余应之曰：此不过从《法苑御览》、《艺文》、《初学》、《书抄》诸书中录出耳。岂从金函石匮、幽岩土窟掘得邪？"② 一般认为，明万历以后的《搜神记》即是胡应麟所辑的本子。《四库全书》就肯定胡应麟的辑佚工作，认为"大抵后出异书，皆此类也"③。今人亦多以为明刊本《搜神记》是胡应麟辑录而成，是有一定根据的，并非全为虚言。如辽宁教育出版社新万有文库《搜神记》出版说明云："万历时出现二十卷本《搜神记》，虽题干宝撰，却非干书原貌。一般认为这是当时学者胡应麟的辑录本，从《北堂书钞》、《艺文类聚》、《初学记》、《太平御览》、《事类赋注》等唐宋类书及《太平广记》、《类说》、《法苑珠林》和《史记注》、《后汉书注》、《三国志注》、《文选注》等多种古书搜集重编成书。辑者熟悉古代小说源流，懂得辑书体例，辑本总体质量很高。"④

二　小说创作

胡应麟的小说创作，现所知有《甲乙剩言》1 卷，共计

---

① 姚士粦：《只见编》，转引自章培恒《〈搜神记〉前言》，岳麓书社 1989 年版，第 2 页。

② 胡应麟：《甲乙剩言》，载《明人百家》（据上海扫叶山房 32 开楷书石印本影印），上海文艺出版社 1990 年版。

③ 纪昀等：《〈搜神记〉提要》，《四库全书总目》，中华书局 1965 年版，第 1208 页。

④ 《〈搜神记〉出版说明》，《搜神记》，辽宁教育出版社 1997 年版。

29 篇，大多短小精悍，并无鸿篇巨制。究其内容，较为广杂，人物琐事、趣闻异事、博物、考辨等均有涉及。记人言行者若《方子振》、《酒肆主人》、《李惟寅》、《赵相国》、《刘玄子》、《王长卿》、《沈惟敬》、《李长卿》、《魏总制》、《薛校书》、《黄白仲》等；趣闻异事者若《蜀僧》、《吴少君》、《胡孟弢》、《天上主司》等；博物者若《博古图》、《卵灯》、《合卺杯》等；考辨者若《王太仆》、《曹娥碑》、《陈纪传》、《前定命》、《边道诗》、《厕筹》等。①

　　就人物刻画和叙事技法来看，不少作品叙事简洁，人物形象也较生动。如《薛校书》："京师东院本司诸妓，无复佳者。惟史金吾宅后，有薛五素素，姿度艳雅，言动可爱。能书作黄庭小楷，尤工兰竹，下笔迅扫，各具意态，虽名画好手，不能过也。又善驰马挟弹，能以两弹先后发，必使后弹击前弹，碎于空中。又置一弹于地，以左手持弓向后，以右手从背上反引其弓，以击地下之弹，百不失一也。素素亦自爱重，非才名士，不得一见其面。又负侠好奇，独倾意于袁六微之。余笑谓袁曰：'袁黑横得素素相怜，能无为我辈妒杀？'素素好佛，师俞羡长；好诗，师王行甫。人亦以薛校书呼之。虽篇什稍逊洪度，而众伎翩翩，亦昔者媛之少双者也。"寥寥数语，刻画了当朝一位与众不同的伎女薛素素。以简洁笔法叙事和勾勒人物，是《甲乙剩言》的重要特点。其他多篇写人作品如《方子振》、《酒肆主人》、《李惟寅》、《赵相国》、《刘玄子》、《王长卿》等也均有这样的明显特点。

　　显然，胡应麟意不在此。在小说创作中，更多的是融入了

---

① 胡应麟：《甲乙剩言》，载《明人百家》（据上海扫叶山房 32 开楷书石印本影印），上海文艺出版社 1990 年版。本节以下引用《甲乙剩言》不再加注。

作者的思辨与智慧，体现了作者的博闻与多识，以及寄托了作者的个人心怀。如《方子振》："人多言方子振小时嗜奕（弈），尝于月下见一老人，谓方曰：'孺子喜奕（弈）乎？诚喜，明当竢我唐昌观中。'明日方往，则老人已在。老人怒曰：'曾谓与长者期，而迟迟若此乎？当于诘朝更期于此。'方念之曰：'圯上老人意也。'方明日五鼓而往，观门未启，斜月犹在。老人俄翩然曳杖而来曰：'孺子可与言奕（弈）矣。'因布局子地，与对四十八变，每变不过十余着耳。由是海内遂无敌者。余过清源，因觅方问此，方曰：'此好事者之言也。余年八龄，便喜对奕（弈），时已从塾师受书，每于常课必先了竟。且语其师曰：今皆弟子余力，请以事奕（弈）。塾师初亦惩挞禁之，后不复能禁，日于书案下置局布算，年至十三，天下遂无敌手，此盖专艺入神，管夷吾所谓鬼神通之，而不必鬼神者也。'"小说之意显然不在讲故事，而旨在说明方子振棋艺精湛，并非像传说所言"鬼神通之"，而实是"专艺入神"，苦练所致。又如《前定命》："都下有抄前定命者，其辞皆七言而村鄙，若今市井盲词之类。其言自父母妻子兄弟贵贱庚甲皆具。人皆狂骇，以为神也。虽三公九卿，莫不从风而靡，以为此邵尧夫再来也。不知此皆从京师日者，购其提庚履历，预为撰集，使人身自觅索以骇眩之耳。如余未尝以命问京师日者，则觅之不复有此命矣。且未有文理村鄙若此，而足以定人之贵贱寿夭者也。其事易见，何不少察，而明堕于其伪术乎？"此则更显示作者的睿智，一眼识破所谓"前定命"的荒谬以及指出其作伪的真相。

《甲乙剩言》中最为后人所津津乐道者，则是博物一类，即记载珍稀怪异物件的作品。如《合卺杯》："都下有高邮守杨君，家藏合卺玉杯一器。此杯形制奇怪，以两盉对峙，中通一道，使酒相过两杯之间，承以威凤，凤立于蹲兽之上。高不过三寸许耳。其玉温润而多古色，至碾琢之工，无毫发遗恨，盖汉器之奇绝者也。余生平所宝玩，此杯当为第一。"清姚之骃《元明事类钞》卷26《合卺杯》载："（《甲乙剩言》）高邮守杨君家藏合卺玉杯，形制奇怪，两杯对峙，中通一道，使酒相过两杯之间，承以威凤，玉润而古，碾琢极工，盖汉器之奇绝者。"① 清人陈元龙《格致镜原》卷36也有相同的记载。《甲乙剩言》中的《卵灯》也极有奇趣："余尝于灯市见一灯，皆以卵壳为之。为灯为盖，为带为坠，凡计数千百枚。每壳必开四门，每门必有欂拱窗楹，金碧辉耀，可谓巧绝。然脆薄无用，不异凋水画脂耳。悬价甚高，有中官以三百金易去。"康熙等《御定渊鉴类函》卷360、陈元龙《格致镜原》卷50均载有此事。再如《博古图》所载："郑锦衣朴，重刻小幅博古图，其翻摹古文，及云雷饕餮牺兽诸象，较精于前。且卷帙简少，使人易藏。虽寒生俭士，皆得一见商周重器，大有裨于赏鉴家。"也实是罕见之技艺，令人称奇。此类文字，读之足资多见闻，长知识，于开拓个人视野大有裨益。

　　另有一些考辨作品，或庄或谐，但均言而有据，足资参考。如《曹娥碑》："闻吴阊韩太史家，藏曹娥碑真迹。书法甚佳，而有识者谓是赝本。何者？碑辞本作'可怅华落'，乃以'可'为'何'，当是临书人不解文义而误书之耳。余谓墨迹真赝，我则不知，若曰'可怅'，则是唐人字面矣。且观其上文曰'生贱死贵，利之义门'，下文曰'艳冶窈窕，永世配神'，则'可怅'有劝慰之意。如作'何怅'，便与上下文不相协矣。读者当自得之。"不以书

---

① 姚之骃：《元明事类钞》卷26，文渊阁四库全书本。

法辨墨迹真赝，而从文辞看出碑帖之伪，实是高妙。又如《厕筹》："有客谓余曰：尝客安平，其俗如厕，男女皆用瓦砾代纸，殊为呕秽。余笑曰：安平晋唐间为博陵县，莺莺县人也。为奈何？客曰：彼大家闺秀，当必与俗自异。余复笑曰：请为君尽厕中二事。北齐文宣帝如厕，令杨愔执厕筹。是帝皇之尊，用厕筹而不用纸也。三藏律部，宣律师上厕，法亦用厕筹。是比丘之净，用厕筹而不用纸。观此厕筹，瓦砾均也。不能不为莺莺要处掩鼻耳。客为喷饭满案。"虽是诙谐可笑，但仍寓谐于庄，引经据典，既有考辨之实际，又有幽默之功效，足可解颐。

　　还有些小说，寄托了作者个人的心迹，记事、状物、写人的字里行间，作者的幽思、感慨或愤懑无不表露无遗。如《天上主司》："乙未春试前一夕，余忽梦冕服一人坐殿上，召余入试。既入，则先有一人，在坐者呼之曰'易水生'。未几，殿上飞下试目一纸，视之有'晋元帝恭默思道'七字，翻飞不定。余与易水生争逐之，竟为彼先得。余怒，力往斗，击而觉。为不怡者久之。及入会场，第一题是'司马牛问仁章'，始悟所谓'晋元帝者'，晋姓司马，元帝是牛金所生，以二姓合为司马牛也。'恭默思道'是切言，破无意耳。可谓大巧。第'易水生'不解所谓，及揭榜则汤宾尹第一。[①] 盖以'易水'二字为汤也。然梦亦愦愦，书法以水从易音阳，非易也。观此则天上主司且不识字，何尤于浊世司衡者乎？"此写"天上主司且不识字"，讽刺的则是"浊世司衡者"，所抒发的是对科场黑暗、考官昏聩的不满和愤懑。故吴晗认为胡应麟

――――――――――

　　① 《万历二十六年进士题名碑录》载："赐进士及第第一甲第二名汤宾尹，直隶宁国府宣城县军籍。"

"会试下第，撰《天上主司》以寄慨"，确是的论。① 再如《青凤子》："新安杨不弃，精于鉴别法书名画。吴用卿所刻新帖，皆其审定，钩摹上石。不弃乡人有得一石于水滨，状如鹅子，而青莹可爱。杨以千钱易之，恒以自随作镇纸。及杨来燕，有外国人数来看之，不忍释手，杨询之，其人曰：此名青凤子，即吾土价亦不赀。于是声价一旦贵异，一遇知者，遂为上方大宝。物固有遭与不遭如此哉！"显然，写石之"遭"与"不遭"，感慨的是人的"知"与"不知"。结合胡应麟一生在科场上的遭遇，则又不禁令人歔欷不已。又如《李惟寅》："李惟寅太保，别仅一再易凉暑耳。遂不良于行，蹒跚出见客，道故殷勤，至涕落不能止。因念走马长干、钟陵跃涧时，何轻捷也。而一旦衰惫尔尔，乃知人生壮盛，足恃几何？不觉览镜，亦为鬓丝兴叹。"此则写好友李惟寅，既是为朋友的衰老伤心，更是哀叹"朝如青丝暮成雪"，感慨人生苦短。

　　总之，胡应麟的小说创作，以作者的人生阅历、理智思考作基础，无论是什么类型的材料，都充盈着作者智慧的光芒，读这些小说，明显可以感受到文字背后的那位博学多识、思想深邃、感情诚挚的智者。

---

　　① 吴晗：《胡应麟年谱》，《吴晗史学论著选集》第 1 卷，人民出版社 1984年版，第 419 页。

第三章

胡应麟的小说观念

在中国古代文学大家族中，小说是最为繁杂、最不易清理的一种文体。同一部作品，有人说是小说，有人却认为与小说无涉。什么是小说，什么不是小说，看似一个十分简单的问题，但似乎人人在说，却谁也没有说清楚。不同的时代，有着不同的小说观；就是同一时代，不同的人的小说观也不尽一致。当然，这种情况的形成是有着深刻的历史原因的。但是，作为文献学家的胡应麟，对于这样的问题有着自己独特的思考和认识。在论述胡应麟的小说研究范围的时候，我们曾提到，胡应麟的小说研究范围重点仅限于子部小说。如果仅从范围上来看，胡应麟所持的当是一种"子部"小说观。胡应麟的"子部小说"观并非其首创，而是有着一定的历史渊源。要深入理解胡应麟的小说观念，有必要深入了解"子部小说"观的来历及真正意义，更要了解胡应麟小说观与其相同与相异之处。

第一节　胡应麟的"子部小说"观

提到"子部小说"，当首先提到班固的《汉书·艺文志》（以下简称《汉志》）。以现存典籍看来，《汉志》在诸子略中

列有"小说家"，当是"子部小说"的发端。如要真正了解
"子部小说"的意义，有必要对《汉志》小说观进行认真
清理。

一　"子部小说"观的源头及影响

《汉志》上承刘歆《七略》而来，《七略》则是刘歆以刘
向的《别录》为底本，删繁存简而成。因此《汉志》不仅反
映了刘向、刘歆和班固三人的学术思想，而且代表了汉人对先
秦以来学术文化成果的基本看法。诸子十家中列有小说家，著
录了"小说十五家，千三百八十篇"①，治中国古小说者无不
熟知。《汉志》的分类组成如下表所示：

汉志	六艺略	易、书、诗、礼、乐、春秋、论语、孝经、小学
	诸子略	儒家、道家、阴阳家、法家、名家、墨家、纵横家、杂家、农家、小说家
	诗赋略	屈原赋之属、陆贾赋之属、荀卿赋之属、杂赋、歌诗
	兵书略	兵权谋、兵形势、兵阴阳、兵技巧
	数术略	天文、历谱、五行、蓍龟、杂占、形法
	方技略	医经、经方、房中、神仙

可以看出，作为奉旨修撰的国家藏书目录，《汉志》的分
类是严谨的，六大类泾渭分明，小类也各安其位，恰在大类名
的统辖之下。这种分类结构充分体现了各种学术各家门派的本
源和关系，表达了作者对"万三千二百六十九卷"典籍的基

---

① 班固著，张舜徽释：《汉书艺文志通释》，华中师范大学出版社2004年
版，第344页。

本定位和评价，成为后世"辨章学术，考镜源流"的依据。德国著名哲学家恩斯特·卡西尔《人论》指出："分类是人类语言的基本特性之一。命名活动本身即依赖于分类的过程。给一个对象或一个活动一个名字，也就是把它纳入某一类概念之下。"① 小说家列于诸子略中，与儒家、道家、阴阳家、法家、名家、墨家、纵横家、杂家、农家等相提并论，那么小说家应该与诸子略中其余九家具有相同的性质，是一种学说派别之称。《隋书·经籍志》云："《易》曰：'天下同归而殊途，一致而百虑。'儒、道、小说，圣人之教也，而有所偏。兵及医方，圣人之政也，所施各异。世之治也，列在众职，下至衰乱，官失其守。或以其业游说诸侯，各崇所习，分镳并骛。若使总而不遗，折之中道，亦可以兴化致治者矣。"② 完全将小说家与诸子各家相提并论。

《汉志》诸子十家前均有小序，代表了作者对诸子的评价。从内容看，作者在十家小序中依次说明了诸子十家的学术渊源、主要内涵、长处及不足。从句式上看，都是以"×家者流，盖出于×官"开头交代学术渊源，再论及学术内涵和价值等，各小序内容虽有所不同，但客观公正的语气是完全一致的。将十家小序对比参看，可知作者对小说家和其余九家持完全相同的态度，主观上并不存在厚此薄彼之意。虽然在《汉志》诸子略序中有"诸子十家，其可观者九家而已"的评价，但这只是针对小说家的政教功能稍弱而言。在作者看来，小说家和儒、道、阴阳诸家只有高下之分，而无性质之别。

① ［德］恩斯特·卡西尔著，甘阳译：《人论》，上海译文出版社1985年版，第171页。
② 《隋书·经籍志》，载《二十五史》，开明书店1935年版，第2452页。

　　除小说家外的其余九家作为一种学说派别之称是容易理解的，今天的小说是一种十分重要的文学体裁而小说家可作为一种专门的职业，说小说家是一种学说派别似乎让人难以接受。但是在古代文献中，将小说家作为一种学说派别并不鲜见。《文心雕龙·诸子》云："孟轲膺儒以磬折，庄周述道以翱翔，墨翟执俭确之教，尹文课名实之符，野老治国于地利，驺子养政于天文，申商刀锯以制理，鬼谷唇吻以策勋，尸佼兼总于杂术，青史曲缀于街谈。"① 分别罗列了儒、道、墨、名、农、阴阳、法、纵横、杂、小说十家。《文心雕龙·谐隐》又云："然文辞之有谐隐，譬九流之有小说，盖稗官所采，以广视听。"② 刘勰意欲强调"谐"和"隐"对于写文章的重要性，以小说与"九流"的关系为喻。可见小说家虽处"九流"之末，但却是不可或缺的。《隋书·经籍志》载："儒、道、小说，圣人之教也，而有所偏。兵及医方，圣人之政也，所施各异。"③ 小说与儒、道、兵、医并列，均为"圣人之教"，只不过是各有偏倚而已。

　　小说家既为诸子学说派别之一种，那么小说家是一个怎样的学派？它与其他各家又有何异同？《汉志》小说家小序云："小说家者流，盖出于稗官。街谈巷语，道听涂说者之所造也。孔子曰：'虽小道，必有可观者焉，致远恐泥，是以君子弗为也。'然亦弗灭也。闾里小知者之所及，亦使缀而不忘。如或一言可采，此亦刍荛狂夫之议也。"④ 稗官是小官的代称，而不是指某个特定的官职，对稗官的具体所指，学界虽有些争

---

　　① （梁）刘勰著，范文澜注：《文心雕龙注》，人民文学出版社 1958 年版，第 308 页。

　　② 同上书，第 272 页。

　　③ 《隋书·经籍志》，载《二十五史》，开明书店 1935 年版，第 2452 页。

　　④ 《汉书·艺文志》，载《二十五史》，开明书店 1935 年版，第 435 页。

议，但大致是指土训、诵训、训方氏以及"待诏臣"、"方士侍郎"一类小官。① 依照《汉志》小序，小说家的主要内容是这些小官员所收集的"闾里小知者"的"街谈巷语"。但并非所有的"街谈巷语"都可列为小说家，只有那些可以广见闻，长知识，增智慧的"可观者"才是小说家的内容。既是"街谈巷语"，必是广征博采，故而鄙野俚俗，且琐碎饾饤，不成系统。尽管琐碎，但只要有"一言可采"，于政治、政教有益，小说家就同诸子各家有了相同的质素，小说家就可以跻身于诸子十家。《隋书·经籍志》小说家序曰："小说者，街谈巷语之说也。《传》载舆人之诵，《诗》美询于刍荛。古者圣人在上，史为书，瞽为诗，工诵箴谏，大夫规诲，士传言而庶人谤。孟春，徇木铎以求歌谣，巡省观人诗，以知风俗。过则正之，失则改之，道听途说，靡不毕纪。《周官》：诵训'掌道方志以诏观事，道方慝以诏辟忌，以知地俗'；而训方氏'掌道四方之政事，与其上下之志，诵四方之传道而观衣物'是也。孔子曰：'虽小道，必有可观者焉，致远恐泥。'"② 对稗官之所指和小说的作用描述得更加具体，但大意与《汉志》差别不大。高正《诸子百家研究》就这样论及小说家："此类'君子勿为'的'街谈巷语'、'道听涂说'、'刍荛狂夫之议'，当直接反映了平民阶级的思想。一些聪明才智之士，阅历有所得，则发一番感慨议论。集千百'闾里小知者'之所为，其中也一定有君子大人所未曾考虑过的东西。"③ 因此，小说家与诸子其余各家的共性在于他们都能"治身理家"，于

---

① 潘建国：《"稗官"说》，《文学评论》1999 年第 2 期，第 76—84 页。

② 《隋书·经籍志》，载《二十五史》，开明书店 1935 年版，第 2450 页。

③ 高正：《诸子百家研究》，中国社会科学出版社 1997 年版，第 114—115 页。

已有益，"兴化致治"，于世有补。至其不同之处，《汉志》有"诸子十家，其可观者九家而已"的叙述，这明确指出小说家与其余各家相比广博有余，但琐碎零乱，也不够高深玄奥。

可以说，不成系统的思想和琐碎的奇闻逸事正是小说家的核心内容。对此张舜徽《广校雠略·论小说》有很好的考证："顾世人……不知小说亦所以荟萃群言也。考《汉志》小说家载虞初《周说》九百四十三篇外，尚有臣寿《周纪》七篇，《百家》百三十九卷。书以'周'名，犹《易》象之称《周易》，盖取周备之义（《周易正义》引郑氏云《周易》者，言易道周普，无所不备）。《周纪》、《周说》，殆即后世丛钞杂说之类。《百家》一书，尤可望名以知其实，此非杂纂而何？"①《汉志》小说家共有1390篇，而《周说》、《周纪》、《百家》计有1089篇，当可以代表小说家的整体特征。琐碎而广博，零乱而有"一言可采"，能"兴化致治"，便构成了小说家独有的秉性，这也正是《汉志》小说家的真实历史面目。

《汉志》小说家的面貌如上所述，那么就有了与此相应的《汉志》小说观。在刘、班看来，小说是指那些记载虽"浅薄不中义理"但于世有益的思想和可以广见闻，长知识，增智慧的逸闻琐事的作品。《庄子·天下》云："犹百家众技也，皆有所长，时有所用。"②归根到底，小说与诸子百家一样，重心在一个"用"字上。有系统的大"用"之理便是儒、道、阴阳诸家，虽琐碎、浅显却有小"用"之理便是小说家，无"用"的野语村言自然是连小说家都不能入。虽义理不够玄奥，但也有其存在价值，所以当"缀而不忘"；其广收博采，

———————

① 张舜徽：《广校雠略》，华中师范大学出版社2004年版，第62页。
② 陈鼓应：《庄子今注今译》，中华书局1983年版，第855页。

便可以扩大视野，增长知识，这也是小说之"用"。因为刘、班小说观强调的是"用"，故而作品是记事、写物还是记人，是叙述、描写还是说理等文体要素，便都被置于次要的地位了。

《汉志》小说观的历史渊源可以上溯至春秋战国时代。春秋战国之交，"礼崩乐坏"，老聃、孙武著书立说，孔丘"述而不作"、"有教无类"，于是产生了以老聃为代表的早期道家，以孙武为代表的早期兵家和以孔丘为代表的早期儒家。随着宗教神权动摇，宗法制度解体，天下大乱，诸侯征战不已，形成了"诸侯放恣，处士横议"的局面，正所谓"王道既微，诸侯力政，时君世主，好恶殊方，是以九家之术蜂出并作，各引一端，崇其所善，以此驰说，取合诸侯"①。百家争鸣的局面一经形成，肯定免不了各家之间的竞争与交锋。诸子"各为其所欲焉以自为方"，贬斥对方而抬高自己就是在所难免之事。《庄子·盗跖》就故意将孔子塑造成一个胆小怯懦、追逐名利、贪生怕死的可笑形象。② 类似的文章在《庄子》中还有多篇。《庄子·外物》云："夫揭竿累，趣灌渎，守鲵鲋，其于得大鱼难矣，饰小说以干县令，其于大达亦远矣，是以未尝闻任氏之风俗，其不可与经于世亦远矣。"③ 鲁迅先生认为此处"小说"指"琐屑之言"④，似不够确切。这里的"小说"《庄子》用以指称道家以外的其他学说。相对于能"大通于至道"的道家而言，其他学说皆为"小说"。《荀子·正名》在论述"圣人之辩说"和"士君子之辩说"后说："凡人莫不从

---

① 班固：《汉书》，载《二十五史》，开明书店 1935 年版，第 435 页。
② 陈鼓应：《庄子今注今译》，中华书局 1983 年版，第 775—780 页。
③ 同上书，第 707 页。
④ 鲁迅：《中国小说史略》，山西古籍出版社 2001 年版，第 1 页。

其所可，而去其所不可。知道之莫之若也，而不从道者，无之有也。假之有人而欲南无多，而恶北无寡，岂为夫所欲之不可尽也，离得欲之道而取所恶也哉？故可道而从之，奚以损之而乱！不可道而离之，奚以益之而治！故知者论道而已矣，小家珍说之所愿皆衰矣。"① 荀子认为他所阐述的儒家之道是正道、大道，论述这一正道、大道的便是"圣人之说"、"君子之说"，不是论述这一正道、大道的便是"小家珍说"。在此，"小说"也是含贬义的，"小"指琐屑而不足道。无论《庄子》所说的"小说"，还是荀子所说的"小家珍说"，都是站在他们各自的学说立场上而指斥其他学说门派；但反过来，站在其他学说立场来看，庄子所代表的道家和荀子所代表的儒家也有可能被斥为"小说"。因此公正来看，这种带有很强的主观色彩的贬义，也就无所谓褒贬了。这恰恰证明了那些被斥为"小说"的学说也是一种真实存在的学说派别，只不过是阵营不同罢了。《汉志》立小说家，以小说指代记载虽"浅薄不中义理"但于世有益的思想和可以广见闻，长知识，增智慧的逸闻琐事的一类作品，于此有所借鉴，也有所扬弃。此处的"小"恰当地标示出与诸子其余九家相比，小说家比较零碎，不成系统，义理较为浅薄，难以做到"舍短取长，可通万方之略"。与诸子"周行天下，上说下教，虽天下不取，强聒而不舍"的活跃而积极的姿态相比稍逊一筹，但数量众多的小说家作品是一种真实的存在，而且在当时社会发挥了一定的影响和作用。《汉志》立小说一家并对小说家的定位真实、准确而客观地反映了历史事实。

自《汉志》诸子略列小说家，后世史志无不效仿。《隋

---

① （清）王先谦：《荀子集解》，中华书局1988年版，第429页。

志》在大类上改"六分法"为经、史、子、集"四分法",但仍在子部列有小说家。以后的《新唐志》、《旧唐志》、《宋志》、《明志》及近人所编《清志》(《清史稿》于1927年完成初稿,1928年刊行)均从此例。

历代史志在小说家的具体作品收录上存在许多令人费解的现象。归纳来说,主要表现有二:一是庞杂,二是混乱。《隋志》中有《古今艺术》、《座右方》、《座右法》、《鲁史欹器图》、《器准图》、《水饰》等书目,《茶经》、《钱谱》一类多见于新、旧《唐志》和《宋志》。《笑林》、《笑苑》、《解颐》等笑话一类,则从《隋书》至《清史稿》均有收录。此谓庞杂。《隋志》、《旧唐志》中史部杂传类著录的《甄异传》、《古异传》、《述异记》、《近异录》、《神录》、《齐谐记》、《冥祥记》等一大批作品,《新唐志》在子部小说家中收录。《山海经》在《隋志》、《旧唐志》、《新唐志》、《宋志》属史部地理类,《搜神记》在《隋志》、《旧唐志》、《宋志》属史部杂传类,而在《清志》中却都入小说家。同样的书籍在不同的撰史者手里可能会置于不同的类别中,此谓混乱。

如前所述,《汉志》列小说家于诸子略,关注的是小说之"用",即桓谭《桓子新论》所说"治身理家,有可观之辞",因此对构成作品的其他要素就不是十分强调。因此,小说家中所收作品,既有说理又有记人,也有状物;既有议论又有叙事,也有描写。虽是"街谈巷语",没有鸿篇巨制,但长短随宜,并不十分固定。《汉志》小说家所载诸篇今虽无所见,但据鲁迅先生所辑佚文仍可见其基本风貌。长者如"古者胎教"篇(《青史子》佚文),百余字;短者如"鸡者,东方之畜也。岁终更始,辨秩东作,万物触户而出,故以鸡祀祭也"(《青史子》佚文),仅二十余字。记事者如"武王率兵伐纣"篇

（《鬻子说》佚文），地理类如"岍山"篇（《虞初周说》佚文），奇闻逸事如"天狗所止地尽倾"篇（《虞初周说》佚文）和"穆王田"篇（《虞初周说》佚文），还有"古者年八岁而出就外舍"篇（《青史子》佚文）讲教子之道。① 可以说，小说家的庞杂面貌在刘、班立小说家之时在客观上就已铸就。后世历代撰史者皆一代鸿儒，才识兼备，正是深刻地理解了《汉志》小说观，他们才没有去刻意追求整洁，而是真实地体现和贯彻着《汉志》草创小说一家的真正主旨。无论是《古今艺术》、《座右方》、《座右法》、《鲁史欹器图》、《器准图》、《水饰》，还是《茶经》、《钱谱》，正是由于其琐碎不成系统，没有玄理大道却又有其存在的价值，故列入小说家。《笑林》、《笑苑》、《解颐》等笑话一类，"举非违，显纰漏"②，"辞虽倾回，义归于正"③，在诙谐中达到讽谏的目的，在一笑中受到启示。如依我们今天的小说标准来看并非小说，但其"嘲讽世情，讥讽时弊"的社会功用是其列入小说家的根本原因。

刘、班以严肃的史家态度和笔法，在《汉志》诸子略中建立小说家，这给当时大量出现的记载虽"浅薄不中义理"但于世有益的思想和可以广见闻，长知识，增智慧的逸闻琐事的作品一个合理的"容身之地"。《汉志》作为最早的比较完善的目录学著作无疑给后世可资参考和借鉴的范例，这种范式以稳定的结构存续了一千八百余年。虽然在近两千年的历史进程中，这种范式不可避免地会受到一些质疑和挑战，但这种影响无疑是极其深远的。小说家面貌的芜杂，具体小说作品归属意

---

① 鲁迅：《中国小说史略》，山西古籍出版社 2001 年版，第 12—14 页。
② 同上书，第 38 页。
③ 同上。

见的牴牾，也是《汉志》小说观强调小说之"用"，而对题材类型和写作手法等因素有所忽视造成的。后世史志不过是对前例的一种沿袭。如果看到这种延续和传承，也许，有些费解的现象就不那么难以理解了。

二　刘知几等史家的"史部小说"观

《汉志》所揭橥的"子部小说"观已如上述，班固作为"良史之才"①，在《诸子略》列小说一家，但声称九流十家"虽有蔽短，合其要归，亦六经之支与流裔"②。而"六经皆史"③，小说自然有了史的意味了。

从理论上，真正提出可将小说视作历史的是初唐史官李延寿。李延寿在显庆四年（659）完成《北史》、《南史》的修撰，上表云："北朝自魏以还，南朝从宋以降，运行迭变，时俗污隆，代有载笔，人多好事，考之篇目，史牒不少，互陈闻见，同异甚多。而小说短书，易为湮落，脱或残灭，求勘无所。一则王道得丧，朝市贸迁，日失其真，晦明安取。二则至人高迹，达士弘规，因此无闻，可为伤叹。三则败俗巨蠹，滔天桀恶，书法不记，孰为劝

---

①　《后汉书·班彪列传》载："司马迁、班固父子，其言史官载籍之作，大义粲然著矣。议者咸称他二子为良史之才。"

②　班固著，张舜徽释：《汉书艺文志通释》，华中师范大学出版社 2004 年版，第 345 页。

③　"六经皆史"的论断，出自章学诚（实斋）的《文史通义》，钱穆认为："研究他（章学诚——引者）的学问，该看重他讲古代学术史，从《汉书·艺文志》入门，然后才有'六经皆史'一语。"见钱穆《中国史学名著》，三联书店 2000 年版，第 254 页。关于"六经皆史"的阐释，历史学界也有争论，但均以为这一论断确为的论。其实，在章学诚之前，多有学者阐述，如隋代王通，明王守仁、王世贞、胡应麟、李贽，清顾炎武、袁枚等都提出过类似说法。

奖。"①李延寿认为，对于"王道得丧"、"至人高迹"、"败俗巨蠹"等史实，都可以从小说中得到一些材料。在修史实践中，李延寿正是循着这样的方法进行的。《四库全书总目》认为《南史》"宋、齐、梁、陈四朝九锡之文、符命之说、告天之词，皆沿袭虚言，无关实证，而备书简牍，陈陈相因"②，大概与此不无关系。③

在实践方面，在李延寿南、北史之前，《晋书》（成书于646年）作为一部官修史书，也从一些小说中大量擷取基本材料，"取刘义庆《世说新语》与刘孝标所注，一一互勘，儿乎全部收入"④，此外，干宝《搜神记》和刘义庆《幽明录》等书也有采纳。刘知几《史通·外篇·杂说中第八·诸晋史》云："夫学未该博，鉴非详正，凡所修撰，多聚异闻。其为踳驳，难以觉悟。按应劭《风俗通》载楚有叶君祠，即叶公诸梁庙也。而俗云孝明帝时有河东王乔为叶令，尝飞凫入朝。及干宝《搜神记》，乃隐应氏所通，而收其流俗怪说。又刘敬升（叔）《异苑》称晋武库失火，汉高祖斩蛇剑穿屋而飞，其言不经。故梁武帝令殷芸编诸《小说》，及萧方等撰《三十国史》，乃刊为正言。既而宋求汉事，旁取令升（叔）之书，唐征晋语，近凭方等之录。编简一定，胶漆不移，故令俗之学者，说凫履登朝，则云《汉书》旧记。称蛇剑穿屋，必曰晋典明文。撼彼虚词，成兹实录。语曰：'三人成市虎。'斯言其

---

① 《北史》卷100，载《二十五史》，开明书店1935年版，第3054页。
② 纪昀等：《四库全书总目》，中华书局1965年版，第409页。
③ 王鸣盛《十七史商榷》卷53谓李延寿"学浅、识陋、才短，位又甚卑，著述传世千余年以来，遂成不刊之作，一何多幸耶！"恐也与此有关。
④ 纪昀等：《四库全书总目》，中华书局1965年版，第405页。

得之者乎。"① 以小说为史，还不只是南北史和《晋书》，这已成当时史坛的一种风气。刘知几以"留情于委巷小说，锐思于流俗短书"来指称这种倾向。

　　史家中对小说从理论上深入阐述的，当是唐代史学家刘知几。《汉志》中小说属诸子"九流十家"，但在刘知几眼中，子史二者之间并没有不可逾越的鸿沟，他认为："子之将史，本为二说，然如吕氏《淮南》、玄晏《抱朴》，凡此诸子，多以叙事为宗，举而论之，抑亦史之杂也。……历观自古作者著述多矣，虽复门千户万，波委云集，而言皆琐碎，事必丛残，固难以接光尘于五传，并辉烈于三史。古人以比玉屑满箧，良有旨哉！然则刍荛之言，明王必择，莠菲之体，诗人不弃，故学者有博闻旧事，多识其物，若不窥别录，不讨异书，专治周孔之章句，直守迁固之纪传，亦何能自致于此乎？且夫子有云：'多闻择其善者而从之'，'知之次也'。苟如是，则书有非圣，言多不经，学者博闻盖在择之而已。"② 刘知几从史学角度看来，小说亦"史之杂"，可以"博闻旧事，多识其物"，足可作史料观之。刘知几甚至还宣称："在昔三坟、五典、春秋、梼杌，即上代帝王之书，中古诸侯之记。行诸历代，以为格言。其余外传，则神农尝药，厥有《本草》；夏禹敷土，实著《山经》；《世本》辨姓，著自周室；《家语》载言，传诸孔氏。是知偏记小说，自成一家。而能与正史参行，其所由来尚矣。"③ 此所谓"偏记小说，自成一家……能与正史参行"，

　　① 刘知几著，浦起龙释：《史通通释》第 4 册，上海书店（据商务印书馆 1937 年 3 月版影印）1988 年版，第 22—23 页。

　　② 刘知几著，浦起龙释：《史通通释》第 2 册，上海书店（据商务印书馆 1937 年 3 月版影印）1988 年版，第 83—84 页。

　　③ 同上书，第 80 页。

将小说与正史并列，也就是说小说与史书并没有清晰的界限。他将"偏记小说"归入"史氏流别"之列，并将其细分为十种小类，逻辑严密地将小说划入了史书的领域。将小说看作史书或记载史料之书，刘知几等史家的小说观念可看作是"史部小说"观。

将小说视作历史的一个组成部分，与历史相提并论，并不意味着刘知几对小说持完全肯定态度。刘知几说："马迁持论，称尧世无许由；应劭著录，云汉代无王乔。其言傥矣。至士安撰《高士传》，具说箕山之迹；令升作《搜神记》，深信叶县之灵。此并向声背实，舍真从伪，知而故为，罪之甚者。"① 他强烈抨击和否定的是那些像《高士传》、《搜神记》等一样失实的小说。在《史通·内篇·杂述第三十四》中，刘知几说："大抵偏记小录之书，皆记即日当时之事，求诸国史，最为实录，然皆言多鄙朴，事罕圆备，终不能成其不刊，永播来叶，徒为后生作者削稿之资焉；逸事皆前史所遗，后人所记，求诸异说，为益实多，及妄者为之，则苟载传闻，而无铨择由，是真伪不别，是非相乱，如郭子横之《洞冥》，王子年之《拾遗》，全构虚辞，用惊愚俗，此其为弊之甚者也；琐言者，多载当时辨对流俗，嘲谑俳夫，枢机者藉为舌端谈话者，将为口实，乃蔽者为之则有诋诃相，戏施诸祖宗，亵狎鄙言，出自床第，莫不升之纪录，用为雅言，固以无益风规，有伤名教者矣；郡书者，矜其乡贤，美其邦族，施于本国，颇得流行，置于他方，罕闻爱异，其有如常璩之详审，刘炳之该博，而能传诸不朽，见

---

① 刘知几著，浦起龙释：《史通通释》第4册，上海书店（据商务印书馆1937年3月版影印）1988年版，第23页。

美来裔者盖无几焉。"① 在这里，以偏记、小录、逸事、琐言
等类别的小说为例，刘知几表达了对小说一分为二的辩证看
法：小说有可取之处，但也有失实、粗俗、不够精审等缺
憾。

对于史书从小说中获取材料的做法，刘知几也多有异议。
对于《晋书》采《语林》、《世说》、《幽明录》、《搜神记》诸
小说为史料的做法，刘知几十分不满，其《史通·内篇·采
撰》云："晋世杂书，谅非一族，若《语林》、《世说》、《幽
明录》、《搜神记》之徒，其所载或诙谐小辨，或神鬼怪物。
其事非圣，扬雄所不观；其言乱神，宣尼所不语；唐朝所撰
《晋史》多采以为书。夫以干（宝）、邓（粲）之所粪除，王
（隐）、虞（预）之所糠秕，持为逸史，用补前传，此何异魏
朝之撰《皇览》，梁世之修《遍略》，务多为美，聚博为功，
虽取悦小人，终见嗤于君子矣。"② 刘知几还说："近者宋临川
王义庆著《世说新书》，上叙两汉、三国及晋中朝、江左事。
刘峻注释，摘其瑕疵，伪迹昭然，理难文饰。而皇家撰《晋
史》，多取此书。遂采康王之妄言，违孝标之正说。以此书
事，奚其厚颜！"③ 可见，刘知几将小说看作史书的一部分，
但并不认同《晋书》的做法。一方面认为小说是史书，另一
方面却横加指责《晋书》的做法，他的道理何在？浦起龙释
云："《搜神》、《异苑》，收之《杂述》之篇，存小说也，史

---

①　刘知几著，浦起龙释：《史通通释》第 2 册，上海书店（据商务印书馆
1937 年 3 月版影印）1988 年版，第 82 页。

②　刘知几著，浦起龙释：《史通通释》第 1 册，上海书店（据商务印书馆
1937 年 3 月版影印）1988 年版，第 75 页。

③　刘知几著，浦起龙释：《史通通释》第 4 册，上海书店（据商务印书馆
1937 年 3 月版影印）1988 年版，第 23 页。

而掇取则猥。"又按："志怪奚必去谐，撰史自宜识大，语有轩轾，意有提防。"① 史"识"是根本的原因，也就是说，小说并不是不可以作为史书的材料来源，但"史识"十分重要，要能甄别材料的真伪，什么材料可以取用，什么材料明显失实，不可尽信，必须十分清楚。刘知几将"虚设"列作为文"五失"之首②，虚构是其非议小说以及从小说中采集史料的重要原因。

以刘知几为代表的史家的"史部小说"观，将小说作为历史来看待，这种史家小说观对小说的发展无疑产生了巨大的影响。具体来说，主要有三：

第一，以小说为史，客观上提高了小说的地位。刘知几从史学和史料学的角度来看小说，发现在小说里存在着大量的重要史料，足可为"正史之补遗"。在《汉志》的"子部小说"观中，小说被置于诸子十家之末位，而刘知几将小说与史书相提并论。从主观上来说，刘知几并非有意提高小说的地位，但刘知几以小说为史书，将小说作"正史之补遗"，显然客观上就抬高了小说的地位。

第二，以小说为史，刘知几给小说设定了一个评判标准，即要尽可能真实。正如刘知几所说："降及近古，弥见其甚。至如诸子短书，杂家小说，论逆臣则呼为问鼎，称巨寇则目以长鲸。邦国初基，皆云草昧；帝王兆迹，必号龙飞。斯并理兼

---

① 刘知几著，浦起龙释：《史通通释》第4册，上海书店（据商务印书馆1937年3月版影印）1988年版，第22页。

② 刘知几《史通·内篇·采撰第十五》说："汉代辞赋，虽云虚矫，自余他文，大抵犹实。至于魏晋已下，则讹谬雷同。榷而论之，其失有五：一曰虚设，二曰厚颜，三曰假手，四曰自戾，五曰一概。"见刘知几著，浦起龙释《史通通释》第1册，第80页。

讽谕，言非指斥，异乎游、夏措词，南、董显书之义也。如魏收《代史》，吴均《齐录》，或牢笼一世，或苞举一家，自可申不刊之格言，弘至公之正说。而收称刘氏纳贡，则曰'来献百牢'；均叙元日临轩，必云'朝会万国'。夫以吴征鲁赋，禹计涂山，持彼往事，用为今说，置于文章则可，施于简册则否矣。"① 如果是小说中没有注意到尽量真实，那么对其价值的评判就要降低许多，是不可以"施于简册"的。

第三，以小说为史，刘知几扩大了小说的范围。刘知几将"偏记小说"分为十种类别："一曰偏记，二曰小录，三曰逸事，四曰琐言，五曰郡书，六曰家史，七曰别传，八曰杂记，九曰地理书，十曰都邑簿。"② 如与《汉志》小说观相比，则范围不知扩大了多少。这其间当然也有小说的繁荣发展的原因，但是与刘知几从史学的角度来看小说，将小说当作史料不无关系。

三 胡应麟对传统小说观念的继承与超越

"子部小说"观和"史部小说"观的分歧显然是巨大的。子部与史部从本质上就有着不同的特点，"立言为子，记事为史，二者体制不同，相须为用"③。子部重在"立言"，"以议论为宗"；史部重在"记事"，"以叙事为宗"。但是，长久以来，"子部小说"观和"史部小说"观却长期共存共生，于是

---

① 刘知几著，浦起龙释：《史通通释》第 2 册，上海书店（据商务印书馆 1937 年 3 月版影印）1988 年版，第 21 页。

② 同上书，第 80—81 页。

③ 张舜徽：《广校雠略》，华中师范大学 2004 年版，第 10 页。清人朱一新也认为："大约古来文字，只有二体。叙事纪言者，为史体；自写性真者，为子体。圣人之言，足为世法，尊之为经，经固兼子、史二体也。文事日兴，变态百出，歧而为集，集亦子、史之余绪也。"见朱一新《无邪堂答问》，中华书局 2000 年版，第 158 页。

形成了小说理论和小说文献目录等方面诸多值得关注的现象。

从理论上来说，子部和史部旨归不同，故对小说的要求也不一样。史部以实录为要务，对小说虚构颇多指责；子部以"立言为宗"，允许虚构的存在。史部看重史料，故而重叙事，重历史相关的史实和史料；子部重在立言，对叙事的生动完整等则并不重点关注。史部的作用在于记录历史，以作垂鉴，史实超越了史官的主观意志；子部重劝诫教化，作者的个人意图和愿望比较突出。理论出发点不同，故对小说的认识肯定存在差异。

小说家作品著录总是在子部和史部之间纠缠。① 《甄异传》、《古异传》、《述异记》、《近异录》等一大批志怪作品在《隋志》、《旧唐志》中收入史部杂传内，而在《新唐志》中尽列于小说家。《新唐志》编纂的主要负责人欧阳修认为，正史应记载"君臣善恶之迹"，"要其治乱兴废之本，可以考焉"。史传"或详一时之所得，或发史官之所讳，参求考质，可以备多闻焉"。②所以，一大批志怪传奇作品从史部剔除就是理所当然的。但因这些作品可以"资治体，助名教，供谈笑，广见闻"③，故又列入小说家。《山海经》在《隋志》、《旧唐志》、《新唐志》、《宋志》中列入史部地理类，在《清史稿·艺文志》中列入小说家；《搜神记》在《隋志》、《旧唐志》中列入史部杂传类，在《宋志》等书中又都列入小说家。这恐又与人们的科学认知水平提高而更容易识别其中的荒

① 王齐洲：《在子史之间寻找位置——史志所反映的中国传统小说观念》，《中国文学观念论稿》，湖北教育出版社2004年版，第417—449页。
② （宋）欧阳修：《欧阳修全集》，中国书店1986年版，第1000—1002页。
③ （宋）曾慥：《类说序》，载黄清泉主编《中国历代小说序跋辑录·文言笔记小说部分》，华中师范大学出版社1989年版，第202页。

谬之处有一定的关系。不光是史志，私家书目也存在同样的问题。

史家的小说观从史学角度立论，意在史实和史料，视角十分宽泛。以刘知几所论为例，偏记、小录、逸事、琐言、郡书、家史、别传、杂记、地理书、都邑簿均可视作小说，内容实在过于庞杂，淹没了小说的独特性质，使其成了一个无所不包的大型史料库。特别是郡书、家史、别传、地理书、都邑簿等类别的书籍，本身并不具有相同的质素，同列在一起只是因为其史学价值。如果抛开史学视角，这样的小说观念和这种观念下的小说范围的划定显然是让人难以接受的。

小说与史部有着紧密关系，和子部也有密不可分的关联，同一部作品，既可属子部小说家，也可属史部杂传类，其差异只在于归类者的小说观念的细微差异。胡应麟认识到，如果没有一个确定的小说观念，对小说的认识肯定终究陷入一种模糊和迷惘。故胡应麟说："郑氏（郑樵）谓古今书家所不能分有九，而不知最易混淆者小说也，必备见简编，穷究底里，庶几得之，而冗碎迂诞，读者往往涉猎，优伶遇之，故不能精。"①对这种复杂的问题，不"穷究底里"，的确是很难找到正确的途径与方法。

"史部小说"观显然使小说过于芜杂，胡应麟扬弃了史学的小说观念，从子部九流十家的角度论小说，所持显然是"子部小说"观。在《九流绪论》上卷中，胡应麟"更定九流"，"一曰儒、二曰杂、三曰兵、四曰农、五曰术、六曰艺、七曰说、八曰道、九曰释"，这里的"说"即《汉志》九流十

---

① 胡应麟：《九流绪论》下卷，《少室山房笔丛》，第283页。

家中的"小说家"。①同时，胡应麟意识到，虽总的来说，小说乃"子书流也"，但已不全同于《汉志》的小说家了，"谈说道理或近于经，又有类注疏者；纪述事迹或通于史，又有类志传者"②。胡应麟稽考古今书籍，爬梳诸子源流，明确揭示古今小说观念的不同。因此，胡应麟的小说观念对前代小说观念（尤其是《汉志》"子部小说"观）既有所继承，又有所发展，特别是在小说概念的精确化③、对小说虚实和小说功用的看法等方面有着明显的超越与突破。

《汉志》诸子略确立小说一家，小说家同诸子一样，重在其"用"："其言虽歧趣殊尚，推原本始各有所承，意皆将举其术措之家国天下，故班氏谓使明王折衷辅拂，悉股肱之材。"④ 三国和南朝时，小说概念又有所发展和变化。梁武帝时殷芸撰有《小说》一书，《隋书·经籍志》和《旧唐书·经籍志》中均有著录。另外，《隋书·经籍志》记有《小说》五卷，未著撰人；两《唐志》均有刘义庆《小说》十卷。除殷芸《小说》外，其余均已亡佚不可考。关于殷芸《小说》的成书，刘敬叔《异苑》称："晋武库失火，汉高祖斩蛇剑穿屋而飞。其言不经，梁武帝令殷芸编为《小说》。"⑤ 清代姚振宗《隋书经籍志考证》说："案此殆是梁武作通史时，凡不经之说，为通史所不取者，皆令殷芸别集为《小说》，是《小说》

---

① 胡应麟：《九流绪论》上卷，《少室山房笔丛》，第 261 页。

② 胡应麟：《九流绪论》下卷，《少室山房笔丛》，第 283 页。

③ 参见王先霈、周伟民所著《明清小说理论批评史》第一章第五节《"小说"概念的精确化——胡应麟和谢肇淛》有关于"小说概念的精确化"之论，花城出版社 1988 年版，第 90—111 页。

④ 胡应麟：《九流绪论》上卷，《少室山房笔丛》，第 261 页。

⑤ 刘知几著，浦起龙释：《史通通释》第 4 册，上海书店（据商务印书馆 1937 年 3 月版影印）1988 年版，第 22 页。

因通史而作，犹通史之外乘。"① 如果是这样，殷芸作《小说》时就已基本消解了小说与史书两个概念之间的差异与界限。《史通》中，小说与史书的差异更小。《史通》的这种小说思想，给了欧阳修以启发，欧阳修《与尹师鲁第二书》云："前岁所作《十国志》，盖是进本，务要卷多，今若便为正史，尽宜删削，存其大要。至如细小之事，虽有可纪，非干大体，自可存之小说，不足以累正史。"② 可见，小说的名称虽然没有变化，但是随着时间的推移，人们认识的变化，小说概念的含义却在不断地改变。

郎瑛《七修类稿》曾提到小说含义的不断变化："若夫近时苏刻几十家小说者，乃文章家之一体，诗话、传记之类也，又非如此之小说。"③ 胡应麟更是深有体会，他意识到："汉《艺文志》所谓小说，虽曰街谈巷语，实与后世博物、志怪等书迥别……如所列《伊尹》二十七篇、《黄帝》四十篇、《成汤》三篇，立义命名动依圣哲，岂后世所谓小说乎？又《务成子》一篇，注称尧问；《宋子》十八篇，注言黄老；臣饶二十五篇，注言心术；臣成一篇，注言养生，皆非后世所谓小说也。"④ 那么，胡应麟所说"后世所谓小说"具体所指又是什么呢？在论述《汉志》小说家所载《虞初周说》一书时，胡应麟说："盖《七略》所称小说惟此当与后世同，方士务为迂怪以惑主心，《神异》、《十洲》之祖袭有自来矣。"⑤ 他认为

---

① 姚振宗：《隋书经籍志考证》卷32，续四库全书本，上海古籍出版社据浙江图书馆藏开明书店铅印师石山房丛书本影印，第499页。

② 欧阳修：《与尹鲁师第二书》，《欧阳修全集》，中华书局2001年版，第1000页。

③ 郎瑛：《七修类稿》，上海书店出版社2001年版，第229页。

④ 胡应麟：《九流绪论》上卷，《少室山房笔丛》，第280页。

⑤ 胡应麟：《九流绪论》下卷，《少室山房笔丛》，第284页。

《汉志》所载小说只有此书符合后世小说观念，可见，胡应麟不仅清晰了解古今小说观念的不同，而且对当下小说观念有了精确的认识。胡应麟在《九流绪论》中对小说家的解释是："说主风（讽）刺箴规而浮诞怪迂之录附之……说出稗官，其言淫诡而失实，至时用以洽见闻，有足采也。"① 胡应麟对小说的这种描述和概括，既继承了《汉志》所云"小说家者流，盖出于稗官"之论，以及对小说之"用"的强调，同时又注意到了小说含义的新变，包括了"浮诞怪迂"、"淫诡而失实"的作品和"风（讽）刺箴规"之类作品。因此，可以说，胡应麟的小说观是小说概念的一种准确表达，也是对不断变化的小说内涵的一次理论总结。

但是，如果认为胡应麟的小说观念是历史的完全沿袭，或是以为"胡应麟认为小说或近于这个，或类似那个，杂七杂八的什么都有，它们之间并没有什么共同特征"②，则过于肤浅和简单。子部小说的不断发展以及历代小说观念的不断变化，才有了胡应麟的小说观。因此，他的小说观既有对传统观念的继承，又有新的变化。其小说范围，既包括六朝以来的志怪、博物小说和唐传奇一类"浮诞怪迂"的作品，同时也包括《汉志》以来"洽见闻，有足采"的笔记类作品，并不是"杂七杂八的什么都有"，而是对历史的一种尊重和继承，同时也是对发展和新变的一种真实反映。

如果以中国小说理论发展史的角度来看，胡应麟的小

---

① 胡应麟：《九流绪论》上卷，《少室山房笔丛》，第261页。
② 汪燕岗：《胡应麟和中国古代小说研究》，《内蒙古社会科学》（汉文版）2003年第4期，第75页。

说观有着非同寻常的意义。第一，划清了与史书的界限，确立了小说的独立位置。胡应麟显然注意到了"史部小说"观给小说带来的宽泛和芜杂的问题，在"九流"中论小说，再次强调"子部小说"观念，且强调小说的独特特点，划清了与史书的界限，使小说有了自己的独立位置。千余年来小说借着依附史书来提高自身地位的做法，在胡应麟这里被彻底摒弃。第二，提高了小说的地位，廓清了小说的范围。胡应麟重新审视"九流十家"，将小说列为第七，提高了小说的地位。同时，以其小说观念为准则，限定了小说的范围。第三，突破了小说虚构的禁区，为小说的发展提供了理论支持。以前的小说理论家总以"史之余"来看待小说，故小说的虚构是被指责的。小说作者或不愿虚构，或不敢承认虚构，显然是小说发展的障碍。胡应麟所说的小说包括了"浮诞怪迂"、"淫诡而失实"的作品，故而小说虚构自然是顺理成章的。这为小说的进一步发展提供了理论上的保障和支持。

第二节　胡应麟的小说虚实观

　　自有小说创作与流传，虚与实就是小说作者以及论者难以避开的话题，小说虚与实的关系的讨论在中国小说理论批评史上占有极其重要的位置。《史记三家注》中引邹诞解云："辩捷之人，言是若非，说非若是，能乱异同"，就是指"言说"与事实之间的虚实关系。① 对此种所谓"好谈论者，增益实事，为美盛之语；用笔墨者，造生空

---

① 《史记三家注》，台湾七略出版社1985年版，第1309页。

文，为虚妄之传"，王充持批评态度，认为"虚妄之语不黜，则华文不见息；华文流放，则实事不见用"①。同一部作品《山海经》，刘秀认为其"皆圣贤之遗事，古文之著明者"②，是写实；而晋人郭璞在《注山海经叙》中却说："世之览《山海经》者，皆以其闳诞迂夸，多奇怪俶傥之言，莫不疑焉。……世之所谓异，未知其所以异；世之所不异，未知其所以不异。何者？物不自异，待我而后异；异果在我，非物异也。"③这里的"异"是虚，"不异"是实，虚与实二者并存。此后的小说论者对小说的虚构和实录都有许多不同的见解，可以说，对小说的虚实关系的看法不仅与小说的定义、范畴，以及分类等多方面的理论问题有着密切联系，而且还关系到小说的评价标准和发展方向。胡应麟在《九流绪论》、《四部正讹》、《二酉缀遗》、《华阳博议》、《庄岳委谭》等多篇著作中对小说虚实观念进行了详细论述，胡氏的小说虚实观不仅批判继承了前代小说思想，且自有新见，对当时及后世都有较深远影响。

一　胡应麟对小说虚构的重新认识

传统的中国小说思想崇尚实录，而对虚构持贬斥态度。志怪小说《搜神记》"撰集古今神祇灵异人物变化"，《晋书》评价该书"博采异同，遂混虚实"，作者干宝在自序

---

① （汉）王充：《论衡》，上海人民出版社 1974 年版，第 442 页。
② （汉）刘秀：《上山海经表》，载黄清泉主编《中国历代小说序跋辑录·文言笔记小说部分》，华中师范大学出版社 1989 年版，第 1 页。
③ （晋）郭璞：《注山海经叙》，载黄清泉主编《中国历代小说序跋辑录·文言笔记小说部分》，华中师范大学出版社 1989 年版，第 2 页。

中却声称"考先志于载籍，收遗逸于当时"，"苟有虚错，愿与先贤前儒分其讥谤"。①干宝向刘惔谈及《搜神记》时，刘称赞干宝曰："卿可谓鬼之董狐。"② 董狐是春秋时晋国正直的史官，有"良史"之称，刘惔以"鬼之董狐"来褒扬干宝，认为其像史官一样真实地记录了鬼的故事。萧绮编《拾遗记》时也说："删其繁紊，纪其实美，搜刊幽秘，捃采残落，言匪浮诡，事弗空诬，推详往迹，则影彻经史；考验真怪，则叶附图籍。"③ 小说叙述的故事在今天看来无论有多么奇怪，但在当时却是以实录为基本原则进行写作的。在早期中国小说思想发展中，实录的观点具有相当大的代表性。裴启《语林》"始出，大为远近所传，时流年少，无不传写，各有一通"；书中记有当时名流谢安事，而谢安认为其"不实"，故从此"众口咸鄙"，此书竟"废而不传"。《世说新语》与其同时，且性质相近，"采撷汉、晋以来佳事佳话"，以写实为宗，故没有遭受非议，能广为流传。然而，《世说新语》在刘知几眼里还不是完全实录，他对《世说新语》作出批评："若《语林》、《世说》、《幽明录》、《搜神记》之徒，其所载或诙谐小辩，或神鬼怪物。其事非圣，扬雄所不观；其言乱神，宣尼所不语。"④ 这种崇实抑虚的传统小说思想自产生以来，在

---

① （晋）干宝：《搜神记序》，载黄清泉主编《中国历代小说序跋辑录·文言笔记小说部分》，华中师范大学出版社1989年版，第67页。

② （南朝宋）刘义庆：《世说新语》，上海古籍出版社1982年版，第414页。

③ （晋）萧绮：《拾遗记序》，载黄清泉主编《中国历代小说序跋辑录·文言笔记小说部分》，华中师范大学出版社1989年版，第73页。

④ 刘知几著，浦起龙释：《史通通释》第1册，上海书店（据商务印书馆1937年3月版影印）1988年版，第75页。

相当长的时间内都很盛行。"作意好奇，假小说以寄笔端"的唐传奇却常常在文中交代故事的来源，说明自己是实录，《任氏传》作者沈既济说，"众君子闻任氏之事，共深叹骇，因请既济传之"①，连梦入槐安国的《南柯太守传》，也声称"事皆摭实，辄编录成传"②。说话及话本创作也受这种思想影响甚深。罗烨在《醉翁谈录·舌耕叙引》中总结说话创作经验时认为，说话"或名演史，或谓合生，或作挑闪，皆有所据，不敢谬言"③。这种崇实的风尚对通俗小说也有一定的影响，即使是在历史演义小说众口相传、神魔小说大行其道的明清两朝，一些通俗小说批评家也坚持实录理论。蒋大器认为《三国志通俗演义》"文不甚深，言不甚俗，事纪其实，亦庶几乎史"④。陈继儒则把小说看作"世宙间之大帐簿"，记录国家大事如同家用帐簿，器用什物、田产屋舍、收入支出，一一记载清楚明白。他在《叙列国传》中指出："《列传》始自周某王之某年，迄某王之某年，事核而详，语俚而显……亦足补经史之所未赅。譬诸有家者按其成簿，则先世之产业矗然，是《列传》亦世宙间之大帐簿也。如是虽与经史并传可也。"⑤ 其基本观点就是小说当据实记录，"事核而详"，"补经史之所未赅"。

---

① （唐）沈既济：《任氏传尾语》，载黄清泉主编《中国历代小说序跋辑录·文言笔记小说部分》，华中师范大学出版社1989年版，第96页。

② （唐）李公佐：《南柯太守传尾语》，载黄清泉编《中国历代小说序跋辑录·文言笔记小说部分》，华中师范大学出版社1989年版，第97页。

③ （明）罗烨：《新编醉翁谈录》，辽宁教育出版社1998年版，第1页。

④ （明）蒋大器：《三国志通俗演义序》，载朱一玄编《明清小说资料选编》，齐鲁书社1990年版，第69页。

⑤ （明）陈继儒：《叙列国传》，载朱一玄编《明清小说资料选编》，齐鲁书社1990年版，第5页。

　　胡应麟主张小说是可以虚构的，认为实录并非小说创作的不二法门。以徐铉、洪迈、苏轼三人为例，胡应麟说："小说称徐铉好言怪，宾客之不能自通者与失意见斥绝者，皆托言以求合。洪迈好志怪，晚岁急于成书，客多取《广记》中旧事改窜首尾，别为名字投之，至有数卷者，洪不复删润，皆入《夷坚》。然二子尚为人欺也，苏轼好谈鬼，客至使谈，有不能者辄云姑妄言之，则又导之以妄。然二子竟为所欺，坡特滑稽戏剧，未尝形笔端也。铉所著《稽神录》，其中必有诳于宾客如《夷坚》所得者，岂皆实哉？"① 胡氏以此则可断定，小说作品不可能全部是实录的。《少室山房笔丛・九流绪论》又云："小说者流，或骚人墨客，游戏笔端；或奇士洽人，蒐萝宇外。纪述见闻，无所回忌；覃研理道，务极幽深。"② 胡应麟看到了古代小说的内容并非都是纪实，无论作家是"游戏笔端"，还是"蒐萝宇外"，所记"无所回忌"，就有可能存在不实。胡氏指出，在中国小说发展史上，的确存在大量并非纪实的作品："古今志怪小说，率以祖《夷坚》、《齐谐》。然《齐谐》即《庄》，《夷坚》即《列》耳。二书因极诙谐，第寓言为近，纪事为远"③；"凡变异之谈，盛于六朝"；"唐人乃作意好奇，假小说以寄笔端，如《毛颖》、《南柯》之类尚可，若《东阳夜怪录》称成自虚，《玄怪录》元无有，其文气卑下亡足论"；"本朝《新》、《余》等话本出名流，以皆幻设而时益以俚俗"④。胡应麟以《夷坚》和《齐谐》为志怪小说之祖，未必十分准确，但是他以多载天下异说奇事的《庄子》

① 胡应麟：《二酉缀遗》中卷，《少室山房笔丛》，第363页。
② 胡应麟：《九流绪论》下卷，《少室山房笔丛》，第283页。
③ 胡应麟：《二酉缀遗》中卷，《少室山房笔丛》，第362页。
④ 同上书，第371页。

和多寓言传说的《列子》作比，说明他认为小说并非以纪实而问世，故以后的小说创作中进行虚构不过是因循前例，本不足为怪。此外，胡应麟还对小说存在虚构这一历史现象作了全面概括："《齐谐》、《夷坚》博于怪，《虞初》、《琐语》博于妖，令升、元亮博于神，之推、成式博于鬼，曼倩、茂先博于物，湘东、鲁望博于名，义庆博于言，梦得、务观博于事，李昉、曾慥、禹锡、宗仪之属又皆博于众说者也。总之，脞谈隐迹，巨细兼该，广见洽闻，惊心夺目，而淫俳间出，诡诞错陈。张、刘诸子世推博极，此仅一斑，至郭宪、王嘉全措虚词，亡征实学，斯班氏所以致讥、子玄所以绝倒者也。"① 数量如此众多的例证，足以说明中国古代小说发展史上，"淫俳间出，诡诞错陈"，虚构自始至终是小说创作的重要方法和手段。

对于虚构的作用，胡应麟说："怪、力、乱、神，俗流喜道，而亦博物所珍也；玄虚、广莫，好事偏攻，而亦洽闻所昵也。谈虎者矜夸以示剧而雕龙者间掇者以为奇，辩鼠者证据以成名而扪虱类资之以送日，至于大雅君子心知其妄而口竞传之，且斥其非而暮引用之，犹之淫声丽色，恶之而弗能好也。夫好者弥多，传者弥众，传者日众则作者日繁，夫何怪焉？"② 正是这些虚妄怪诞的内容，可以"资治体，助名教，供谈笑，广见闻"，所以好者多，传者众，作者繁，小说才有这样日益繁荣兴盛的面貌。虚构的内容是小说的重要组成部分，虚构使小说成为一种独特的存在，虚构给小说带来了活力和勃勃生机。在胡应麟这里，小说虚构不再是贬义之语，而是理所当

---

① 胡应麟：《华阳博议》上卷，《少室山房笔丛》，第384页。
② 胡应麟：《九流绪论》下卷，《少室山房笔丛》，第282页。

然，故胡氏可对那些"事事考之正史"，以"不实"作为打压小说借口的人宣称："稗官曲说附会百端，其情变不可穷诘也。"①

胡氏博览古代小说，指出了大量小说作品存在虚构这一事实，同时，他还对虚构和实录是否应当成为小说评价的标准阐明了观点。对小说的评价，胡应麟有两条重要标准：一是文学性；二是虚构。同样是虚构作品，胡氏认为"《毛颖》、《南柯》之类尚可"，而《东阳夜怪录》、《玄怪录》"但可付之一笑"，是因为后者"文气卑下亡足论"。《新》、《余》等话"在前数家下"，是因为其"时益以俚俗"。②可见，文学性是胡应麟小说评价的一条重要标准。胡应麟认为唐段成式《酉阳杂俎》"最为迥出"，是因为"其事实谲宕亡根，驰骋于六合九幽之外，文亦健急瑰迈，称之其视诸志怪小说，允谓之奇之又奇也"③。宋人小说"多有近实者，而文彩无足观"，故而评价较低。胡氏也从这两个方面对唐宋小说作过比较："小说，唐人以前纪述多虚而藻绘可观，宋人以后论次多实而彩艳殊乏。盖唐以前出文人才士之手，而宋以后率俚儒野老之谈故也。"④ 这说明除了文学性以外，虚构性是胡应麟评价小说的另一条重要标准。

二　胡应麟的小说虚构原则

胡应麟指明小说存在大量虚构及虚构存在的合理性，但他并不认同小说可以信马由缰，无边无沿，任意妄作。对《酉

---

① 胡应麟：《二酉缀遗》中卷，《少室山房笔丛》，第 370 页。
② 胡应麟：《二酉缀遗》中卷，《少室山房笔丛》，第 371 页。
③ 胡应麟：《增校酉阳杂俎序》，《少室山房集》卷 83，文渊阁四库全书本。
④ 胡应麟：《九流绪论》下卷，《少室山房笔丛》，第 283 页。

阳杂俎》所载天宝初王天运及四万官兵征伐勃律被冻死事，胡氏认为"盖附会之极可笑者"，因为"考《玄宗纪》、《林甫传》，天宝年间并无王天运伐勃律事"①。也就是说，在胡应麟这里，并不是任何虚构都是值得肯定和褒扬的。那么，小说的虚构应依据什么样的原则呢？胡应麟认为：

一是记事要"有所本"。胡氏以《山海经》为例解释说："古人著书，即幻设必有所本。《山海经》之称禹也，名山大川、遐方绝域，固本'治水作贡'之文，至异禽、诡兽、鬼域之状充斥简编，虽战国浮夸之习，乃《禹贡》则亡一焉而胡以传合也？偶读《左传》王孙满之对楚子曰：'昔夏之方有德也，远方图物，贡金九牧，铸鼎象物，百物而为之备，使民知神奸。故民入川泽山林，魑魅魍魉莫能逢之。'不觉洒然击节曰：此《山海经》所由作乎！盖是书也，其用意一根于怪，所载人物，灵祇非一，而其形则若魑魅魍魉之属也。考王孙之对虽一时辨给之谈，若其所称图象百物之说必有所本。"②《山海经》虽怪诞不经，所载名山大川以《禹贡》之文为本，正如夏鼎上之图象以百物为本。"人死而复甦者，竹书秦谍可谓奇绝。"本此，后有"志怪小说所载，某人临阵被杀而乘骑以归"；更有《五行记》载"清河崔广宗犯法枭首，家人异其体归，每饥即画地作'饥'字，家人遂屑食于颈孔中，饱既书'止'字。……如是三四岁，世情不替，更生一男"；还有"《三国·吴志》某人死六日复甦，穿土而出"。陈仲弓《异闻记》有"女四岁不能行，弃冢中。后开冢，女复活"。干宝所

---

① 胡应麟：《二酉缀遗》上卷，《少室山房笔丛》，第360页。
② 胡应麟：《四部正讹》下卷，《少室山房笔丛》，第315—316页。

记"冢中婢事皆出此后"。①胡应麟以记事是否"有所本"论
及多部小说，如传奇《董永》"其事实本《搜神记》"；《连
环》亦本元曲，"当不诬"；"霍小玉事据李益传，或有所本"；
"《新》、《余》二话本皆幻设，然有一、二实者"；《玉仙客》
"或乌有、无是类，不可知"；红拂、红绡、红线"实无一信
者"。胡应麟对《水浒传》多批评，但以"世率以其凿空无
据，要不尽尔也"肯定其言有所据；对《三国志》"关壮缪明
烛"一事，则质问："案《三国志》羽传及裴松之注，及《通
鉴》、《纲目》，并无此文，演义何所据哉？"②

　　二是言要有其"旨"。《少室山房笔丛·二酉缀遗》云：
"昔苏子瞻好语怪，客不能则使妄言之，庄周曰'余姑以妄言
之汝姑妄听之。'知庄氏之旨则知苏氏之旨矣。"③ 庄子所谓
"余姑以妄言之汝姑妄听之"似是漫无目的，但那是对于听者
来说的，对"言"者来讲，这里的"旨"就是指言说的目的。
胡应麟说："子虚、上林不已而为修竹、大兰，修竹、大兰不
已而为革华、毛颖，革华、毛颖不已而为后土、南柯，故夫
庄、列者诡诞之宗而屈、宋者玄虚之首也。后人不习其文而规
其意，卤莽其精而猎其粗，毋惑乎其日下也。"可见，这些小
说作品都是深含其"意"，必须"习其文而规其意"，才可能
得其精华。小说有何深意？胡应麟说："诡撰靡益见闻，其雅
言可资谈噱，不为所欺可也"，"其善者足备经解之异同，存
史官之讨核，总之有补于世，无害于时"。可见，"有补于世，
无害于时"是胡氏对小说的总体要求，益见闻、资谈噱、证

---

① 胡应麟：《二酉缀遗》中卷，《少室山房笔丛》，第364—365页。
② 胡应麟：《庄岳委谭》下卷，《少室山房笔丛》，第432—436页。
③ 胡应麟：《二酉缀遗》中卷，《少室山房笔丛》，第364页。

经史都可以是小说之"旨"。对那些不怀好意之徒，试图以小说图谋不轨者，胡氏是予以谴责的："乃若私怀不逞，假手铅椠，如《周秦行纪》、《东轩笔录》之类，同于武夫之刃、谗人之舌者，此大弊也。然天下万世公论具在，亦亡焉矣。"①

胡应麟并不一概肯定小说虚构，而是指出小说虚构应遵循一定的原则进行，反映了他对小说虚构从理论上的深刻认识。这种认识，一方面是受到了传统的小说"实录"理论的影响，另一方面，体现了他对小说虚构的重新审视和思考。

三　胡应麟小说虚实观的影响

胡应麟对小说虚构性的辩护，根植于其对历代小说作品的分析和总结，有较强的说服力，后世论者多有共鸣。谢肇淛（1567—1624）深有心得："胡元瑞曰：'凡传奇以戏文为称也，无往而非戏也，故其事欲谬悠而无根也；其名欲颠倒而亡实也。……此语可谓先得我心矣。"② 胡应麟认为小说可以虚构，但不可妄作，要"有所本"，虚与实二者之间存在着一定的辩证关系。强调二者的这种辩证关系既正面肯定了小说的虚构，又为小说的创作提供了指导原则。万历壬辰进士李日华在《广谐史序》（作于1615年）中也说："因记载而可思者，实也；而未必一一可按者，不能不属之虚。借形以托者，虚也；而反若一一可按者，不能不属之实。古至人之治心，虚者实之，实者虚之。实者虚之故不系，虚者实之故不脱，不脱不系，生机灵趣泼泼然，以坐挥万象，将毋忘筌蹄之极，而向所

---

① 胡应麟：《九流绪论》下卷，《少室山房笔丛》，第283页。
② （明）谢肇淛：《五杂俎》下，中央书店1935年版，第308页。

雠校研摩之未尝有者耶。"① 对这种小说虚实的辩证关系，谢肇淛之说更为简洁，"为小说及杂剧戏文，须是虚实相半，方为游戏三昧之笔"②，故而常常为后世小说创作者和研究者所乐道。但究其思想根源，则当属胡应麟《少室山房笔丛》对小说虚实关系所作的辨析。

胡应麟提出小说虚构的合理性，并以虚构作为小说评价的标准之一，为小说完全摆脱史传而成为理论上独立自足的文体奠定了基础，为小说的进一步发展提供了动力。

传统小说思想认为小说是"史之杂名"，"能与正史参行"，可"补正史之不足"，提高了小说的地位，为小说的合法存在提供了理论基础，为小说的成长提供了良好的舆论条件。但另一方面，正是由于将小说比附史书，以实录来要求小说就成了必然之义，虚构就无法成为合理的小说创作手段，因为一旦宣布小说可以虚构，就等于宣布与史书划清界限，无疑会有置小说于无用之"小道"的危险。有论者也注意到了这一事实，试图在虚构与史书之间找到结合点，既可以肯定小说的虚构，又可以使小说仍厕身于史之末流。宋洪迈《夷坚丁志序》云："顾以三十年之久，劳勤心口耳目，琐琐从事于神奇荒怪，索墨费纸，殆半太史公书。曼澶支离，连犿丛酿，圣人所不语，扬子云所不读。……《六经》经圣人手，议论安敢到？若太史公之说，吾请即下子之言而印焉。彼记秦穆公、赵简子，不神奇乎？长陵神君、圯下黄石，不荒怪乎？书荆轲事证侍医夏无且，书留侯容貌证画工；侍医、画工，与前所谓

① （明）李日华：《广谐史序》，载侯忠义编《中国文言小说参考资料》，北京大学出版社1985年版，第517页。
② （明）谢肇淛：《五杂俎》下，中央书店1935年版，第307页。

寒人、巫隶何以异？善学太史公，宜未有如吾者。"① 洪迈对小说实录观念表示不满，完全肯定"神奇荒怪"的小说作品，但理由是《史记》中也有神奇荒怪的内容，故写"曼澶支离，连犿丛酿"的小说，是"善学太史公"。《史记》是否是实录暂且不论，但可见洪迈为小说虚构进行辩护时良苦之用心。

以虚实为标尺，胡应麟明确划清了小说与史传的界限。胡氏认为史须纪实，"公心直笔"，他批评"董狐、南史制作亡征，维公与直庶几尽矣"②；批评刘知几以虚为实，"《史通》称舜囚尧、禹放舜、启诛益、太甲杀伊尹、文王杀季历、成汤伪让、仲尼饰智矜愚，斯数言者战国有之，然识者亡弗谓虚也，胡子玄骤以为实也？"③ 如前所述，胡氏认为小说可以虚构，虚构不仅在小说中是完全合理的存在，而且还是评价小说的一条重要标准。故而对刘知几认为是"取悦于小人，终见嗤于君子"的《世说新语》，胡应麟则认为"读其语言，晋人面目气韵恍惚生动，而简约玄澹，真致不穷，古今绝唱也"，并认为刘知几的错误在于，"《世说》以玄韵为宗，非纪事比，刘知几谓非实录，不足病也"。他认为"唐人修《晋书》，凡《世说》语尽采之，则似失详慎云"④。在胡应麟这里，史书纪实，小说可务虚，二者泾渭分明，不可混为一谈。谢肇淛《五杂俎》（约成书于1615年）卷15"事部"中指出："古今小说家，如《西京杂记》、《飞燕外传》、《天宝遗事》诸书，《虬髯》、《红娘》、《隐娘》、《白猿》诸传，杂剧家如《琵

---

① （宋）洪迈：《夷坚丁志序》，载侯忠义编《中国文言小说参考资料》，北京大学出版社1985年版，第425页。

② 胡应麟：《史书占毕》卷1，《少室山房笔丛》，第127页。

③ 同上书，第133页。

④ 胡应麟：《九流绪论》下卷，《少室山房笔丛》，第284页。

琶》、《西厢》、《荆钗》、《蒙正》等词，岂必真有事哉？近来
作小说，稍涉怪诞，人便笑其不经，而新出杂剧，若《浣
纱》、《青衫》、《义乳》、《孤儿》等作，必事事考之正史，年
月不合，姓字不同，不敢作也。如此，则看史传是矣，何名为
戏？"① 谢氏也是从虚实的角度辨明小说与史书之间的关系，
其思考方法与观点同胡应麟有着明显的先后传承关系。胡、谢
之后，小说与史传的界限日趋明显，其中虽有小说自身的演进
和小说理论的发展等多方面原因，但胡氏首创之功则不可
埋没。

总之，胡应麟在博览历代小说的基础上，从虚实角度
对小说作了深入的分析，明确指出小说可以存在合理的虚
构，并将虚构性与文学性一起作为小说评价的标准，此外，
他还确立了小说虚构应把握的原则。胡氏的小说虚实观不
仅对当时和后世的小说评论家如谢肇淛、李日华等有较大
影响，而且其完全划清小说与史书的界限，为小说理论的
独立自足提供了基础，为小说的进一步发展作出了理论上
的重要贡献。

第三节　胡应麟的小说功用论

从某种意义上说，自有小说理论开始，就有了有关小说功
用的论述。从孔子所云"虽小道，必有可观者"，到《汉志》
所说"一言可采"，到《隋志》所载"徇木铎以求歌谣，巡省
观人诗，以知风俗。过则正之，失则改之，道听途说，靡不毕
纪"，均涉及小说的功用论。但是，小说功用论显然不是一个

---

① （明）谢肇淛：《五杂俎》下，中央书店1935年版，第307—308页。

简单的问题，不是一两句话所能概括。以不同的观念，或从不同的角度来看，小说功用可能不尽相同。在中国小说理论史上，对小说功用有着种种不同的阐述。唐代李肇为自己的《唐国史补》作序时谈到小说"纪事实，探物理，辨疑惑，示劝戒，采风俗，助谈笑"①，宋代曾慥《类说序》认为小说"可以资治体，助名教，供笑谈，广见闻"②，明代陈仕贤所说"无非扩学问，释疑惑，维世教，以昭劝戒，有风人之义焉"，③都对小说之功用作了比较全面的概括。

一　补史、多识、教化、审美

中国小说理论史上，关于小说功用的阐述非常多见，概而言之，大致有裨补正史、道德教化、增广见闻、娱乐审美四种。对于小说的这四种功用，胡应麟都有着自己的认识。

胡应麟在分析小说为什么越来越兴盛的原因时说："怪、力、乱、神，俗流喜道，而亦博物所珍也；玄虚、广莫，好事偏攻，而亦洽闻所昵也。谈虎者矜夸以示剧，而雕龙者闲掇之以为奇，辩鼠者证据以成名，而扪虱类资之以送日，至于大雅君子心知其妄而口竞传之，旦斥其非而暮引用之，犹之淫声丽色，恶之而弗能好也。"④"博物所珍"、"洽闻所昵"，都是指小说在增长知识和见闻方面

---

① （唐）李肇：《唐国史补》，载丁锡根编著《中国历代小说序跋集》上，人民文学出版社 1996 年版，第 283 页。

② （宋）曾慥：《类说序》，载丁锡根编著《中国历代小说序跋集》下，人民文学出版社 1996 年版，第 1779 页。

③ （明）陈仕贤：《七修类稿序》，载郎瑛《七修类稿》，上海书店出版社 2001 年版，第 1 页。

④ 胡应麟：《九流绪论》下卷，《少室山房笔丛》，第 282 页。

的作用。对于善写文章的人来说，小说可以提供不少良好的素材；对于试图进行考证辨疑的人，小说可以提供有用的证据材料；对于好聊天说地的人，小说可为谈资。① 就是因为小说有着增广见闻之功用，才有那么多人喜欢阅读，喜欢谈论，才致使小说越来越兴盛。胡应麟多次提到小说可增见闻，不可尽废，如"六朝策事，唐、宋校士悉其遗风，惟征事绝不复睹，仅段成式、温庭筠以一物传简往来，遂成卷轴。又段尝出猎，得兔数十头，遗父僚属，每头疏事若干其下，比僚属传观，无一重者。又元陈刚中、吕徽之征驴事数十条，皆或有之……徽之见《辍耕录》，其人快士，第匪陶氏几弗传。小说尚尔，著述其可废哉。"又如："《野客丛书》云……余历考博识事，自谓庶几足补《卮言》之缺，近读此复遗数条，学之难穷如是，因续志之。"② 可见，胡应麟结合自己学习的心得，对小说增见闻、长知识的功用认识十分深刻，就是从这一点看，小说也不可尽废。

胡应麟《读三国志裴志》云："裴世期之注《三国志》，刘孝标之注《世说》，傍（旁）引博据，宏洽淹通，而考究精严，辨驳明审，信两君之深于史学者。迄今三国六代小说逸事，往往覆赖二注以存。"③ 史注可存小说逸

---

① 《史记·孟子荀卿列传》载，战国时齐人驺衍"言天事"，善辩，驺奭采用驺衍之术为文，齐人号为"谈天衍，雕龙奭"。裴骃集解引刘向《别录》："驺奭修衍之文，饰若雕镂龙文，故曰'雕龙'。"故"雕龙"指善写文章。宋人戴埴有《鼠璞》，书中大都是考证经史疑义及名物典故异同。故"辩鼠"指考证辨疑。

② 胡应麟：《华阳博议》下卷，《少室山房笔丛》，第401页。

③ 胡应麟：《读三国志裴注》，《少室山房集》卷101，文渊阁四库全书本。

事，则小说逸事可入史注。《读南北史》云："司马君实以
李延寿书为近代佳史，余读之信然。所云机祥谑浪、琐屑
备载。余考典午以还，清谈鼎沸，临川《世说》，《晋书》
掇拾，几无孑遗；沈约魏收等史，卷动盈百；延寿芟除芜
蔓，荟萃此编，笔削之功，固以勤矣。小说谐辞，种种备
载，要以原书纪述，不忍概删……"① 将小说目为史料，
以小说补史书之不足，在胡应麟看来，都是合乎常理的。
当然，胡应麟亦认识到小说与史书的根本差异，并不认为
小说即可视作史书。胡应麟在论及《世说新语》一书时说
道："《世说》以玄韵为宗，非纪事比，刘知几谓非实录，
不足病也。唐人修《晋书》，凡《世说》语尽采之，则似
失详慎云。"② 史书从小说中获取一些材料是可以的，但
"尽采"小说为史料是胡应麟所反对的。"详慎"，是从小
说中获取史料应当采取的态度：所谓"详"，是指要知道
材料的来龙去脉，该材料的来源是否可靠；所谓"慎"，
是指要谨慎，如有不可信或是有疑义的材料则是不可尽入
史书的。

　　胡应麟还另外对小说的功用进行过总结性陈述："小说者
流……其善者足以备经解之异同、存史官之讨核，总之有补于
世，无害于时。"③ "备经解之异同"指的还是小说能提供一些
有用的材料，可丰富人的学识；"存史官之讨核"，指的是小
说对史书的证实与补遗作用；"有补于世，无害于时"，指的
是小说对世道人心的有益影响。在这里，胡应麟所强调的是小

---

① 胡应麟：《读南北史》，《少室山房集》卷101，文渊阁四库全书本。
② 胡应麟：《九流绪论》下卷，《少室山房笔丛》，第285页。
③ 胡应麟：《华阳博议》下卷，《少室山房笔丛》，第401页。

说的增广见闻、裨补正史、道德教化三种功用。

另外，胡应麟比较关注小说审美功用。胡应麟谈读《世说新语》的感受说："刘义庆《世说》十卷，读其语言，晋人面目气韵恍忽生动，而简约玄澹，真致不穷，古今绝唱也。"谈《赵飞燕别集》："《别集》称昭仪方浴，帝私觇，侍者报昭仪，昭仪急趋烛后避，帝瞥见之心愈眩惑。分是昭仪浴，帝默赐侍者，特令不言，帝自屏罅觇之，兰汤滟滟，昭仪坐其中若三尺寒泉浸明玉，帝意飞扬……右叙昭仪浴事入画，'兰汤滟滟'三语，百世下读之犹勃然兴，矧亲炙耶？"① 对小说中的诗文给人的审美感受，胡应麟感受更深："唐人小说诗文有致佳者，薛用弱《集异记》文彩尚出《玄怪》下，而山玄卿一铭殊工。盖唐三百年，如此铭者亦罕睹矣，岂薛生能幻设乎？余旧奇此作，读洪景卢《随笔》，亦以为青莲、叔夜之流，不觉欣然自快。""《夷坚志》紫姑咏美人手诗云：'笑折樱桃力不禁，时攀杨柳弄春阴。管弦曲里传声慢，星月楼前敛拜深。绣幕偷回双舞袖，绿窗闲整小眉心。秋来几度挑罗袜，时为相思放却针。'诗虽卑弱，亦清婉可喜，且成之顷刻间也。又《齐东野语》载女仙降箕，赋三绝名……皆绝有风味可观。《野语》又记一紫姑咏橹诗……皆奇警有意，非漫然酬应者。"② 胡应麟意识到小说的审美功用，真切地体验到小说所带来的审美感受，故而对小说的文采十分关注，以为"文与事之可喜"方为好小说。③ 因此，胡应麟在论小说之高下时，文

---

① 胡应麟：《九流绪论》下卷，《少室山房笔丛》，第 285 页。
② 胡应麟：《二酉缀遗》下卷，《少室山房笔丛》，第 372—373 页。
③ 胡应麟《二酉缀遗》中卷有云："余尝欲杂撮……凡瑰异之事汇为一编，以补汲冢之旧。虽非学者所急，其文与事之可喜，当百倍于后世小说家云。"见《少室山房笔丛》，第 362 页。

采是其重要标准之一。他认为《东阳夜怪录》等小说"文气亦卑下亡足论",宋人有些小说"文采无足观",都着眼于小说的文采,关注小说的艺术性。小说的审美功能,虽已为有些小说理论家所关注,但胡应麟注意到小说的审美功能,并因此强调小说的文采,则又有所进步。

二　"不朽于来世"

胡应麟关注到小说的另一种功用,即小说可以对小说作者的声誉产生持久影响,这是小说理论家们所容易忽视的。小说能给作者的声誉带来多大的影响呢?胡应麟云:"夫世固有享大名,显当代,制作盛行,身殁而其言继之泯焉,偕草木腐。而小说志怪之书,即笔力远出《杂俎》下,乃遗籍什九烂然,而其人之才气豪劲,素奇于文,而制作未繇考见者,尚因小说之传而获睹一斑。则段氏之托好是书,要未可以尽訾也。昔杜征南勒文于石,率一置山上,一沉水中,以预防陵谷之迁毁,其苦心为身后谋,可谓备极。至于石有时以泐,而征南之术于是遂穷。然则欲为不朽计,诚亡若著述之足恃。而著述传与弗传,又未足以尽凭。则亡若大肆其力,于远且难;而小见其能,于近且易,则好之弥众,而其传可必于后,则杂俎之流是也。故大丈夫志于立言,固当以删诗书、制礼乐为首务(原注:六朝张融语见《本传》),而业成之后,间一染指于斯,俾吾之不朽于来世,可以万全。亦岂非征南勒石遗意哉?"① 许多文人处心积虑,欲使声名播于身后,将著作刻

---

① 胡应麟:《增校酉阳杂俎序》,《少室山房集》卷83,文渊阁四库全书本。

于石碑，或藏于深山，或沉入深水，均可能因自然条件的变迁而愿望不得实现。胡应麟却认为，文人创作小说，小说作品因其受到读者的喜爱，故能广泛和久远地传播，则作者可因小说的传播而声名"不朽于来世"。①

"立言不朽"，是古代中国文人景仰和毕生追求的一种境界和人生目标。《左传·襄公二十四年》载："穆叔曰：鲁有先大夫曰臧文仲，既没，其言立。其是之谓乎？豹闻之：'大上有立德，其次有立功，其次有立言。'虽久不废，此之谓不朽。"这是关于"立言不朽"的最早论述。唐孔颖达《春秋左传正义》解释道："立言，谓言得其要，理足可传，记传称史逸有言，《论语》称周任有言，及此臧文仲既没，其言存立于世，皆其身既没，其言尚存，故服、杜皆以史佚、周任、臧文仲当之，言如此之类，乃是立言也。"② 史佚是周武王时大史，周任为周大夫，臧文仲为鲁国先大夫，他们都是一国一朝的贤臣良史，其所立之言主要是指有益于德教、政教的言辞。所以，此"立言不朽"的命题，还只是一个狭隘的政治学命题。以孔子为代表的先秦儒家学派不语"怪、力、乱、神"，不究诘人死后的事情，而对现世功业执著追求，欲借此以传载自己的后世声名，以获取人生不朽的价值。孔子所追求的人生不朽，是追求道德人生价值在后世的延续，他作《春秋》，是以立言的方式建立政治功业，也是在现实政治功业失落的情况

---

① 也有另一种"不朽"，所留非美名而是骂名。胡应麟《四部正讹》下卷有云："《龙城录》，宋王铚性之撰，嫁名柳河东。铚本意假重行其书耳，今其书竟行而子厚受诬千载。余尝笑河东生平抉驳伪书……日后乃身为宋人诬蔑不能辩，大是笑资。"见《少室山房笔丛》，第319页。

② 《左传·襄公二十四年》，载李梦生译注《左传译注》，上海古籍出版社2004年版，第790页。

下，作退而求其次的一种政治选择。① 汉刘向《说苑·贵德》说明了《春秋》一书之所以能"传今不绝"，就在于它阐述了"素王之道"，为百世之法，是泽被后代的德业的体现。②

汉代扬雄《法言·问神》亦云："弥纶天下之事，记久明远，昔古者之唯唯，传千里之忞忞，莫若书。"扬雄是东汉重要的赋家，晚年对赋的态度却是"童子雕虫篆刻"，"壮夫不为也"，其所推崇的可以争得不朽之名的当不是赋作。《汉书·扬雄传》载其自序之文："实好古而乐道，其意欲求文章成名于后世，以为经莫大于《易》，故作《太玄》……"《扬雄传》又载："时大司空王邑、纳言严尤闻雄死，谓桓谭曰：'子尝称扬雄书，岂能传于后世乎？'谭曰：'必传。顾君与谭不及见也。……今扬子之书文义至深，而论不诡与（于）圣人，若使遭遇时君，更阅贤知，为所称善，则必度越诸子矣。'……自雄之没至今四十余年，其《法言》大行，而《太玄》终不显，然篇籍具存。"③ 扬雄认为只有如《太玄》、《法言》之类的书方能不朽。班固称赞扬雄："渊哉若人，实好斯文。初拟相如，献赋黄门；辍而覃思，草《法》纂《玄》；斟酌《六经》，放《易》象《论》；潜于篇籍，以章其身。"④ 也只针对其《太玄》、《法言》而言。王充《论衡·佚文》："韩非之书，传在秦庭，始皇叹曰：'独不得与此人同时。'陆贾《新语》，每奏一篇，高祖左右，称曰万岁。夫叹思其人喜称

---

① 《史记·孔子世家》云："子曰：'弗乎弗乎，君子病没世而名不称焉。吾道不行矣，吾何以自见于后世哉？'乃因史记作《春秋》。"认为孔子为了"自见于后"而作《春秋》。

② 刘向：《说苑》，载《百子全书》，浙江古籍出版社 1998 年版，第 176—178 页。

③ 《汉书》卷 87 下，载《二十五史》，开明书店 1935 年版，第 581 页。

④ 《汉书》卷 100 下，载《二十五史》，开明书店 1935 年版，第 637 页。

万岁，岂可空为哉？"王充论述文人的社会价值时说："古之帝王建鸿德者，须鸿笔之臣。褒颂纪载，鸿德乃彰，万世乃闻。"① 王充对"文章不朽"的理解"韩非之书"与"陆贾《新语》"或是"载国德"、"宣昭名"的史传。可见，汉人所谓"立言不朽"，并非指所有著作，而是指或像"六经"一样能阐述大道，或是像诸子一样可治国理家的作品。

　　这一思想在后世一直得到传承。如曹丕《典论·论文》所论："盖文章，经国之大业，不朽之盛事。年寿有时而尽，荣乐止乎其身，二者必至之长期，未若文章之无穷。是以古之作者，寄身于翰墨，见意于篇籍，不假良史之辞，不托飞驰之势，而声名自传于后。"其实其所言"文章"也主要指的是能"成一家之言"的理论著作和历史著作，因为它们有利于"经国之大业"，能够为政教服务。② 唐代李华对"文章不朽"的理解，是从"三不朽"的说法中推衍而来的，他说："圣以立德，贤以立言，道以恒世，言以经俗，虽曰死矣，吾不谓其亡之也。"③ 宋人汪藻也说："所贵于文者，以能明当世之务，达群伦之情，使千载之下读之者，如出乎其时，如见其人也。"④ 认为"不朽"之"文"指的是"能明当世之务，达群伦之情"之类作品。清人方东树对人生"立言不朽"的解说更为具体明确，他在《复姚君书》中说道："是故吾修之于身，而为人所取法莫如德；吾饬之于官，而为民所安赖者莫如功。若

<hr>

① （东汉）王充：《论衡》，上海人民出版社1974年版，第312页。
② 参见王齐洲《"文章经国之大业　不朽之盛事"新解》，《三峡大学学报》2002年第3期，第5—9页；张小平《曹丕的"文章不朽"论及其他》，《江淮论坛》2002年第4期，第107—113页。
③ （唐）李华：《故翰林学士李君墓志并序》，载《李太白集注》卷31，文渊阁四库全书本。
④ （宋）汪藻：《苏魏公集序》，《浮溪集》卷17，文渊阁四库全书本。

夫兴起人之善气，遏抑人之淫心，陶缙绅，藻天地，载德与功以风动天下，传之无穷，则莫如文。故古之立言者与功德并传不朽。"① 刘熙载《艺概·文概》中说："论事叙事，皆以穷尽事理为先。事理尽后，斯可再讲笔法。不然，离有物以求有章，曾足以适用而不朽乎？"② 只有先"穷尽事理"之"论事叙事"方可不朽。

值得关注的是，关于"立言不朽"的所有论述，没有一句与小说有涉。究其原因，一方面，正如上文所述，所谓"立言不朽"，指的是有关经天纬地的大道，或是有助于治国安天下的文字；另一方面，则仍要追溯至班固等文献学家给小说的最初定位。前已叙及，班固在《汉志》中立小说一家，小说家作为一种学说派别，有了同诸子相同的性质。但是，班固又认识到小说家的特殊之处，在经世济民方面的不足，故又下"诸子十家，其可观者九家而已"的断语。因此，"立言不朽"的种种论述中，不见小说的踪影也不足为怪了。

那么，是不是小说真的就难以有"立言不朽"之用呢？历代文论家没有一个给予肯定的回答，在大多数文论家那里，可能甚至认为这样的问题不值得讨论。司马迁《史记》成而一献帝王，一藏名山，杜预刻文字于石，一置高山，一沉水底，都是为身后求名之计，以求不朽。为"立言不朽"，这样的招数不足为怪，但是彼时彼地如果有人宣称要写一部小说以求不朽，则可能被视为痴人说梦。距司马迁和杜预一千多年后，对于小说能否做到"立言不朽"，胡应麟给予了十分肯定

---

① （清）方东树：《复姚君书》，《仪卫轩文集》卷7，同治七年刻本。
② （清）刘熙载：《文概》，《艺概》卷1，贵州人民出版社1986年版，第109页。

的回答。

胡应麟认为小说可"不朽于来世",是否他认为小说同样具备其他子书一样的治国安天下的功能。从上文胡应麟对小说的道德教化功能的简略叙述来看,结论并非如此。那么,他又为什么能作出这样的结论呢?胡应麟是一个小说理论家,更是一个文献学家,其理论总结往往是建立在文献清理的基础之上的。胡应麟注意到,"秦、汉前诸子,向、歆类次其繁简固适中",但是随着时间的推移,却发生了许多的变化,"墨、纵横业皆渐泯,阴阳、农圃事率浅猥,而儒及杂家渐增,小说、神仙、释梵卷以千计"。①"子之为类,略有十家,昔人所取凡九,而其一小说弗与焉。然古今著述,小说家特盛;而古今书籍,小说家独传。"②也就是说,从图书传播的历史看来,子部其他类别的书流传下来的越来越少,但小说却始终代有相传,较少遗佚。从这个意义上说,胡应麟断定:"小见其能,于近且易,则好之弥众,而其传可必于后,则杂俎之流是也。"是有其根据的。小说的"不朽",并不借着其有多么高深玄奥的道理,也不凭借其有什么样经天纬地之用,而是以其旺盛的生命力,在人们手中代代相传而得到。

纵观中国文学的历史,并不知作者的《山海经》、《穆天子传》、《燕丹子》,总有后人翻检,有的还成为后世文学作品的创作素材,而干宝、葛洪、刘义庆、李公佐、段成式、洪迈、瞿佑、蒲松龄等一大批小说作者,正借小说创作而留名后世。这些,的确可以说明,胡应麟对小说功能的崭新阐释——小说可"俾吾之不朽于来世"。

---

① 胡应麟:《九流绪论》上卷,《少室山房笔丛》,第 261 页。
② 胡应麟:《九流绪论》下卷,《少室山房笔丛》,第 282 页。

三　"武夫之刃、谗人之舌"

中国小说史上，有一些小说所起到的特别影响引起了胡应麟的注意："《白猿传》，唐人以谤欧阳询者。询状颇瘦削类猿猴，故当时无名子造言以谤之。此书本题《补江总白猿传》，盖伪撰者托总为名，不惟诬询兼诬总。""《周秦行纪》，李德裕门人伪撰以构牛奇章者也。中有'沈婆儿作天子'等语，所为根蒂者不浅，独怪思黯罹此巨谤不亟自明，何也？牛、李二党曲直大都鲁卫间，牛撰《玄怪》等录亡只词构李，李之徒顾作此以危之。于戏！二子用心睹矣。""《碧云騢》撰称梅尧臣，实魏泰也。晁公武云：'泰，襄阳人，无行有口。元祐中，纪其少时闻见成此编。心信章惇，数称其长，则大概见矣。'又王铚云：'魏泰场屋不得志，喜伪作他人著书，如《志怪集》、《括异志》、《倦游录》尽假名武人张师正，又不能自抑，出姓名作《东轩笔录》，皆私喜怒诬蔑前人。最后作《碧云騢》议及范仲淹，而天下骇然不服矣。'"[①]《白猿传》、《周秦行纪》、《碧云騢》、《东轩笔录》等小说，无其他深意，专以污损、构陷为目的，虽无积极意义，却广泛传播，实在不能视而不见。

《白猿传》（即唐传奇《补江总白猿传》）本事出自张华《博物志》卷3《异兽》："蜀山南高山上，有物如猕猴，长七尺，能人行，健走，名曰猴玃，一名化，或曰猳玃。同行道妇女，有好者辄盗之以去，人不得知。行者或每过其旁，皆以长绳相引，乃得免。此得男子气，自死，故取女也。取去为室家，其年少者终身不得还。十年之后，形皆类之，意亦迷惑，

---

① 胡应麟：《四部正讹》下卷，《少室山房笔丛》，第320页。

不复思归。有子者辄俱送还其家，产子皆如人，有不食养者，其母辄死，故无敢不养也。及长与人不异，皆以杨为姓，故今蜀中西界多谓杨，率皆猳玃、化之子孙，大约皆有玃爪者也。"① 《隋唐嘉话》载："太宗宴近臣，戏以嘲谑，赵公无忌嘲欧阳率更曰：'耸髆成山字，埋肩不出头。谁家麟阁上，画此一猕猴？'询应声云：'缩头连背暖，俀裆畏肚寒。只由心涸涸，所以面团团。'"② 此所记乃因欧阳询长相不周正，有似猿之相，长孙无忌与欧阳询同为朝臣，二人相互嘲谑事，不足为怪，聊作谈资可矣。然《白猿传》叙南朝梁欧旭纥携妻南征，至长乐深入险阻。其妻为白猿精掠至深山石洞，遂怀孕。纥率军士寻至洞所，将白猿精灌醉杀之，夺回妻子，遣返诸妇人。一年后纥妻生一子为询，状类白猿。此事纯属子虚乌有，对欧阳询而言实是一种污构，"《崇文目》以为唐人恶询者为之"③。

《周秦行纪》情况更为复杂，与晚唐有名的政治事件"牛李党争"有关。李德裕与牛僧孺各结朋党，互相倾轧。因牛僧孺好作小说，李德裕门客韦瓘托牛之名作传奇小说《周秦行纪》，以诬陷牛僧孺。其书言作者自己举进士落第，因暮失道，遂宿薄太后庙中，与薄太后、戚夫人、王昭君、杨贵妃、潘淑妃、绿珠等相见，并和昭君同寝。文中还称当朝皇帝为"沈婆儿"。语多诬妄。书出后，李德裕遂作《周秦行纪论》，称："余得太牢《周秦行纪》，反覆睹其太牢以身与帝王后妃冥遇，欲证其身非人臣相也，将有意于狂颠。及至戏德宗为沈

---

① （晋）张华：《博物志》卷3，文渊阁四库全书本。

② （唐）刘悚：《隋唐嘉话》卷中，中华书局1979年版，第23页。

③ （宋）晁公武：《郡斋读书志》卷9传记类，上海古籍出版社1990年版。

婆儿，以代宗皇后为沈婆，令人骨战。可谓无礼于其君甚矣！怀异志与图谶明矣！……须以太牢，少长咸置于法，则刑罚中而社稷安，无患于二百四十年后。"① 竟想借此事置人于族灭，实在阴狠毒辣。故鲁迅认为"自来假小说以排陷人，此为最怪"②。

《碧云騢》、《东轩笔录》系魏泰杂记见闻交往之作。魏泰字道辅，襄阳人。为人个性激烈，曾因殴打主考官而未得入仕。徽宗时宰相章惇荐其为官，竟拂袖而去。以隐居为生，博览群书，恃才傲物，宋人称其"无行而有口"。其书感情偏激，文笔恣肆，颇夹私愤，每致失实，全"以其书自报复恩怨"，"用私喜怒诬蔑前人"。③

对于《白猿传》，胡应麟以为："其（欧阳询）忠孝节义、学问文章皆唐初冠冕，至今瞭然史策，岂此辈能污哉？"对于《周秦纪行》，胡应麟说："牛迄功名终而子孙累叶贵盛，李挟高世之才、振代之绩卒沦海岛，非忌克忮害之报耶？辄因是书播告夫世之工潜怨者。"对魏泰之小说，胡应麟则说："以泰之颠倒白黑，而《碧云騢》迄今传，何也？"④ 前二者，胡应麟似是有所慰藉；后者，胡应麟尽是愤慨与无奈。

胡应麟对这一类小说的功用发表自己的见解："乃若私怀不逞，假手铅椠，如《周秦行纪》、《东轩笔录》之类，同于武夫之刃、谗人之舌者，此大弊也。然天下万世公论具在，亦

① （唐）李德裕：《周秦行纪论》，载程国赋编《隋唐五代小说研究资料》，上海古籍出版社2005年版，第170页。
② 鲁迅：《中国小说史略》，山西古籍出版社2001年版，第52页。
③ 《四库全书总目》卷140《东轩笔录》。
④ 胡应麟：《四部正讹》下卷，《少室山房笔丛》，第320页。

亡益焉。"① 胡应麟认为此类小说的功用如同"武夫之刃、谗人之舌",实在是贴切和精到。怀有不可见人之私心,将小说当作污蔑和构陷的工具,实是小说的悲哀,完全脱离了小说发展的正常轨道,故胡应麟认为"此大弊也"。

明前这种小说的出现如胡应麟所列,只是个案;而在明末,此种小说则经常出现,所造成的后果则常常令人始料不及,甚至瞠目结舌。万历二十八年,四川巡抚李化龙与贵州巡抚郭子章共同平定播州宣慰使杨应龙的叛乱,三年后(1603)有描写此事的小说《征播奏捷传》出现,但是,小说"左袒化龙,饰张功绩,多乖事实"。同时出征的郭子章不悦之余,不甘示弱,特写《平播始末》以示辨正。② 事件并不复杂,一个回合的交锋,无非只为"名"、"利"二字。如果说小说《征播奏捷传》和《平播始末》成了官场上争名夺利的工具,那么《辽东传》则是杀人的利剑。明末名将熊廷弼多次率兵抵御敌兵入侵,后因受王化贞牵制而兵败入狱。权宦魏忠贤向熊廷弼索银四万两以抵其罪,却未达到目的。天启五年(1625)八月,内阁大臣冯铨向明熹宗呈上一部小说《辽东传》,并说:"此廷弼所作,希脱罪耳。"明熹宗于是下旨处死熊廷弼并"传首九边"。③一位封建帝王与一群高级官员,围绕着一部小说讨论一位高级将领的罪责,并因为这部小说致使其身首异处,乃至"姻族家俱破","这可是历史上从未有过的

---

① 胡应麟:《九流绪论》下卷,《少室山房笔丛》,第 283 页。

② 《四库全书总目》卷 54《平播始末》解题云:"万历间播州宣慰史杨应龙叛,郭子章方巡抚州,被命与李化龙同讨平之。子章尝了《黔记》,颇载其事。晚年退休家居,闻一二武弁造作平话,左袒化龙,饰张功绩,多乖事实,乃仿记事本末之例,经诸奏疏稍加诠次,复为此书,经辨其诬。"所云"平话",即《征播奏捷传》。

③ 《明史》卷 259,载《二十五史》,开明书店 1935 年版,第 7720 页。

事"。①以小说为杀人利器，还不只此一件。天启二年进士郑
鄤，颇负盛名，与文震孟、黄道周友善，为当时宰辅温体仁、
杨嗣昌所忌。值文震孟疏攻客（熹宗乳母客氏）、魏（忠贤），
留中不发，郑不满宦官专权，继之，后俱罢官回籍。崇祯元年
（1628），复官。温体仁党羽募鄤同乡许曦等九人，作《放郑
小史》、《大英雄传》等小说，"以实杖母之事，并加入奸媳奸
妹事"。十二年八月，终将郑鄤处死。

与小说有密切关联的事件，还有更为触目惊心者。崇
祯六年（1633），当朝两位重臣周延儒与温体仁经过激烈
斗争，结果以周延儒被罢、温体仁继任首辅而告终。当时
复社兴起，势力强大，周延儒是复社领袖张溥考取进士的
宗师，复社中有许多人都出自他的门下。是年，复社在苏
州虎丘召开大会，已经取代周延儒出任内阁首辅的温体仁，
希望他的弟弟温育仁加入复社，以缓冲温体仁与复社之间
的矛盾，遭到张溥坚决拒绝。于是温体仁指使宜兴吴炳及
温育仁等作《绿牡丹传奇》，描写复社选文选字之丑态，
并命梨园搬演，广为宣传，温体仁由此首开攻讦复社之端。
浙江社友深感耻辱，致书溥和采，要求洗刷，二张（张
溥、张采）专程赴浙会见学臣黎元宽。黎下令书肆毁刊
本、究作传主名，执温育仁家人下狱。温体仁遂与二张开
隙，并由此而深虑"溥虽在籍，能遥执朝政，乃令心腹往
官吴地，伺其隙而中之"②。选御史路振飞为苏松巡按，此
即为其之重要防范措施。至秋天，遇太仓岁歉，张采作

---

① 陈大康：《明代小说史》，上海文艺出版社 2000 年版，第 629 页。
② 陆世仪：《复社纪略》卷 2，载中国历史研究社编《东林始末》，上
海古籍出版社 1982 年版，第 217 页。

《军储说》，以为救荒之策，张溥撰跋语。苏州府推官周之
夔借此诬陷二张"悖违祖制，紊乱漕规"。次年十二月，
以黎元宽从二张之命，下令将其革职。八年七月，周之夔
在准旨致仕之时作《复社或问》，发泄他对复社和二张的
不满情绪。九年五月，太仓人陆文声因事挨过张采的鞭挞，
欲报私仇；又以输赀为监生而求入社不得，上疏谓："风
俗之弊，皆原于士子。溥、采为主盟，倡复社，乱天下。"①
首辅温体仁下所司议之。提学御史倪元珙、兵备参议冯元飏、
太仓知州周仲连三人以为复社无可罪，皆贬斥，严旨穷究不
已。十年二月，"有宿嫌于二张"的周之夔揣当国温体仁之
意，不远千里，由闽入京，呈《复社首恶紊乱漕规逐官杀弁
朋党蔑旨疏》，云："二张且反"，并语及陈子龙、黄道周、夏
允彝诸人。温体仁以陆文声和周之夔讦奏为借口，欲置复社和
二张于死地。自此二张终日处于危疑震惊之中，直至十年六月
温体仁罢官，此事才告一段落。双方的激烈争斗中，且不说双
方焦头烂额，多少无辜官员卷入其中，祸福旦夕，令人扼腕。
事情虽有其宿因，但在这场政治斗争中，《绿牡丹传奇》事件
是双方矛盾明确化和公开化之始，这一事件使双方争端恶化和
斗争白热化，其催化作用不可忽视。

如果说《绿牡丹传奇》只是引起了一场迟早会爆发的政
治纷争，且还未真正致人死命，那么，以魏忠贤为首的阉党，
仿照《水浒传》编制《点将录》，则唱响了重大历史悲剧事件
的前奏。

为大规模打击东林党人制造舆论，魏忠贤阉党爪牙炮制黑

---

① 《明史》卷288《张溥传》，载《二十五史》，开明书店1935年版，第
7800 页。

名单，中伤诬蔑，无所不至。他们编造了《缙绅便览》和《天鉴录》、《同志录》、《点将录》，把想要打击的人列名其中。《点将录》仿照小说《水浒传》，列入一百零八名东林党人，赫然列在首位的是"托塔天王南户部尚书李三才"，还有"天魁星呼保义大学士叶向高"、"天罡星玉麒麟吏部尚书赵南星"、"天机星智多星右谕德缪昌期"、"天闲星入云龙左都御史高攀龙"、"地魁星神机军师礼部员外顾大章"，等等。这些名单中也有原非东林党人的正直官员，因接近和支持东林党而被视为东林党的。

经过一番策划，魏忠贤向东林党人挥起了屠刀。天启五年（1625）三月，阉党分子许显纯对已投入狱中的东林党人汪文言严刑拷打，迫他诬陷杨涟、左光斗等人在"封疆案"中接受熊廷弼的贿赂。汪文言宁死也不肯诬扳杨涟（字大洪）等人，许显纯用毒刑害死了汪文言，又捏造汪的供词，诬陷杨涟等6人受贿。于是魏忠贤用皇帝名义，下旨逮捕东林党人杨涟、左光斗、袁化中、魏大中、周朝瑞、顾大章（时称六君子），并将受牵连的赵南星等15人削籍为民，提问追"赃"。魏忠贤为了一网打尽东林党人，于天启五年十二月，以朝廷的名义，把东林党人姓名榜示全国，凡309人。榜中除了东林党人，还有东林党的同情者和虽非东林党但也反对阉党的正直的官吏。凡是榜上有名的，生者削职为民，死者追夺官爵。同年，在阉党操纵下，朝廷下诏毁全国书院，北京的首善书院和无锡的东林书院首当其冲，东林党人连讲学的权利也被剥夺了。天启六年二月，阉党再次制造屠杀东林党人的大冤狱。魏忠贤对已被罢官家居的高攀龙、周顺昌、缪昌期、李应升、周宗建、黄尊素、周起元7人（史称后七君子），诬以贪赃罪，加以逮捕。高攀龙获悉缇骑（捕役）即将到来，投湖自尽。

其他 6 人在狱中备受酷刑而死。①

　　这些事件发生在明末，离胡应麟去世之日不久，就是距其《九流绪论》等书成（1589）最多也不过几十年时间。胡应麟在几十年前的疾呼——此类小说"同于武夫之刃、谗人之舌者，此大弊也"，但历史事件依然发生，或人头落地，或家破族灭，或朋党株连，均已不可挽回。除了惋惜，我们不能不惊讶于胡应麟的准确判断和前瞻思考。

　　小说可以作为"武夫之刃、谗人之舌"，这种小说的功用虽是胡应麟所不提倡的，但看到小说的这一独特之"用"，并提出警示，实在不能不佩服胡应麟独到的学术眼光。有人"私怀不逞"，创作这样的小说，虽然暂时达到了自己不可告人的目的，但胡应麟认为，这类小说的炮制者，虽然得逞一时，"然天下万世公论具在，亦亡益焉"。也就是说，不怀公心，仅以小说为政治工具，他们只是一时逞强，一时得意，最终还是会被钉上历史的耻辱柱。崇祯十年温体仁被免职，驰驿回里；天启七年魏忠贤畏罪自杀后，又处以戮尸，悬首示众；崇祯二年，公布"钦定逆案"，追随魏忠贤的阉党，分六等定罪，处以斩首、充军、徒刑、革职……这些均足以印证胡应麟的论断，"万世"自有"公论"，怀着不可告人之目的，以小说为杀人利器，只能欺骗一时，是经不起历史的检验的。

---

　　①　谢国桢：《明清之际党社运动考》，辽宁教育出版社 1998 年版。

第 四 章

胡应麟的小说分类思想

在中国古代学术史上，对文体分类问题是相当关注的。或谓"辨章学术，考镜源流"（章学诚《校雠通义》），或谓"类例既分，学术自明"（郑樵《校雠略》），"类例"和"源流"始终是目录学重心所在。在文学理论史上，"文章流别"和"文体明辨"也一直是中国古代文论家所重点关注的问题。但是，相对于大量关于诗文分类的理论著作，小说的分类理论和实践则显得相当薄弱。

无论是古代还是现在，中国古代小说分类的确都是一个很难解决的问题。郑樵《通志·校雠略·编次之讹论》曾云："古今编书所不能分者五：一曰传记，二曰杂家，三曰小说，四曰杂史，五曰故事。凡此五类者，足相紊乱。"① 胡应麟《少室山房笔丛·九流绪论》也说："小说，子书流也，然谈说道理或近于经，又有类注疏者；纪述事迹或通于史，又有类志传者。他如孟棨《本事》，卢环抒情，例以诗话文评，附见集类，究其体制，实小说者流也。至于子类杂家，尤相出入。

① 郑樵：《通志》，中华书局1987年版，第834页。

郑氏谓古今书家所不能分者有九，而不知最易混淆者小说也。"① 现代研究小说的学者亦云："文言小说的分类从古至今一直是一个十分困难的问题。"② 历代关于中国小说分类的问题讨论虽不热烈，但仍有研究和发掘的价值，认真探讨古人的小说分类思想，对我们今天的问题解决或许有一定的启示作用。

第一节　胡应麟以前的小说分类

一　小说的"类"与"家"

对文献典籍分类，是古代文献学家分内的事情。刘向、刘歆父子所编的最早的图书目录《七略》"部勒群书，实分六类"③，除《辑略》为群书叙录外，其余《六艺略》、《诸子略》、《诗赋略》、《兵书略》、《数术略》、《方技略》实际就是一种粗线条的图书分类。刘向在《说苑·叙录》中说："所校中书《说苑杂事》……除去与《新序》重复者，其余浅薄不中义理，别集以为《百家》后，令以类相从，一一条别篇目，更以造新事十万言以上，凡二十篇，七百八十四章，号曰《新苑》，皆可观。"可见，无论是从图书分类实践来说，还是从理论上来说，以刘向为代表的汉代文献学家已相当重视图书的分类了，"以类相从"，即是他们图书分类的重要指导思想。在六大类下，当还有更细的分类工作，惜《七略》不传，已

---

① 胡应麟：《少室山房笔丛》，第283页。

② 宁稼雨：《中国文言小说总目提要·前言》，齐鲁书社1995年版，第4页。

③ 张舜徽：《汉书艺文志通释》，华中师范大学出版社2004年版，第167页。

无可深考。

《汉志》承刘氏父子《七略》而来，其诸子略中列有小说家，并著录有具体作品，其中可见最初小说分类的原始思想。《汉志》所列"小说十五家，千三百八十篇"。1380 篇小说，共作 15 "家"，当然是一种分类。以"家"为单位来区分一千多篇小说作品，实际上是秉承《汉志》区分诸子学说的做法。《汉志》诸子略中有诸子 10 家，儒、道、阴阳、法、名、墨、纵横、杂、农、小说，一种学说作"一家"，小说家同其中之一而已。而在小说家中，荟萃"浅薄不中义理"的多家之说，故而列"小说十五家"。在小说家之内，仍以"家"作为单位来区分，在实际做法上，就是每一个作者作为一"家"。一人之著作即"一家之言"，如果从考虑学术思想流派的角度出发，当然无可指责。但是，这样的分类既不关注具体内容，也不考虑外在形式和写法，显然有些过于简单。这一情况从《隋志》开始稍有改变。《隋志》云"右二十五部，合一百五十五卷"，《旧唐志》亦云"右小说家十三部，凡九十卷"。显然，"部"和"家"有本质的不同，前者指具体作品，而后者指作者的思想流派。一部作品可能是一"家"，但也可能一"家"包括几部作品。如《新唐志》则云："右小说家类三十九家，四十一部，三百八卷。"显然其中就有一"家"著多部作品的情况。以"家"来给小说分类，是源于《汉志》诸子学说流派的分类方法，过于简单和机械，难以将小说作品的具体情况作一定的区分。

细考《汉志》，除了分作"十五家"之外，其实在作品的排列上，仍然注意到了"以类相从"。《汉志》小说家著录小说作品如下：

《伊尹说》27 篇。其语浅薄，似依托也。

《鬻子说》19 篇。后世所加。

《周考》76 篇。考周事也。

《青史子》57 篇。古史官记事也。

《师旷》6 篇。见《春秋》，其言浅薄，本与此同，似因托之。

《务成子》11 篇。称尧问，非古语。

《宋子》18 篇。孙卿道宋子，其言黄、老意。

《天乙》3 篇。天乙谓汤，其言非殷时，皆依托也。

《黄帝说》40 篇。迂诞依托。

《封禅方说》18 篇。武帝时。

《待诏臣饶心术》25 篇。武帝时。

《待诏臣安成未央术》1 篇。

《臣寿周纪》7 篇。项国圉人，宣帝时。

《虞初周说》943 篇。河南人，武帝时以方士侍郎号黄车使者。

《百家》139 卷。①

初看似无意排列，但其实包含了作者的匠心，是有规律可循的。前九家《伊尹说》、《鬻子说》、《周考》、《青史子》、《师旷》、《务成子》、《宋子》、《天乙》、《黄帝说》为武帝之前作品，后五家《封禅方说》、《待诏臣饶心术》、《待诏臣安成未央术》、《臣寿周纪》、《虞初周说》为武帝时及武帝以后作品，《百家》"殿各家之末，乃学者抄撮精言警句之编"。②虽然这些作品现已不存，大多已不可详考，但仍可看出内容上

---

① 《汉书·艺文志》，载《二十五史》，开明书店 1935 年版，第 435 页。

② 张舜徽：《汉书艺文志通释》，华中师范大学出版社 2004 年版，第 344 页。

的关联性。道家有《伊尹》、《鬻子》，故小说家《伊尹说》、《鬻子说》依次排列；《周考》、《青史子》、《师旷》依注文可知与史书、史事有关；《待诏臣饶心术》、《待诏臣安成未央术》、《臣寿周纪》、《虞初周说》均为皇帝近臣"储以自随，待上所求问"一类作品。

书名和内容相类者编排在一起，在《隋志》中这一特点更为清楚。《隋志》小说家著录作品情况如下：

《燕丹子》1卷。丹，燕王喜太子。梁有《青史子》1卷；又《宋玉子》1卷、录1卷，楚大夫宋玉撰；《群英论》1卷，郭颁撰；《语林》10卷，东晋处士裴启撰。亡。

《杂语》5卷。

《郭子》3卷。东晋中郎郭澄之撰。

《杂对语》3卷。

《要用语对》4卷。

《文对》3卷。

《琐语》1卷。梁金紫光禄大夫顾协撰。

《笑林》3卷。后汉给事中邯郸淳撰。

《笑苑》4卷。

《解颐》2卷。阳玠松撰。

《世》8卷。宋临川王刘义庆撰。

《世说》10卷。刘孝标注。梁有《俗说》1卷，亡。

《小说》10卷。梁武帝敕安右长史殷芸撰。梁目，30卷。

《小说》5卷。

《迩说》1卷。梁南台治书伏挺撰。

《辩林》20卷。萧贲撰。

《辩林》20卷。希秀撰。

《琼林》7卷。周兽门学士阴颢撰。

《古今艺术》20 卷。

《杂书钞》13 卷。

《座右方》8 卷。庾元威撰。

《座右法》1 卷。

《鲁史欹器图》1 卷。仪同刘微注。

《器准图》3 卷。后魏丞相士曹行参军信都芳撰。

《水饰》1 卷。

从《燕丹子》至《语林》五部作品是一组，属亡佚作品；其余从《杂语》到《琐语》是一组，从《笑林》到《解颐》是一组，从《世说》到《迩说》是一组，从《辩林》到《琼林》是一组，《古今艺术》与《杂书钞》是一组，《座右方》与《座右法》是一组，《鲁史欹器图》、《器准图》及《水饰》是一组。每组的题目和内容与别组的差异十分明显，不易混同。这只能说明，作者在编排时，已经进行了小说类别的区分，同类者列在一起。也就是说，初步的小说类型意识确实已经存在。

如果说以"家"来作为小说分类，只从作品的思想流派着眼，显得过于简单化，那么，依据内容对小说作区分，以"类"相从，则确实显示出模糊的小说类型意识。这种模糊的小说类型意识虽不十分明显，须细加体会才能看清，但后世小说分类大多以小说内容作为分类的主要依据，不能说与此没有一点关联。

二   "偏记小说"，"其流有十"

第一次从理论上分析小说分类问题，并对小说分类提出建设性看法的是唐代史学家刘知几。刘知几在其史学专著《史通》中专设"杂述"一章，专门论述"偏记小说"，阐述对

"偏记小说"的看法，并对其进行了分门别类。

刘知几是一位审慎的历史学家，其是从史学角度来认识小说的。"是知偏记小说，自成一家，而能与正史参行，其所从来尚矣。爰及近古，斯道渐繁，史氏流别，殊途并骛。"① 也就是说，除正史而外的，具有史书价值，可供史书参考借鉴的就是偏记小说了。《史通》中使用"小说"一词多是表示这种意思。如《史通·表历》："若诸子小说，编年杂记，如韦昭《洞纪》，陶弘景《帝代年历》，皆因表而作，用成其书。既非国史之流，故存而不述。"②《史通·叙事》："至于诸子短书、杂家小说，论逆臣则呼为问鼎，称巨寇则目为长鲸。……异乎游、夏措词，南、董显书之义也。"③《史通·古今正史》："大抵自古史臣撰录，其梗概如此，盖属词比事，以月系年，为史氏之根本，作生人之耳目者，略尽于斯矣。自余偏记小说，则不暇具而论之。"④ 以小说为"杂述"、"杂史"，实际上并非刘知几的独创，因为唐前小说多以实录为第一要务，不少史家均视小说为史料，以从小说中获取撰史材料为理所当然。

刘知几对小说的分类，也当然是史家的眼光。不同的小说作品，各有不同的史料价值，因其内容不同，则可分作不同的类别。"榷而为论，其流有十焉：一曰偏记，二曰小录，三曰逸事，四曰琐言，五曰郡书，六曰家史，七曰别传，八曰杂记，

① 刘知几著，浦起龙释：《史通通释》第2册，上海书店（据商务印书馆1937年3月版影印）1988年版，第80页。
② 刘知几著，浦起龙释：《史通通释》第1册，上海书店（据商务印书馆1937年3月版影印）1988年版，第34页。
③ 刘知几著，浦起龙释：《史通通释》第2册，上海书店（据商务印书馆1937年3月版影印）1988年版，第21页。
④ 刘知几著，浦起龙释：《史通通释》第3册，上海书店（据商务印书馆1937年3月版影印）1988年版，第50—51页。

九曰地理书，十曰都邑簿。"① 刘氏还对每类小说的基本特征、成败得失、代表作品进行了分析。其小说分类和评析列表如下：

类别	释　义	代表作品	评　述
偏记	皇王受命，有始有卒，作者著述，详略难均。权记当时，不终一代。	陆贾《楚汉春秋》、乐资《山阳公载记》、王韶《晋安陆（帝）纪》、姚最《梁昭后略》	大抵偏记、小录之书，皆记即日当时之事，求诸国史，最为实录。然皆言多鄙朴，事罕圆备，终不能成其不利，永播来叶，徒为后生作者削稿之资焉。
小录	普天率土，人物弘多，求其行事，罕能周悉。独举所知，编为短部。	戴逵《竹林名士》、王粲《汉末英雄》、萧世诚《怀旧志》、卢子行《知己传》	
逸事	国史之任，记事记言，视听不该，必有遗逸。好奇之士，补其所亡。	和峤《汲冢纪年》、葛洪《西京杂记》、顾协《琐语》、谢绰《拾遗》	逸事者，皆前史所遗，后人所记，求诸异说，为益实多。及妄者为之，则敬载传闻，而无铨择，由是真伪不别，是非相乱……此其为弊之甚者也。
琐言	街谈巷议，时有可观，小说卮言，犹贤于已。好事君子，无所弃诸。	刘义庆《世说》、裴荣期《语林》、孔思尚《语录》、阳玠松《谈薮》	琐言者，多载当时辨对，流俗嘲谑，俾夫枢机者藉为舌端，谈话者将为口实，乃蔽者为之，则有诋讦相戏，施诸祖宗，亵狎鄙言，出自床第，莫不升之纪录，用为雅言，固以无益风规，有伤名教者矣。
郡书	汝颍奇士，江汉英灵，人物所生，载光郡国。乡人学者，编而记之。	周称《陈留耆旧传》、周裴《汝南先贤传》、陈寿《益都耆旧传》、虞预《会稽典录》	郡书者，矜其乡贤，美其邦族，施于本国，颇得流行，置于地方，罕闻爱异……而能诸不朽，见美来裔者，盖无几焉。

① 刘知几著，浦起龙释：《史通通释》第2册，上海书店（据商务印书馆1937年3月版影印）1988年版，第80页。

续表

家史	高门华胄，奕世载德，才子承家，思显父母。纪其先烈，贻厥后来。	扬雄《家牒》、殷敬《世传》、孙氏谱记》、陆景献《陆宗系历》	家史者，事惟三族，言止一门，正可行于室家，难以播于邦国，且箕裘不堕，则其录虽存，苟薪构已亡，则斯文亦丧者矣。
别传	贤士贞女，类聚区分，虽百行殊，途而同归。取其所好，各为之录。	刘向《列女传》、梁鸿《逸民》、赵采《忠臣传》、徐广《孝子传》	别传者，不出胸臆，非由机杼，徒以博采前史，聚而成书，其有足以新言加之别说，盖不过十一而已，如寡闻末学之流，则深所嘉尚，至于探幽索隐之士，则无所取材。
杂记	阴阳为炭，造化为工，流形赋象，于何不育。求其怪物，有广异闻。	祖台之《志怪》、干宝《搜神记》、刘义庆《幽明录》、刘敬叔《异苑》	杂记者，若论神仙之道，则服食炼气，可以益寿延年，语魑魅之途，则福善祸淫，可以惩恶劝善，斯则可矣。及谬者为之，则苟谈怪异，务述妖邪，求诸弘益，其义无取。
地理书	九州土宇，万国山川，物产殊宜，风化异俗。志其本国，明此一方。	盛弘之《荆州记》、常璩《华阳国志》、辛氏《三秦》、罗含《湘中》	地理书者，若朱翰所采，浃于九州；阚骃所书，殚于四国，则斯言雅正，事无偏党者矣，其有异乎此者，则人自以为乐土，家自以为名都，竞美所居，谈过其实，又城池旧迹，山水得名，皆传诸委巷，用为故实，鄙哉！
都邑簿	帝王桑梓，列圣遗尘，经始之制，不常厥所。书其轨则，龟镜将来。	潘岳《关中记》、陆机《洛阳记》、《三辅黄图》、《建康宫殿》	都邑簿者，如宫阙陵庙，街廛郭邑，辨其规模，明其制度，斯则可矣。及愚夫者为之，则烦而且滥，博而无极，故论榱栋则尺寸皆书，记草木则根株必数，务求详审，特此为能，遂使学者观之，眷乱而难纪也。

从上表可以看出，刘知几的小说分类主要是从作品的内容角度进行的。在刘知几看来，十类小说"言皆琐碎，事必丛残，固难以接光尘于五传，并辉烈于三史。古人以比玉屑满箧，良有旨哉"①！也就是说，小说虽然琐碎，但也有它的作用。十类小说在内容上确有相异之处，能给史家提供不同方面的素材。如"偏记、小录之书，皆记即日当时之事，求诸国史，最为实录"；"逸事者，皆前史所遗，后人所记，书诸异说，为益实多"；"杂记者，若论神仙之道，则服食炼气，可以益寿延年；语魑魅之途，则福善祸淫，可以惩恶劝善"；"地理书者，若朱瞰所采，浃于九州；阚骃所书，殚于四国。"② 刘知几的小说分类实际上看重的是其对史书的不同贡献，也就是说，这种小说分类实际上是史学的分类。

虽然刘知几的小说分类是着眼于史学功用与价值，但从小说发展史和理论史的角度来看，贡献同样是巨大的。他从史学角度来看待小说，并对小说进行分类，为小说厕身史书提供了理论依据，小说地位得到提高，从子部末流上升到"杂史"。③另外，刘知几的小说分类的视野是广阔的，分类也很

---

① 刘知几著，浦起龙释：《史通通释》第2册，上海书店（据商务印书馆1937年3月版影印）1988年版，第83—84页。

② 同上。

③ 刘氏父子《七略》和班固《汉志》以"六部"分类，依次为六艺、诸子、诗赋、兵书、数术、方技，无史书类；刘宋时王俭《七志》与《七略》大致相同，亦无史书类；梁阮孝绪《七略》作经典录（六艺）、记传录（史传）、子兵录（子书、兵书）、文集录（诗赋）、术技录（数术）、佛法录、仙道录，史书列于子书之前；西晋荀勖《中经新薄》以甲、乙、丙、丁四部总括群书，实际即后世所称的经、子、史、集；东晋李充《晋元帝四部书目》亦用甲、乙、丙、丁四部分类，但内容为五经、史记、诸子、诗赋，史部列于第二；唐初所修《隋志》及以后官私书目大都沿用此种分类。可看出史部超越子部的地位，至东晋已成定势。《汉志·六艺略》春秋类著录史书23家948篇，《诸子略》著录子书189家4546篇；《七略·经典录》春秋类著录史书111种1153卷，《记传录》还著录史书1020种14888卷，而《子兵录》著录子书232种3649种。亦可看出子书式微与史书繁荣的趋向。

严谨，有可资后世借鉴之处。以史家的宏阔视野来看小说，凡"杂述"、"杂史"皆作"偏记小说"，则小说的范围有所扩大。外延一经扩大，必然会导致芜杂，刘知几将小说分作十类，分类是精严的，且每类进行了相应的解说，并列举代表作品，易于理解。虽然我们意识到刘知几将小说范围扩大到了"漫无边际"的地步，但不得不承认其小说分类的严谨和审慎，"他在纷乱的'杂史'中力图理出线索来，在共性的基础上找出不同来，这对后世小说更准确科学的分类提供了借鉴"①。以后世小说发展的流向来看其分类，则可看出刘知几所定的有些小说类别一直作为一支脉流，保持着旺盛的生命力。如"琐言"类，刘知几所列代表作品为刘义庆《世说》、裴荣期《语林》、孔思尚《语录》、阳玠松《谈薮》，实即今所常说"志人"小说，"杂记"类，"求其怪物，有广异闻"，刘知几所列代表作品为祖台之《志怪》、干宝《搜神记》、刘义庆《幽明录》、刘敬叔《异苑》，实即今所常说"志怪"小说，著作情况均一直相当繁盛。

刘知几以史学角度来看小说和对小说进行分类，将小说范围扩大了许多，以及未将传奇纳入小说视野，常常为当代学者所诟病。② 但是，刘氏小说分类是中国古代首次理论上和实践上的小说分类，无论成败得失，筚路蓝缕，开山之功不可埋没。

三　《太平广记》等类书的小说分类

《太平广记》由宋太宗命李昉、扈蒙、李穆等编撰，成书于

---

① 宁宗一：《中国小说学通论》，安徽教育出版社1995年版，第366页。
② 刘知几以史学视角来看，将地理书、都邑部视作偏记小说并无不妥，将"作意好奇，假小说以寄笔端"的传奇排除在外也是理所当然。

太平兴国三年（978）。作为一部专收小说及野史传记的大型类书，《太平广记》"从六朝到宋初的小说几乎全收在内，倘若大略的研究，即可以不必别买许多书"，而且"一类一类分得很清楚"。①全书共500余卷，分为90余大类150余细目。其类目如下：

神仙、女仙、道术、方士、异人、异僧、释证、报应、定数、感应、谶应、名贤（讽谏附）、廉俭（吝啬附）、气义、知人、精察、俊辩、幼敏、器量、贡举、铨选、职官、权倖、将帅、骁勇、豪侠、博物、文章、才名（好尚附）、儒行（怜才、高逸附）、乐、书、画、算术、卜筮、医、相、伎巧、博戏、器玩、酒（酒量、嗜酒附）、食（能食、菲食附）、交友、奢侈、诡诈、谄佞、谬误（遗忘附）、治生（贪附）、褊急、诙谐、嘲诮、嗤鄙、无赖、轻薄、酷暴、妇人、情感、童仆奴婢、梦、巫（厌祝附）、幻术、妖妄神、鬼、夜叉、神魂、妖怪、精怪、灵异、再生、悟前生、冢墓、铭记、雷、雨（风、虹附）、山（溪附）、石（坡沙附）、水（井附）、宝、草木、龙、虎、畜兽、狐、蛇、禽鸟、水族、昆虫、蛮夷、杂传记、杂录。

从结构上来看，可以看出作者有意识地对所收作品进行了精心分类，试图构建一种知识整体体系。从分类方法来看，大多以作品题材作为分类依据，但分类过于烦琐和零碎，且其间有许多类别相互包容，界限不清，因此，不足为后世小说分类所借鉴。

明嘉靖时上海人陆楫编《古今说海》，是明代较早出现的小说丛书，全书142卷，采集小说135种。唐锦《古今说海引》云："凡古今野史、外记、丛语、脞语、艺书、怪录、虞初、稗官之流，其间有可以裨名教、资政理、备法制、广见闻、考同异、昭

---

① 鲁迅：《破〈唐人说荟〉》，《鲁迅书话》，海南出版社1998年版，第25—26页。

劝戒者，靡不品骘抉择，区别汇分，勒成一书，列为四部，总而名之曰《古今说海》。"① 书分说选、说渊、说略、说纂四部，各部所取内容不同：说选部，含小录、偏记二家；说渊部，含别传一家；说略部，含杂记一家；说纂部，含逸事、散录、杂纂三家。② 论其实际类别，则为小录、偏记、别传、杂记、逸事、散录、杂纂七种，此七种分类，使繁杂的说部有了明晰的条理。其中小录、偏记、别传、杂记、逸事等小说类别名称和内涵，以及分类的基本方法，显然源于刘知几《史通》。

明佚名辑《五朝小说》分魏晋小说为十类：传奇、志怪、偏录、杂传、外乘、杂志、训诫、品藻、艺术、纪载。其所收小说范围较广，分类亦失于琐碎与杂乱。但唐人小说则分为偏录、纪载、琐记、传奇，宋人小说分为偏录、琐记、传奇，显现出了一定的条理性。③ 其分类方法值得借鉴，惜成书年代及书籍版本流传情况无考，现所见版本恐多经后人之手，故有后人小说思想羼入。

第二节　胡应麟的小说分类

一　学术源流的探讨与小说分类

中国古代有关小说分类的理论文章，最值得重视的有唐人刘知几、明人胡应麟和清人纪昀。如果说刘知几对偏记小说进

---

① （明）唐锦：《古今说海引》，载陆楫等辑《古今说海》，巴蜀书社 1988 年版。
② （明）陆楫等辑：《古今说海》，巴蜀书社 1988 年版。
③ 《五朝小说》，明佚名辑。全书分魏晋小说、唐人百家小说、宋人百家小说、皇明百家小说四部分，因魏晋小说含有两朝作品，故合称为五朝小说。具体成书年代不详。现存有《五朝小说大观》，民国十五年（1926）上海扫叶山房石印本。《五朝小说》原书已佚，存世本是据他书重编而成。

行分类是为了总结和完善史学理论，纪昀对小说进行分类是为了图书著录的需要，那么胡应麟进行小说分类的动因和目的则与二人有些许的不同。

胡应麟并无著录小说的需要，他的小说分类实与其对学术源流的清理紧密相关。在《经籍会通》中，胡应麟就注意到古今学术源流的变化，他对汉代学术情况的描述是："班氏所录九流曰儒、曰道、曰墨、曰名、曰法、曰杂、曰阴阳、曰纵横、曰小说，而道家外别出神仙、房中，阴阳外别出天文、五行，纵横外别出兵家，而兵家又自分四类，盖汉时数家极盛致然，实则一也。"然而，"后世杂家及神仙、小说日繁，故神仙自与释典并列，小说、杂家几半九流，儒、道二家递相增减，不失旧物，兵家渐寡，遂合于纵横，视旧不能什三，阴阳与五行、天文并合于伎术，视旧不能什七，名、法间见一、二，墨遂绝矣"。[1] 胡应麟认为："秦、汉前诸子，向、歆类次其繁简固适中，以今较之，殊有不合者。"[2] 因此，对学术源流重新总结显得十分必要。于是，胡应麟重新排定九流，并对九流进行了重新定义："余所更定九流，一曰儒、二曰杂（原注：总名、法诸家为一，故曰杂，古杂家亦附焉）、三曰兵、四曰农、五曰术、六曰艺、七曰说、八曰道、九曰释。儒主传统翼教，而硕士名贤之训附之；杂主饰治救偏，而傍蹊末学之谈附之；兵主法制、权略，而纵横、占候之籍附之；农主稼穑、蚕桑，而饮馔、药饵之方附之；术主蓍龟、历算，而禽星、宅相诸技附之；艺主书计、射御，而博弈绘画诸工附之；说主风刺箴规，而浮诞怪迂之录附之；道主冲退恬愉，而房中、

---

① 胡应麟：《经籍会通》卷2，《少室山房笔丛》，第23页。
② 胡应麟：《九流绪论》卷上，《少室山房笔丛》，第260页。

炉火、符箓、章醮附之；释主经典、禅观，而论宗、戒律、梵呗、机缘附之。夫上圣哲王之治亡尚六经，故首之以儒，崇大道也；异端衰世之观咸徇一曲，故次之以杂，核支流也；国所重在戎，故次兵以审大机；民所天在食，故次农，以植大命；术虽浅数，神智工巧之规寓焉，故次术；艺虽末流，弛张游息之务存焉，故次艺；说出稗官，其言淫诡而失实，至时用以洽见闻，有足采也，故次说；道本柱下，其言放荡而难遵，至齐物我、达死生不可易也，故次道；释本西方，其言荒忽而亡据，至明心性、破尘幻不可诬也，故次释，而九流之事终焉。"①

诸子学说的重新更定，反映了胡应麟对学术源流重新清理的兴趣和决心；同时，亦可看出其学术方法上的一些鲜明特点。对诸子的清理和总结，胡应麟所遵循的框架仍是刘、班所建立的模式，但依据各家发展变化情况，将"十家"改为"九家"，对各家重新排序，并对具体内容进行了重新概括和总结。这种学术思路既继承传统又有创新，既总结了历史轨迹，又着眼于将来的发展。

在小说研究中，胡应麟仍然遵循了这样的思路。在诸子九流中，小说的特殊之处引起了胡应麟的格外关注。小说家古今地位悬殊，创作情况也今昔大不相同。"子之为类，略有十家，昔人所取凡九，而其一小说弗与焉。然古今著述，小说家特盛；而古今书籍，小说家独传。"过去不受重视的末流小道，现在著述繁盛，"卷以千计"，而且"好者弥多"、"传者弥众"、"作者日繁"，大有愈来愈盛之势。② 胡应麟不仅限于作这种表面的描述，而要对小说的发展和现状进行深入研究。

---

① 胡应麟：《九流绪论》卷上，《少室山房笔丛》，第 261 页。
② 同上书，第 282 页。

胡应麟对小说进行分类，从大的方面来讲，全面观照了小说发展的历史。

胡应麟注意到："汉《艺文志》所谓小说，虽曰街谈巷语，实与后世博物、志怪等书迥别，盖亦杂家者流，稍错以事耳。"① 也就是说，自汉代以来，小说的发展，不光是创作由简至繁，作品由少到多的递增而已，更重要的是内容和性质已发生了重要的变化。小说有"《汉志》所谓小说"，又有"后世小说"，显然越来越有其复杂性。胡应麟关注到这种变化，对这种复杂性有深刻认识："小说，子书流也，然谈说道理或近于经，又有类注疏者；纪述事迹或通于史，又有类志传者。"② 所谓"谈说道理或近于经，又有类注疏者"，其含义与《汉志》诸子略小序所云"六经之支与流裔"③ 相近，就其所指称的小说种类，与《汉志》所揭示的丛残小语、街谈巷议同类。这些小说以"博"为特征，以思想和知识见长，意在寓劝诫、广见闻、资考证。"纪述事迹或通于史，又有类志传者"，显然指唐代以来的记人叙事作品，多"以叙事为宗"。这些小说以"奇"为特征，虽有据实而记者，但多有"传录舛设"甚至"作意好奇"；虽也时常声称"寓劝诫、广见闻"，但因其"爱广向奇"，故也会注意到"宛转有思致"。④

胡应麟的小说分类，在很大程度上，充实了其关于古今小说发展的论述。他对小说作这样的分类："小说家一类又自分

---

① 胡应麟：《九流绪论》卷上，《少室山房笔丛》，第280页。
② 同上书，第282页。
③ 《汉志》诸子略小序云："诸子十家……各推所长，穷知究虑，以明其指。虽有蔽短，亦六经之支与流裔。"
④ （宋）洪迈：《容斋随笔》，载黄霖、韩同文主编《中国历代小说论著选》，江西人民出版社1990年版，第64页。

数种：一曰志怪，《搜神》、《述异》、《宣室》、《酉阳》之类是也；一曰传奇，《飞燕》、《太真》、《崔莺》、《霍玉》之类是也；一曰杂录，《世说》、《语林》、《琐言》、《因话》之类是也；一曰丛谈，《容斋》、《梦溪》、《东谷》、《道山》之类是也；一曰辨订，《鼠璞》、《鸡肋》、《资暇》、《辨疑》之类是也；一曰箴规，《家训》、《世范》、《劝善》、《省心》之类是也。"①胡应麟将小说分作志怪、传奇、杂录、丛谈、辨订、箴规六种，就大的方面来说，实作两类，前三种志怪、传奇、杂录为一类，后三种丛谈、辨订、箴规为一类。前者即胡应麟所论"纪述事迹或通于史，又有类志传者"，后者即其所论"谈说道理或近于经，又有类注疏者"。

　　小说的古今发展，有一定的轨迹，也有一定的趋向。以说理为宗，以思想和知识见长的丛谈、辨订、箴规之类小说，如以《汉志》小说家的定义，当是小说正宗和主流，但是，观小说发展趋向，则志怪、传奇、杂录一类日趋繁盛，且有愈演愈烈之势。也就是说，志怪、传奇、杂录正在或已经成为小说的主流，更受胡应麟的关注。在关于小说分类的叙述中，胡应麟以先后的排序表示了这种小说现状和发展的趋向和轻重之别。②

　　总之，胡应麟的小说分类是与其学术源流的探讨联系在一起的。小说分类是胡应麟小说研究的重要成果，亦是其小说研究的一个重要组成部分，不可孤立地来看待。志怪、传奇、杂

---

① 胡应麟：《九流绪论》卷下，《少室山房笔丛》，第282页。
② 如果认为胡应麟对六种类别的排列是无意或随机的，则没有注意到胡应麟学术著作的严谨性。胡应麟注意诸子学说的古今嬗变，郑重地"更定九流"，一一重新排序，显然，先后顺序在他那里是有着深刻的意义，绝不是无谓和随意的一种偶然。

录与丛谈、辨订、箴规差异甚为明显，本不相伦①，胡应麟却将它们并列，只有以胡应麟小说源流清理的视角来看其小说分类研究，才更容易理解其分类的依据和理由。

二　胡应麟的小说分类方法

胡应麟认为："学问之途千歧万轨，约其大旨四部尽之，曰经、曰史、曰子、曰集四者。其纲也，曰道、曰事、曰物、曰文四者；其撰也，道多丽经，事多丽史，物多丽子，文多丽集。经难于精，史难于核，子难于洽，集难于该。四者之中各有门户，古今鸿巨罕得二三。"但他并不认为四部是截然分割开来的。"夫小学，经也，而子错焉；诸志，史也，而经错焉；众说，子也，而实史，且经、集错焉；类书，集也，而称子，又经、史错焉，故其学各有专门也。"② 也就是说，所谓四部的分类，只有相对的意义，而不是绝对的。但在小说分类实践上，胡应麟却采取了相反的做法：小说共分作六小类，各类截然分明，互不相混。因为胡应麟认识到："郑氏谓古今书家所不能分有九，而不知最易混淆者小说也，必备见简编，穷究底里，庶几得之，而冗碎迂诞，读者往往涉猎，优伶遇之，故不能精。"③ 因此，胡应麟以其深厚的学识底蕴，"穷究底里"，进行了一次真正意义上的严格的小说分类。

胡应麟的小说分类，并没有进行理论的阐述，只是每一个

---

① 有学者说，胡应麟"在'子部'说与'史部'说之间徘徊不定，无所适从……他力求不偏不倚地在'子部'说与'史部'说之间走钢丝，实则内在的不统一非常刺眼"。见陈文新《纪昀何以将笔记小说划归子部》，《山西师大学报》2001年第1期，第50页。

② 胡应麟：《华阳博议》卷上，《少室山房笔丛》，第382、385页。

③ 胡应麟：《九流绪论》卷下，《少室山房笔丛》，第283页。

小类别标示四部代表作品。为文字整齐故，胡应麟均只用二字标示例书名，未及作者，为便于理解和表述，现列表如下，示例作品用全名，且标明作者：

类　别	示　例　作　品
志　怪	（晋）干宝《搜神记》、（南朝梁）任昉《述异记》①、（唐）张读《宣室志》、（唐）段成式《酉阳杂俎》
传　奇	（汉）伶玄《飞燕外传》、（宋）乐史《杨太真外传》、（唐）元稹《莺莺传》（《会真记》）、（唐）蒋防《霍小玉传》
杂　录	（南朝宋）刘义庆《世说新语》、（晋）裴启《语林》、（宋）孙光宪《北梦琐言》、（唐）赵璘《因话录》
丛　谈	（宋）洪迈《容斋随笔》、（宋）沈括《梦溪笔谈》、（宋）李之彦《东谷所见》、（宋）道山先生《道山清话》
辨　订	（宋）戴埴《鼠璞》、（宋）庄季裕《鸡肋编》、（唐）李匡乂《资暇集》、（唐）陆长源《辨疑志》
箴　规	（北齐）颜之推《颜氏家训》、（宋）袁采《袁氏世范》、（宋）周明寂《劝善录》②、（宋）林逋《省心录》③

　　从上表可看出，胡应麟虽未辅以理论上的解说，但所列举的主要代表作品，均比较典型，较有代表性，他试图通过每类

---

　　①　或作南朝齐祖冲之《述异记》。

　　②　周明寂撰《劝善录》，《郡斋读书志》小说家著录，六卷。原书已佚。晁公武云："周明寂元丰中纂道释、传奇、福祸之效前人为传记者成一编，以诫世。"然《宋史·艺文志》道家释氏类著录王敏中《劝善录》六卷。《夷坚丙志》卷2"聂从志"条，叙仪州华亭医者聂从志屡次拒绝邑丞妻李氏色相诱惑，得延寿一纪事，末云："王敏仲《劝善录》书其事，曲折甚详，然颇有小异，又无聂君名及李氏姓。"此外，明沈节甫辑《由醇录》中有秦观《劝善录》一卷。度其意，应指周书。

　　③　一说（宋）李邦献《省心杂言》。

中所列代表作品，使人体会小说分类方法和各类小说的特点所在。这样，小说庞杂的整体面貌即刻变得有条有理，一看自明。

就胡氏小说分类方法来说，以作品的内容为主要分类标准，同时兼顾作品的形式。后三类丛谈、辨订、箴规形式上相类似，都是"丛残小语"，篇幅不长，主要以内容相区分。箴规类教人立身处世之道；辨订类载考据辨正条目；丛谈内容稍杂，杂记作者见闻、学识及思想。而前三类志怪、传奇、杂录，既考虑到作品内容，也考虑到作品的形式。从内容上看，志怪重在写鬼神之事，传奇、杂录记人间事；传奇写爱情故事，多有虚构，杂录写轶闻琐语，纪实为多。从形式上看，传奇篇幅曼长，情节完整，而志怪、杂录篇幅短小，为片断记述；传奇语言生动传神，情节曲折，而志怪语言凝练，情节简单。志怪、传奇、杂录三类小说区别如下所示：

	内　　容				形　　式					
	材料		虚实		篇幅		语言		情节	
	人间事	鬼怪	虚	实	长	短	生动	简练	曲折	简单
志怪		○	○	○		○		○		○
传奇	○		○		○		○		○	
杂录	○			○		○		○		○

注：志怪书古来皆好标榜实有，胡应麟指出其多虚，且对虚构多持褒扬态度。

如果单从小说分类方法上来说，胡应麟比刘知几进步的地方就在于，除了以作品内容为划分标准以外，胡氏还注意到以作品的形式作为区分标准。志怪与传奇、传奇与杂录之间，如仅以上图所示，将内容作为区别的标准，可能只能区别一般性作品，针对某些特定的作品，是很难将它们归为不同的类别而不相混杂。如唐传奇《古镜记》、《枕中记》、《任氏传》等作品，却分明有着志怪的因素。从作品形式来看，则区别明显得多，因为传奇与志人、志怪在写法上（语言、叙述方式、篇幅等）有很大的不同。这里所说的形式，胡应麟以"体制"来标示。胡应麟提到，"孟棨《本事》、卢瑰《抒情》，例以诗话、文评，附见集类，究其体制，实小说者也"①。孟棨《本事》，即《本事诗》，专叙唐代诗人写作某些作品的事迹本末（有两条记六朝诗作），如仅就内容来看，可归为诗话类作品，《新唐书·艺文志》著录于集部总集类，《郡斋读书志》亦著录于集类总集类，《四库全书总目》收于集部诗文评类。近人罗根泽认为《本事诗》是诗话的前身。② 但是，其记述诗人逸事主要来源于笔记小说，颇注重真实性，篇幅短小，语言简练，如从体制来看，实属笔记一类。卢瑰《抒情》，《新唐书·艺文志》集部总集类著录卢瑰《抒情集》二卷，《宋史·艺文志》同（但作卢环）。原书已佚，《太平广记》引用书目中，《抒情诗》与《本事诗》并列一处，当为同类著作，视《广记》所征引佚文，亦性质相近。《广记》引用《本事诗》十多条，可窥其书之貌。如卷181《贡举四》引《李翱女》："李翱江淮典郡。有进士卢储投卷，翱礼待之，置文卷几案间，因出视事。长女及笄，闲步铃阁前，见文卷，寻绎数四。谓小青衣曰：'此人必为状头。'迨公退，李闻之，深异其语。乃令宾佐至邮舍，具白于卢，选以为婿，卢谦让久之，终不却其意。越月随计，来年果状头及第。才过关试，径赴嘉礼。催

---

① 胡应麟：《九流绪论》卷下，《少室山房笔丛》，第283页。
② 罗根泽：《中国文学批评史》，上海书店出版社2003年版，第540页。

妆诗曰：'昔年将去玉京游，第一仙人许状头。今日幸为秦晋
会，早教鸾凤下妆楼。'后卢止官舍，迎内子，有庭花开，乃
题曰：'芍药斩新栽，当庭数朵开。东风与拘束，留待细君
来。'人生前定，固非偶然耳。"卷202《儒行》引《卢肇》：
"王镣富有才情，数举未捷。门生卢肇等，公荐于春官云，
'同盟不嗣，贤者受讥。相子负薪，优臣致消。'乃旌镣嘉句
曰，'击石易得火，扣人难动心。今日朱门者，曾恨朱门深。'
声闻蔼然。果擢上第。"所引其余皆此类。① 虽均与诗歌有密
切关联，但是就其篇幅、语言和叙事方式来看，亦是小说。可
以看出，胡应麟所谓"究其体制"，即不再完全以作品内容来
判定是否是小说及为小说分类，篇幅、语言和叙述方式也是其
中的重要因素。

　　胡氏小说分类虽没有相关理论阐述，但是从小说类别划分
情况来看，非常清晰，互不淆杂。胡应麟非常希望能给庞杂的
古代小说作一个清晰的分类，但是他也意识到小说分类并不是
绝对的，即使是从内容和体制两方面来区分，有些作品的归类
仍非常困难："谈丛、杂录二类最易相紊，又往往兼有四家，
而四家类多独行，不可搀入二类者。至于志怪、传奇，尤易出
入，或一书之中二事并载，一事之内两端具存，姑举其重而
已。"② 这是中国古代小说（实是小说集）的特殊现象，一书
之中所收录各篇可能在内容和形式上不完全相类似。如《容
斋随笔》和《梦溪笔谈》等，虽曰丛谈，但如细究，则不全
属同类作品。前者凡经史百家、文学艺术、宋代掌故、人物评
价均多涉笔，尤详于宋代典制；后者内容涉及天文、历法、气

---

① （宋）李昉等编纂：《太平广记》，中华书局1961年版。
② 胡应麟：《九流绪论》卷下，《少室山房笔丛》，第282—283页。

象、地质、地理、物理、化学、生物、农业、水利、建筑、医药、历史、文学、艺术等社会生活各方面，全书分故事、辩证、乐律、象数、人事、官政、机智、艺文、书画、技艺、器用、神奇、异事、谬误、讥谑、杂志、药仪 17 门，计 600 余条。两书均内容包罗甚广，资料丰富，其间亦不乏人物故事，也多有作者考证考据的内容。再如志人与志怪、志怪与传奇在一书中俱载，则更是常有之事。如志怪的代表作《搜神记》，主要记载鬼神怪事，但其中《弦超》、《李娥》、《张茂先》等却是写人作品。《酉阳杂俎》中有《忠志》篇记唐朝君王遗事，有《语资》篇记名人逸事等。对于这样的特殊情况，胡应麟并未采取模糊的态度，两相权衡，"姑举其重"，仍可以将小说较为恰当地分门别类。

第三节 胡应麟小说分类思想的启示

一 胡应麟与纪昀（《四库全书》）的小说分类比较

胡应麟之后，清代纪昀在编纂《四库全书》时也对小说进行了一次分类实践。以纪昀在当时文人中的影响，以及官修《四库全书》所代表的权威观点，则纪昀的小说分类当代表了大多数文人的共识。而且，这也是中国古代小说理论史上专门针对文言小说的最后一次分类，具有一种终极和总结的意味。

《四库全书》卷 140 小说家序云："张衡《西京赋》曰：小说九百，本自虞初。《汉书·艺文志》载虞初《周说》，九百四十三篇，注称武帝时方士，则小说兴于武帝时矣。故伊尹说以下九家，班固多注依托也。（《汉书·艺文志注》，凡不著姓名者，皆班固自注。）然屈原《天问》，杂陈神怪，多莫知所出，意即小说家言。而《汉志》所载《青史子》五十七篇，贾谊《新书·保傅篇》中先引之，则其来已久，特盛于虞初耳。迹其流别，凡有三派，其一叙述杂事，其一记录异闻，其一缀辑琐语也。唐、宋而后，作者弥繁。中间诬谩失真，妖妄荧听者固为不少，然寓劝戒，广见闻，资考证者亦错出其中。班固称小说家流盖出于稗官，如淳注谓王者欲知闾巷风俗，故立稗官，使称说之。然则博采旁搜，是亦古制，固不必以冗杂废矣。今甄录其近雅驯者，以广见闻，惟猥鄙荒诞，徒乱耳目者则黜不载焉。"① 小说被分为杂事、异闻、琐语三类。根据这个分类，纪昀于书中著录"杂事之属，八十六部，五百八十一卷"，"异闻之属，三十二部，七百二十四卷"，"琐语之属，五部，五十四卷"。

　　从《四库全书》小说序的叙述和小说分类的实际情况，可以看出纪昀的小说分类的一些鲜明特点。

　　第一，纪昀的小说分类以内容作为分类的主要依据，同时也稍兼顾形式。小说分作杂事、异闻、琐语三类：所谓杂事，以记人叙事为主，如《东南纪闻》、《西京杂记》、《世说新语》、《何氏语林》等均入杂事；所谓异闻，记鬼神怪异之事，如《山海经》、《神异经》、《拾遗记》、《搜神记》等均入异闻；所谓琐语，即杂录人物、鬼神、器物之书，如《博物志》、《述异记》、《酉阳杂俎》、《清异录》等均入琐语。前二者较好区分，而后者琐语之属界限似较为模糊，前两者的内容在后者所著录书中也可找到。从著录作品的比较上来看，只能认为所谓琐语，作品并不专注哪一种题材，杂采广收，更为琐

---

　　① 纪昀等：《四库全书总目》，中华书局1965年版，第1182页。

碎和广博。① 应该说，前两者之间，是内容上的区别；而前两者与琐语之间的分别，是形式上的一种区别。但总体来看，这样的分类，主要以作品题材内容作为分类依据的。

第二，所收三类小说，小说范围明显缩小。《四库全书》小说仅收录"杂事之属"、"异闻之属"、"琐语之属"，实际上对小说的范围进行了限定。最为明显的是，传奇小说黜弃不载。如《莺莺传》、《李娃传》、《霍小玉传》、《娇红记》、《钟情丽集》、《剪灯新话》等优秀传奇均未见著录，仅在存目中载"近于传奇"者数种，如《飞燕外传》、《海山记》、《迷楼记》、《开河记》等，且多贬斥。此外，前代史志小说家所载图志、器物类书如《器准图》、《水饰》、《茶经》、《钱谱》等，概不收入。另，杂事类中，记录与国家朝政相关者收入史部杂史，不入小说家。对此，《四库全书》小说家中有专门说明："记录杂事之书，小说与杂史最易相淆，诸家著录，亦往往牵混。今以述朝政军国者入杂史；其参以里巷闲谈词章细故者，则均隶此门。"②

第三，从小说的分类和著录看，纪昀较好地继承了前代"子部小说"观。《四库全书》小说家序认为，小说自"唐、宋而后，作者弥繁。中间诬谩失真，妖妄荧听者固为不少，然寓劝戒，广见闻，资考证者亦错出其中"。也就是说，在纪昀等人看来，"诬谩失真，妖妄荧听者"并非小说之正宗，而

---

① 民国任松如《四库全书答问》第 235 问云："小说家类杂事之属、异闻之属与琐语之属，所录之书有何区别？叙述杂事者，为杂事之属；记录异闻者，为异闻之属；缀辑琐语者，入琐语之属。"似是就事论事，并未说明三者之根本差异。陈平原《小说史：理论与实践》说："用志人抑或志怪来分别'杂事'/'异闻'，用叙事完整或抄录细琐来分别'杂事'、'异闻'/'琐语'。"亦可资参考。见陈平原《小说史：理论与实践》，北京大学出版社 1993 年版，第 174 页。

② 纪昀等：《四库全书总目》，中华书局 1965 年版，第 1182 页。

"寓劝戒，广见闻，资考证者"才是好的小说。"寓劝戒"指小说的劝诫教化作用，"广见闻"指小说的博闻多识作用，"资考证"指小说可提供考证材料，以资参考。显然，这是传统的子部小说所强调的小说功用。因此，纪昀"甄录其近雅驯者，以广见闻，惟猥鄙荒诞，徒乱耳目者则黜不载焉"，唐代以来的许多优秀传奇小说自然难入其法眼。就是如《聊斋志异》这样的文言小说，也由于其"用传奇法而以志怪"，"一书而兼二体"，不能收入小说家。① 因此，从小说的分类和著录情况可以看出，纪昀所持仍为传统子部小说观，未有大的突破。

显然，纪昀对中国古代小说理论的贡献是巨大的。继胡应麟之后，他的小说分类理论和实践，是中国小说理论史上的又一次系统总结。但如果与胡应麟的小说分类相比较，并不能作出进步还是落后的定性结论，需具体方面具体分析。

就小说分类所反映出的小说观念来说，与胡应麟相比较，纪昀则更接近班固的"子部小说"观，变化不大。胡应麟既继承了传统子部小说观，又有所超越。他注意到古今小说之流变，在分类中不仅关注古代小说定义下的各种小说类别，而且还关注小说种类的新变，特别是唐代以来的大量优秀传

_____

① 纪昀曾云："《聊斋志异》盛行一时，然才子之笔，非著书者之笔也。虞初以下，干宝以上，古书多佚矣。其可见完帙者，刘敬叔《异苑》、陶潜《续搜神记》，小说类也；《飞燕外传》、《会真记》，传记类也。《太平广记》，事以类聚，故可并收。今一书而兼二体，所未解也。小说既述见闻，即属叙事，不比戏场关目，随意装点。伶玄之传，得诸樊嬺，故猥琐具详；元稹之记，出于自述，故约略梗概。杨升庵伪撰《秘辛》，尚知此意，升庵多见古书故也。今燕昵之词，媟狎之态，细微曲折，摹绘如生。使出自言，似无此理，使出作者代言，则何从而闻见之？又所未解也。留仙之才，余诚莫逮其万一；惟此二事，则夏虫不免疑冰。刘舍人云：'滔滔浊世，既洗予闻；渺渺来修，谅尘彼攻。'心知其意，傥有人乎？"见纪昀《阅微草堂笔记》，浙江古籍出版社1997年版，第350页。

奇小说成为小说的一大重要类别。而纪昀继承了《汉志》以来至胡应麟的子部小说观，在小说家序中直言稗官小说"其来已久"，虽属琐碎之言，"然寓劝戒，广见闻，资考证者亦错出其中。班固称小说家流盖出于稗官，如淳注谓王者欲知闾巷风俗，故立稗官，使称说之。然则博采旁搜，是亦古制，固不必以冗杂废矣"。小说既有"一言可采"而又冗杂琐碎，在纪昀的小说分类中，大量的笔记都进入了小说家类，与《汉志》小说目录体例一脉相承。两相对比，两者都于历史上的小说观念有一定传承，但胡氏作为先行者则更多关注了小说观念的新变，纪氏后来却更多趋于传统，于新变关注不足。①

　　在小说类别的确立上，胡应麟分为志怪、传奇、杂录、丛谈、辨订、箴规六类，而纪昀只作"叙述杂事"、"记录异闻"、"缀辑琐语"三类，纪昀的小说分类所囊括的小说范围更为狭窄。这样来进行小说的分类，小说目录更加清晰，对清理和整饬小说的混杂面貌无疑是有好处的。胡应麟分为六类，而纪昀只作"杂事"、"异闻"、"琐语"三类，显然纪氏之分类更为简明。值得注意的是，所谓"杂事"，实即胡应麟所说"杂录"；所谓"异闻"和"琐语"，大体上即胡应麟所说"志怪"。在这一点上，二者有相通之处。

　　鲁迅将纪氏与胡氏小说分类作比较，认为自《四库全书》

---

　　①　有学者在分析此中原因时认为"《四库全书》在小说归类上的趋于规范并不是编纂者们在小说观念上有了改观，而是史学观念走向正统化的结果。……实际上，在乾嘉学派抑宋扬汉的学术风气之下，四库馆臣在小说分类上也重新接受了汉代人的目录学思想"，可资参考。见赵振祥《从〈四库全书〉小说著录看乾嘉史学对清代小说目录学的影响》，《明清小说研究》1999 年第 1 期，第 148 页。

而后，"小说范围，至是乃稍整洁矣"①，似也是对《四库全书》的分类更为欣赏。但是，古代小说自发生至发展，芜杂面貌似是其天然的特征与标志，过于简单的分类虽然简明，却并不利于对小说面貌的整体把握。比如说，鲁迅的《中国小说史略》以描述整个古代小说的发展轨迹为旨要，在论述中，鲁迅对庞杂的古代小说也进行了分类，提出了"汉人小说"、志怪、"记人间事者"（即志人小说）、传奇、杂俎、话本、讲史小说、神魔小说、讽刺小说、人情小说、狭邪小说、侠义小说及公案、谴责小说等类别。涉及文言小说分类的是前五种，其中，志怪、传奇两类与胡应麟所分前两种名称完全对应。②胡所云杂录，鲁迅除了提出"记人间事者"外，以杂俎概括之。可见，在文言小说的分类上，鲁迅很大程度上借鉴了《笔丛》的意见，而并没有采纳"稍整洁"的《四库全书》的看法。

总之，在小说分类方面，胡应麟和纪昀都作出了自己的贡献，二者均注意到了对传统小说观念的继承，在小说分类中尽量尊重小说发展的历史，力争全面展现小说整体面貌。但胡应麟不仅关注传统，而且关注小说发展进程中的新变；而纪昀则关注传统有余，对新变注意不够。在分类实践上二者也各有特点。前者从内容和形式两方面来对小说进行分类，分类较为精细，比较真实地反映了小说的历史发展面貌；后者更多关注内容，分类的线条较粗，这对于小说庞杂面貌的清理无疑有着重

---

① 鲁迅：《中国小说史略》，山西古籍出版社 2001 年版，第 4 页。

② 陈平原说："鲁迅为撰写中国小说史，设计了不少带类型意味的概念术语，如将唐及唐以前的小说分为'志人'、'志怪'、'传奇'；其中'志怪'、'传奇'的命名与界说，受明人胡应麟的影响。"见陈平原《小说史：理论与实践》，北京大学出版社 1993 年版，第 205 页。

要意义。

二　刘知几、胡应麟、纪昀、鲁迅的小说分类对比

中国古代小说的分类虽然是一个复杂的问题，但自唐代刘知几开始就有了正式的理论探讨和实践。在刘知几的小说分类中，有逸事、琐言、杂记、偏记、小录、郡书、家史、别传、地理书、都邑簿十种。只因刘氏从史学角度出发，认为这些作品都可目为史料，故都可称作"偏记小说"。其中，与当时及后世小说观念相应的能算作小说的即逸事、琐言、杂记三类。偏记、小录、郡书、家史、别传、地理书、都邑簿称作"偏记小说"，实在是从其史学价值方面来考虑的。对它们进行分类当然是完全从内容的角度来进行的，质言之，刘氏小说分类实际上是史料的分类。当然，认为刘氏小说分类完全是史料的分类，与小说完全没有关系，也是不客观的。在刘氏所言十类中，偏记、小录、郡书、家史、别传、地理书、都邑簿七类虽人多赀议，逸事、琐言、杂记三类无论在当时还是后世都认为是当之无愧的小说，刘氏小说分类对后世也不乏启示意义。

如果说刘知几的小说分类是一种史学的分类，不是真正的小说分类，那么，在中国小说理论史上，真正严格文献学意义上的小说分类，当始自胡应麟。也就是说，胡应麟是中国小说理论史上第一个真正进行文献学意义上小说分类的学者。作为中国第一个文献学意义上的小说分类实践，对后世的影响无疑是深远的。胡应麟之后，《四库全书》的小说分类比较有影响，而现代的文言小说分类研究应当数鲁迅的《中国小说史略》。

此四家有代表性的小说分类情况大致如下表：

刘知几	胡应麟	纪昀	鲁迅
	传奇		传奇
逸事	杂录	杂事	志人
琐言			
杂记	志怪	异闻、琐语	志怪、杂俎
偏记、小录、郡书、家史、别传、地理书、都邑簿			
	丛谈、辨订、箴规		

在分类方法上，与刘知几小说分类只以内容作为分类标准不同，胡应麟不仅以内容作为标准，同时小说的形式（体制）也是其分类的重要条件。在小说分类时，形式也作为分类标准，显然是一种创新。胡应麟之后的一百多年，纪昀在区分杂事和异闻与琐语之间差异时，也以形式作为重要的区分标准。鲁迅作《中国小说史略》时，西方小说观念已开始深入人心，以形式作为文学体裁的重要区分标准不足为奇，但以历史的观点来看，胡应麟的小说分类方法不仅富于创新，而且对于清理复杂的小说面貌非常有效。

在小说类别的确立方面，胡应麟更是富于创见，为后世学者所乐于承袭。刘知几所谓"逸事"和"琐言"，实是记人物言行和逸事的作品，胡应麟以"杂录"概之，更加简明。《四库全书》沿袭这一类别，以"杂事"名之，所指小说范围大致相同。鲁迅论述此类小说时，拈出"志人小说"一类，更加强调了以《世说新语》为代表的一类作品，但从名称上看似未能囊括胡应麟所说的"杂录"，范围有些缩小。

而刘知几所谓"杂录"，实即以干宝《搜神记》为代表的一类作品，名为"杂录"实不能反映其本质特征，胡应麟以"志怪"名之，其内涵一目了然。这一类别名称，纪昀作"异闻"，但鲁迅仍沿用胡应麟的"志怪"之名称，至今已成为大家耳熟能详的一个小说类别。

而将传奇作为单独类别列入小说，更是反映了胡应麟的远见与卓识。唐宋以降，传奇小说不仅创作数量众多，而且有很高的艺术价值，深受文人喜爱，当是文言小说的重要代表。而且此类小说多辞藻华丽，富于文采，实与其他志人志怪小说的质实简约有明显差别。这些小说虽也多写人间世事，但又富于虚构，常常受到正统小说观念的鄙夷。胡应麟不仅因此而摒弃传奇小说，相反，极力褒扬其"纪述多虚"、"藻绘可观"，将传奇作为单独一类列入小说。而《四库全书》却不列传奇类，则显示其小说观念的陈旧与保守。鲁迅显然同意胡应麟的意见，在《中国小说史略》中，传奇类小说以唐传奇和宋传奇分述，从篇幅和章节来看，都可看出传奇是其小说史论述的重点内容。

胡应麟所列丛谈、辨订、箴规三类，后世学者较少关注。但是，胡应麟在小说分类中列此三类小说是确有深意的。此三类小说与传奇、志怪、杂录一起，构成了小说的全貌，真实地反映了一个时代的小说观念。借此，不仅可以窥见小说的发展历史进程，还可概览当时小说的整体面貌。在这方面，纪昀和鲁迅则有不足。《四库全书》的分类，虽整洁不少，但却并不能反映小说发展历史的全貌；鲁迅的《中国小说史略》于小说发展史颇多用心，其小说类别的确立，相当程度地反映古今小说观念的变化，但对于那些曾经是当之无愧的小说而今天不认为是小说的大量作品，也关注不够，论述并不充分。

三 胡应麟小说分类思想的影响及启示

古代小说的分类，不仅古代学者不懈探索，在现当代，也是小说研究者必须关注和面对的重要问题。

上文已述及，鲁迅的小说分类深受胡应麟的影响。鲁迅小说史的叙述总是分门别类进行，小说的演进轨迹具体以各种小说类别的演变来表现。在1920年的《小说史大略》中，鲁迅只列"汉人小说"、"鬼神志怪书"、"世说新语"（志人小说）、"唐传奇体传记"等文言小说类别；到1930年修订完成的《中国小说史略》，"唐传奇体传记"改为"唐之传奇文"，另外，还增加了"杂俎"一类。① 鲁迅"将唐及唐以前的小说分为'志人'、'志怪'、'传奇'；其中'志怪'、'传奇'的命名与界说，受明人胡应麟的影响"②。志人小说一类，从内涵和外延上来说，主要内容与胡应麟所提"杂录"差别不大。

鲁迅《中国小说史略》在小说分类方面所作的努力开创了现代学术研究体系中小说分类研究的先河，而且其分类方法对后世有着垂范作用。在鲁迅的《中国小说史略》中，以志怪、志人、传奇为文言小说发展的叙述重点，当代学者在小说研究或小说史研究中，习惯沿用此种三分法分类体系。如吴志达《中国文言小说史》按照"魏晋南北朝志怪小说"、"魏晋南北朝志人小说"、"唐人传奇"、"宋人传奇小说"、"宋元笔记体志怪与志人小说"的逻辑顺序构建中国文言小说发展史。

---

① 鲁迅：《中国小说史略》（附《小说史大略》、《中国小说的历史的变迁》），齐鲁书社1997年版。

② 陈平原：《小说史：理论与实践》，北京大学出版社1993年版，第205页。

总体看来，其将文言小说即分作志怪、志人、传奇三类。① 杜贵晨《"传奇"名义及文言小说分类》认为小说"以题材内容为主参以体裁风格，可分为传奇、志轶、志怪三类"。其中"记人事的笔记体作品则为志轶"，实即志人小说。② 侯忠义《隋唐五代小说史》将唐代小说分作四类：传奇小说、志怪小说、轶事小说、市人小说。前三类为文言小说，其中的逸事小说完全等同于志人小说。③ 萧相恺《宋元小说史》中，文言小说部分章节为"宋元的志怪小说"、"宋元的轶事小说"、"宋元的传奇小说"。④

　　也有对三分法有疑问者。苗壮《笔记小说史》提出："目前通行的文言小说为志怪、志人、传奇，缺陷在于区分标准不一。前二者的区别在题材内容，一记神鬼怪异，一记人间轶事；后者特点在描写方法。"⑤ 其将文言小说分为笔记与传奇两类。叶桂桐《中国古代小说概论》将小说分为文言、白话两类，文言小说亦分为笔记、传奇两类，"凡秉笔直述见闻，摒去雕饰者为笔记；凡描写详细委曲，用笔变幻者为传奇"⑥。程毅中《宋元小说研究》中关于文言小说部分所列类别为"古体小说"和"传奇"。⑦其实，这种两分法与志怪、志人、传奇的三分法除了分类更为粗略之外，并无实质性差别。如陈文新《文言小说审美发展史》将文言小说分为子部小说和传奇

　　① 吴志达：《中国文言小说史》，齐鲁书社1994年版。
　　② 杜贵晨：《"传奇"名义及文言小说分类》，《明清小说研究》1994年第2期，第132页。
　　③ 侯忠义：《隋唐五代小说史》，浙江古籍出版社1997年版。
　　④ 萧相恺：《宋元小说史》，浙江古籍出版社1997年版。
　　⑤ 苗壮：《笔记小说史》，浙江古籍出版社1998年版，第5页。
　　⑥ 叶桂桐：《中国古代小说概论》，台北文津出版社1998年版，第42页。
　　⑦ 程毅中：《宋元小说研究》，江苏古籍出版社1999年版。

小说两种，但子部小说又分作志怪小说和逸事小说，实际上这种两分法也就是三分法，只是在逻辑层次上更为严整。①

20 世纪 50 年代编成的《中国丛书综录》，将涉及文言小说的部分分为"杂录之属"、"志怪之属"、"传奇之属"、"谐谑之属"。②显然，这种分类，与胡应麟的小说分类方法十分相似，其前三类从名称和内涵都与胡应麟所提完全一致，只是增加了"谐谑"一类。宁稼雨"基本上采用这种方法，只是认为应当将其'杂录'一类中的志人和含有志怪、传奇、志人、谐谑以及考据辨证、典章制度在内的笔记小说区分开来，分别设类"③，在《中国文言小说总目提要》中，宁稼雨将小说分为志怪、传奇、杂俎、志人、谐谑五类。④

文言小说分类的两分法或三分法，是受到鲁迅《中国小说史略》的影响，而鲁迅的分类方法多受胡应麟启示；《中国丛书综录》更直接地借用了胡应麟的分类方法，《中国文言小说总目提要》在此基础上进行了细分。不难看出，现代和当代的小说分类理论与实践，深刻地受到了胡应麟小说分类思想的影响。

对于以上种种分类方法，有学者不以为然，另辟蹊径，提出了新的主张。孙逊、潘建国认为："目前我们所谓的'志怪小说'，乃是以题材为标准的分类；所谓'传奇小说'，则是以文体为标准的分类，从逻辑学的角度看，它们分属两个内涵

---

① 陈文新：《文言小说审美发展史》，武汉大学出版社 2002 年版。
② 《中国丛书综录》，上海古籍出版社 1982 年版。
③ 宁稼雨：《文言小说界限与分类之我见》，《明清小说研究》1998 年第 4 期，第 176 页。
④ 宁稼雨：《中国文言小说总目提要》，齐鲁书社 1995 年版。

不同、外延交错的概念。"① 程国赋在《唐代小说嬗变研究》中就未列传奇这一小说类别，小说分作五种：神怪、婚恋、逸事、佛道、侠义。② 这种分类方法轻易克服了小说分类"标准不一"的问题，因为其仅以小说题材作为分类的唯一标准。但实际上，对于把握中国古代小说的特点、风格，以及发展状况，是没有任何帮助的。因此，在复杂的中国古代小说中采用这样的分类方法，除了解决了"逻辑不统一"的问题之外，并没有太大的意义。这种分类方法的提出，没有得到更多的响应，可能正与此有关。

以上种种分类方法，各有优点，也都有不完善之处。但是，毫无疑问的是，胡应麟的小说分类方法对后来的小说分类理论和实践的确产生了不可低估的影响。重新检阅胡氏小说分类思想，可以得到更多启示。

第一，重视小说观念的流变，有全面的视角。中国小说的发展有着十分久远的历史，小说观念也不断经历着变化，各个不同时期小说的范围不尽相同，就是同一时期的小说也往往呈现出相当繁杂的面貌。那么，在小说分类时，充分考虑到小说的这一特殊情况，就显得十分必要了。胡应麟重视中国小说的发展历史，因此，在小说研究中，不仅关注到"后世（即指当时）所谓小说"，同时也注意"汉《艺文志》所谓小说"。他意识到，小说观念不是一成不变的，那么在对小说进行分类时，要全面观照到各个不同时期的小说观念。既不以当时的小说观念作为衡量古代小说的准绳，使小说的历史面貌模糊不

---

① 孙逊、潘建国：《唐传奇文体考辨》，《文学遗产》1999 年第 6 期，第34—35 页。

② 程国赋：《唐代小说嬗变研究》，广东人民出版社 1997 年版。

清；也不完全以古代小说观念作为标准，使小说范围大而不当。胡应麟在小说分类时，所列"丛谈、辨订、箴规"三种小说类别，从某种程度上讲，是对小说观念发展历史的尊重。因为这几类小说，虽在今天看来，并不算小说，但在一定的历史时期内，的确是大家公认的"小说"。也就是说，小说类别的确立，应建立在对小说观念发展有"同情之理解"的基础上。

　　现代学者对文言小说的分类多采用"志人"、"志怪"、"传奇"三分法，这种分类方法之所以大行其道，最主要的原因恐怕是与现代小说观念有关。现代小说观念将叙事性作为小说的第一要素，那么"志人"、"志怪"、"传奇"三类作品当是与此最为契合。而古代文言小说中的其他大量作品恐就难入其法眼，更不用说为其定下类别名目了。从学术传承上来看，现在学界习惯采用的三分法，似是对鲁迅的分类方法的继承。事实上，虽然鲁迅在1920年的《小说史大略》中，只列"汉人小说"、"鬼神志怪书"、"世说新语"（志人小说）、"唐传奇体传记"等文言小说类别，但在1930年修订完成的《中国小说史略》中，特别新增加了"杂俎"的类别。从小说发展实际情况来看，增加"杂俎"一类，更接近中国古代小说发展的原貌。

　　显然，从中国的小说观念发展来看，仅以"志人"、"志怪"、"传奇"三种类别来概括中国古代文言小说的类别，肯定是不准确，也是不全面的。

　　《中国丛书综录》将文言小说分为"杂录"、"志怪"、"传奇"、"谐谑"。此外，"杂录"包括了"志人小说（或作逸事小说）"，同时"杂录"可以概括在今天看来并不算作小说的许多考据、辨正等作品。另外，在子部周秦诸子类列小说家之属，收《山海经》、《穆天子传》、《燕丹子》以及《汉志》小说家所列的作品。这样，小说分类就比较接近古代文言小说的真实面貌。但是杂录一类又过笼统，宁稼雨《中国文言小说总目提要》将"杂录"一类分为杂俎、志人两类，将志人从"杂录"中单列出来。这样，文言小说分作志怪、传奇、杂俎、志人、谐谑五类，比较符合古代文言小说实际，于笼统之病也稍有所改善。

《中国丛书综录》和《中国文言小说总目提要》的小说分类，并非完美无瑕，不容更改。《中国文言小说总目提要》对《中国丛书综录》的"杂录"进行了细分，但视《中国文言小说总目提要》全书分类情况，杂俎作一类还嫌比重过大，似还可进一步分类；将《汉志》所列小说归入"杂俎"类，也似有不伦。"谐谑"作单独的小说类别，是一种创新，小说发展史上也确实存在大量同类作品，但其与"杂俎"并列，似也还可商榷。

具体的分类方法以及小说类别的确立，并无定法，亦不可能有定论。但是，有一点是可以肯定的，在进行小说分类的理论探讨和实践探索时，必须看到中国小说发展的特殊历史，重视不同时期小说观念的流变。只有这样，小说分类才有全面的视角，不会出现以部分代替整体的问题。

第二，正视小说文体的复杂性，多角度地考虑分类标准。中国古代小说整体面貌是复杂的，不同时期的小说观念不尽相同，就是在一个时期，小说范围也相当宽泛。在对小说进行分类时，要对这一点有充分认识。胡应麟在对小说进行分类时，充分注意到了小说文体的复杂性，不仅关注小说的题材内容，还注意到小说的结构特点，同时关注小说的风格特征。丛谈、辨订、箴规形式上相类似，都是"丛残小语"，篇幅不长，主要以内容相区分：箴规类教人立身处世之道，辨订类载考据、辨正条目，丛谈内容稍杂，杂记作者见闻、学识及思想。志怪、传奇、杂录，既考虑到作品内容，也考虑到作品的形式和写作风格：从内容上看，志怪重在写鬼神之事，传奇、杂录记人间事；传奇写爱情故事，多有虚构，杂录写轶闻琐语，纪实为多。从形式上看，传奇篇幅曼长，情节完整，而志怪、杂录篇幅短小，为片断记述；传奇语言生动传神，情节曲折，而志怪语言凝练，情节简单。

一般说来，分类必须遵循一定的标准，有了统一的标准才可能进行逻辑严密的分类实践。但是，结合实际情况对中国古代文言小说的分类，如果过分考虑分类标准的统一，则有可能很难解决问题。

如程国赋将文言小说分作神怪、婚恋、逸事、佛道、侠义五种[1]，其分类依据是作品的题材内容。事实上，这种看似简单且明了的分类方法对于复杂的古代小说来说也未能十分有效，一方面大量考证辨订一类作品被排除在外，另一方面对于有些作品来说可能存在"跨类"现象，不易处理。

苗壮、叶桂桐等将文言小说分作笔记与传奇，其分类依据是作品的风格，"凡秉笔直述见闻，摒去雕饰者为笔记；凡描写详细委曲，用笔变幻者为传奇"[2]。这种分类可以囊括全部文言小说作品，但是比较粗略，如果按照作品写作风格进一步细分却不再可能了。

事实上，给小说分类的目的在于更好地认识、分析和把握小说的本质特征，其分类本身并不是目的。为了追求逻辑的严

---

[1] 程国赋：《唐代小说嬗变研究》，广东人民出版社 1997 年版。

[2] 叶桂桐：《中国古代小说概论》，台北文津出版社 1998 年版，第 42 页。

密性和标准的统一性，对小说进行的分类，往往不能很好地突出和表现小说的特点，对更准确地把握小说的特征以及深入进行探究不能起到应有的作用。

从多角度考虑小说分类，亦有学者有过一些探索。陈文新将文言小说分作子部小说和传奇两类，子部小说又分作志怪小说和逸事小说，志怪小说又细分为"拾遗"体、"搜神"体和"博物"体，逸事小说细分为"世说"体、"杂记"体和"笑林"体。① 罗宁将小说分作志怪、逸事两类，志怪又分为杂记、杂史杂传、地理博物三种，逸事又分为逸事、琐言、辨订、箴规四种。② 这些文言小说分类的尝试，在分类实践上各有不同，但是，都充分注意到了古代小说文体的复杂性，能从体制、风格、题材等多种角度来思考小说分类问题。这些前贤时彦的小说分类方法，在不同程度上受到了胡应麟小说分类方法的启示。只有沿着这样的思路，才可能进行较为合理的小说分类，也只有这样，才能突显小说分类的真正意义。

---

① 陈文新：《文言小说审美发展史》，武汉大学出版社2002年版。

② 罗宁：《论唐代文言小说分类》，《西南师范大学学报》2003年第3期，第148页。

第 五 章

胡应麟的小说史研究

胡应麟是一位文献学家，也是一位文学理论家，同时他还是一位史学家，其史学思想必然对其小说研究有着重要影响。小说史研究是胡应麟的小说研究的重要组成部分。《少室山房笔丛》中有多篇反映了胡应麟对古代小说发展史所作的深入剖析，其中不乏真知灼见，但是，这一中国小说研究史上的重要史实并未引起学界的注意。深入探讨胡应麟小说史研究的成果，不仅有利于对胡氏小说思想进行客观公正的评价，而且对于完善中国小说研究史也有着重要作用。

第一节　胡应麟的史学思想

胡应麟"少而好史，占毕之暇，有概于心，则书楮投箧中，旷日弥月，骎骎数十百条"①，对史学有特别偏好，用力颇深，取得了不俗的成绩。故其友人陈文烛在《少室山房笔丛序》中说："刘子玄谓史有三长，才也、学也、识也。有学而无才，犹良田万顷、黄金满籝而使愚者营生，鲜能货殖；有

① 胡应麟：《史书占毕·序》，《少室山房笔丛》，第261页。

才而无学，犹思兼匠石、巧若公输而家无槁楠斧斤，难成公室矣。元瑞才高、识高而充之以学者乎？窃谓元瑞为今之良史，《余稿》其一斑矣。"① 可见胡氏的史才、史识和史学得到了陈文烛的充分肯定，并认为他是"今之良史"。

从现存文献来看，胡应麟并未写出一本史书，但却著有考证和评论历代史书、史事、史家的《史书占毕》、《史评》、《史蕞》等多种史学著作。胡应麟史学思想内容丰富，体系庞大，展开讨论显然不在此论题范围之内。但其小说史研究与史学思想有一定的关联，深入认识相关史学思想，对于理解胡应麟的小说史研究有着积极意义。

一　胡应麟的历史意识

胡应麟在多个学术领域都有所建树，在学术研究中，强烈的历史意识是其学术研究的鲜明特点，历史的视角与方法可以说是其学术研究的最重要手段之一。对于中国图书的兴衰、中国目录学的发展、中国诗歌的发展、中国小说的发展等诸多问题，胡应麟都从历史的角度予以透视，并有精辟的论述。

胡应麟《经籍会通》卷一为"述源流"，记古今图书聚散兴废，即考证中国图书的兴衰历史。一般来说，图书的兴衰可以从历代史志中看出端倪。但是，胡应麟认为，"大率史氏精神全寓纪传，论序次之，表、志之流便落二义，至于经籍尤匪所先，且人靡博极，业谢专门，聊具故事而已"；正史之外的书籍目录，如"刘歆之略、荀勖之部、王俭之志、孝绪之录，并轶不传"。②因此，并不能真实反映图书发展的兴衰。胡应

---

① 陈文烛：《少室山房笔丛序》，载胡应麟《少室山房笔丛》，第1页。
② 胡应麟：《经籍会通》卷1，《少室山房笔丛》，第2—3页。

麟依据但不囿于史志，综合参考多种相关史料，对历代图书兴衰情况进行了详细考证。"向、歆《七略》卷三万余，班氏东京仅睹其半，莽、卓之乱，尺简不存，晋荀勖、李充浒加鸠集，宋元嘉中谢灵运校，至六万卷，齐王俭、王亮、谢朏、梁殷钧、任昉、阮孝绪等，继造目录，率不过三万卷。盖宋初秘阁所藏重复相揉，灵运概加衰录，诸人颇事芟除，虽其数仅半于前，或其实反增于旧。隋文父子笃尚斯文，访辑搜求不遗余力，名山奥壁捆载盈庭，嘉则殿书遂至三十七万余卷，书契以来特为浩瀚，寻其正本亦止三万七千。（原注：隋志近九万卷。）至开元帝，累叶承平，异书间出，一时纂集及唐学者自著八万余卷，古今藏书莫盛于此。赵宋诸帝雅意文墨，庆历间《崇文总目》所载三万余卷，累朝增益，卷不盈万，宣和北狩，散亡略尽，至淳熙、嘉定间书目乃得五万余卷。盖历代帝王图籍兴废聚散之由，大都具矣。夫以万乘南面之尊，石渠、东观之富，通都大邑之购求，故家野老之献纳，而古今辑录不过如此，盖后人述作日益繁兴，则前代流传浸微浸减，增减乘除，适得此数，理势之自然也。"①

以上还只是概况的描述，胡应麟"绅绎群言，旁参各代，推寻事势，考定异同"，十分精确地列出各朝书籍卷数。"西汉三万三千九十卷……东汉一万三千二百六十九卷……晋二万九千九百四十五卷……东晋三千一十四卷……东晋孝武增益三万余卷……宋万四千五百八十二卷……齐万五千七十四卷……齐永明增益一万八千一十卷……梁二万三千一百六卷……梁普通增集三万余卷……隋初一万五千余卷……隋大业中三万七千余卷……唐开元中八万二千三百八十四卷……唐开成中五万六

---

① 胡应麟：《经籍会通》卷1，《少室山房笔丛》，第3页。

千四百七十六卷……宋庆历中三万六百六十九卷……宋淳熙中四万四千八十六卷。"① 经过细致的考证，胡应麟列出了西汉、东汉、晋、东晋、南朝宋、齐、齐永明、梁、隋初、隋大业中、唐开元中、唐开成中、宋等十多个历史时期所存典籍数量，十分准确地描述出各个时期的图书收藏情况。

对于图书目录的发展情况，胡应麟也进行了总结与归纳。"历朝诸史，志艺文者五家，《前汉》也、《旧唐》也、《新唐》也、《隋》也、《宋》也。班氏规模《七略》，刘昫沿袭《隋书》，《新唐》校益《旧唐》，而《宋史》所因则《崇文》、《四库》等目也。中垒父子奕叶青缃，纪例编摩，故应邃密，第遗书绝寡，考订靡从。《隋志》简编亦多散佚，而类次可观，论辩多美。《旧唐》之录本朝，大为疏略，新书间增所缺，颇自精详。欧阳《宋志》紊乱错杂，元人制作亡足深讥。"除正史艺文志的图书目录之外，还有其他官修目录及私人藏书目录，胡应麟也进行了梳理，并略述得失："刘歆之略、荀勖之部、王俭之志、孝绪之录，并轶不传。宋自庆历、淳熙、嘉定诸目外，荐绅文士，宋、尤、李、叶，并富青缃，今惟文简目存，亦多阙漏。郑氏《艺文》一略该括甚钜，剖核弥精，良堪省阅，第通志前朝，失标本代，有无多寡混为一途。番阳《通考》以四部分门，实因旧史，而支流派别条理井然，且究极旨归、推明得失，百代坟籍烨如指掌。倘更因当时所有，例及亡篇，咸著品题，稍存故实，则庶几尽善矣。"② 这样的总结和清理，所采取的是历史的视角，有着明显的梳理历史的意识。

---

① 胡应麟：《经籍会通》卷1，《少室山房笔丛》，第7—8页。
② 同上书，第2—3页。

《诗薮》是胡应麟诗论力作，全书是按照历史进程的先后顺序进行编排的。内编分别论古体诗和近体诗，外编分别论周汉、六朝、唐、宋、元代诗歌，续编论国朝（即指明代）诗。虽为诗论，但是诗歌发展历史清晰可见。

不仅对于大的学术问题如此，对于一些具体的细节问题，胡应麟也经常采用历史的视角来进行分析。如胡应麟说："今人事事不如古，固也，亦有事什而功百者，书籍是已。三代漆文竹简，冗重艰难，不可名状。秦汉以还，浸知钞录，楮墨之功，简约轻省，数倍前矣。然自汉至唐，犹用卷轴，卷必重装，一纸表里，常兼数番，且每读一卷或每检一事，绅阅展舒，甚为烦数，收集整比，弥费辛勤。至唐末宋初，钞录一变而为印摹，卷轴一变而为书册，易成、难毁、节费、便藏，四善具焉。溯而上之，至于漆书竹简，不但什百而且千万矣。士生三代后，此类未为不厚幸也。"① 从历史的眼光来看书籍的发展过程，的确可以突现书籍之优点和竹简之弊端，也足可说明在这件事上"今人事事不如古"之论断未必正确。再如论帝王时说："三代而上之为帝王者视其德，三代而下之为帝王者视其才。汉高祖之才高，光武之才密，文皇之才俊，项羽之才雄，先主之才疏，孟德之才狡。"论将相时说："论相于唐虞之后，伊尹、周公、诸葛至矣。汉萧、曹、丙、魏，唐房、杜、姚、宋，宋李、王、文、富、韩、范、司马，其庶也。汉之相以质胜，唐之相以才胜，宋之相以体胜。""西汉将才，东汉将德。高（祖）以才胜，故将亡非才者；光（武）以德胜，故将无非德者。声气之感，捷桴鼓哉！夫西汉诸将多群盗，高之起亦三尺也；东汉诸将多儒生，光之起亦一经也。德

---

① 胡应麟：《经籍会通》卷4，《少室山房笔丛》，第45页。

也才也，咸有自也。""唐之将以才胜，近西汉而弗如其雄也。宋之将以德胜，近东汉而弗如其雅也。太宗之才过其德，艺祖之德过其才。甚矣下之从上也。"①

诸如此类的论述在胡应麟的学术研究中十分多见，一方面可看出其作为文献学家的博学多识；另一方面则体现出胡应麟有着敏锐的历史意识，无论大小问题，常常能从历史的角度进行剖析和作出结论。

二 胡应麟的史家修养论

对于史书来说，撰史者是一个至关重要的因素，有好的史家，才会有好的史书。那么，什么样的撰史者才是好的史家呢？在《史书占毕》中，胡应麟提出："才、学、识三长，足尽史乎？未也。有公心焉、直笔焉。五者兼之，仲尼是也。董狐、南史，制作亡征，维公与直，庶几尽矣。秦汉而下，三长不乏，二善靡闻。左、马恢恢，差无异说。班《书》、陈《志》，金栗交关；沈《传》、裴《略》，家门互易。史乎史乎！"② 胡应麟认为，史家除了在才、学、识方面应具备一定的修养外，还必须要"公心"和"直笔"，才有可能写出好的史书。

关于史家的才、学、识三种修养，实是由唐代史学家刘知几最早提出。《旧唐书·刘子玄传》载："子玄掌知国史，首尾二十余年，多所撰述，甚为当时所称。礼部尚书郑惟忠尝问子玄曰：'自古已来，文士多而史才少，何也？'对曰：'史才须有三长，世无其人，故史才少也。三长：谓才也，学也，识

---

① 胡应麟：《史书占毕》卷2，《少室山房笔丛》，第139—142页。
② 胡应麟：《史书占毕》卷1，《少室山房笔丛》，第127—128页。

也。夫有学而无才，亦犹有良田百顷，黄金满籝，而使愚者营生，终不能致于货殖者矣。如有才而无学，亦犹思兼匠石，巧若公输，而家无楩楠斧斤，终不果成其宫室者矣。犹须好是正直，善恶必书，使骄主贼臣，所以知惧，此则为虎傅翼，善无可知，所向无敌者矣。脱苟非其才，不可叨居史任。自复古已来，能应斯目者，罕见其人。'时人以为知言。"① 刘知几所论及的史家才、学、识三种修养，其实已较为全面，也常为后人所借用。

胡应麟所补"公心"和"直笔"两点，初看也似属于史识的范畴，刘知几也有所论及。刘知几所说"犹须好是正直，善恶必书"，其实就是强调"直笔"。胡应麟对"公心"和"直笔"有更为深刻的见解。胡应麟指出，公心"非以万人之衷为一人衷不可也"②。也就是说，公心指的是公众之心，是"万人之衷"，是指社会整体的是非评判，以社会的总体认识为标准，绝不是撰史者的一己私见。所谓直笔，指的则是史家必须如实书写，不能因个人好恶或私意隐瞒、歪曲。他说："直则公，公则直，胡以别也，而或有不尽符焉。张汤、杜周之酷，附见他传，公矣，而笔不能无曲也。裴松（之）、沈璞之文，相评一时，直矣，而心不能无私也。"③ 张汤、杜周的残酷暴行，司马迁在《史记·酷吏列传》中却未予以详尽揭露，但在他人传记中予以记述。这是有"公心"，却未"直笔"。南朝宋裴松之修宋史，未成而卒，其曾孙裴子野欲继承先业。沈约著《宋书》，称裴松之后人无闻于时。后裴子野撰

---

① 《旧唐书》卷102，载《二十五史》，开明书店1935年版，第3387页。
② 胡应麟：《史书占毕》卷1，《少室山房笔丛》，第128页。
③ 同上书，第128页。

《宋略》，云："戮淮南太守沈璞（沈约父），以其不从义师故也。"沈约"大惧，徒跣谢之，请两释其文"。①沈约与裴子野的记述均是"直笔"，但显然是相互之间的攻击和报复，何有"公心"可言？

怎样才算做到"公心"和"直笔"呢？胡应麟认为："夫直有未尽则心虽公犹私也，公有未尽则笔虽直犹曲也。"② 这里强调一个"尽"字，就是一个很高的要求了。也就是说，要完全地保持公心，并以公心为指导秉笔直书，无论是在写作的主观意志上，还是在具体的写作过程中，还是在写作完成后所呈现的结果上，均应达到"尽"的要求。正如胡应麟所说的："毋先入，毋迁怒，毋作好，毋徇名，此称物之衡而尚论之极也。"③胡应麟的史家修养之论，粲然可见矣！

第二节　胡应麟的小说史研究

中国古代小说的发展历史源远流长。古代小说研究与古代小说的创作一直紧密相随，从历代小说的著录、序跋、评点即可见大略，但对中国小说发展和嬗变的历史进行研究和论述却所见不多且无深意。胡应麟的博学多识和敏锐的历史意识，开创了真正意义的中国小说史的研究。

一　胡应麟对小说发展史的描述

最早对中国小说发展情况进行描述的要算汉代班固的

---

① 《南史》卷33，载《二十五史》，开明书店1935年版，第2628页。
② 胡应麟：《史书占毕》卷1，《少室山房笔丛》，第128页。
③ 胡应麟：《华阳博议》卷下，《少室山房笔丛》，第409页。

《汉书·艺文志》。汉志小说家序所云："小说家者流，盖出于稗官。街谈巷语，道听涂说者之所造也。孔子曰：'虽小道，必有可观者焉。致远恐泥，是以君子弗为也。'然亦弗灭也，闾里小知者之所及，亦使缀而不忘。如或一言可采，此亦刍荛狂夫之议也。"① 其中隐含着追根溯源之意，但显然过于简单化。唐刘知几《史通·杂述》载："在昔三坟、五典、春秋、梼杌，即上代帝王之书，中古诸侯之记。行诸历代，以为格言。其余外传，则神农尝药，厥有《本草》；夏禹敷土，实著《山经》；《世本》辨姓，著自周室；《家语》载言，传诸孔氏。是知偏记小说，自成一家。而能与正史参行，其所由来尚矣。爰及近古，斯道渐烦。史氏流别，殊途并骛。榷而为论，其流有十焉。"② 刘氏"述源流"之意甚明，但其时小说的发展时间仍较短暂，作品有限，故能"考源"而难"述流"。而且，其以史家视角立论，视"偏记小说"为史书之一支，故不免有所偏倚。

　　真正全面深刻地对中国小说史进行研究和论述的当数明人胡应麟。胡应麟从共时和历时两个角度把握中国小说的发展，对小说史的论述从整体和局部两个方面进行。

　　胡应麟认为，从整体上看，中国小说的发展呈日渐繁盛的趋势。"古今著述，小说家特盛；而古今书籍，小说家独传，何以故哉？……夫好者弥多，传者弥众，传者日众则作者日繁，夫何怪哉焉？"③ 通过考察诸子"九流十家"古今兴衰变化，胡应麟指出："古今书籍盛衰绝不侔……后世杂家及神

---

① 《汉书》卷30，载《二十五史》，开明书店1935年版，第435页。
② 刘知几：《史通》，上海古籍出版社1978年版，第273页。
③ 胡应麟：《九流绪论》卷下，《少室山房笔丛》，第282页。

仙、小说日繁，故神仙自与释典并列，小说、杂家几半九流，儒、道二家递相增减，不失旧物，兵家渐寡，遂合于纵横，视旧不能十三，阴阳与五行，天文并合于伎术，视旧不能什七，名、法间见一、二，墨遂绝矣。"① 《汉书·艺文志》中"诸子十家，其可观者九家而已"，地位低下；且诸子"百八十九家，四千三百二十四篇"，小说"十五家，千三百九十篇"。而胡应麟所见"小说、杂家几半九流"，且"好者弥多"、"传者弥众"，"传者日众则作者日繁"。从历代各类书籍流传的情况来看，小说发展是由寡至繁，由少至多。具有敏锐的史家意识的胡应麟作出关于中国小说的发展大势的结论，这种结论并非一己臆断，而是有其史实根据，是建立在对古今书籍盛衰变化认识的基础之上的。因此，"小说、神仙、释梵卷以千计，叙子书者犹以昔九流概之，其类次既多遗失，其繁简又绝悬殊，余窃病焉"②。胡应麟注意到了中国小说发展日趋繁盛的情况，据此他认为"九流十家"的结论不足以概括当下子部各家的发展情况，他"更定九流，一曰儒，二曰杂，三曰兵，四曰农，五曰术，六曰艺，七曰说，八曰道，九曰释"③。"九流十家"的排序流传了一千多年几成定论，胡应麟将小说的位置从最后一位上移至第七位，真实地反映了其对小说古今发展巨大差异的深刻感受和独特理解。

此外，胡应麟认为，从局部看，历代小说的发展都有着自己独有的特征。胡应麟说："汉《艺文志》所谓小说，虽曰街谈巷语，实与后世博物、志怪等书迥别，盖亦杂家

---

① 胡应麟：《经籍会通》卷2，《少室山房笔丛》，第23页。
② 胡应麟：《九流绪论》卷上，《少室山房笔丛》，第261页。
③ 胡应麟：《九流绪论》卷下，《少室山房笔丛》，第261页。

者流，稍错以事耳。"① 此是对汉代小说实际的概括。胡氏注意到了汉代小说与后代小说的巨大差异。汉代小说"如所列《伊尹》二十七篇、《黄帝》四十篇、《成汤》三篇，立义命名动依圣哲，岂后世所谓小说乎"②？"后世所谓小说"，无须"立义命名动依圣哲"，"或骚人墨客游戏笔端，或奇士洽人搜罗宇外，纪述见闻无所迴忌，覃研理道务极幽深，其善者足以备经解之异同、存史官之讨核，总有补于世，无害于时"。③ 魏晋南北朝小说与汉代不同，魏、晋"好灵变之说"；齐、梁"多因果之谈"。唐宋小说又各有特色，"唐人以前纪述多虚而藻绘可观，宋人以后论次多实而彩艳殊乏"。④ 自六朝至明代小说，胡应麟有一个综合的表述："凡变异之谈，盛于六朝，然多是传录舛讹，未必尽幻设语。至唐人乃作意好奇，假小说以寄笔端，如《毛颖》、《南柯》之类尚可，若《东阳夜怪录》称成自虚，《玄怪录》元无有，皆但可付之一笑，其文气亦卑下亡足论。宋人所记乃多有近实者，而文采无足观。本朝新、余等话本出名流，以皆幻设而时益以俚俗，又在前数家下。"⑤

　　胡应麟用十分简洁的语言，将自汉代至宋代的小说发展历史，进行了归纳和总结。虽然这些讨论并非集中在一处，但仍可以看出，胡应麟对中国小说发展有着敏锐的历史意识，而且，对中国小说发展脉络也有着十分清晰的认识。

　①　胡应麟：《九流绪论》卷下，《少室山房笔丛》，第280页。
　②　同上书，第280页。
　③　同上书，第283页。
　④　同上书，第283页。
　⑤　胡应麟：《二酉缀遗》卷中，《少室山房笔丛》，第371页。

二　胡应麟小说史观及其构建的小说史

卓越的史才、史识和史学修养形成了胡应麟独特的小说史观，在这样的小说史观的支配下，其小说研究亦独具特色。敏锐的史家意识使胡应麟将时代与小说的发展联系起来，这样就凸显了汉、魏晋、南北朝、唐、宋、明等历朝小说的不同特点。将时代与小说的发展联系起来考察，意义有二：一是按朝代顺序建立了中国小说史的纵向序列，勾画出了小说发展进程的清晰轨迹；二是将小说的发展实际与时代特征联系在一起，在小说发展嬗变与社会历史环境之间建立了关系。

将时代与文学发展联系起来进行论述在元代就已出现。元代著名作家虞集认为："一代之兴，必有一代之绝艺，足称于后世者。汉之文章，唐之律诗，宋之道学。国朝之今乐府，亦开于气数音律之盛。"[①] 元末明初学者叶子奇也说："传世之盛，汉以文，晋以字，唐以诗，宋以理学，元之可传，独北乐府耳。"[②] 叶氏除了补充了晋代以字传世外，其他意见与虞集的一代有一代之绝艺的看法一脉相承。胡应麟继承了前代学者的观点，他说："自春秋以迄胜国，概一代而置之，无文弗可也。若夫汉之史，晋之书，唐之诗，宋之词，元之曲，则皆代有专其至，运会所钟，无论后人踵作，不过绪余。"[③]

一代有一代之绝艺的观点，经后世学者不断发明和阐述，

---

① （元）孔齐：《至正直记》卷3，粤雅堂丛书本。
② （明）叶子奇：《草木子》，中华书局1959年版，第70页。
③ 胡应麟：《欧阳修论》，《少室山房集》卷98，文渊阁四库全书本。

形成了成熟的"一代有一代之文学"的文学史观。① 当然，"一代有一代之文学"的文学史观也存在其缺憾，"在理论形态上远未达到完善和精致和程度，还需要进一步充实或修正"②。如所选取的代表性文体是否可以完全代表一个时代的文学整体面貌，文体的嬗变是否足以反映文学发展的规律，社会政治、经济和文化与文学的发展究竟存在怎样的必然联系，"一代有一代之文学"的文学史观都不能作出正面的肯定回答。但是，"一代有一代之文学"的文学史观直接将一个时代的文学风尚与其时代精神和学术品格结合起来了，"揭示的不再是分散的文本、作家和评论家，而是三者的有机结合，使之与时代相融，与传统相连，真正把文学的文本、创作、批评等看作一个系统工程进行考察，作为统一的整体进行把握和思考，因此，透着浓厚的理性自觉成分"③。在纷繁复杂的文学现象中，以之作为疏理文学发展史的方法和工具，无疑能起到重要的作用。

---

① 如明代作家王思任说："一代之言，皆一代之精神所出。其精神不专，则言不传。汉之策，晋之玄，唐之诗，宋之学，元之曲，明之小题，皆必传之言也。"(《王季重十种·唐诗纪事序》)清人顾炎武云："《三百篇》之不能不降而楚辞，楚辞之不能不降而汉魏，汉魏之不能不降而六朝，六朝之不能不降而唐也，势也！用一代之体，则必似一代之文，而后为合格。"(《日知录·诗体代降》)吴伟业亦云："有一代之兴，必有一代之文以为之重。"(《梅村家藏稿·陈百史文集序》)王国维提出："凡一代有一代之文学，楚之骚，汉之赋，六代之骈语，唐之诗，宋之词，元之曲，皆所谓一代之文学，而后世莫能继焉者也。"(《宋元戏曲考·自序》)胡适也说："文学者，随时代而变迁者也。一时代有一时代之文学：周秦有周秦之文学，汉魏有汉魏之文学，唐宋元明有唐宋元明之文学。此非吾一人之私言，乃文明进化之公理也。"(《文学改良刍议》)
② 王齐洲：《"一代有一代之文学"文学史观的现代意义》，《文艺研究》2002 年第 6 期，第 58 页。
③ 罗立刚：《元人"一代之文学"观的发明》，《史统道统文统——论唐宋时期文学观念的转变》，东方出版中心 2005 年版，第 389 页。

胡应麟完全同意"一代有一代之文学"的文学史观。他认为诗歌亦是"体以代变",他说:"四言变而离骚,离骚变而五言,五言变而七言,七言变而律诗,律诗变而绝句,诗之体以代变也。三百篇降而骚,骚降而汉,汉降而魏,魏降而六朝,六朝降而三唐,诗之格以代降也。"① 正是沿着这种思路,胡应麟将小说发展同时代联系在一起,构建了"一代有一代之小说"的小说史观。也就是说,各朝小说均呈现出不同的面貌特点,抓住了每个朝代小说的主要特征,就可以在数量众多、纷繁复杂的小说作品中清理出整个小说发展的主要历史轨迹。

以"一代有一代之小说"的小说观作为指导,胡应麟构建了符合中国古代小说发展史:汉代小说"亦杂家者流,稍错以事耳";魏、晋小说"多灵变之说";齐、梁小说"多因果之谈";唐代小说"纪实多虚而藻绘可观";宋代小说"多有近实者,而文采无足观";明代"《新》、《余》等话","以皆幻设,而时益俚俗,又在前数家下"。如果说"一代有一代之绝艺"或"一代有一代之文学"的观点是他人所阐发,那么指明各个朝代小说有着不同的面貌和特征,对小说发展作历时和共时的整体把握则是胡应麟的首创。以朝代为序,指明了历代小说的面貌和特征,中国小说发展的历史就清楚和明朗了。

此外,值得指出的是,将小说的发展同时代联系在一起,更容易看到小说发展与社会和历史环境之间的密切关系。胡应麟认为,汉代小说属诸子之一家,其大量出现皆因"周室既衰,横议塞路,春秋、战国诸子各负隽才,过绝于人而弗获自

---

① 胡应麟:《诗薮》,上海古籍出版社1979年版,第1页。

试，于是纷纷著书，人以其言显暴于世而九流之术兴焉"；魏晋南北朝小说"多灵变之说"、"多因果之谈"，是因为"魏、晋好长生"，"齐、梁弘释典"；唐人小说"纪述多虚而藻绘可观"，是因为大多"出文人才士之手"；宋人小说"论次多实而彩艳殊乏"，"率俚儒野老之谈故也"。从社会历史环境等多个角度研究小说的发展，拓宽了小说史研究的视野，为研究小说的发展嬗变提供了新的思路和方法。

在"一代有一代之小说"的小说史观的指导下，胡应麟所构建的小说史如下表所示：

朝代	小说特点	历史、社会环境	示例
汉	街谈巷语……亦杂家者流，稍错以事耳	周室既衰，横议塞路，春秋、战国诸子各负隽才，过绝于人而弗获自试，于是纷纷著书	《伊尹》、《黄帝》、《成汤》、《务成子》、《宋子》
魏晋南北朝	多灵变之说，多因果之谈；变异之谈，盛于六朝	魏、晋好长生；齐、梁弘释典	《搜神记》、《博物志》
唐	作意好奇，假小说以寄笔端；纪述多虚而藻绘可观	出文人才士之手	《毛颖传》、《南柯太守传》、《东阳夜怪录》
宋	所记乃多有近实者，而文采无足观	率俚儒野老之谈	未列
明	皆幻设，而时益俚俗	本出名流	《剪灯新话》、《剪灯余话》

尽管这是对中国小说史粗线条的勾勒，但胡应麟以史家意识来分析和研究小说，最早构建了中国小说发展史，对中国小

说研究以及小说史研究来说无疑都有着十分重要的意义。

第三节　胡应麟小说史研究的影响和价值

胡应麟的"一代有一代之小说"的小说史观及其所构建的小说发展史，对于后世小说评论家或学者有关小说史的看法，影响直接而深远。无论是已成规模的集大成的小说史著作《中国小说史略》，还是《中国小说史略》之前的零星论述，均可看到胡应麟的小说史及小说史观的影响。

一　胡应麟小说史研究成果的传承

"各国文学史，皆以小说占一大部分，且其发达甚早。而吾国独不尔。"① 虽然胡应麟开启了真正意义上的中国小说史研究，但是，中国小说史研究并非就此得到足够的关注。有关中国小说史的论述，直至清末才渐出现。

最初关于中国小说史的论述，十分零散，不成体系，结论也大多难以为信。如别士 1903 年发表在《绣像小说》第 3 期上的《小说原理》一文就说道："小说始见于《汉艺文志》，书虽散佚，以魏、晋间之小说例之，想亦收拾遗文，隐喻托讽，不指一人一事言之，皆子史之支流也。唐人《霍小玉传》、《刘无双传》、《步非烟传》等篇，始就一人一事，纡徐委备，详其始末，然未有章回也。章回始见于《宣和遗事》，由《宣和遗事》而衍出者为《水浒传》（原注：元人曲有《水浒传》二卷，未知与传孰先），由《水浒传》而衍出者为

---

① 饮冰等：《小说丛话》，载陈平原、夏晓虹编《二十世纪中国小说理论资料》第 1 卷，北京大学出版社 1989 年版，第 67 页。

《金瓶梅》，由《金瓶梅》而衍出者为《石头记》，于是六艺
附庸，蔚为大观，小说遂为国文之一大支矣。"① 从汉志小说
论至明代通俗小说，有相当长的时间跨度，但并没有清晰的小
说史构建意识。陆绍明 1906 年在《月月小说·发刊词》中，
探讨了小说的起源与发展。他认为小说起源于"六经"，"文
字发达，六艺继兴，《书》、《易》、《礼》、《乐》成于官学，
《春秋》成于师学，《诗》为辐轩所采，成于私学。歌人怨女，
吟于草野，则《诗》有小说野史之义；《周易》、《春秋》，好
言灾异，则《周易》、《春秋》亦有小说野史之旨。考《汉
书·艺文志》，小说家载《青史子》五十七篇。贾谊《新书·
保傅篇》中，有引《青史子》之言，此为古有小说之明征。"
其将中国小说发展史分作五个阶段："一曰口耳小说之时代，
虚饰之言，人各相传；二曰竹简小说之时代，各执异说，刻于
竹简；三曰布帛小说之时代，书于绅带，以资悦目；四曰誊写
小说之时代，奇异新语，誊写相传；五曰梨枣小说之时代，付
梓问世，博价沽誉。今也说部车载斗量，汗牛充栋，似于博价
沽誉时代，实为小说改良社会、开通民智之时代也。"② 若说
其小说考源还有一些道理，可以接受，那么以小说传播方式作
为小说演变阶段的划分依据，虽有新意，但似乎不能说明问
题。而且，他提出文言小说"考其体例，学原诸子"，将文言
小说分作"儒家之小说，道家之小说，法家之小说，名家之
小说，阴阳家之小说，杂家之小说，农家之小说，纵横家之小
说，墨家之小说，兵家之小说，五音家之小说"，则更让人难

① 别士：《小说原理》，载陈平原、夏晓虹编《二十世纪中国小说理论资
料》第 1 卷，北京大学出版社 1989 年版，第 60 页。
② 陆绍明：《月月小说·发刊词》，载陈平原、夏晓虹编《二十世纪中国小
说理论资料》第 1 卷，北京大学出版社 1989 年版，第 176—177 页。

以接受了。

但在另外一些小说理论家那里，则可以看到胡应麟"一代有一代之小说"的小说史观的影子。署名棠的作者于1907年在《中外小说林》第9期上发表《中国小说家向多托言鬼神最阻人群慧力之进步》，提出："一代之文学，即一代之风气所关焉；一代之风气，即一代之盛衰所系焉。汉儒讲著作，而董、贾之辈，足以箴文士之浮嚣；宋儒言性理，而程、朱之徒，遂以导书生于道学。中经五代，下迄宋明，文字通灵，隐握转移社会之杓柄，信不诬矣。呜呼！文章游戏，众人盲从，即小说之撰述，何莫不然哉！"① 耀公《小说与风俗之关系》也有类似的说法："一国之风俗，视风气为转移；一国之风气，即视文字为趋向。西汉道隆，文风不盛，董、贾之辈。雄词彪炳，而小儒浮薄之气为之一开。下迄两晋，纤巧之儒，趋靡而斗巧，世道亦因而日就凉薄矣。有唐开科取士，习科举业者，范围于应制试帖，绳趋尺步而不知其非，虽韩退之等，文起八代之衰，风气之偷终于无补。……宋明大家，力挽流趋，而性理之儒，又转以义蕴微茫，桎梏伦纪……吾持此意以论小说。"② 虽然不能把这种论调的出现全部归因于胡应麟，但其间有某些学术思想的传承，则是可以肯定的。

王钟麒《中国历代小说史论》是最先在文题中标以"小说史"的作品。虽以"小说史"为题，但有关小说史的内容却也比较简略："吾以为欲振兴吾国小说，不可不先知吾国小

---

① 棠：《中国小说家向多托言鬼神最阻人群慧力之进步》，载陈平原、夏晓虹编《二十世纪中国小说理论资料》第1卷，北京大学出版社1989年版，第296页。

② 耀公：《小说与风俗之关系》，载陈平原、夏晓虹编《二十世纪中国小说理论资料》第1卷，北京大学出版社1989年版，第301—302页。

说之历史。自黄帝藏书小酉之山，是为小说之起点。此后数千年，作者代兴，其体亦屡变。晰而言之，则记事之体盛于唐。记事体者，为史家之支流，其源出于《穆天子传》、《汉武帝内传》、《张皇后外传》等书，至唐而后大盛。杂记之体兴于宋。宋人所著杂记小说，予生也晚，所及见者，已不下二百余种，其言皆错杂无伦序，其源出于《青史子》。于古有作者，则有若《十洲记》、《拾遗记》、《洞冥记》及晋之《搜神记》，皆宋人之滥觞也。戏剧之体昌于元。诗之宫谱失而后有词，词不能尽作者之意，而后有曲。元人以戏曲名者，若马致远，若贾仲明，若王实甫，若高则诚，皆江湖不得志之士，恫心于种族之祸，既无所发抒，乃不得不托浮靡之文以自见。后世诵其言，未尝不悲其志也。章回、弹词之体行于明、清。章回体以施耐庵之《水浒传》为先声，弹词体以杨升庵之《廿一史弹词》为最古。数百年来，厥体大盛，以《红楼梦》、《天雨花》二书为代表。其余作者，无虑数百家，亦颇有名著云。呜呼！观吾以上所言，则中国数千年来小说界之沿革，略尽于是矣。"① 王钟麟《中国历代小说史论》以时代为序，分别陈述了唐之"记事体"、宋之"杂记体"、元之"戏剧体"、明清之"章回体"和"弹词体"的发展。且不论"戏剧体"和"弹词体"列于小说中是否恰当，但是其"总结了古代小说创作的一般规律和特点，体现了'史论'的特色"。②不难发现，其实，王钟麟的小说史论所采用的正是"一代有一代小说"的历史发展观。有了这样的小说史观，小说史的条理就十分清

---

① 王钟麟（原署名天僇生）：《中国历代小说史论》，载陈平原、夏晓虹编《二十世纪中国小说理论资料》第 1 卷，北京大学出版社 1989 年版，第 265 页。

② 方正耀：《中国小说批评史略》，中国社会科学出版社 1990 年版，第 283 页。

楚，不容易陷入混乱。

　　如果说王钟麒的小说史失于简略，那么张静庐《中国小说史大纲》则有了小说史著作的雏形。王无为（即王钟麒）作序称此书"为吾国小说界探源流，穷变化，扬清浊，析精粗，实开吾国小说史之先河"。是书于 1920 年 6 月由上海泰东图书局出版，全书共 96 页，约 4 万余字，分作 5 卷：卷 1"小说的定义与性质"，卷 2"小说的沿革"，卷 3"近代小说思潮"，卷 4"小说的派别与种类"，卷 5"传奇与弹词略言"（附刊）。书中将中国自古至今两千多年的小说发展历史分为 9个时期：寓意时期、神话时期、谈鬼说怪时期、杂件札记时期、章回时期、散文长篇时期、骈散文长篇时期、黑幕小说时期和白话短篇小说时期等。正如作者所言："一时代有一时代的思想，就是一时代有一时代的小说。"①《中国小说史大纲》虽在类别划分上略显草率，但以"一时代有一时代的小说"作为指导思想，清晰地展现了中国小说两千多年的发展历程。

　　"一代有一代之小说"的小说史观虽也有其局限性，以此观照中国小说史实际有时也并不十分客观，但前后比较，可以看出，如果没有明确的小说史观，则小说史构建会十分困难，难以描述和展现纷繁复杂的中国小说发展历程；而有了这样的小说史观，总能在复杂的小说发展现象中划出小说发展的清晰轨迹。

二　胡应麟的小说史研究与《中国小说史略》

　　"今代学制，仿自泰西；文学一科，辄立专史。"② 许多学

---

　　①　张静庐：《中国小说史大纲》，泰东图书局 1920 年版，第 34 页。
　　②　刘永济：《十四朝文学要略》，黑龙江人民出版社 1984 年版，第 1 页。

者都已注意到，20 世纪初，"中国文学史"在中国兴起，首先是作为引进西方教育体制而建立的一门学科，其次才是一种知识体系结构。"说到底，体例明晰、叙述井然、结构完整的'文学史'，主要是为满足学校教育需要而产生的。"① 最早全面系统地研究中国小说史的是鲁迅的《中国小说史略》②，而《中国小说史略》也恰恰是鲁迅在北京大学讲授"中国小说史"课程时的讲义（原名为《小说史大略》）。因此，《中国小说史略》的"西学背景"常常被论及。有学者认为："五四运动使中国思想文化界发生了深刻变化，在民主与科学精神推动下，在文学方面形成的新思想和新方法，促进了小说史的研究。最杰出的代表人物是胡适和鲁迅。"③ 也有人说："鲁迅运用西方学术规范，从小说发展史的角度为小说定位，注重联系政治、宗教、社会风气等社会条件，从历史文化的层面着力挖掘古代小说的历史意蕴和文化内涵。"④ 这种看法并无不当，但是认为《中国小说史略》完全是"西学东渐"的产物则是不准确的。至少，鲁迅的中国古代小说史的构建与胡应麟的小说研究成果之间存在着密切的联系，这一点似乎没有多少人注意到。

鲁迅十分重视《少室山房笔丛》一书。他在 1925 年 2 月 21 日《京报副刊》上发表的《青年必读书——应〈京报副

---

① 陈平原：《文学史的形成与构建》，广西教育出版社 1999 年版，第 5 页。

② 比鲁迅的《中国小说史略》（1923）早的小说史著作有王钟麟的《中国历代小说史论》（1907）和张静庐的《中国小说史大纲》（1920），但王著和张著都是有关小说史的简论，篇幅较小。故认为鲁著是最早的全面系统的中国小说史著作还是可以成立的。

③ 齐裕焜：《20 世纪小说史研究》，《文史哲》2002 年第 4 期，第 28 页。

④ 齐浚：《关于中国小说史写作的理论设计——兼论〈中国小说史略〉》，《山东社会科学》2004 年第 1 期，第 114 页。

刊〉的征求》一文中提出：“我以为要少——或者竟不——看中国书，多看外国书。”①但是，在1930年前后，他给老朋友许寿裳的儿子许世瑛所开的书单中，所列书目共计12种，其中就有“胡应麟明人《少室山房笔丛》广雅书局本亦有石印本”。②实际上，鲁迅自己就藏有《少室山房笔丛》一书，在古代小说研究中旁征博引时经常提及。

《中国小说史略》在“史”的建构上于前代学者多有借鉴，特别是胡应麟的《少室山房笔丛》中的相关内容。胡应麟以“汉志所谓小说”作为论述小说的起点，《中国小说史略》第一篇《史家对于小说著录及论述》则也是最先论及《汉志》小说家。胡应麟持“一代有一代之小说”的小说史观，以朝代为序，分别论述了“汉志所谓小说”、魏晋小说、齐梁小说、唐代小说、宋代小说、明代话本等各个朝代的各种小说类别。鲁迅《中国小说史略》也是以时代为序构建小说史，虽在胡氏所论基础上增加诸多内容，但只有繁简之别，方法则是完全一致的。

在小说史的构建中，两人对于小说的发展嬗变与时代社会历史环境的关系都十分关注。对六朝志怪小说的产生和发展，胡应麟认为：“魏、晋好长生，故多灵变之说；齐、梁弘释典，故多因果之谈。”③鲁迅与胡应麟意见大致相同：“凡此，皆张皇鬼神，称道灵异，故自晋讫隋，特多鬼神志怪之书。”④

---

① 鲁迅：《青年必读书——应〈京报副刊〉的征求》，《鲁迅书话》，海南出版社1998年版，第2页。

② 鲁迅：《开给许世瑛的书单》，《鲁迅书话》，海南出版社1998年版，第13页。

③ 胡应麟：《九流绪论》下卷，《少室山房笔丛》，第283页。

④ 鲁迅：《中国小说史略》，山西古籍出版社2001年版，第22页。

胡应麟认为唐人小说"纪述多虚而藻绘可观",是因为"出文人才士之手";鲁迅则说唐传奇"文人往往有作,投谒时或用之为行卷"。①在小说的发展嬗变与时代社会历史环境的关系问题上,两人意见诸多一致,在相同的问题上两人可能会产生相似的看法,但完全排除他们学术上的传承或借鉴关系似也是不客观的。

除了"史"的构建方法之外,在具体的观点上,鲁迅于胡应麟也有所继承。如胡氏所举六朝志怪小说为《搜神记》和《述异记》,鲁迅论六朝志怪小说提到《列异传》、《拾遗记》、《搜神记》、《灵鬼志》、《异林》、《甄异传》、《述异记》、《志怪》、《宣验记》、《冥祥记》、《集灵记》等,可见两人对志怪小说内涵的意见差别不大。胡应麟认为"变异之谈"是"传录舛讹","未必尽幻设语"②;鲁迅说志怪小说"盖当时以为幽明虽殊途,而人鬼乃皆实有,故其叙述异事,与记载人间常事,自视固无诚妄之别矣"③,与胡氏意见一脉相承。胡应麟所提四种传奇在《中国小说史略》中都作为传奇文的主要例证:第九篇《唐之传奇文(下)》论及《莺莺传》(即胡氏所云《崔莺》)和《霍小玉传》(即胡氏所云《霍玉》),第十一篇《宋之志怪及传奇文》论及《杨太真外传》(即胡氏所云《太真》)和《赵飞燕外传》(即胡氏所云《飞燕》)。

在论述唐传奇与六朝小说的区别时,鲁迅有一段著名的论述:"小说亦如诗,至唐代而一变,虽然叙述宛转,文辞华

① 鲁迅:《中国小说史略》,山西古籍出版社 2001 年版,第 39 页。
② 胡应麟:《二酉缀遗》中卷,《少室山房笔丛》,第 371 页。
③ 鲁迅:《中国小说史略》,山西古籍出版社 2001 年版,第 22 页。

艳，与六朝之粗陈梗概者较，演进之迹甚明，而尤显者乃是时则始有意为小说。"① 此段揭示了六朝小说与唐小说的根本差异，故为后学所乐于引用。但追根溯源，鲁迅的这一著名论断仍是来自胡应麟。《少室山房笔丛·二酉缀遗》云："凡变异之谈，盛于六朝，然多是传录舛讹，未必尽幻设语，至唐人乃作意好奇，假小说以寄笔端。"② 鲁迅对其解释说："其云'作意'，云'幻设'者，则即意识之创造矣。"③ 这种观点的借鉴在《中国小说史略》中还十分多见。

《中国小说史略》对胡应麟小说研究的一些结论的引用则更是常见。如关于《拾遗记》作者的判断就引用了《少室山房笔丛》中的材料："（《拾遗记》）其文笔颇靡丽，而事皆诞谩无实，萧绮之录亦附会，胡应麟（《少室山房笔丛》三十二）以为'盖即绮撰而托之王嘉'者也。"④ 《三国志演义》的作者"贯中，名本，钱唐人"，也由"明郎瑛《七修类稿》二十三，田汝成《西湖游览志余》二十五，胡应麟《少室山房笔丛》四十一"所证实。⑤"后来之大部《水浒传》"的"缀集者"，"或曰罗贯中（王圻、田汝成、郎瑛说），或曰施耐庵（胡应麟说），或曰施作罗编（李贽说），或曰施作罗续（金人瑞说）。"⑥

《中国小说史略》在中国小说史研究上的开山之功不可埋没，是中国小说研究史上的重要里程碑。1936 年，阿英慨叹

① 鲁迅：《中国小说史略》，山西古籍出版社 2001 年版，第 39 页。
② 胡应麟：《二酉缀遗》中卷，《少室山房笔丛》，第 371 页。
③ 鲁迅：《中国小说史略》，山西古籍出版社 2001 年版，第 39 页。
④ 同上书，第 31—32 页。
⑤ 同上书，第 77 页。
⑥ 同上书，第 85 页。

"甚至到现在为止，还没有更好一些的产生"①。直至今天，陈平原仍断言："在中国小说史领域，至今仍处在'鲁迅时代'。"②《中国小说史略》创造了小说史研究的"鲁迅时代"，那么，对《中国小说史略》产生了巨大影响的胡应麟及其《少室山房笔丛》，在中国小说研究史上的作用和地位不容忽视。

综上所述，胡应麟是最早论及中国小说史的学者，他以敏锐的史家意识勾画出中国小说发展的粗略线条，对中国小说史的构建作出了重要贡献。这种研究对鲁迅的《中国小说史略》有深刻影响。因此，认真总结并重新评价胡应麟的小说思想十分必要也有着重要的学术意义。

① 阿英：《阿英说小说》，上海古籍出版社 2000 年版，第 13 页。
② 陈平原：《小说史：理论与实践》，北京大学出版社 1993 年版，第 85 页。

结　语

　　纵观两千多年的中国古代小说理论史，胡应麟是古代中国文言小说理论研究领域最杰出的学者之一。仔细考察，在中国古代小说理论史上，有稍显成熟的文言小说理论或思想的学者，胡应麟之前有汉代班固、唐代刘知几，之后有清代纪昀，其他的序、跋、评、注等均过于零散，置之于小说理论史中则不足以道。但显而易见，班、刘、纪三人是在小说思想的全面性、深度以及所达到的高度方面都不能与胡应麟相比。

　　胡应麟的小说研究主要成就文中已进行详论，现简述如下：

　　第一，胡应麟全面继承了前代小说思想，对前代小说思想进行了总结和阐述；同时，也对前代小说思想进行了创新与超越。胡应麟所持小说观仍为传统的"子部小说"观，在"九流"中论小说，这是对传统的继承，但是，他也看到了小说在创作形式、数量、作者、题材、传播等方面的新变，对这些新的现象都进行了论述。

　　第二，胡应麟重新"更定九流"，将排除在九流之外的小说列于第七位，为小说正名，显然提高了小说的地位。位于九流之外的小说，总是难登大雅之堂，只是文人茶余饭后的消遣，但位于九流之第七位，则是当之无愧的诸子之一家。班固所定的"九流十家"在胡应麟之前一直被奉为圭臬，从没有人提出过质疑，这一观点的提出是两千多年的中国古代文化史上的一个首创。同时，这一论断也可以说是旷世绝响，因为明代中后期以及清朝部分文人乃至近代的梁启超等人对小说的推崇，则以通俗小说为重心。

第三，胡应麟的小说分类尝试无疑是成功的。这种小说分类，既尊重了小说发展的历史，又考虑到小说发展的实际。这种尝试有着积极的意义，一方面，对庞杂的小说面貌进行了整饬，使之内涵明晰，外延也较为清楚；另一方面，胡应麟成功的分类尝试使文言小说的分类成为可能，为后人进行小说分类实践提供了可贵的借鉴。就是在今天，我们仍能从中得到启发。

第四，胡应麟秉持"一代有一代之小说"的小说史观，构建了中国小说发展史，此亦是开创之举。其所持的小说史观和所构建的小说史，对后世关于小说史的讨论和小说史的构建有着深远的内在影响。《中国小说史略》于其借鉴颇多。

此外，在小说研究方法上，胡应麟也有值得推崇之处。胡应麟的小说研究包括辨伪、考证，以及基于文献考察的理论上的归纳和总结，"必备见简编，穷究底里"，才作出结论。从学术方法上来说，都是文献学（其中包括目录学、辨伪学、考据学等）的方法。这种扎扎实实的学术研究，在学风普遍空疏，人们放言高论的明代中后期，显得尤为可贵。在古代文学研究领域各种新思想、新理论、新方法层出不穷的今天，这种学术方法，更是值得回味和认真学习。

当然，胡应麟的小说研究也存在一些局限，主要表现在以下两个方面：

第一，胡应麟对通俗白话小说的认识不够全面。胡应麟充分注意到并论述了通俗小说的创作繁盛和广泛流传，也充分肯定通俗小说在写作技巧上的成功之处，这是客观公正的态度。以严格的目录学传统为据，未将通俗小说置于小说家之中进行论述，也无可厚非。但仍然以"至下之技"来指称通俗小说，忽略了其时通俗小说的广泛传播和已产生的巨大影响，则落入了一般正统文人的思想窠臼，没有显示出应有的理性思考和客观态度。

第二，胡应麟小说研究未建立完整的体系，条理化不够。虽然胡应麟有多种论著陈述了其丰富的小说思想，但均是杂记的形式，比较凌乱，并未完全形成体系。虽然胡应麟对小说观念、小说范围、小说分类、小说发展史均有较为成熟的思考，但并未作系统阐述，需要读者仔细阅读，认真思考，用心体会，全面加以总结。虽然其根本原因，很大程度上在于古人著述所惯于采用的"笔记体"体例所限，但不能不说是一个缺憾。本书的论题未作"胡应麟小说理论研究"，主要也是基于这一点考虑的。

胡应麟的小说研究，虽然根植于文献典籍，以博学精思为基础，达到了一定的高度，但是，这样扎实的研究在束书不观、放言高论、游谈无根的明代中后期是很难受到重视的。清代学风扎实，朴学渐兴，但是思想观念却趋于保守，乾嘉朴学大师众多，却无人问津小说，故胡应麟的小说研究成果在清代亦无提及。近代以来，"小说界革命"勃然兴起，新小说成为抉发时弊、开启民智的利器，小说创作异常繁荣，对小说的讨论也十分活跃，但是，其范围仅限于通俗小说，文言小说涉及较少。

胡应麟小说思想的研究始于20世纪80年代。所见论文计十余篇，另有些小说理论方面的著作也有章节论及。总体来说，均持较为肯定的态度，其中也有学者给予了较高的评价。
在这些研究中，有些对胡应麟小说思想的批评，可能失于偏
颇：如认为胡应麟的"小说概念不具有理论性和科学性"，
"胡应麟认为小说或近于这个，或类似那个，杂七杂八的什么
都有，它们之间并没有什么共同特征"；或说胡应麟"所定义
的小说文体仍像一个无所不包的集合，是一个包括许多二级分
类的混合物，包括叙述的和非叙述的，文学的和非文学的，虚
构的和非虚构的作品"；或认为胡应麟"将'辨订'、'箴规'
之类也归之于小说，正暴露了他对小说概念的认识还有模糊之
处"；或认为在胡应麟的小说研究中，"听不到关于话本小说
以及长篇白话小说的喝彩；有的只是指责与非难，甚至对于它
们能否取得'小说'的名分与资格也未可知"，等等。

　　这些批评的意见，有一个共同的前提，即现代人所持的现
代小说观念。以现代小说观念看来，对胡应麟小说思想的这些
批评显得有理有据，理直气壮。但是，如果了解小说发展的历
史以及历代关于文言小说的理论思考，则很容易理解胡应麟为
什么持"子部小说"观；如果了解古代小说创作的实际以及
历代小说著录的情况，则很容易理解胡应麟为什么将杂录、辨
订、箴规也列入小说；如果看到古代小说目录编撰者以及学者
们对通俗小说的态度，则能深刻领会胡应麟对通俗小说的褒扬
是多么可贵。要正确地理解古人的思想，就必须对其"所处
之环境，所受之背景，完全明了"，做到"了解之同情"；要
理解胡应麟的小说思想，必须明了其小说思想的历史渊源，并
在当时的历史条件下看待其小说思想。

　　这里所讨论的是一个重要的文言小说理论家胡应麟，只是
一个个案，其实，对其他的古代小说理论家的深入探讨，也需
要有这种"了解之同情"的思路，也需要"历史还原"的

方法。

　　必须指出的是，现有的古代小说理论史的构建也存在着相同的问题。大多深受现代小说观念的影响，将重心置于通俗小说理论，而文言小说理论则匆匆带过，评价甚低。事实上，在明代中期以前，无论是创作，还是理论的探讨，均是文言小说占据着绝对主要的位置。也就是说，我们所见的小说理论史，并未真实地反映中国小说理论发展的真实情况，可能更多的是通俗小说理论史。

　　相对而言，指出问题总是容易的，但是要很好地解决可能就不是那么简单。小说理论史的构建，必须建立在对每个小说理论家以及每个朝代的小说思潮的正确理解的基础之上。换句话说，无论是一个小说理论家，还是一个朝代的小说思潮，其中都有许多问题，还有重新思考、重新评价、重新定位的必要。当然，思路一定是相同的，即"了解之同情"；目标也是相同的，即"还原"历史。

主要参考文献

一　古籍

胡应麟：《少室山房笔丛》，明万历戊午江湛然刊本；文渊阁四库全书本；上海书店出版社 2001 年版。

胡应麟：《少室山房集》，文渊阁四库全书本；上海古籍出版社 1993 年版。

胡应麟：《少室山房类稿》，续金华丛书本。

胡应麟：《诗薮》，上海古籍出版社 1979 年版。

胡应麟：《少室山房全集》（《类稿》120 卷，《诗薮》20 卷，《笔丛》48 卷），明万历戊午江湛然刊本。

胡应麟：《甲乙剩言》，明刊宝颜堂秘笈本；《明人百家》本（上海扫叶山房 32 开楷书石印本影印），上海文艺出版社 1990 年版。

《百子全书》，浙江古籍出版社 1998 年版。

班固编撰，顾实讲疏：《汉书艺文志讲疏》，上海古籍出版社 1987 年版。

晁公武撰，孙猛校证：《郡斋读书志校证》，上海古籍出版社 1990 年版。

陈振孙：《直斋书录解题》，上海古籍出版社 1987 年版。

程毅中点校：《燕丹子》，中华书局 1985 年版。

杜佑：《通典》，中华书局 1984 年版。

段成式：《酉阳杂俎》，中华书局 1981 年版。

《二十五史》，开明书店 1935 年版。

干宝撰，汪绍楹校注：《搜神记》，中华书局 1979 年版。

高儒等：《百川书志》，古典文学出版社 1957 年版。

高似孙：《史略·子略》，辽宁教育出版社 1998 年版。

高宗敕：《续文献通考》，商务印书馆民国二十五年版。

葛洪辑：《西京杂记》，中华书局 1985 年版。

郭璞注，（清）洪颐煊校：《穆天子传》，《四库备要》本。

郭璞注，毕沅校：《山海经》，上海古籍出版社 1989 年版。

《汉武内传》，《守山阁丛书》本。

何良俊：《四友斋丛说》，中华书局 1959 年版。

何良俊：《语林》，上海古籍出版社 1983 年版。

洪迈撰，何卓点校：《夷坚志》，中华书局 1981 年版。

皇甫谧：《帝王世纪》，辽宁教育出版社 1998 年版。

黄虞稷撰，瞿凤起、潘景郑整理：《千顷堂书目》，上海古籍出版社 2001 年版。

纪昀等：《四库全书总目》，中华书局 1965 年版。

纪昀：《阅微草堂笔记》，浙江古籍出版社 1997 年版。

焦竑：《国史经籍志》，明万历庚寅金陵刻本。

焦竑：《玉堂丛语》，中华书局 1981 年版。

金圣叹：《读第五才子书法》，载《第五才子书施耐庵水浒传》卷 3，影印本，中华书局 1975 年版。

孔齐：《至正直记》，上海古籍出版社 1987 年版。

郎瑛：《七修类稿》，上海书店出版社 2001 年版。

李慈铭撰，由云龙辑：《越缦堂读书记》，中华书局 1963 年版。

李昉等编：《太平广记》，中华书局 1961 年版。

李昉等编：《太平御览》，中华书局 1985 年版。

李日华：《六研斋笔记》，文渊阁四库全书本。

郦道元注，杨守敬、熊会贞疏：《水经注疏》，江苏古籍出版社 1989 年版。

刘𫗦：《隋唐嘉话》卷中，中华书局 1979 年版。

刘勰撰，范文澜注：《文心雕龙注》，人民文学出版社 1978 年版。

刘义庆：《世说新语》，上海古籍出版社 1982 年版。

刘知几撰，浦起龙释：《史通通释》，上海书店（据商务印书馆 1937 年 3 月版影印）1988 年版。

陆楫等辑：《古今说海》，巴蜀书社 1988 年版。

陆容：《菽园杂记》，中华书局 1985 年版。

罗烨：《醉翁谈录》，辽宁教育出版社 1998 年版。

马端临：《文献通考》，华东师范大学出版社 1985 年版。

孟棨：《本事诗》，上海古籍出版社 1991 年版。

牛僧孺编，程毅中点校：《玄怪录》，中华书局 1982 年版。

欧阳修：《欧阳修全集》，中国书店 1986 年版。

沈括：《梦溪笔谈》，学津讨原本。

宋濂：《文宪集》，文渊阁四库全书本。

孙光宪撰，贾二强点校：《北梦琐言》，中华书局 2002 年版。

孙能传：《剡溪漫笔》，中国书店 1987 年版。

陶宗仪：《南村辍耕录》，辽宁教育出版社 1998 年版。

田汝成：《古湖游览志余》，中华书局 1958 年版。

田艺衡：《留青日札》，上海古籍出版社 1985 年版。

汪道昆：《太函集》，《续修四库全书》本。

王嘉撰，齐治平校注：《拾遗记》，中华书局 1981 年版。

王鸣盛：《十七史商榷》，商务印书馆 1937 年版。

王世贞：《弇州四部稿》，文渊阁四库全书本。

吴纳撰，于北山校点：《文章辨体序说》，人民文学出版社 1998 年版。

萧统编，李善注：《文选》，中华书局 1977 年版。

谢肇淛：《五杂俎》，中央书店 1935 年版。

徐𤊵撰：《笔精》，福建人民出版社 1997 年版。

徐师曾撰，罗根泽校点：《文体明辨序说》，人民文学出版社 1998 年版。

颜之推撰，吴玉琦、王秀霞注译：《颜氏家训译注》，吉林文史出版社 1998 年版。

杨慎：《升庵全集》，乾隆六十年养拙山房重刻本。

姚际恒：《古今伪书考》，《知不足斋丛书》本。

姚之骃编：《元明事类钞》卷 26，文渊阁四库全书本。

叶盛：《水东日记》，中华书局 1980 年版。

叶子奇：《草木子》，中华书局 1959 年版。

佚名：《明人百家》，上海文艺出版社（据上海扫叶山房 32 开楷书石印本影印）1990 年版。

《逸周书》，辽宁教育出版社 1998 年版。

袁宏道参评：《虞初志》，中国书店 1986 年版。

袁康、吴平撰：《越绝书》，《四部丛刊》本。

岳珂撰，吴企明点校：《程史》，中华书局 1981 年版。

张华撰，范宁校证：《博物志校证》，中华书局 1980 年版。

张师正：《括异志》，中华书局 1996 年版。

张之洞撰，范希曾补正：《书目答问（附补正）》，上海古籍出版社 2001 年版。

章学诚撰，叶瑛校注：《文史通义校注》，中华书局 1985 年版。

郑樵：《通志》，中华书局 1987 年版。

周亮工：《书影》，上海古籍出版社 1981 年版。

周密撰，吴企明点校：《癸辛杂识》，中华书局 1988 年版。

周密：《武林旧事》，学苑出版社 2001 年版。

周中孚：《郑堂读书记（附补逸)》，商务印书馆 1959 年版。

庄绰撰，萧鲁阳点校：《鸡肋编》，中华书局 1983 年版。

庄周撰、郭象注：《庄子》，上海古籍出版社 1989 年版。

二　近今人著作

阿英：《阿英说小说》，上海古籍出版社 2000 年版。

陈宝良：《明代儒学生员与地方社会》，中国社会科学出版社 2005 年版。

陈大康：《明代小说史》，上海文艺出版社 2000 年版。

陈洪：《中国小说理论史》，天津教育出版社 2005 年版。

陈平原、夏晓虹编：《二十世纪中国小说理论资料》第 1 卷，北京大学出版社 1989 年版。

陈平原、王德威、商伟编：《晚明与晚清：历史传承与文化创新》，湖北教育出版社 2001 年版。

陈平原：《文学史的形成与构建》，广西教育出版社 1999 年版。

陈平原：《小说史：理论与实践》，北京大学出版社 1993 年版。

陈文新：《文言小说审美发展史》，武汉大学出版社 2002 年版。

陈文新：《小说传统与传统小说》，武汉大学出版社 2005 年版。

程国赋编著：《隋唐五代小说研究资料》，上海古籍出版社 2005 年版。

程国赋：《唐代小说嬗变研究》，广东人民出版社 1997 年版。

程毅中：《宋元小说研究》，江苏古籍出版社 1999 年版。

程毅中：《古小说简目》，中华书局 1981 年版。

崔富章：《四库提要补正》，杭州大学出版社 1990 年版。

邓绍基、史铁良主编：《20 世纪中国文学研究·明代文学研究》，北京出版社 2001 年版。

丁锡根辑：《中国历代小说序跋集》，人民文学出版社 1996 年版。

董国炎：《明清小说思潮》，山西人民出版社 2004 年版。

方正耀：《中国小说批评史略》，中国社会科学出版社 1991 年版。

高正：《诸子百家研究》，中国社会科学出版社 1997 年版。

葛红兵、温潘亚：《文学史形态学》，上海大学出版社 2001 年版。

辜美高、黄霖编著：《明代小说面面观》，学林出版社

2002 年版。

郭康松：《清代考据学研究》，崇文书局 2003 年版。

韩进廉：《中国小说美学史》，河北大学出版社 2004 年版。

韩云波：《唐代小说观念与小说兴起研究》，四川民族出版社 2002 年版。

韩震、孟鸣岐：《历史·理解·意义——历史诠释学》，上海译文出版社 2002 年版。

侯忠义、刘世林编：《中国文言小说史稿》，北京大学出版社 1993 年版。

侯忠义：《隋唐五代小说史》，浙江古籍出版社 1997 年版。

侯忠义编：《中国文言小说参考资料》，北京大学出版社 1985 年版。

胡胜：《明清神魔小说研究》，中国社会科学出版社 2004 年版。

胡玉缙撰，王欣夫辑：《四库总目提要补正》，上海书店出版社 1998 年版。

黄建国、高跃新主编：《中国古代藏书楼研究》，中华书局 1999 年版。

黄霖、韩同文选注：《中国历代小说论著选》，江西人民出版社 1990 年版。

黄霖主编：《20 世纪中国古代文学研究史·小说卷》，东方出版中心 2006 年版。

黄霖：《中国小说研究史》，浙江古籍出版社 2002 年版。

黄清泉主编：《中国历代小说序跋辑录·文言笔记小说部分》，华中师范大学出版社 1989 年版。

嵇文甫：《晚明思想史论》，东方出版社1996年版。

蒋述卓、刘绍谨、程国赋、魏中林等：《二十世纪中国古代文论学术研究史》，北京大学出版社2005年版。

李光摩、吴承学编：《晚明文学思潮研究》，湖北教育出版社2002年版。

李悔吾：《中国小说史漫稿》，湖北教育出版社1998年版。

李剑国：《唐前志怪小说史》，天津教育出版社2005年版。

李裕民：《四库提要订误》，书目文献出版社1990年版。

林辰：《神怪小说史》，浙江古籍出版社1998年版。

刘良明：《中国小说理论批评史》，武汉大学出版社1991年版。

刘上生：《中国古代小说艺术史》，湖南师范大学出版社1993年版。

刘世德主编：《中国古代小说百科全书》，中国大百科全书出版社1998年版。

刘叶秋：《历代笔记概述》，北京出版社2003年版。

鲁迅：《鲁迅书话》，海南出版社1998年版。

鲁迅：《中国小说的历史的变迁》，齐鲁书社1997年版。

鲁迅辑：《古小说钩沉》，人民文学出版社1999年版。

鲁迅辑：《唐宋传奇集》，《鲁迅全集》，人民文学出版社1973年版。

鲁迅辑：《小说旧闻钞》，齐鲁书社1997年版。

鲁迅：《中国小说史略》，山西古籍出版社2001年版。

罗根泽：《中国文学批评史》，上海书店出版社2003年版。

苗壮：《笔记小说史》，浙江古籍出版社1998年版。

宁稼雨编：《中国文言小说总目提要》，齐鲁书社1996年版。

宁宗一主编：《中国小说学通论》，安徽教育出版社1995年版。

欧阳代发：《话本小说史》，武汉出版社1994年版。

潘建国：《中国古代小说书目研究》，上海古籍出版社2005年版。

齐裕焜、王子宽：《中国古代小说研究》，福建人民出版社2005年版。

齐裕焜：《明代小说史》，浙江古籍出版社1997年版。

上海图书馆编：《中国丛书综录》，中华书局1962年版。

施廷镛编著，李雄飞校订：《古籍珍稀版本知见录》，北京图书馆出版社2005年版。

石昌渝：《中国小说源流论》，三联书店1994年版。

宋莉华：《明清时期的小说传播》，中国社会科学出版社2004年版。

孙楷第：《戏曲小说书录解题》，人民文学出版社1990年版。

孙逊、孙菊园编：《中国古典小说美学资料汇粹》，上海古籍出版社1991年版。

谭帆：《中国小说评点研究》，华东师范大学出版社2001年版。

唐富龄：《文言小说高峰的回归》，武汉大学出版社1990年版。

陶东风主编：《文学理论基本问题》，北京大学出版社2004年版。

万晴川：《中国古代小说与方术文化》，中国社会科学出版社 2005 年版。

王嘉川：《布衣与学术——胡应麟与中国学术史研究》，商务印书馆 2005 年版。

王利器编：《元明清三代禁毁小说戏曲史料》，上海古籍出版社 1981 年版。

王齐洲：《古典小说新探》，浙江古籍出版社 1993 年版。

王齐洲：《中国文学观念论稿》，湖北教育出版社 2004 年版。

王汝梅、张羽：《中国小说理论史》，浙江古籍出版社 2001 年版。

王先霈、周伟民：《明清小说理论批评史》，广州花城出版社 1988 年版。

王枝忠：《汉魏六朝小说史》，浙江古籍出版社 1997 年版。

王重民：《中国善本书提要》，上海古籍出版社 1983 年版。

吴枫总编：《中华古文献大辞典·文学卷》，吉林文史出版社 1994 年版。

吴晗：《胡应麟年谱》，《清华学报》第 9 卷第 1 期，1934 年 1 月；后收入北京历史学会编《吴晗史学论著选集》第 1 卷，人民出版社 1984 年版。

吴礼权：《中国笔记小说史》，商务印书馆 1993 年版。

吴震：《明代知识分子讲学活动系年（1522—1602）》，学林出版社 2003 年版。

吴志达：《中国文言小说史》，齐鲁书社 1994 年版。

萧相恺：《宋元小说史》，浙江古籍出版社 1997 年版。

谢国桢选编：《明代社会经济史料选编》，福建人民出版社 2004 年版。

谢国桢：《明末清初的学风》，上海书店出版社 2004 年版。

谢国桢：《明清笔记谈丛》，上海古籍出版社 1981 年版。

谢国桢：《明清之际党社运动考》，辽宁教育出版社 1998 年版。

徐复观：《中国学术精神》，华东师范大学出版社 2004 年版。

颜廷亮：《晚清小说理论》，中华书局 1996 年版。

叶德辉：《书林清话》（附《书林余话》），辽宁教育出版社 1998 年版。

叶桂桐：《中国古代小说概论》，台北文津出版社 1998 年版。

余嘉锡：《四库提要辨证》，中华书局 1980 年版。

余庆蓉、王晋卿：《中国目录学思想史》，湖南教育出版社 1998 年版。

余英时：《论戴震与章学诚——清代中期学术思想史研究》，三联书店 2000 年版。

袁进：《中国小说的近代变革》，中国社会科学出版社 1992 年版。

袁行霈、侯忠义编：《中国文言小说书目》，北京大学出版社 1981 年版。

张岱年：《国学今论》，辽宁教育出版社 1991 年版。

张德建：《明代山人文学研究》，湖南人民出版社 2005 年版。

张德信：《明代典章制度》，吉林文史出版社 2001 年版。

张静庐：《中国小说史大纲》，泰东图书局1920年版。

张舜徽：《广校雠略 汉书艺文志通释》，华中师范大学出版社2004年版。

张心澂：《伪书通考》，商务印书馆1939年版。

赵景深：《〈中国小说史略〉旁证》，陕西人民出版社1987年版。

赵景深：《中国小说丛考》，齐鲁书社1980年版。

赵明政：《文言小说：文士的释怀与写心》，广西师范大学出版社1999年版。

赵园：《明清之际士大夫研究》，北京大学出版社1999年版。

赵章超：《宋代文言小说研究》，重庆出版社2004年版。

中国历史研究社编：《东林始末》，上海古籍出版社1982年版。

朱一玄编：《明清小说资料选编》，齐鲁书社1989年版。

［美］艾梅兰：《竞争的话语：明清小说中的正统性、本真性及所生成之意义》，罗琳译，江苏人民出版社2005年版。

［美］布斯：《小说修辞学》，华明等译，北京大学出版社1987年版。

［美］黄仁宇：《万历十五年》，中华书局1982年版。

［美］伊恩·P. 瓦特：《小说的兴起》，高原、董红钧译，三联书店1992年版。

［美］保罗·利科：《历史与真理》，上海译文出版社2004年版。

［德］恩斯特·卡西尔：《人文科学的逻辑》，关尹之译，上海译文出版社2004年版。

［英］福斯特：《小说面面观》，朱乃长译，中国对外翻译

出版公司 2002 年版。

三　论文

陈洪、陈宏：《中国古代小说理论研究的百年回顾及展望》，《天津社会科学》1997 年第 3 期。

陈谦豫：《古代小说理论管窥》，《华东师大学报》1982 年第 3 期。

陈文新：《纪昀何以将笔记小说划归子部》，《山西师大学报》2001 年第 1 期。

董国炎：《学科交叉与学术错位——论胡应麟的小说学术史成就》，《明清小说研究》2003 年第 1 期。

杜贵晨：《"传奇"名义及文言小说分类》，《明清小说研究》1994 年第 2 期。

何华连：《胡应麟及其学术成就散论》，《浙江师大学报》1997 年第 6 期。

黄霖等：《略谈明代小说理论》，《语文学习》1984 年第 11 期。

刘金仿、李军均：《唐人"始有意为小说"的现象还原——从胡应麟的"实录"理念出发》，《鄂州大学学报》2003 年第 3 期。

刘晓峰：《在新旧小说观念之间——胡应麟小说研究述评》，《清华大学学报》1988 年第 3 期。

罗根泽：《〈燕丹子〉真伪年代之旧说与新考》，载《古史辨》第 6 册，《民国丛书》本，据开明书店 1938 年版影印。

罗宁：《论唐代文言小说分类》，《西南师范大学学报》2003 年第 3 期。

宁稼雨：《文言小说界限与分类之我见》，《明清小说研究》1998 年第 4 期。

潘建国:《"稗官"说》,《文学评论》1999 年第 2 期。

齐浚:《关于中国小说史写作的理论设计——兼论〈中国小说史略〉》,《山东社会科学》2004 年第 1 期。

齐裕焜:《20 世纪小说史研究》,《文史哲》2002 年第 4 期。

孙逊、潘建国:《唐传奇文体考辨》,《文学遗产》1999 年第 6 期。

汪燕岗:《胡应麟和中国古代小说研究》,《内蒙古社会科学》2003 年第 4 期。

王齐洲:《"一代有一代之文学"文学史观的现代意义》,《文艺研究》2002 年第 6 期。

王齐洲:《应该重视中国古代小说文体研究》,《明清小说研究》2006 年第 3 期。

王先霈:《胡应麟的小说理论》,《华中师院学报》1981 年第 3 期。

曾贻芬:《胡应麟与古籍辨伪》,《史学史研究》1996 年第 1 期。

张庆民:《胡应麟对古典小说研究的贡献》,《青岛海洋大学学报》1998 年第 2 期。

张小平:《曹丕的"文章不朽"论及其他》,《江淮论坛》2002 年第 4 期。

张祝平:《〈夷坚志〉的版本研究》,《古籍整理研究学刊》2003 年第 2 期。

赵振祥:《从〈四库全书〉小说著录看乾嘉史学对清代小说目录学的影响》,《明清小说研究》1999 年第 1 期。

王嘉川:《胡应麟与中国学术史研究》,博士学位论文,河北大学，2001 年。

王明辉：《胡应麟诗学研究》，博士学位论文，北京大学，2004 年。

［美］Wu, Laura Hua, "From xiaoshuo to Fiction: Hu Ying-lin's Genre Study of xiaoshuo", *Harvard Journal of Asiatic Studies*, Vol. 55, Issue 2, Dec. 1995.

附 录 一

《胡应麟年谱》补正

胡应麟（1551—1602）不仅是明代著名的藏书家，而且是有明一代为数不多的几个大学问家之一。他毕生以藏书、读书和写作为乐，一生著述宏富，多达四百余卷，在文学、史学、文献学等领域均颇有建树，是值得深入研究的大家。

著名历史学家吴晗于1931年考证了《少室山房全集》、《兰溪县志》、《金华艺文志》等三十余种典籍，撰写了近四万字的《胡应麟年谱》（以下简称《年谱》）。[①] 这是迄今所见胡应麟生平研究的唯一著作。胡适评价《年谱》"功力判断都不弱"，并因此认为吴晗"是很有成绩的学生，中国旧文学的根底很好"。[②]《年谱》对胡应麟的生平、著述、交游等情况进行了详细考证，极具学术价值，常见学者引用。但笔者在进行与胡应麟相关的专题研究时，却发现《年谱》中也存在一些疏漏。因《年谱》的重要学术地位和深刻影响，故及早将问题提出，当否，还待教于方家。

---

① 吴晗：《胡应麟年谱》，《清华学报》1934年第1期，第183—252页。

② 胡适：胡适复吴晗（1931年9月12日），载苏双碧编《吴晗自传书信文集》，中国人事出版社1993年版，第75页。

一　胡应麟的字、号

《年谱》1551年条载："夏五月念二日先生生于兰溪城北隅世宅。名应麟，字元瑞，晚更字明瑞，尝自号少室山人，已而慕其乡人皇初平叱石成羊故事，更号石羊生。"①

胡应麟字"明瑞"，最先见于王世贞《石羊生传》。王与胡相交甚厚，其《石羊生传》作于万历十六年（1588），所云"胡元瑞者，名应麟，一字明瑞。"② 并无"更字"之说。王、胡二人之密切关系，世贞当不会有误。字的使用情况也可以说明一些问题。陈文烛《少室山房笔丛序》未署撰年，据其序文，其时《丹铅新录》、《艺林学山》均已撰成，而此二书撰于万历十八年（1590），可知序文肯定写于此时之后。序中称"吾友胡元瑞"，却未提明瑞之字。③ 万历十九年（1591），汪道昆作《少室山房集原序》，只用"明瑞"之字。④ 胡应麟《报张茂才》不知撰年，但其文首句云："癸巳之夏，陈观察过我定交。"可知其写于癸巳（万历二十一年，1593）之后。文中胡应麟自称"元瑞"。⑤此三例均见于王世贞撰《石羊生传》之后，或作元瑞，或作明瑞，并无一定之迹。可见，胡应麟一字元瑞，一字明瑞，"晚更字"之说则有误。

"慕其乡人皇初平叱石成羊故事，更号石羊生"一句袭自王

---

① 吴晗：《胡应麟年谱》，《清华学报》1934年第1期，第184页。

② 王世贞：《石羊生传》，载胡应麟《诗薮》，上海古籍出版社1979年版，第3页。

③ 陈文烛：《少室山房笔丛序》，载胡应麟《少室山房笔丛》，上海书店出版社2001年版，第1页。

④ 汪道昆：《少室山房集原序》，载胡应麟《少室山房集》，文渊阁四库全书本。

⑤ 胡应麟：《报张茂才》，《少室山房集》，文渊阁四库全书本。

世贞《石羊生传》，后者仅多出一"故"字。但胡应麟"慕其乡人皇初平叱石成羊故事"与石羊生之号有何内在联系？《年谱》并未作更多表述，故读之不免生疑。世贞《石羊生传》紧承此句后云："人亦曰：'元瑞殆非人间人也，仙而谪者也。'遂呼之石羊生。"① 此是王世贞对胡应麟的褒扬之词，盛赞其不为世间俗务所累，随心自在。可见，胡应麟并非羡慕皇初平能叱石成羊，而是羡慕其能超然物外，远离世俗纷扰。胡氏自作《石羊生小传》记述了缘起："石羊生者，金华山中人。金华山，道书曰三十六洞天，故黄（皇）初平牧羊处也。生少迂戆，好谈长生，轻举术，又所居邻上真。于是里人咸谓孺子不习当世务，而游方之外，岂曩昔牧羊儿耶？生闻辄大喜，自呼石羊生。"② 《赤松稿序》（今名《华阳》）也云："余束发慕孝标，比年病困，枕席偬然。有轻举远投蜉蝣蝉蜕之想，因自呼曰石羊生。将弃室家，负瓢笠遍行金华穷谷中。"③ 这说明胡应麟更号石羊生是在表达自己"不习当世务，而游方之外"的一种人生志趣。胡应麟26岁（万历四年）举于乡，但"每摄衣冠，则揽镜自笑是楚人沐猴者。然用二尊人故，未敢遽绝去"。④次年会试下第。此后"以家严命"、"为家严谕督"而于万历十一年、十四年、二十三年参加会试，均不及第。万历十六年"奉命家严，治装北上"会试，中途染疾而返。万历二十七年，胡应麟奉父命最后一次参加会试，仍是下第南归。这对于"轩盖浮名，雅非夙愿"的胡应麟来说是情理中事。胡应麟"自丁丑

---

① 王世贞：《石羊生传》，载胡应麟《诗薮》，上海古籍出版社1979年版，第3页。
② 胡应麟：《石羊生小传》，《少室山房集》，文渊阁四库全书本。
③ 胡应麟：《赤松稿序》，《少室山房集》，文渊阁四库全书本。
④ 胡应麟：《石羊生小传》，《少室山房集》，文渊阁四库全书本。

（万历五年）一赴公车，旋绝进取念，亦以奉宜人慈训，不忍暂离也"。①多次参加会试实非其本意。其七绝《石羊峰》所云"绝顶寒云挂玉清，三山何处有蓬瀛。乘风自叱群羊起，不向黄冠道姓名"②，真实地表达了他"髫年已绝轩冕好"，不愿为举业所累的心境。而"叱石成羊"的"乡人皇初平"，则了无牵挂，远离尘世俗务，实为应麟心向往之，故胡应麟更号石羊生是因其可寄托"轻举远投蜉蝣蝉蜕之想"。

二 《华阳博议》撰年

《年谱》1565 年条载："八月《华阳博议》二卷成。"③

是年即嘉靖四十四年，胡应麟年仅十五岁。《华阳博议》（以下简称《博议》）"皆杂述古来博闻强记之事"④，论及经史子集四部典籍千余种，历代文人学者数千计，胡应麟以淹博闻名，但 15 岁就广博如此，恐不属实。其次，书中多处引及王世贞《艺苑卮言》，而《艺苑卮言》嘉靖四十五年（1566）刊成。王、胡二家之交始自王世贞与胡应麟之父副宪公交游，岁在癸酉，⑤ 即万历元年（1573），时间更晚于王世贞《艺苑卮言》刊行。故《博议》肯定作于嘉靖四十五年之后。

胡应麟"己丑北还"，深感"岁月若驰，慨斯绪未能卒就，辄捃拾其中诸家见解所遗百数十则，捐诸剞氏，备一家言"。⑥他在给王世贞的信中也描述了是年潜心居家著

---

① 胡应麟：《先宜人行状》，《少室山房集》，文渊阁四库全书本。
② 胡应麟：《石羊峰》，《少室山房集》，文渊阁四库全书本。
③ 吴晗：《胡应麟年谱》，《清华学报》1934 年第 1 期，第 189 页。
④ 纪昀等：《四库全书总目》，中华书局 1965 版，第 1063 页。
⑤ 王世贞：《答胡元瑞第一书》，《弇州四部稿》，文渊阁四库全书本。
⑥ 胡应麟：《少室山房笔丛》，上海书店出版社 2001 年版，第 259 页。

述的情况："杜门溪谷，宿疚渐平，学步邯郸，近亦稍稍。二亲堂上，两孩膝前，三万轴纵横案头，不腆敝帚数十卷零落筐笥，戏采弄雏之暇，拂拭遗编，刊定故业。"① 胡应麟的《九流绪论》、《经籍会通》、《史书占毕》、《庄岳委谭》等著述均是在这一年里撰成。四库本《少室山房笔丛》中《博议》并无序文，而笔者所见《少室山房笔丛》整理本中《博议》序末载："己丑仲冬麟识。"② 这正是胡应麟自述"辄捃拾其中诸家见解所遗百数十则，捐诸剞氏，备一家言"的时间。故《博议》应撰于己丑，即1589年。此外，仲冬当为十一月，而非八月。

《年谱》以为《博议》撰年为1565年，即乙丑，或别有据。当是"乙丑"、"己丑"刊刻之误，鲁鱼亥豕之讹常有之，但不可以讹传讹，故不可不明辨。

三 《诗薮》刊年及撰年

《年谱》1589年条载："《诗薮内外编》刊成。"③

《年谱》所定《诗薮》刊刻时间据胡应麟《与王长公第三书》。④ 然而，汪道昆《少室山房集原序》云："癸未之秋……后七年胥命严濑，乃更出别稿，是为《诗薮》内外编。"⑤ 癸未（1583）后七年，是1590年。汪道昆《诗薮序》篇末载："万历庚寅春二月朔，新都汪道昆序。"⑥ 此序附于

---

① 胡应麟：《与王长公第三书》，《少室山房集》，文渊阁四库全书本。
② 胡应麟：《少室山房笔丛》，上海书店出版社2001年版，第381页。
③ 吴晗：《胡应麟年谱》，《清华学报》1934年第1期，第233页。
④ 同上。
⑤ 汪道昆：《少室山房集原序》，载胡应麟《少室山房集》，文渊阁四库全书本。
⑥ 汪道昆：《诗薮序》，载胡应麟《诗薮》，上海古籍出版社1979年版，第2页。

《诗薮》书前，当是书付刊时所作，足可证明《诗薮》刊成当在万历庚寅（1590）。

此外，《年谱》并未提及《诗薮》撰年。《诗薮》是胡应麟的重要诗歌理论著作，在中国诗歌理论史上有着重要地位，且胡应麟与王世贞及其他文人的交往也或以《诗薮》为媒介，故其撰年不可不考。

胡应麟孱弱多病，恐忽湮没，无征于世，故于万历十四年（1586）自撰《石羊生小传》，述平生学养，其中就提及"《诗薮》内外编二十卷"。①此时《诗薮》即以成书，作内外二编。《少室山房集》有诗题为《过王思延斋头读所撰新草并钞本〈夷坚支志〉十，主人索七言一律及〈诗薮〉三编为报即以见归走笔赋此》，但诗中未见有关时间的提示。②而胡《读夷坚志》记有此事："洪景卢《夷坚志》，四百二十卷，卷以甲乙丙丁为次。……癸未入都，忽王参戎思延语及，云余某岁憩一民家，睹敝篑中是书钞本存焉，前后湮灭，亟取补缀装潢之，今尚完帙也。余剧喜趣假录之。"③可知此事发生于癸未，即万历十一年（1583）。可见《诗薮》早在万历十一年就已成书。④此前未见有关《诗薮》的记载，如无更多新材料，《诗薮》撰

---

　　①　胡应麟：《石羊生小传》，《少室山房集》，文渊阁四库全书本。

　　②　胡应麟：《过王思延斋头读所撰新草并钞本〈夷坚支志〉十，主人索七言一律及〈诗薮〉三编为报即以见归走笔赋此》，《少室山房集》，文渊阁四库全书本。

　　③　胡应麟：《读夷坚志》，《少室山房集》，文渊阁四库全书本。

　　④　王明辉《〈诗薮〉撰年考》认为"1584 年左右，胡应麟已经开始了《诗薮》的写作，《诗薮》文本最终完成于 1589 年"［《江汉大学学报》（人文科学版）2005 年第 4 期，第 32 页］，结论似不可信，笔者另文《〈诗薮〉撰年新证》专论，见《中国韵文学刊》2006 年第 3 期。

年可定于万历十一年（1583）前。

四 《唐同姓名录》

《年谱》1589 年条载："《唐同姓名录》撰成。"[1]

考胡应麟平生著述，并无《唐同姓名录》一书。《年谱》中此条还载有："顷遭幽忧，屏居郭外……凡唐一代姓名相同者数十百人，类而录之，以为广见洽闻之助，其异代姓氏同者不可胜记，将别有编录，不列此中，其已见王长公《艺苑卮言·附录》及陈心叔《名疑》者亦不复入。"[2] 此段文字，引于《史书占毕》（六）。考《史书占毕》（六），此段文字后确有"唐一代姓名相同者数十百人，类而录之"，但计其总字数不过二千余字。此其二千余字，恐难成书。

《史书占毕》（六）并非单录唐代同姓名者，"古今字号之同"者均有收录。据胡应麟《石羊生小传》，其在万历十四年（1586）前即已撰成"《同姓名考》十卷"。[3]故而应麟在1589年撰《史书占毕》时收录了前已撰成的《同姓名考》，并未新作《同姓名考》。而所谓"唐同姓名录"，只是《同姓名考》中的一小部分，非单独一部书。

五 《二酉山房记》及《二酉山房歌》

《年谱》1580 年条载："初谒王世贞于太仓，谈艺小祇园。世贞为作《二酉山房记》……先生又自撰《二酉山房歌》。"[4]

胡应麟曾自作《二酉山房记》，云："……凡三万六千卷

---

① 吴晗：《胡应麟年谱》，《清华学报》1934 年第 1 期，第 233 页。
② 同上。
③ 胡应麟：《石羊生小传》，《少室山房集》，文渊阁四库全书本。
④ 吴晗：《胡应麟年谱》，《清华学报》1934 年第 1 期，第 208—209 页。

有奇。友人黎惟敬过而乐之，题'二酉山房'云。"从文中叙述"余年十七始娶……寓燕五载……自是奉母宋宜人里居十载"可知至早应写于胡应麟 32 岁以后，即万历十年（1582）后。① 文中只提黎惟敬题字，而不及王世贞作记，可见此时世贞《二酉山房记》并未作。另从藏书数量上看更可说明问题。胡应麟记称"三万六千卷有奇"，而王世贞记则云"合之四万二千三百八十四卷"②，世贞作记时藏书已比应麟作记时多出6000 余卷，孰先孰后自然明朗。故世贞《二酉山房记》肯定作于万历十年（1582）年之后，而非 1580 年。

胡应麟《二酉山房歌》所载"二十四庋罗山房，二千四万堆琳琅"，其藏书数与世贞《二酉山房记》正合。《二酉山房歌》序云："弇州王公既为余记二酉山房矣，新都汪公复为余作山房书目叙③，敬赋长歌奉酬凡千字。"④ 可见《二酉山房歌》是胡应麟对王世贞作《二酉山房记》及汪道昆作《山房书目叙（序）》的酬答之作，故三者当作于一时。考胡应麟万历十年（1582）后的交游情况，万历十一年（1583）秋胡与王世贞、世懋兄弟及其他吴越名士大会于西湖，后汪道昆邀胡访世贞兄弟。⑤ 万历十四年（1586）秋，胡应麟偕汪道昆过弇中访世贞。⑥ 此后至万历十八年（1590）世贞卒，三人未再

---

① 胡应麟：《二酉山房记》，《少室山房集》，文渊阁四库全书本。
② 王世贞：《二酉山房记》，载胡应麟《少室山房笔丛》，上海书店出版社2001 年版，第 26 页。
③ 胡应麟有诗《入新都访汪司马伯玉八首》，汪道昆《诗薮序》也云"新都汪道昆序"。故新都汪公是汪道昆无疑。
④ 胡应麟：《二酉山房歌》，《少室山房集》，文渊阁四库全书本。
⑤ 王世贞：《石羊生传》，载胡应麟《诗薮》，上海古籍出版社 1979 年版，第 4—5 页。
⑥ 胡应麟：《跋钟元常季直表》，《少室山房集》，文渊阁四库全书本。

同聚。而万历十一年离胡应麟自作《二酉山房记》仅一年，一年聚书 6000 余卷（折合平均每天须聚书二百余卷）并非易事，王世贞《二酉山房记》作于此年可能性极小。故王世贞《二酉山房记》当作于万历十四年。据此，则可推断：万历十四年（1586），胡应麟偕汪道昆过弇中访世贞，王世贞作《二酉山房记》，汪道昆作《山房书目叙（序）》，胡应麟敬赋《二酉山房歌》奉酬。

附 录 二

胡应麟所论小说之提要^①

《鬻子》

先秦小说。旧题鬻熊撰。《汉书·艺文志》小说家类著录：《鬻子说》19篇。注："后世所加。"又《汉志》道家类著录《鬻子》22篇，注："名熊，为周师，自文王以下问焉。周封为楚祖。"《旧唐书·经籍志》小说家类著录《鬻子》1卷，《新唐书·艺文志》道家类著录《鬻子》1卷，注云："鬻熊。"又逢行珪《鬻子》1卷，注云："郑县尉。"《宋史·艺文志》杂家类著录《鬻熊子》1卷，又小说家类著录逢行珪《鬻子注》1卷。《郡斋读书志》道家类著录《鬻子》1卷，称"今存者十四篇，唐逢行珪注，永徽中上于朝。叙称见文王时行年九十，而书载周公封康叔事，盖著书时百余岁矣"（衢本卷11）。《直斋书录解题》道家类著录《鬻子》1

① 本附录内容除笔者翻检所获，亦参考了《中国古代小说百科全书》（刘世德主编，中国大百科全书出版社1998年版）、《中华古文献大辞典·文学卷》（吴枫总编，吉林文史出版社1994年版）、《中国文言小说总目提要》（宁稼雨编，齐鲁书社1996年版）等相关资料，以及其他前贤相关研究成果，限于体例，无法一一注出，特此注明，并致谢意。另，以胡应麟《少室山房笔丛》中所出现的先后排列顺序。

卷，谓"今书十五篇，陆佃农师所校"；又《鬻子注》1卷，谓"止十四篇，盖中间以二章合而为一，故视陆本又少一篇。此书甲乙篇次，皆不可晓，二本前后亦不同，姑两存之"（卷9）。《四库全书总目》子部杂家家类著录《鬻子》1卷，且云："考《汉书·艺文志》道家《鬻子说》二十二篇，又小说家《鬻子说》十九篇，是当时本有二书。《列子》引《鬻子》凡三条，皆黄、老清静之说，与今本不类。疑即道家二十二篇之文。今本所载与贾谊《新书》所引六条文格略同，疑即小说家之《鬻子》说也。"

《史记·楚世家》载："周文王之时，季连之苗裔曰鬻熊。鬻熊子事文王，蚤卒。"又载楚武王熊通语云："吾先鬻熊，文王之师也，蚤卒。"《史记·周本纪》亦有类似记载。据《史记集解》引刘向《别录》，鬻熊封于楚，原本事商纣王，因为屡谏不听，于是归周，周文王亲自迎接，用为公卿，封于长子（今山西长治）。贾谊《新书》中备载鬻熊历事文王、武王、成王三朝问治之语，叶德辉本卷1凡15篇，卷2凡13条，即使不见于贾书的文字，也与贾书同一性质，都非常近似于史书政论一体。历代书目或以今本入道家类，或是因为卷1涉及黄帝之道和术数之说的缘故。鲁迅《中国小说史略》有云："或以其语浅薄，疑非道家言。然唐宋人所引逸文，又有与今本《鬻子》颇不类者，则殆真非道家言也。"

杨慎《丹铅新录》以《鬻子》为伪书，张心澂《伪书通考》亦载之，然历代多书引用，足可证其书一直在流传。但今所见之本是汉志道家所录《鬻子》22篇，还是小说家所载《鬻子说》19篇之残卷，学界看法不一，苦于资料匮乏，实难判定。

《伊尹说》

先秦小说。佚名撰。《汉书·艺文志》小说家类著录《伊尹说》27篇，注云："其语浅薄，似依托也。"又道家类著录《伊尹》51篇，附注"汤相"。伊尹名挚，原是商汤妻有莘氏的陪嫁奴隶，后以鼎俎调味之说游说汤，并佐汤伐夏桀，放任以国政，尊为阿衡（宰相）。汤死后，至其孙太甲即位，为政暴虐，伊尹放逐太甲，三年后始迎之复位。太甲子沃丁立，伊尹卒。一说伊尹放逐太甲，自立七年，太甲还，杀伊尹。事见《史记·殷本纪》。据《尚书序》，伊尹作《汝鸠》、《汝方》、《汤誓》、《咸有一德》、《伊训》、《肆命》、《俎后》、《太甲》，今《尚书》中只有《汤誓》、《咸有一德》、《伊训》、《太甲》等篇，其余已亡佚。1973年马王堆三号汉墓出土帛书有《伊尹》零篇64行。上述篇目当是列入道家的《伊尹》书遗文，与"浅薄依托"的《伊尹说》并非同一书。顾实《汉书艺文志讲疏》云："道家名《伊尹》，此名《伊尹说》，必非一书。"

《吕氏春秋》卷14《本味篇》记伊尹事，首先说有侁氏得婴儿于空桑之中，令㷷人（厨师）善之，命名为伊尹。接着说汤请有侁为婚，有侁以伊尹为媵（陪嫁奴隶）送女。最后讲伊尹说汤以至味，极论水火调剂之事，极言鱼肉、菜果、饭食之美，借以阐发"圣王之道"。其中"果之美者，箕山之东，青鸟之所，有甘栌焉"一段，又见汉应劭《汉书音义》引（《史记·司马相如传》中《上林赋》注引）及汉许慎《说文解字》"栌"字下引；"饭之美者，玄山之禾，南海之秏"一段，又见《说文解字》"秏"字下引。应、许所引径称"伊尹书"或"伊尹曰"，不称《吕氏春秋》。因此，宋王应麟《汉书艺文志考证》认为《吕氏春秋·本味篇》出自小说家的《伊尹说》。鲁迅《中国小说史略》云："《汉志》道家有《伊尹说》五十一篇，今佚；在小说家之二十七篇亦不可考，《史记》《司马相如传》注引《伊尹书》曰：'箕山之东，青鸟之所，有卢橘夏熟。'当是遗文之仅存者。《吕氏春秋》《本味篇》述伊尹以至味说汤，亦云'青鸟之所有甘栌'，说极详尽，然文丰赡而意浅薄，盖亦本《伊尹书》。伊尹以割烹要汤，孟子尝所详辩，则此殆战国之士之所为矣。"《伊尹说》成书年代，余嘉锡言之甚确："吕氏著书于始皇八年（公元前239），此书尚在其前，当是六国时人合此类丛残小语，托之伊尹。"（《小说家出于稗官说》）

清马国翰《玉函山房辑佚书》取《吕氏春秋·本味篇》辑为《伊尹书》1卷。

《黄帝说》

先秦小说。佚名撰。《汉书·艺文志》小说家类著录《黄帝说》40篇，附注："迂诞依托。"又道家类著录《黄帝四经》4篇，《黄帝铭》6篇，《黄帝君臣》10篇，附注："起六国时，与老子相似也"；《杂黄帝》58篇，附注："六国时贤者所作"。《黄帝说》的内容既被指为"迂诞"，故与道家诸书相区别而入小说家。其书久佚，《隋书·经籍志》已不录。汉应劭《风俗通义》中两引《黄帝书》，很可能即是《黄帝说》的遗文。

《风俗通义》卷6《声音》篇"瑟"下引《黄帝书》："泰帝使素女鼓瑟而悲，帝禁不止，故破其瑟为二十五弦。"《北堂书钞》卷109、《通志·乐略》、《路史后记》卷12注、《古今事物考》卷5等引《世本·作篇》并作："庖牺氏作瑟五十弦，黄帝使素女鼓之，哀不自胜，乃破为二十五弦。"可见"泰帝"二字当作"黄帝"，《黄帝书》记黄帝事于理亦顺。"素女"之名首见于《山海经·海内经》（用郝懿行说），但无记事，《黄帝说》始叙鼓瑟事。《淮南子》高诱注（《文选》张平子《思玄赋》注引）："素女，黄帝时方术之女也。"由此推断，《黄帝说》大概是先秦方士的依托之作。

《风俗通义》卷8《祀典》篇"桃梗、苇茭、画虎"下引《黄帝书》，说有荼与郁垒兄弟二人善捉鬼，常在度朔山桃树下检阅百鬼，凡害人者就缚以苇索，喂老虎。后来人们每到除夕时，在门上画虎，饰桃人，垂苇索，都是为了追念荼与郁垒，以避凶邪。这段故事也见于《山海经》佚文。又《山海经》一书颇多关于黄帝的传说，说明《黄帝说》与《山海经》也许有着承袭关系，至少二书在内容上十分接近。

此外，现存古书如《六韬兵道》、《文子》、《淮南子》、《吕氏春秋》、《新书》、《意林》诸书中均有黄帝语，其中或有源自小说家《黄帝说》。

《成汤》（《天乙》）

先秦小说。佚名撰。《汉书·艺文志》小说家类著录《天乙》3篇，附注："天乙谓汤，其言非殷时，皆依托也。"班固已确认此书乃后人所作，所言商汤事不足信。其书久佚，《荀子·大略》、《新书·修政语上》、《史记·殷本纪》均载有成汤之语，或有《尚书》未载者。宋王应麟《汉书艺文志考证》认为其中所载"汤曰"之词得自《天乙》。余嘉锡不以为然，以为其说"殊无见其必然"。（《小说家出于稗官说》）今人宁稼雨认为"其书似近《周考》，为近史之书"，然不知所据何自。

《务成子》

先秦小说。佚名撰。《汉书·艺文志》小说家类著录《务成子》11篇，附注："称尧问，非古语。"据班固注，则此书大抵是一种伪托古人的丛残小语，其性质同《伊尹说》、《鬻子说》、《师旷》、《宋子》一样"近子而浅薄"。已佚。

务成子其人，说法不一。《抱朴子·明本篇》云："昔赤松子王乔琴、高老氏彭祖、务成、郁华皆真人，悉仕于世，不便退遁。"同书《金丹篇》又及务成子丹法，则务成子又为道仙。道家言多虚，不足为信。此外，其名有务成昭、务成附、务成跗三说，身份亦有尧师和舜师两说。《韩诗外传》云："尧学于务成子附。"《荀子·大略》云："舜学于务成昭。"杨倞注引《汉志》曰："昭其名也。"《新序》又云务成跗。姚振宗《汉书艺文志条理》引泰州宫梦仁《读书纪数略》云尧师务成昭，舜师务成跗，别为二人，似较为有理。然小说家《务成子》又指何人，实难厘定。

《宋子》

先秦小说。战国时期宋钘撰。《汉书·艺文志》小说家类著录《宋子》18篇，附注："孙卿道宋子，其言黄老意。"宋钘又称宋荣子（《庄子·逍遥游》）、宋牼（《孟子》），宋国人。齐威王、宣王时为稷下学士。其书已佚。清马国翰《玉函山房辑佚书》有辑本，全取自《庄子·天下篇》。郭沫若《青铜时代·宋钘尹文遗著考》谓《管子》的《心术》、《内业》篇及《吕氏春秋》中的《去尤》、《去宥》篇为《宋子》遗文。

《荀子》中《非十二子》、《天论》、《正论》、《解蔽》诸篇均论及宋钘，认为其崇俭禁攻的主张与墨翟相近。以诸书所存佚文来看，宋子学说刻苦救世，内则情欲寡浅，外则禁攻寝兵，与班固谓"其言黄老意"在契合处。余嘉锡认为："盖宋子之说，强聒而不舍，使人易厌，故不得不于谈说之际，多为譬喻，就耳目之所及，撮拾道听途说以曲达真情，庶几上说下教之时，使听者为之解颐，而其书遂不能如九家之闳深，流而入于小说矣。"（《小说家出于稗官说》）

《臣饶》（《待诏臣饶心术》）

汉代小说。□饶撰。《汉书·艺文志》小说家类著录《待诏臣饶心术》25篇，附注："武帝时。"已佚。颜师古注《汉书》引刘向《别录》说："饶，齐人也。不知其姓。武帝时待诏，作书名曰《心术》也。"待诏本为待应召对，汉代常令久学优异之士待诏于金马门，饶在当时亦应是才学之士。《管子》中有《心术篇》，据考为《宋子》（宋钘）遗文，宋钘曾于齐国稷下讲学，饶既为齐人，又研治心术，或者即是宋钘后学（袁行霈《汉书艺文志小说家考辨》）。

关于心术，《汉书·礼乐志》云："夫民有血气心知之性，而无哀乐喜怒之常，应感而动，然后心术形焉。"颜师古注："术，道经也；心术，心之所由也。"又《管子·七法篇》云："实也，诚也，厚也，施也，度也，恕也，谓之心术。"姚振宗《汉书艺文志条理》引房玄龄语："凡此六者，皆自心术生也。"

《臣成》（《待诏臣安成未央术》）

汉代小说。安成撰。《汉书·艺文志》小说家类著录《待诏臣安成未央术》1篇，应劭注："道家也。好养生事，为未央之术。"此书今不存。余嘉锡认为："未央虽不知为何术，但黄老之学，本清静无为，庄子虽言养生，亦未尝有术。所谓待诏臣安（成）者，盖方士也。应劭误以后汉时之道士为道家耳。"（《小说家出于稗官说》）所谓待诏臣，殆为方士，则本书当为方士言。而方士所言养生术，多为长生术或房中术。《史记·封禅书》多载武帝时广罗有长生术者，安成或为其中之一；然姚振宗《汉书艺文志条理》疑引书所记与房中术相类。存疑待考。

《青史子》

先秦小说。佚名撰。《汉书·艺文志》小说家类著录《青史子》57 篇，并注："古史官记事也。"《隋书·经籍志》小说家类《燕丹子》下附注："梁有《青史子》一卷。"刘勰《文心雕龙·诸子篇》论战国诸子，小说家独举《青史子》为证："青史曲缀于街谈。"说明萧梁时此书可能尚存。入隋，亡佚。唐刘知几《史通》所谓"青史曲缀于街谈"，盖袭刘勰，并不能证明唐有其书。今存遗文三则，清马国翰《玉函山房辑佚书》小说家类辑为 1 卷，鲁迅又辑入《古小说钩沉》中。

由现存遗文来看，一则见《大戴礼记·保傅篇》、贾谊《新书·胎教十事》引文，记王后进行胎教的种种方法；一则亦见《大戴礼记·保傅篇》所引，记古人入学和出行的规矩；另一则见《风俗通义》卷 8，记岁终祭祀用鸡之义。三者都有关于礼教，但也都是礼教中的小问题。《周礼·春官·小史》说小史"凡国事之用礼法者掌其小事"，《青史子》所记与其职掌正合。正因为记事琐屑，而且多得自街谈巷议，所以班固列为小说家类。《汉书·艺文志》著录小说凡 15 家，其中可信为先秦书者，不过《周考》、《青史子》、《宋子》3 家。关于《青史子》的价值，余嘉锡曾有评论："其书见引于贾谊、戴德，最为可信，立说又极醇正可喜，古小说家之面目，尚可窥见一斑也。"（《小说家出于稗官说》）

关于青史之名，《通志·氏族略》引贾执《姓名英贤录》云："晋太史董狐之子，受封青史之田，因氏焉。"清梁玉绳《古今人表考》卷 3 以为青史即南史氏之比："史有内外大小之别，而无南北之称。《左传序正义》云：'南史，佐大史者，当是小史，其居在南，谓之南史。'此说欠妥。东西南北，人各有居，何独此史以居南为号。窃疑古史官之职，四时分掌之，故有青史氏，南史氏。青史主春，南史主夏。《通志略》言受封青史之田，非也。"二说都似有理。《汉书·魏相传》云："中谒者赵尧举春，李舜举夏，儿汤举秋，贡禹举冬。"服虔注："主一时衣服礼物庙祭百事也。"说明古代确有以一官而分主四时者。

《搜神记》

东晋志怪小说集。或引作《搜神异记》、《搜神传记》。干宝撰。干宝字令升，新蔡（今属河南）人。晋元帝时以大著作郎兼领国史，封关内侯，王导时官散骑常侍。事具《晋书·干宝传》。据《晋书·干宝传》，其父妾死后十余年起而复生，其兄死时经日不冷，干宝遂悟神道之实有，"撰集古今神祇灵异人物变化，名为《搜神记》，凡三十卷"。干宝《进搜神记表》和《搜神记序》自言其撰旨一为"发明神道之不诬"，二为求"游心寓目"之效。故所记不外"古今怪异非常之事"，其取材一是"承于前载"，二是"广收遗逸"，三是"采访近世之事"。

《隋书·经籍志》、《旧唐书·经籍志》入杂传类，《新唐书·艺文志》入小说家类，著录均与史传同。宋代《遂初堂书目》著录有《搜神记》，不载卷数；《崇文总目》、《中兴馆阁书目》、《宋史·艺文志》则只著录《搜神总记》10卷，并谓此书"不著撰人名氏，或题干宝撰，非也"。可见《搜神总记》非干宝书，也有人疑为干宝残帙，无从确考。明代《文渊阁书目》道书类著录《搜神记》1册，《百川书志》神仙类著录2卷，皆称干宝撰。大抵明前期所见均属残卷。万历中，胡震亨编刻《秘册汇函》，收有《搜神记》20卷，这是20卷本首次问世。嗣后毛晋又刻入《津逮秘书》，遂广为流传。这个20卷本的大部分条目，与唐宋类书如《北堂书钞》、《艺文类聚》、《初学记》、《法苑珠林》、《太平广记》、《太平御览》等引文相同，显然是后人缀合残文而成编的。余嘉锡《四库提要辨证》卷18、汪绍楹《搜神记校注》等皆以为今传20卷本系胡应麟所辑。胡氏生平嗜好小说，在所著《少室山房笔丛》中，曾谈及"遍搜诸小说"而编为《百家异苑》，又拟续编《太平广记》500卷事。在其《甲乙剩言》一书中，则明言《搜神记》非自"金函石匮，幽岩山窟掘得"，不过是从"诸书中录出耳"。

本书所收范围堪称汉魏以志怪小说的总其成者，在写作上也在民间流传和部分文人加工基础上逐渐转向精致、考究，具有一定艺术水准。若干佳篇情节丰富曲折，结构趋向完整，并能以对话和细节描写刻画人物，且杂以部分散韵相间形式，使志怪小说写法大致定型。《晋书·干宝传》及《世说新语·排调》均载刘惔称干宝为"鬼之董狐"。后代仿此书者不乏其人，如陶渊明作《搜神后记》、昙永作《搜神论》、唐句道兴作《搜神记》、焦璐作《搜神录》（即《穷神秘苑》）。至于诗文中引为典故者，则更不胜枚举。故在文言小说及整个中国小说史上，本书的地位和作用十分显赫。

《述异记》

南朝志怪小说。梁任昉（460—508）撰。昉字彦升，乐安博昌（今山东寿光）人。幼好学知名，仕宋、齐、梁三朝，官终新安太守。多有著述。事具《梁书》、《南史》本传。本书唐代以前未见著录。《崇文总目》小说类录 2 卷，《郡斋读书志》同，云："梁任昉撰，昉家藏书二万卷，采前世异闻成书。"《宋史·艺文志》、《文献通考·经籍考》小说家著录。《四库全书总目》亦入小说家类，但《四库全书总目》谓其书文颇冗杂，大抵剽剟诸小说而成，且书中有昉卒后事，本传未录其书，书中有剽删他书者，断为后人伪托。今人程毅中《古小说简目》亦持此说。祖冲之亦有《述异记》，考唐宋类书所引祖冲之《述异记》，多为今本任记所无。故清王谟《增订汉魏丛书》本《述异记跋》以为二人当时各自有记。

此书隋唐书目或偶失载，或已含在昉撰《杂传》247 卷之中。其中所记昉卒后事当为后人窜入，未能以此定论，不能轻易否定任昉为本书作者。唐开元中徐坚撰《初学记》卷 28 引有此书，又天宝中人苏师道撰《司空山记》（《全唐文》卷 371）引梁任彦升《述异记》，足可说明唐时是书有过流传。今通行版本为《随庵丛书》影宋刻本，上下 2 卷共 311 条。《稗海》、《汉魏丛书》本等各有脱漏。另有 1 卷节录本，刊于《合刻三志》诸丛书中。然今本仍有缺文，鲁迅所辑祖冲之《述异记》中，也有多条本书轶文（《古小说钩沉》）。

本书多记动植物产、山川建筑，而杂以异闻，其中包含若干神话传说，类似张华《博物志》。书中多数篇章篇幅较短，略乏构思。但它继承《博物志》等地理博物体小说传统，又赋予新意，尤以记事优美，为前人所不及。是南朝重要志怪小说。

另，南朝齐祖冲之撰有《述异记》。《隋书·经籍志》、《旧唐书·经籍志》杂传类和《新唐书·艺文志》小说家类著录 10 卷。原书已佚。鲁迅《古小说钩沉》辑佚文 90 条。

《神异经》

汉代志怪小说。旧题汉东方朔撰。晋张华注。《隋书·经籍志》史部地理类著录 1 卷。《旧唐书·经籍志》、《新唐书·艺文志》史部地理类著录，作 2 卷。《直斋书录解题》列入小说家类。因《汉书·东方朔传》未列此书，且谓"后世好事者因取奇言怪语附著之朔"，故后人多认为此书系后人假托。胡应麟《少室山房笔丛·丹铅新录一》、《四库全书总目提要》以为系六朝人所托。《左传》文公十八年孔颖达疏："服虔按：《神异经》云……"服虔为东汉人，据此可知《神异经》作者当在服虔之前；许慎《说文》六木部"枭"字释言语云不孝鸟，东汉初郭宪《洞冥记》卷 2 所载西王母适东王公事，皆出《神异经》。可证神异经并非六朝人所作。余嘉锡《四库提要辨证》认为："夫此经既为服虔所引用，则至迟当出于（汉）灵帝以前。或且后汉初年，已有其书。"

本书各方面多受《山海经》影响。全书分《东荒经》、《东荒南经》、《南荒经》、《西南荒经》、《西北荒经》、《北荒经》、《东北荒经》及《中荒经》等 9 篇，第一篇下有若干则。内容略于山川道里而详于异物，间及神仙方术。所记虽多本《山海经》，而能多加藻饰。故幻想新奇，较富情趣，文笔亦简朴流畅。《神异经》内容奇异，语言华美，后世文人多喜用为谈资。西晋左思的《吴都赋》，南朝梁陆倕的《石阙铭》、陈徐陵的《玉台新咏序》，皆引为典藻。它对后来诗歌辞赋和小说创作，都曾有过一定的影响。

书中在记述神仙异人之事，也有折射出儒家伦理道德观念之作。如《西北荒经》记穷奇事，《西南荒经》记饕餮事，《中荒经》记不孝鸟事等，都有儒家惩恶扬善、忠孝仁爱的观念。谭献《复堂日记》卷5称此书"亦有风议之遗意"，鲁迅《中国小说史略》谓其"间有嘲讽之辞"。

据《隋志》，本书有张华注。而《晋书·张华志》不载其事，或有疑为伪托者。然《水经注》卷1、《齐民要术》卷10，已有张华（茂先）注之说。且本书《西荒经》"西方山中有蛇名率然"条注文，与张华《博物志》卷3所谓"常山之蛇名率然"云云略同；"鹄国"条注文，也与《太平御览》卷378引《博物志》佚文相合，可证"张华注"之说不误。然今本正文中已窜入张华注文，难以离析。

《列异传》

三国魏志怪小说。旧题魏文帝曹丕（187—226）撰。一说西晋张华撰。《隋书·经籍志》杂传类著录三卷，题魏文帝（曹丕）撰。《隋志》杂传类小序亦称"魏文帝又作《列异》，以序鬼物奇怪之事"。《新唐书·艺文志》入小说家类，1卷，题张华撰。书中有魏明帝曹睿景初、齐王曹芳正始、高贵乡公曹髦甘露年间事，非曹丕能见，故或以为非魏文帝所撰。清姚振宗《隋书经籍志考证》谓"意张华续文帝书，而后人合之"。但因别无佐证，鲁迅《中国小说史略》等多未置信。按《隋书》著录三卷，当为曹丕原书。《新唐志》作1卷，殆系张华续作。此即可证姚氏之说。另刘宋裴松之《三国志》注、后魏郦道元《水经注》皆有引文，则定为魏晋间人所作。曹丕事具《三国志·魏·文帝纪》。

本书至宋代书目如《文献通考》、《宋史·艺文志》等已无著录，说明其书至宋已亡。《水经注》、《三国志》裴注、《齐民要术》、《文选》李善注、《后汉书》李贤注、《史记》司马贞索隐及《北堂书钞》、《艺文类聚》、《初学记》、《太平广记》、《太平御览》等唐宋类书中皆有征引。鲁迅《古小说钩沉》辑 50 条，然尚有遗漏者。今人郑学弢辑《列异传等五种》（文化艺术出版社 1988 年版）本共 51 条。

《列异传》大大扩展了志怪小说的表现范围，标志着志怪小说的成熟和繁荣时代的到来。从写作手法来看，多数篇幅较长，结构较为完整，且能注意情节及叙述描写，有较强的文学性。其中许多故事为后世志怪小说所采用，如《搜神记》就有 20 余个故事采自本书。

《卓异记》

唐代志人小说集。旧题李翱撰。《新唐志》入子部小说家类，注曰："宪、穆时人。"《郡斋读书志》入子部小说家类，曰："唐李翱撰，或题云陈翱，记唐室功业特异并其臣美事二十七类。"《玉海》卷 57 引《中兴馆阁书目》入子部小说家，题李翱撰。《直斋书录解题》入小说家类："称李翱撰，记当时君臣卓绝盛事。或云长城陈翱。"《宋志》子部小说类有李翱《卓异记》1 卷，陈翱（一作翰）《卓异记》1 卷，疑一书而误分为二。《四库全书总目》入史部传记类，且以为书中记事最晚至昭宗，不应为宪、穆时之陈翱。李翱卒于武宗会昌中，亦不得记昭宗时事，作者"非李翱，亦非陈翱，甚明"。本书各书目及传本均为 1 卷，唯宋乐史《广卓世记序》云为 3

卷。今传重辑《百川学海》、《顾氏文房小说》诸丛书本均为
1卷，似乐史有误。

现存《顾氏文房小说》本、《历代小史》本、《四库全
书》本及《类说》本。书中记唐代君臣功业盛事，故曰"卓
异"，但所记内容并无卓异可言。全书27条，记帝王故事3
则，将相大臣24则，均平庸碌碌之事。记帝王不过即位、退
位复辟或登山封禅牒文之类；记将相则多为某人三拜中书、某
家三代拜相、某人三任左仆射之类偶合现象，并以"自古未
有"、"无有伦比"之类套语，以示卓异，实酸腐平庸之至。
故《四库全书总目提要》讥其"称为卓异，可谓无识之尤
矣"。故本书思想及艺术价值均无可取，为同期小说较低
劣者。

《清异录》

宋代笔记小说集。陶谷撰。《直斋书录解题》小说家类著
录2卷。《文献通考》同。《四库全书总目》与《读书敏求记》
亦于小说家类收录，但均作4卷。现存除《惜阴轩丛书》本
为2卷外，其余单刻本和丛书本均为4卷。据菉竹堂刊本俞允
文序和钱曾《读书敏求记》，本书元代以前为3卷，元代孙道
明将几种抄本较勘补阙，合为4卷，为叶伯寅菉竹堂刊刻。2
卷本条数较4卷本为全，而文字不及其详。谷字秀实，彬州新
平（今属陕西彬县）人。本姓唐。仕后汉为给事中，仕后周
为兵部侍郎，翰林承旨。入宋仍袭原官，加户部沿书。事迹见
《宋史》本传。然宋代以来陶谷是否为本书作者向为学人争
讼。陈振孙《直斋书录解题》、王国维《观堂集林》、余嘉锡
《四库提要辨证》否认为陶谷所作；胡应麟《少室山房笔丛》、
《四库全书总目提要》认为系陶谷所作。存疑待考。

书中采撷唐及五代新颖之语，分 37 门，凡天文、地理、花木、饮食、禽兽、器物、人事、神怪等无所不包。每事各为标题，而将事实缘起所引出故事注于题下。故其书不仅对考证唐五代语辞源流大有裨益，且很多故事又可以小说视之。书中故事多简短紧凑，生动形象，妙笔迭现。

《宣室志》

唐代志怪传奇小说集。张读撰。《崇文总目》最早著录此书，10 卷。《新唐志》子部小说家类著录，10 卷，又杂史类有张读《建中西狩录》10 卷，注曰："字圣用，僖宗时吏部侍郎。"《郡斋读书志》入子部小说家类，曰："唐张读圣明撰，纂神仙鬼灵异事。名曰《宣室志》者，取汉文召见贾生论鬼神之义。苗台符为之序。"《直斋书录解题》小说家类曰："唐吏部侍郎常山张读圣用撰。宣室者，汉文帝问鬼神之处也。"《文献通考》、《宋志》均入小说家类。《四库本书总目》同，但题《宣室志》10 卷，《补遗》1 卷。原书已佚。现存最早为明抄宋本和《稗海》本，均为 10 卷，附《补遗》1 卷，共 155 条。《太平广记》引此书约 200 条，多有今本未载者，可知今本并非原貌。1983 年中华书局校点本系据《稗海》，又从他书辑出佚文 65 条，为目前方便完备之本。读字圣用，深州陆泽（今河北深县）人。大中年间进士及第，累迁中书舍人，礼部侍郎，中和初为吏部侍郎，后兼弘文馆学士，位终尚书左丞。事迹附见新旧《唐书》张荐传。

本书所记多为神鬼狐仙和佛门灵验之事，其主旨不外搜奇志怪。多数故事为志怪博闻式丛残小语。少数故事内容别致，描写生动。全书卷帙繁多，为唐人小说中之罕见者。

《酉阳杂俎》

唐代杂俎小说。段成式（803—863）撰。《新唐志》小说家类著录《酉阳杂俎》30卷。《郡斋读书志》入子部小说家类，作《酉阳杂俎》20卷，《续酉阳杂俎》10卷。《直斋书录解题》同，云："唐太常少卿临淄段成式柯古撰。所记故事诙怪，其标目亦奇诡，如天咫、玉格、壶史、贝编、尸穸之类。成式，文昌之子。"《文献通考》、《四库全书总目》、《宋志》均入小说家，著录《酉阳杂俎》20卷，续《酉阳杂俎》10卷。杨守敬《日本访书志》怀疑段氏原书为30卷，并无续集，宋人删削为20卷。南渡后好事者又从他书中抄缀为续集10卷，以合于新《唐志》，可备一说。傅增湘《藏园群书经眼录》谓蒋凤藻秦汉十印斋藏有宋刊本，未言卷数，今未见。今传最早刊本为明万历三十五年（1607）李云鹄据赵琦美校补本印行本。《四库全书总目》以为旧本已佚，胡应麟重新抄合，再传到赵琦美手中。杨守敬和余嘉锡则以为仍出宋本旧传，赵氏又加以缀补增订。现存李云鹄刊本及《津逮秘书》、《学津讨源》等丛书本均含正集20卷，续集10卷。《稗海》本无续集。《唐人说荟》、《说库》等从正续集摘录2卷，并非足本。中华书局1981年方南生校点本为目前方便完备之本。成式字柯古，齐州临淄（今山东临淄东北）人。穆宗宰相段文昌之子，以荫入官，为秘书省郎，累迁尚书郎、江州刺史，终太常少卿。事迹附见新旧《唐书》及中华书局本后附《段成式年谱》。

书前自序谓其家藏秘籍可与酉阳逸典相比，又以书中内容驳杂，故称《酉阳杂俎》。书中记述仙佛鬼怪，神话传说，人间俗事，略与晋张华《博物志》相类，而内容之杂又有过之。

诸凡佛道、数术、天文、地理、方物、医药、文学、历史、民俗、民族、考古、法律、语言、绘画、书法、音乐、建筑、魔术、杂技、烹饪等，应有尽有，可以说是百科全书式的笔记小说。但从全书基本内容看，主要还是述异语怪。就文体样式来说，是前代各种小说杂记的集大成者。其中《史志》、《诡习》、《怪术》、《艺艳》、《盗侠》、《语资》几类小说意味较强，尤以《诸皋记》2卷和《支诸皋》3卷为最。

《赵飞燕外传》

传奇小说。旧题汉伶元（玄）撰，1卷。《郡斋读书志》史部传记类著录《赵飞燕外传》1卷："汉伶玄子于撰。茂陵卞理藏之于金縢漆柜。王莽之乱，刘恭得之，传之于世。晋荀勖校上。"《宋史·艺文志》史部传记类著录《赵飞燕外传》1卷。《直斋书录解题》作《飞燕外传》1卷："称汉河东都尉伶玄子于撰。自言与扬雄同时，而史无所见，或云伪书也。然通德拥髻等事，文士多用之。而'祸水灭火'一语，司马公载之《通鉴》矣。"《四库全书总目》入小说类存目。伶玄事迹史传未载，书前自序称其字子干，潞水（今山西长治）人。由司空小吏历三署，刺守州郡，至淮南相。

本书成书过程多有争议。晁公武信为伶玄所作，并云茂陵卞理藏之于金縢漆柜。王莽之乱，刘恭得之，传于世。晋荀勖校上。陈振孙不以为然，以为或为伪书。《四库全书总目》据陈氏之说力辨其伪，故本书伪托之说已笃定无疑。至于何时何人所为，尚未能定。周中孚《郑堂读书记》以司马光取"祸水灭火"语入《通鉴》，谓书出北宋之世。鲁迅《中国小说史略》臆为唐宋人所为。钱钟书《管锥编》全汉文谓本篇章法笔致酷似唐人传奇，并以之与《会真记》诸传奇篇相提并论。

程毅中《古小说简目》引范宁语谓李商隐《可叹》诗所云赤凤事见《飞燕外传》，而列在唐人传奇之前。

本书故事据《汉书·外戚传》赵皇后事渲染而成，主要写汉成帝皇后赵飞燕与昭仪赵合德姊妹的宫中淫逸生活：先写赵氏姊妹的出身，再写入宫前的苦难经历，然后是入宫得宠，荒淫无度，一直写到赵合德呕血至死。其中描写赵氏姊妹的性格与爱好，既具体又细微，通过不同场景反复进行对照，相映成趣。对明清小说中的淫秽描写，影响较大。其中写汉成帝恣情纵欲，亦有讽喻之意。本书篇幅漫长，首尾完整，体近史传。其记叙委曲，恣情烂漫，颇类传奇。宋代秦醇本此作《赵飞燕外传》，除赵飞燕自缢，死后作为大鼋的结尾外，内容与引大致相同，唯文辞则更胜一筹。

《杨太真外传》

宋代传奇小说。乐史撰。《遂初堂书目》杂传类著录《杨太真外传》，无卷数。《郡斋读书志》传记类作《杨贵妃外传》2卷。《直斋书录解题》、《宋史·艺文志》史部传记类俱作《杨妃外传》1卷。今传《说郛》2种及《顾氏文房小说》等丛书本均为2卷，题《杨太真外传》。鲁迅辑入《唐宋传奇集》。

本篇将唐代以来《唐皇杂录》、《开天传信记》、《高力士外传》、《长恨歌传》、《开元天宝遗事》等书中有关唐明皇和杨贵妃轶闻的零散记载遴选缕析，以杨贵妃的生活经历为线索加以铺排，第一次以完整小说的形式表现杨贵妃的人生经历，事自贵妃册封起，迄玄宗死去，前后18年。后人有关小说戏曲如白朴《梧桐雨》、洪昇《长生殿》等均有直接影响，长篇章回小说《隋唐演义》等唐史演义书也直接取材于本书，因而在李杨故事的演变发展过程中具有承先启后的作用。

《莺莺传》（《传奇》、《会真记》）

唐代传奇小说。元稹（799—831）撰。未见著录。《太平广记》卷 488 引作《莺莺传》，注元稹撰，不注出处。曾慥《类说》卷 28 本陈翰《异闻集》题作《传奇》。宋人多称《莺莺传》为《传奇》。如赵德麟《侯鲭录》卷 5 云："夫《传奇》者，唐元微之所述也。"傅干《注坡词》引《莺莺传》亦称作《传奇》。或因《莺莺传》已为唐传奇扛鼎之作所致。后人张生赋《会真诗》三十韵，又名曰《会真记》，明人《百川书志》、《宝文堂书目》均载此名。今有《绿窗女史》、《虞初志》等丛书本。鲁迅、汪辟疆分别收入《唐宋传奇集》和《唐人小说》。均据《广记》。稹字微之，别字威明，洛阳（今属河南）人。贞元十八年（802）进士，任左拾遗，后授监察御史。长庆元年（821）拜相，次年罢为同州刺史，移浙东观察使。其诗与白居易并称"元白"。事具新旧《唐书》本传。

王铚《辨〈传奇〉莺莺事》、刘克庄《后村诗话·前集》、胡应麟《少室山房笔丛》、瞿佑《归田诗话》、鲁迅《中国小说史略》、陈寅恪《读〈莺莺传〉》等均以元稹为"张生"原型，《莺莺传》是据元稹亲身经历而写成。

《莺莺传》的故事，在后世小说、诗歌、说唱、戏剧等不同的文学形式中，不断地被引用或改编。对后代小说戏曲影响尤其深远。《醉翁谈录》著录话本名目中有《莺莺传》，宋官本杂剧有《莺莺六幺》，宋赵德麟有《元微之崔莺莺商调蝶恋花》鼓子词十阕，金董解元《西厢记诸宫调》又将其改为出走结局，变为体现市民阶层观念的作品，而王实甫

《西厢记》杂剧则又极逞文采，将其推向巅峰。而首功则当推元稹此作。

《霍小玉传》

唐代传奇小说。蒋防撰。载《太平广记》卷487。大约写作于元和（806—820）年间。未见著录。南宋吴开《优古堂诗话》和吴曾《能改斋漫录》卷八均称"《异闻集·霍小玉传》"。《太平广记》卷487引，注蒋防撰，未注出处。鲁迅《唐宋传奇集》中辑入。

本书叙霍小玉本是霍王与婢女所生的庶出女儿，被族人赶出王府，沦为妓女。小玉遇进士李益后，以身相许，两人暂时同居，十分欢爱。小玉自知不能与李益长久结合，但要求李八年内不再娶妻，能和她共享青春的欢乐。李益对小玉誓约婚姻。但得官上任后，即依母命娶了表妹卢氏，弃置小玉不顾。小玉忧恨成病，托人招请李益，李避不见面。小玉病危时，有一黄衫豪士强迫李益到小玉家面诀。小玉对李迸发愤怒的谴责，说要变成厉鬼，使他妻妾不安。小玉随即死去。小玉死后，李益一再遇到鬼魂捉弄，猜疑成疾，虐待他的妻妾。李益在唐代实有其人，他有猜疑病，见于多种唐人记载。《旧唐书·李益传》也说他"有疾病而多猜忌，防闲妻妾过为苛酷"。大概当时曾有李益虐待妻妾的传闻，因而附会出他有抛弃霍小玉的负心故事。

《霍小玉传》写出了唐代社会里妓女的卑贱地位和悲惨遭遇，反映了当时门第观念和婚姻制度的特点。作者对李益的负心行为持批判态度，倾向非常鲜明。正如作者文中所说："风流之士，共感玉之多情；豪侠之伦，皆怒生之薄行。"最后又写了一个仗义行侠的黄衫豪士，帮助霍小玉在临死时能面斥李益负心的薄行，一吐怨愤之气。作者对小说人物的爱憎分明，它的批判精神在唐人小说中是比较突出的。

《霍小玉传》写现实生活中爱情、婚姻故事，面向人生，扩展了小说的题材。小说情节结构颇具匠心，悲剧高潮前后均有烘托陪衬和余波尾声，曲折有致。其写作年代略晚于《莺莺传》、《李娃传》等名篇，而后来居上，代表了唐传奇的一个高峰。明代汤显祖曾取这个故事，改编为戏曲《紫箫记》，又改写为《紫钗记》，清潘照《乌阑誓》、蔡应龙《紫玉记》等，均据此为蓝本。

《世说》（《世说新书》、《世说新语》）

南朝志人小说。宋刘义庆（403—444）撰。《隋书·经籍志》小说家类著录 8 卷，题《世说》，另录刘孝标注本 10 卷。《旧唐书·经籍志》除录 8 卷本《世说》外，又录刘孝标撰《续世说》10 卷，疑即刘注 10 卷本《世说》。今所见唐人写本、《酉阳杂俎》引王敦藻豆事、《太平广记》所引皆题作《世说新书》。唐刘知几《史通·杂说》始有称《世说新语》。可见唐宋间《新书》、《新语》二名并行。宋初后书目如《郡斋读书志》及各本均题《世说新语》（参见绍兴刻本汪藻《叙录》）。《世说》之名，始于刘向，《汉书·艺文志》儒家类著录刘向《世说》一种。今人余嘉锡《四库提要辨证》以为其体例似如《说苑》、《新序》，分类编纂。义庆彭城（今江苏徐州）人。宋宗室，袭封临川王，历任平西将军、荆州刺史、南兖州刺史、都督加开府仪同三司。卒追赠司空，谥康王。性简素寡欲，爱好文学。著述较多，多已亡佚。事迹见《宋书》、《南史》本传。鲁迅《中国小说史略》据本传谓义庆领衔，实成于众文士之手。

书中主要记叙东汉至东晋间世族文人言行轶事。魏晋士风，好尚清谈，讲究言谈容止，品评人物，渐成风尚。晋代出现的郭颁《魏晋世语》、裴启《语林》、郭澄之《郭子》等，对《世说新语》的成书有直接影响。后者有不少故事直接取材于前者。《世说新语》的分类名目，首标德行、言语、政事、文学，这是孔门四科的内容，可见其品评人物的标准主要是儒家标准。

本书是这一时期志人小说的代表。作者常用片言只语，勾勒形象，叙述故事，而颇能写出魏晋文人玄远澹约之气韵，具有传神写照之功效。前人对此美誉连篇，鲁迅《中国小说史略》谓其"记言则玄远冷俊，记行则高简瑰奇"，可谓中的之语。

本书对后世影响极大，后世模仿者蜂拥而起，历代不绝。唐有刘肃《大唐世说新语》、王方庆《续世说新书》，宋有王说《唐语林》、孔平仲《续世说》、李垕《南北史续世说》，明有李绍文《明世说新语》、何良俊《何氏新语》，清有王晫《今世说》、吴肃公《明语林》，民国初有易宗夔《新世说》等。此外，还有李清《女世说》，专记妇女故事；无名氏《儿世说》，专记儿童故事；乔从颜《僧世说》，专记和尚故事。这些仿作，从体例至语言风格都力踵《世说新语》之武，形成"世说体"的庞大阵容。

《语林》（《裴启语林》）

晋志人小说。东晋裴启撰。《隋书·经籍志》小说类著录，10卷。原注："东晋处士裴启撰，亡。"可知是书唐代已不存。然刘义庆《世说新语》多采此书，刘注及唐宋类书亦广为征引。马国翰《玉函山房辑佚书》、王仁俊《玉函山房辑佚书补编》均有辑录。鲁迅《古小说钩沉》收 180 条，偶有漏载。今人周楞伽有《裴启语林》辑注本，文化艺术出版社1988 年版。除补出几条前人遗漏外，又将佚文按时代排列，分为 5 卷，为目前方便完备之本。

裴启正史无传。《世说新语·文学》刘孝标注引《裴氏家传》："裴荣，字荣期，河东人，父稚，丰城令。荣期少有风姿才气，好论古今人物，撰《语林》数卷，号曰裴子。"刘注以为荣当别名启，似是。但《世说·轻诋》刘注引《续晋阳秋》："晋隆和中，河东裴启撰汉魏以来迄于今时言语应对之可称者，谓之《语林》。"又《世说·文学》刘注引《中兴书》："范启字荣期，慎阳人。"则当以"启"为是。荣或为启之讹。据《续晋阳秋》，知此书成于晋隆和（361—363）间。

从现存佚文来看，《语林》是魏晋清议、清谈的产物，专门记录汉魏至东晋文人名士的言行。描写范围比较广泛，举凡帝王将相、达官贵人、文人雅士、豪族庶民等无所不及。在东晋清谈之风弥盛之际，是书曾盛行一时。《世说·文学》载："裴郎作《语林》，始出，大为远近所传。时流年少，无不传写，各有一通。"同书《轻诋》刘注引《续晋阳秋》："时人多好其事，文遂流行。"后因记事失真得罪谢安，为其所诋，遂废不传。

《琐言》（《北梦琐言》）

宋代笔记小说。孙光宪撰。《郡斋读书志》小说类著录 30卷，题"荆南孙光宪撰"。《直斋书录解题》小说家类亦作 30卷，题"黄州刺史陵进孙光宪孟文撰"。《宋史·艺文志》小说家类作 12 卷，当误。《四库全书总目》小说家类杂事之属作 20 卷，题"宋孙光宪撰"。此书自序称"先以唐朝达贤一言一行列于谈次，其有事类相近，自唐至后唐、梁、蜀、江南诸国所得闻知者，皆附其末，凡纂得事成 30 卷。《禹贡》云'云土梦作乂'，《传》有'畋于江南之梦'。郇从事于荆江之北，题曰《北梦琐言》"。可知此书实为 30 卷，因仕于荆南而得名，非撰于入宋之后。元代以后有散佚。光宪字孟文，自号葆光子。陵州贵平（今四川寿县东）人。事见《宋史》本传。

是书自序云："每聆一事，未敢孤信，三复参校，然始濡毫。"每条多载得于某人，以示有据。写作态度颇为谨严，故所记多翔实可信，然亦有传闻失实之处。书中内容甚为广泛，诸如政治史实、文人士大夫言行及社会风气等，向为研究晚唐五代史者所重视。所记中晚唐及五代时文人逸事甚多，如顾况、白居易、李商隐、温庭筠、皮日休、聂夷中、杜荀鹤、罗隐、韦庄、和凝等，均为重要文学史料。而有关神怪谶应的记载亦颇多。文笔典雅，但稍觉繁冗。书中多个典故为后人所用，成为后代小说戏曲故事素材。

《因话录》

唐代志人小说集。赵璘撰。《新唐书·艺文志》小说家类著录，6 卷。《崇文总目》小说类作 2 卷。《四库全书总目》入小说家类杂事之属，作 6 卷。赵璘（803—?），字泽章，新旧《唐书》无传。据《新唐书·宰相世系表》等，知其祖籍南阳，后徙平原（今山东陵县），为德宗时宰相赵儒侄孙。太和八年（834）进士，开成三年（838）博学鸿词科及第。大中时官左补阙，历祠部员外郎、度支、金部郎中，出为衢州刺史。

书中多次提到写作年代，最早者为文宗开成四年，较迟者在懿宗咸通六年后，可知草稿乃陆续写就，而定稿当在懿宗末年或僖宗初年。

全书6卷，计130余条，记录自玄宗至宣宗各朝人物及朝廷典故。书中根据所记人物身份地位，分为宫、商、角、徵、羽五部分。宫部记帝王及后妃生活，商部叙王公及官宦琐事，角部记未仕平民众庶故事，徵部记典故并附谐戏，羽部载见闻杂事。所记帝王，自唐玄宗至宣宗，反映了中晚唐时人因悲叹国势衰败，而隐含对开元盛世的怀念之情。亦偶有失实之处，然多为实录。《四库全书总目》称其"虽近小说，而往往足与史传相参"。

书中故事多篇幅短小，但能秉承志人小说言约旨远之习，往往能小中见大，耐人咀嚼。个别篇章，情节紧凑，几个主要人物形象鲜明，颇为佳制。

《容斋随笔》

南宋笔记小说。洪迈（1123—1202）撰。74卷。《宋史·艺文志》小说家类著录。《四库全书总目》入子部杂家类。亦题作《容斋随笔》。迈字景卢，号容斋，鄱阳（今江西）人。绍兴进士，历官端明殿学士。自幼天资聪颖，勤于治学，著述甚丰，除《容斋随笔》外，还有《野处类稿》、《容斋诗话》、《夷坚志》、《万首唐人绝句》等。其博学多闻，对经史百家、医卜星算，无不深究，辨订考据，凡有所得，随笔记之而成是书。分《随笔》、《续笔》、《三笔》、《四笔》、《五笔》5集，前4集各16卷，《五笔》写至10卷而卒。

是书取材广泛，考据精审，资料丰富，凡经史百家、文学艺术、宋代掌故、人物评价均多涉笔。对宋及宋以前的王朝更替、人物轶事以及历史、政治、辞章等进行了持之有据的考证和鞭辟入里的分析，对宋代典章制度和社会风尚等的记载尤为精审。具有较高的史料价值和认识价值。书中有关诗歌部分，后人辑为《容斋诗话》。

《梦溪笔谈》

北宋笔记。沈括（1030—1095）撰。26 卷，《补笔谈》3 卷，《续笔谈》1 卷，总 30 卷。括字存中，钱塘（今杭州）人。仁宗嘉祐进士，累官太子中允。翰林学士，著名的自然科学家、政治家。他在王安石变法期间，参与制定新法。晚年遭保守派迫害，一再贬谪。57 岁后闲居润口（今江苏镇江东郊），筑室名梦溪。根据科学实践的平生见闻著此编。全书分故事、辩证、乐律、象数、人事、官政、机智、艺文、书画、技艺、器用、神奇、异事、谬误、讥谑、杂志、药仪 17 门，按笔记体例共载 609 条。内容涉及天文、历法、气象、地质、地理、物理、化学、生物、农业、水利、建筑、医药、历史、文学、艺术等社会生活各方面。其中自然科学条目居 1/3。总结了古代直到北宋时期的自然科学成就，记录了劳动人民在科学技术方面许多杰出的发明和创造，多为正史所不载，成为重要科技史料。记述了各种社会历史事实，如李顺起义，赋税徭役扰民，宋代西北和北方边备利弊，以及典制礼仪的演变，极具史料价值。沈氏诗文俱佳，记载故事、乐律、艺文、书画谬误、讥谑等门，多有文学史料，为研究文学艺术的重要参考资料，且往往被后世艺术创作取资。本书为笔记文学之上乘。

最早有宋乾道二年（1166）刻本，今存元明复刻宋本。1956 年，胡道静据清光绪番隅陶氏爱庐刊本为底本，参以十数种版本校注出版《梦溪笔谈校证》。1957 年，又有《新校正梦溪笔谈》，颇便研读。

《东谷》（《东谷所见》）

宋代笔记小说。宋李之彦撰。《宋史·艺文志补》著录 1 卷，《四库全书总目》杂家类存目，亦作 1 卷。之彦，永嘉人，东谷其所自称。是书中自述游湖海 50 年，教公卿大夫之子孙屡矣，教寻常白屋之类亦多，则老塾师也。书中多系论说性短文，凡 13 则。《四库全书总目》谓其"皆愤世疾俗，词怨以怒。末载太行山戏语一条，谓是非不必与世人辨，盖其篇中之寓意"。

《道山》（《道山清话》）

宋代志人小说集。道山先生撰。《直斋书录解题》小说家类著录《道山清话》1 卷，不著撰人。《宋史·艺文志》作《道山新闻》，当即一书。《四库全书总目提要》小说家著录《道山清话》1 卷，不著撰人名氏。今有明影刊本，《百川学海》本等。涵芬楼本《说郛》署为宋道山先生撰。书后署名"朝奉大夫炜"建炎四年（1130）跋语，称本书为其先大父所作。

书约成于崇宁五年（1106），载北宋名臣司马光、范缜、范纯仁、王安石等诸人趣闻轶事，尤以欧阳修、黄庭坚、张耒等人议论与谐谑故事为多。书中所记笑语，多为后人笑话书所取。书中颇诋王安石，于程颢等亦有不满之论。唯记苏轼、黄庭坚辈交往甚详，故人以蜀党视之。然所书名人言行，各具性格。褒奖为官清廉，为人正直、为文真实。

《鼠璞》

宋代笔记。2卷。宋戴埴撰。《直斋书录解题》小说家著录，1卷。《宋史·艺文志补》著录1卷。《四库全书总目》杂家类著录。埴字仲培，桃源（今属湖南）人。仕履不详。全书80余条，约2万字。以考证经史疑义，及名物典故之异同为主，持论多为精审。论"麟趾"为衰世之语，是拘泥于诗序所致；论"性恶"系曲解《荀子》，实与《孟子》"性善"论同功。谓《诗序·丝衣篇》引《高子·灵星》之言，实讲经者附益。复考文献，率皆确实有据。他如"琉璃"、"馄饨"、"防海"、"橄榄"、"唐进士无耻"、"桃符"诸篇，多属散文佳作，令读者愉心悦目，开卷有益。

《鸡肋编》

宋代笔记小说。庄绰撰。3卷。《四库全书总目》小说类著录。绰字季裕，自署清源（今泉州惠安）人。历北宋神宗、哲宗、徽宗、钦宗并南宋高宗五朝，为襄阳、颖昌、洪州、鄂州等地方官。学有渊源，博物洽闻。尚著有《杜集援证》、《本草节要》等书，已佚。

书中杂记事物考辨、远域奇闻、人物诗文、社日节令、财政天文、寺庙碑石、风俗忌讳、草木医药、僧佛传闻等。自序成书于绍兴三年（1133），记事止于十三年。其中轶闻旧事以及当代事实，可补正史之不足。所记绍兴初年兵马钱谷数，为他书所不载；有关摩尼教记载，为研究宋史者所必征引。有关刻丝、种茶、禁剥桑等事，可供研究经济史参考。记录韩愈、欧阳修、黄鲁直等人诗歌，曾巩、王令、李邦直、蔡京等人文章，间有考证。全书内容广涉古今人物、民俗风情、天文五行、婚丧仪礼、医术方书、本草植物、谚语字谜、训诂释名、故迹地名、气候变迁、山崩地震，等等，可与周密《齐东野语》相埒，大体与沈括《梦溪笔谈》相近。亦偶有误记，然不足为病。

《资暇》

唐代笔记。或作《资暇集》、《资暇录》。3 卷。李匡文撰，一作李匡乂。《新唐书·艺文志》小说家类著录李匡文《资暇》3 卷。《崇文总目》小说类作《资暇录》3 卷，李匡乂撰。《郡斋读书志》小说类著录《资暇》3 卷，作李匡乂济翁撰。《直斋书录解题》杂家类著录《资暇集》2 卷，作李匡文济翁撰。《四库全书总目》入杂家类杂考之属，作《资暇集》，李匡乂撰。余嘉锡《四库提要辨证》引周中孚《郑堂读书记》，以为撰者之名当作李匡文。

此书为考订旧文之作，兼及名物、训诂、风俗、礼制，精到处颇多，亦小有舛误。《郡斋读书志》云此书"序称世俗之谈，颇多讹误，虽有见闻，默不敢证，故著此书。上篇正误，中篇谭原，下篇本物，以资休暇云"。

《辨疑志》

唐代志怪小说集。陆长源（？—799）撰。《新唐书·艺文志》小说家类著录《辨疑志》3 卷。《崇文总目》同。《宋史·艺文志》作《疑辨志》，误。《玉海》卷57 引《中兴馆阁书目》著录《辨疑志》云："辨世俗流传之谬。"《直斋书录解题》小说家类云："唐宣武行军司马吴郡陆长源撰。辨里俗流传之谬。"长源字泳之（《新唐书》本传作泳），吴郡（今江苏苏州）人。著有《唐春秋》60 卷。《旧唐书》卷145、

《新唐书》卷151有传。

观书中所署其官衔,是书似著于贞元十二年之后。原书失传,《太平广记》及《说郛》(原本,卷34)等书收有佚文,都是破除迷信的故事,具有较强的科学观念。如《太平广记》卷288引《李恒》条,叙陈增揭穿巫师的骗术,用白矾画在纸上,沉入水中,纸上出现鬼的形象,巫祝李恒就被吓跑了。又如《太平广记》同卷引《姜抚先生》条,记太学生荆岩根据典章制度揭露道士姜抚的谎言。姜抚自云年已数百岁,谎称在梁朝曾为西梁州节度使。荆岩指出:"梁朝在江南,何处得西梁?只有四平、四安、四镇、四征将军,何处得节度使?"这个姜抚惯于诈骗,唐玄宗也曾上当,见《新唐书·方伎列传》。又如《说郛》所收《石老》条,载石老之子沉其父尸于河中,妄称石老化白鹤飞升上天。节度使李怀竟信以为真,赐石子米和绢。后因邻人争夺财物而暴露真相。又如《女娲墓》条谈到苏州太伯庙东一宅有太伯三郎塑像,常有人去祭祀。陆长源指出史传明说太伯无嗣:"太伯三郎不晓出何典耶?"多处运用了考据的方法,在唐代小说中是别树一帜的。

书中以志怪故事破除迷信虚妄,此法在小说史上实为少见,是中国小说史和文化史上的重要现象,惜并未有学人深究。

《家训》(《颜氏家训》)

北齐颜之推(531—591)撰。《旧唐书·经籍志》著录7卷。明本合为2卷。之推字介,琅玡临沂(今属山东临沂)人。事载《北齐书》本传。之推博览群书,词情典丽,有《观我生赋》叙其生平,与庾信《哀江南赋》并称。生平著述有《文集》30卷、《家训》20篇、《训俗文字略》1卷、《集

灵记》20 卷、《还冤志》3 卷等多种。文集已佚，仅存诗 5 首
载《古诗选》，后世推为北朝佳作。另有《家训》、《还冤
志》、及《观我平生赋》一篇存世。

此编成书于隋开皇九年（859）以后。为述修身治家之
法，辨正时俗之谬，训诫子孙的杂论汇编。其述学论文多以儒
家为法度，不乏真知灼见。如反对为文浮艳，趋末弃本，主张
形式为内容服务："文章当以理致为心肾，气调为筋骨，事义
为皮肤，华丽为冠冕。"特重士人修养，文艺品第。他如音韵
字训、典故考证、世风人情，无不论及，足资参正补史。

《世范》

或作《袁氏世范》。宋袁采撰。《宋史·艺文志》杂家著
录袁采《世范》3 卷。《四库全书总目》子部儒家类著录《袁
氏世范》3 卷。采字君载，信安人。登进士第三。宰剧邑，以
廉明刚直称。仕至监登闻鼓院。著有《政和杂志》、《县令小
录》，皆不传。

是书即其在乐清为官时所作。分睦亲、处己、治家三门，
题曰《训俗》。府判刘镇为之作序，始更名《世范》。其书多
论立身处世之道，反复详尽，对于为人处世，确有裨益。语言
亦较为浅近，通俗易懂。故《四库全书总目》谓其"虽家塾
训蒙之书，意求通俗，词句不免于鄙浅，然大要明白切要，使
览者易知易从，固不失为《颜氏家训》之亚也"。

《劝善录》

①宋代志怪小说集。周明寂撰。《郡斋读书志》小说家著
录，6 卷。原书已佚。晁公武云："周明寂元丰中纂道释、传
奇、福祸之效前人为传记者成一编，以诫世。"②宋代志怪小

说集。王敏中（或作仲）撰。《宋史·艺文志》道家释氏类著录王敏中《劝善录》6卷。书亦不存。《夷坚丙志》卷2"聂从志"条，叙仪州华亭医者聂从志屡次拒绝邑丞妻李氏色相诱惑，得延寿一纪事，末云："王敏仲《劝善录》书其事，曲折甚详，然颇有小异，又无聂君名及李氏姓。"③明沈节甫辑《由醇录》中有秦观《劝善录》1卷。胡应麟所指何书待考。

《省心》（《省心杂言》、《省心录》）

宋李邦献撰。《宋史·艺文志》儒家类著录"《李公省心杂言》1卷，不知名"。《四库全书总目》儒家类著录《省心杂言》1卷，李邦献撰。邦献，怀州人。太宰邦彦之弟。官至直敷文阁。《永乐大典》，俱载是书，共200余条，盖依宋时椠本全帙录入。前有祁宽、郑望之、沈浚、汪应辰、王大实五序，后有马藻、项安世、乐章三跋，并有邦献孙耆冈及四世孙景初跋三首，皆谓此书邦献所作。

是书在宋有临安刊本，题为林逋撰。陶宗仪《说郛》录其数条，仍署为林逋所作。或李邦献和林逋均为宋人，著有同名书各一。前者多见名为《省心杂言》，后者多见名为《省心录》。以《省心》名之，则易混淆。

《本事》（《本事诗》）

唐代诗话。唐孟棨撰。1卷。棨字初中，籍贯生平不详。《新唐书·艺文志》著录于丁部总集类，《郡斋读书志》著录于集类总集类，《四库全书总目》收于集部诗文评类。棨字初中，生平未详。

此书兼有笔记诗话体裁。专叙唐代诗人写作某些作品的事迹本末（有两条记六朝诗作）。罗根泽认为《本事诗》是诗话的前身，其记述诗人轶事主要来源于笔记小说，由笔记转入纯粹的记录诗人遗事，便是《本事诗》。书成书于光启二年（886）。分情感、事感、高逸、怨愤、征异、征咎、嘲戏七类。唐代诗人轶事，赖以保存，颇注重真实性。然经后人考究，亦不免有附会之处，引诗常与诗人专集所载不尽符合。

《抒情》（《抒情集》）

唐代志人小说集。或作《抒情诗》。唐末卢瑰撰。《新唐书·艺文志》总集类著录卢瑰《抒情集》2卷。《宋史·艺文志》作卢环。原书已佚。作者生平不详。《太平广记》引《抒情诗》佚文19条，当即其书。佚文多为唐代文人吟咏轶事，其中多具故事性者。如《广记》卷181引"李翱女"记卢储向李翱投卷时，被李女相中，因成李婿，后为状元。可见唐重科举和富贵前定的观念。卷200引"李蔚"记李召客舟饮时舟子溅水妓身，李怒擒舟子，被孙处士作诗相救，写出当时人们重才之心，而不乏小说意味。

《洞冥》（《汉武帝洞冥》、《洞冥记》、《汉武帝别国洞冥记》）

汉代志怪小说集。旧题后汉郭宪撰。据该书原序，原本为4卷。《隋书·经籍志》史部杂传类著录一卷，题汉郭氏撰。《旧唐书·经籍志》史部杂传类作郭宪《洞冥记》4卷，《新唐书·艺文志》子部道家类作郭宪《汉武帝别国洞冥记》4卷。《直斋书录解题》小说类著录《洞冥记》4卷，附拾遗1卷，陈振孙指出《拾遗》是"于御览中抄出"者，即宋人辑4卷本的佚文所成。《郡斋读书志》则作5卷，当系合4卷原文与拾遗1卷者。郭宪字子横，汝南宋（今安徽太和县北）人，王莽朝不仕，隐于海滨。光武拜为博士，后迁光禄勋。为人刚直，事具见《后汉书·方术列传》。因本书内容怪诞，文字缛艳，后人如胡应麟《少室山房笔丛·四部正讹》、《四库丛书总目提要》等均断言非出汉人手笔，系六朝人所为。此前宋晁载之《续谈助》本《洞冥记跋》引张柬之语，谓后梁尚书蔡大宝（"大"原作"天"，据《周书》、《北史》改）《与岳阳王启》称《洞冥记》为梁元帝所作。今人余嘉锡《四库提要辨证》亦力主此说。但元帝《金楼子·著书篇》自列著作并无此书，姑存疑待考。

郭宪《洞冥记序》云："况汉武帝明隽特异之主，东方朔因滑稽浮诞匡谏，洞心于道教，使冥迹之奥，昭然显著……武帝以欲穷神仙之事，故绝域遐方贡其珍异奇物及道术之人，故于汉世盛于群主也。"可见书名取洞达神仙冥迹奥妙之意。书中以汉武帝、东方朔两个人物为中心线索，一方面汇录有关汉武帝、东方朔君臣二人的传说奇闻；另一方面穿插了众多的方术异说，杂记各种逸闻及神山仙境、仙丹灵药、奇花异木、珍禽怪兽等。有些传说与《汉武故事》、《汉武内传》、《神异经》等有一定渊源关系而不雷同。

书中所记方外异国虽属地理博物体志怪，但《山海经》、《神异经》、《十洲记》等均恍惚朦胧，为怪诞不经之言，本书却半真半假，较为平实，为武帝时西域诸国的传说化。书中文笔华丽，词句缛艳，对事物的描写细致具体。谭献《复堂日记》卷5谓其"辞藻丰缛，有助文章"。此风对《汉武内传》及唐代传奇等均有影响。

《玄怪录》（《幽怪录》）

唐代志怪传奇小说集。牛僧孺（780—848）撰。10卷。《新唐书·艺文志》、《崇文总目》、《郡斋读书志》、《直斋书录解题》、《文献通考》、《宋书·艺文志》小说家类著录。《遂初堂书目》及曾慥《类说》题作《幽怪录》，当为宋人避始祖玄朗讳所为。《直斋书录解题》所录为11卷，此本又见明高儒《百川书志》，并云："唐陇西牛僧孺撰。载隋唐神奇鬼异之事，各据闻见出处，起信于人。凡四十四事。"10、11卷本均不传，今存明陈应翔刻本即为44事，然却为4卷。除4卷本外，宋代类书、丛书如《太平广记》、《类说》、《绀珠集》、《说郛》诸书亦有征引，有12篇为4卷本所无，而4卷本亦独有7篇。僧孺字思黯，安定鹑觚（今甘肃灵台）人。事见新旧《唐书》本传及杜牧《年公墓志铭》、李钰《牛僧孺神道碑》等。

《玄怪录》记述南朝梁至唐大和年间神奇鬼异之事，多可见作者目世之见和人生观念。有些作品垂训于篇末，或有深意寓于言中。叙述讲究技巧，有不少情节曲折之作。书中故事题材对后代叙事文学颇有影响。薛渔思《河东记》、张读《宣室志》、李复言《续玄怪录》都是其继作。亦有作品演为通俗小说和戏曲。

《博物志》

晋代志怪小说。西晋张华（232—300）撰。《晋书·张华传》称张华"著《博物志》十篇"。《隋书·经籍志》杂家类著录10卷。新、旧《唐书》入小说家类，亦作10卷。《宋史·艺文志》复编入杂家类，卷帙同。《中兴馆阁书目》、《郡斋读书志》、《直斋书录解题》并收周日用、卢氏注。

然晋至唐宋人书中所引《博物志》（或作《博物记》）佚文，多有今本所不载者。今人范宁《博物志校证》辑得佚文212条，占今本2/3，可见今本非足本。历代学者对这些佚文的归属，却颇有歧说。胡应麟《少室山房笔丛·丹铅新录一》、黄丕烈《士礼居丛书》本序、周中孚《郑堂读书记》卷16谓出张华《张公杂记》，周密《齐东野语》卷7、杨慎《丹铅总录》卷11、《四库全书总目提要》、马国翰《玉函山房辑佚书·博物志序》则谓应另属别本《博物记》。又晋王嘉《拾遗记》卷9言此原书400卷，张华受晋武帝命删为10卷。王谟《汉唐地理书抄·张华博物志跋》据此谓佚文为删落之余。又《魏书》、《北史》常景本传载北魏常景曾删张华《博物志》。丁国钧《补晋书艺文志》遂以今本为常删节本。诸说俱有疑窦。范宁校注本后记以为其书先经常景删改，复为连江叶氏刊削。其佚文部分为删削之文，部分乃他书窜入者，似为平允。

华字茂先，范阳方城（今河北固安县北）人。魏时为长史、中书郎等，入晋历任显职，官至司空。为西晋著名文学家。赵王司马伦篡位遇害。事具《晋书·张华传》。

本书仿《山海经》，为地理博物体志怪，以记载山川地理、飞禽走兽、草木虫鱼等为主要内容。全书10卷，卷1至卷3记地理风俗和动物植物。卷1分地理略、地、山、水、山水总论、五方人民、物产七目；卷3分外国、异人、异俗、异产四目；卷3分异兽、异鸟、异虫、异鱼、异草木五目。所记多取自他书，如《山海经》、《淮南子》、《十洲记》、《汉武洞冥记》等。卷4、卷5记药物和方士。卷4分物性、物理、物类、药物、药论、食忌、药术、戏术八目，多引《神农本草》等书，大抵叙述物理和药性。卷5分方士、服食、辨方士三目，叙方术家言。卷6为杂考，分为人名考、文籍考、地理考、典礼考、乐考、服饰考、器名考、物名考八目，分门考证名物典章。卷7异闻，卷8史补，卷9至卷10杂说。或记神话传说，或记人物轶事，或记前代奇闻，或记近世诡异。

本书所创专门杂记博物之体，对后代影响较大，宋李石《续博物志》，明游潜《博物志补》、董斯张《广博物志》等，均仿此而作。

《杜阳》（《杜阳杂编》）

唐代笔记小说集。苏鹗撰。《新唐书·艺文志》小说家类、《郡斋读书志》小说类、《直斋书录解题》小说家类均著录3卷，《宋史·艺文志》小说类作2卷，《四库全书总目》小说家类异闻之属作3卷。传世有《稗海》本、《学津讨源》本等多种，均为3卷。苏鹗，字德祥，武功（今陕西）人，为玄宗开元年间宰相苏颋的族人。唐僖宗光启二年（886）进士。家居武功阳州，《杜阳杂编》即因地得名。书成于僖宗乾符三年（876）。又撰有《苏氏演义》。《杜阳杂编》3卷，51则，所记自代宗广德元年（736）至懿宗咸通十四年（873），凡十朝之事，多述四方异闻与奇技宝物，事颇荒诞。类似王嘉《拾遗记》、《汉武洞冥记》等书。至如叙宦官鱼朝恩、仇士良之专横跋扈，懿宗朝迎佛骨之如痴如狂等条，则有裨于治史。

《四库全书总目》评此书文词曰："铺陈缛艳，词赋恒所取材，固小说家之以文采胜者。读者挹其葩藻，遂亦忘其夸饰。"可见此书语言风格。

《云仙》（《云仙散录》）

唐代杂事小说。旧题冯贽撰。又名《云仙杂记》。《直斋书录解题》、《宋史·艺文志》、《四库全书总目》小说类著录。宋本《云仙散录》题为"唐金城冯贽编",卷末有冯氏天成元年（926）自序,称天祐元年（904）退归故里。署名冯贽撰的书另有《南部烟花录》、《记事珠》2 种,然皆从他书中摘录而成,疑为伪托。

宋张邦基《墨庄漫录》以为系王铚作。《直斋书录解题》、《容斋随笔》、赵与时《宾退录》均疑其妄,但未明言何人所作。余嘉锡《四库提要辨证》经为王铚说不可信,当暂存疑。余氏又据《容斋随笔》谓孔传《续六帖》中载《云仙散录》中事,以为本书成书不晚于北宋。本书《直斋书录解题》著录 1 卷,今传《随庵丛书》本系据宋本影印,1 卷,题《云仙散录》。另有隶竹堂刻本,10 卷,题《云仙杂记》。余嘉锡据此以为 10 卷本为后只所分。书名亦后人所改。

全书不分卷,共 369 条,引书 100 种。前 8 卷所引较少为人所见知,后 2 卷则为常见。余嘉锡以为前 8 卷为原作者杂采众书,随意填注书名,后 2 卷则系后人杂纂宋代书籍而成,为伪中之伪。内容以记述唐五代人士的逸闻逸事为主,所写人物既有名士、隐逸,亦及缙绅、显贵。

《周秦行纪》

唐代传奇小说。《太平广记》卷 489 引作牛僧孺撰,《李卫公外集》附此文亦题牛僧孺撰,《李卫公外传》附此文亦题牛僧孺撰。宋张洎《贾氏谈录》提出:"世传《周秦行纪》,非僧孺所作,是德裕门人韦瓘所作。"《郡斋读书后志》说:"贾黄中以为韦瓘所撰。瓘,李德裕门人,以此诬僧孺。"《直斋书录解题》卷 16 也说:"《周秦行纪》一篇,奇章怨家所为,而文饶（李德裕）遂信之尔。"胡应麟《少室山房笔丛》

卷 32 说："《周秦行纪》，李德裕门人伪撰以构牛奇章者也。"鲁迅《中国小说史略》亦云："牛僧孺在朝与李德裕各立门户，为党争，以其好作小说，李之门客韦瓘遂托僧孺名撰《周秦行纪》以诬之。"然亦有学者对此提出疑问。近人李长之认为不能草率地否定牛僧孺的著作权（《中国文学史略稿》）。还有人认为《周秦行纪》不是牛僧孺作，而《周秦行纪论》也不像是李德裕作（岑仲勉《隋唐史》、傅璇琮《李德裕年谱》）。《周秦行纪》的作者，迄今未有定论。

《周秦行纪》记述作者在贞元年间举进士落第，将归宛叶，经伊阙南道鸣皋山下，因暮失道，遂止于薄太后庙中，与汉薄太后、高祖戚夫人、昭君王嫱、晋石崇歌妓绿珠、齐潘淑妃、唐太真贵妃一起宴饮。席间太后问今天子为谁，则对曰："今皇帝先帝长子。"太真贵妃答曰："沈婆儿作天子也，大奇！"复赋诗，终以昭君侍寝。至明别去，"竟不知其何如"。作者本意诬陷牛僧孺对帝王不恭。故与李德裕《周行记论》、刘轲《牛羊日历》相呼应，为李党对牛党发难，系党争之工具。《周秦行纪》作为牛僧孺所撰的小说，在唐代引起了一场风波，成为政治斗争的一个热点。

《周秦行纪》结构完整，语言流畅，富于表现力，艺术成就较高。所描写汉唐后妃虽着墨不多，但性格各异，其笔力风格与牛僧孺《玄怪录》诸篇略同。

《东轩笔录》

宋代笔记。北宋魏泰撰。15 卷，续录 1 卷。《郡斋读书志》、《文献通考》入子部小说家类。《宋史·艺文志》同，《续东轩笔录》1 卷入子部杂家类。《四库全书总目》无《续录》。泰有《临汉隐居诗话》。

是书据其交往见闻而撰，成于元祐九年（1904）。记宋太祖迄神宗六朝轶闻故事，内载王安石及其相关人物，宫廷诸杂事，感情偏激，文笔恣肆，颇夹私愤，每致失实，《旧闻证误》、《容斋随笔》对此已有驳正。

《夷坚志》

宋代志怪小说集。洪迈（1123—1202）撰。其书卷帙既繁，积久散佚。《直斋书录解题》小说家著录，计甲至癸 200 卷，支甲至支癸 100 卷，三甲至三癸 100 卷，四甲至四乙 20 卷，共 420 卷。《宋史·艺文志》小说家类著录两种：一本含甲、乙、丙志 60 卷；另一本含丁、戊、己、庚志 80 卷，共 140 卷。明胡应麟《少室山房类稿》卷 104《读夷坚志》言及一种含支甲至三甲的百卷抄三。《少室山房笔丛·九流绪论下》称当时只传 50 卷。《四库全书总目》小说家类著录《夷坚支志》50 卷。严元照影宋写本为 80 卷。近人张元济广为搜集，编为《新校辑补夷坚志》207 卷，计甲、乙、丙、丁四志 80 卷，支志甲、乙、丙、丁、戊、庚、癸 70 卷，三志己、辛、壬 30 卷，补 250 卷，再补 1 卷。1981 年中华书局何卓点校本即据此为底本，又增三补 1 卷，为目前较完备之本。据本书序文等推断，甲志约成于绍兴二十九年（1159），四志当作于嘉泰初年（1201）。初志前半部用力较勤，后半部至四志则愈见草率，杂取滥收。迈字景卢，号容斋，晚号野处老人。饶州鄱阳（今江西波阳）人。事见《宋史·洪迈传》。

《列子·汤问》在提到鲲鹏时说："大禹行而见之，伯益知而名之，夷坚闻而志之。"可知夷坚为传说中上古时代博物者，以记载奇异著称。洪迈取以为名，意在搜奇志怪。书中所收，大多神奇诡异，虚诞荒幻，举凡神仙鬼怪、冤对报应、风俗习尚等，无不收录。

书中故事与前代相比，技法上已大有进步。很多故事叙事委婉，描写细腻，语言凝练。有的已能写出人物性格。全书写人写事，立意遣词，均极见功力。本书对宋、元说话和戏曲产生过很大影响。罗烨《醉翁谈录·小说开辟》中，已将本书与《太平广记》、《琇莹集》诸书并列，作为说话艺人必读烂读之书。已知据本书内容改编的小说戏曲，已达几十种。故本书堪为宋代志怪小说集之大成。

《桯史》

南宋笔记。岳珂（1183—1234）撰。15 卷。另唐李德裕《次柳氏旧闻》别名也作《桯史》。胡应麟所指前者。珂字肃之，号亦斋，又号倦翁，相州汤阴（今属河南）人。岳飞孙，岳霖子。历仕嘉兴知府、户部侍郎、淮东总领兼制置使、宝谟阁学士。成书于嘉定七年（1214）。桯为床前小几，取案间私史之意，故名"桯史"。共 140 则，泛记两宋政事、人物、遗闻逸事，南宋事多出于亲见亲闻。《乾道受书礼》、《阳山舒城》、《逆亮辞怪》、《燕山先见》、《施宜生》、《开禧北伐》等多涉宋金和战，足资旁证；《机心不自觉》、《天子门生》、《优伶诙语》、《秦桧死报》等于秦桧多有揭露。记王安石、苏东坡、黄山谷、李龙眠、叶梦得等文人学士逸事，有他书所不载者。《稼轩论词》记辛弃疾修改词作，累乃未竟，并录有关作家诗文作品，有助于文学史研究。然记事间有失实，记年、人名、地名，亦时有差错。所记图谶、命相、神怪诸事，亦有不可信者，颇近迷信。

《十洲记》（《海内十洲记》）

汉代志怪小说。又名《海内十洲记》、《十洲三岛记》、《十洲三岛》、《海内十洲三岛记》、《十洲仙记》。旧题汉东方朔撰。《隋书·经籍志》地理类著录 1 卷。《新唐书·艺文志》列入道家类，《郡斋读书志》入传记类，《直斋书录解题》始入小说类。《四库全书总目》题作《海内十洲记》。

陈振孙《直斋书录解题》以《汉书·东方朔传》未列此书，传赞又言后世好事者多取奇言怪语托之于朔，故视本书为伪托。后人多从其说。《四库全书总目提要》以为六朝人所托。考张华《博物志》卷 2 续弦胶事、卷 3 猛兽事皆采本书，则作者当在晋前。按汉末道教大兴，而书中屡张其教，其伪托者或在此时。本书版本较多，佳者如《云笈七签》、《道藏》、《顾氏文房小说》、《古今逸史》等。

《十洲记》内容分作三部分，即序、十洲、三岛。本书记汉武帝闻西王母言八方巨海中有祖洲、瀛洲、玄洲、炎洲、长洲、元洲、流洲、生洲、凤麟洲、聚窟洲，遂向东方朔问其状，朔详言十洲及沧海岛、方丈洲、蓬莱山、昆仑山之大丘灵气阜，真仙神官、仙草灵药、甘液玉英、奇禽异兽等。书中颇有神仙道教色彩，如太玄都、紫府宫、太帝宫、金镛城、鬼谷先生、太上真人、天帝君、西王母、三天君、太真东王父、上元夫人等仙人和金芝玉草、扶桑、返魂树、风生兽、火光兽、火浣布、切玉刀、夜光杯、续弦胶、反生香等仙物琳琅满目。十洲记传闻古已有之，秦汉以来文献如《山海经》、《史记·封禅书》与《秦始皇本纪》、西汉纬书《龙鱼河图》、《三国志·吴·孙权传》等均有记载。本书综合前人诸记，铺演成为自成体系的神仙世界。裒合之功，实不可没。宋王珠《分门集注杜工部诗·玉台观》注云："道书中有《十洲记》，皆言神仙境土。"晚清陆绍明《月月小说发刊词》亦谓："《海内十洲记》好言神仙，字字脉望"，乃"道家之小说"（载《晚清文学丛钞·小说戏曲研究卷》）。

书中叙述生动，描写刻画亦十分细腻，文字缛丽，为中国早期小说之有文采者。

《汲冢琐语》（《琐语》、《古文琐语》）

古小说。本名《琐语》，西晋太康二年（281）（据《晋书·荀勖传》，一说太康元年）出自战国魏襄王（据《史记·魏世家》集解引荀勖语，一说魏安釐王墓），故名《汲冢琐语》。原书系战国古文字，写于竹简，故又称《古文琐语》。

据《晋书·束皙传》，《琐语》出土时为 11 篇，由荀勖、和峤等人整理校正并用当时文字写定为 11 卷，遂行于世。至唐初已亡佚大半。《隋书·经籍志》、《旧唐书·经籍志》、《新唐书·艺文志》杂史类皆著录《古文琐语》4 卷，《隋志》并注"《汲冢书》"。南宋初罗苹注《路史》曾引《琐语》，然南宋公私书目如晁公武《郡斋读书志》、陈振孙《直斋书录解题》及《宋史·艺文志》等均未收录。考郑樵《通志·艺文略》已将《古文琐语》4 卷列为逸书，则本书至南宋已亡佚。佚文散见《水经注》、《春秋左传注疏》、《北堂书钞》、《艺文类聚》、《史通》、《事类赋注》、《太平广记》、《太平御览》、《路史》注诸书，以《御览》为多。清洪颐煊《经典集林》卷 9、严可均《全上古三代文》卷 15、马国翰《玉函山房辑佚书续编》均有辑本，共存佚文 20 余条。佚文记事下迄战国初，当为战国中期以前晋国或魏史官所作。明胡应麟《少室山房笔丛·二酉缀遗》以为其书当在《庄》、《列》之前，为春秋人所作。刘知几《史通·六家篇》谓其同《夏殷春秋》、《晋春秋》等，可知其体类《国语》，按国记事。

本书记事方法多承袭史传，能在记叙史事之余杂糅神话传说和各种异闻，在体例上又分国记事，若干故事首尾完整而精炼简洁，并稍能注意形象刻画。胡应麟《少室山房笔丛·九流绪论下》称之为"古今纪异之祖"。陈梦家《六国纪年·汲冢竹书考》亦谓其"实为小说之滥觞也"。其书出土后，仿作者不乏其有。嵇含《南方草木状》引西晋人托名东方朔作《琐语》"抱香履"条，为介子推传说，原书已佚。梁顾协有《琐语》，亦仿此而作。刘知几《史通·申左篇》又谓干宝《搜神记》亦为见此书后"籍为师范"，可见其影响所在。

《齐谐记》

南朝志怪小说集。东阳无疑撰。7卷。《隋书·经籍志》史部杂传类著录7卷，注云："宋散骑侍郎东阳无疑撰。"《唐书·经籍志》史部杂传类著录，《新唐书·艺文志》入子部小说家类。陈振孙《直斋书录解题》卷11云："《唐志》又有东阳无疑《齐谐记》，今不传。"东阳无疑史传未载，据《隋书·经籍志》著录，知其为宋散骑侍郎。据《冥祥记》"刘龄"条记刘宋元嘉九年事，末云"其邻人东安太守水丘和传于东阳无疑"，知其为晋宋宋初人。又《齐谐记》多记东阳郡事，《何氏姓苑》说，东阳氏出于东阳郡。则东阳无疑当是东阳（今浙江金华）人。

《齐谐记》宋时已佚，《北堂书钞》、《艺文类聚》、《初学记》、《太平广记》等类书中多有征引，清马国翰《玉函山房辑佚书》和鲁迅《古小说钩沉》先后辑得佚文15条。《齐谐记》书名来自《庄子·逍遥游》："齐谐者，志怪者也。"其内容主要是记录怪异故事。《齐谐记》有些故事亦见于他书，如《董昭之》条见《搜神记》卷 20，《张然》条见《搜神后记》卷 9 等。

《汉武故事》

汉代小说。又作《汉武帝故事》。旧题班固撰。《隋书经籍志》史部旧事类著录 2 卷，不著撰人。《旧唐书·经籍志》入起居注类著录 2 卷，《新唐书·艺文志》同，唯题作《汉武帝故事》，均亦不题撰人。《崇文总目》杂史类著录 5 卷，题班固撰。《郡斋读书志》及《续谈助》本晁载之《洞冥记跋》俱引张柬之说作王俭撰。《四库全书总目》入小说家异闻之属，1 卷，并列班固、王俭二说。黄廷鉴《跋重辑汉武故事》揣度书为汉成帝、哀帝间人所记，班固修《汉书》时尝有采录，后人又有所附益（见《第六弦溪文抄》卷 3）。孙诒让《札移》据《西京杂记序》，考为葛洪依托。而班固、王俭、葛洪三说均有疑窦。班固说虽始见《崇文总目》，然汉魏间《三辅黄图》卷 5 已引作班固《汉武故事》。今本鲁迅《古小说钩沉》辑本较完备。

本书记载汉武帝从生于猗兰殿至死葬茂陵一生琐闻逸事，其中包括武帝幼时和即位后宫内后妃杂事。书中将历史人物与事件置于幻想情节中，为中国古代历史传说化的具体体现。清王文濡《说库提要》谓其"语多怪诞，然亦有与《史记》、《汉书》相出入者"。其语言简雅朴素，注重气氛渲染及对话环境描写，富于故事性并具有浓郁的神话色彩。

《山海经》

志怪小说集。书名始见于《史记·大宛列传》。《隋书·

经籍志》、《旧唐书·经籍志》及《新唐书·艺文志》史部地理类著录，《四库全书总目》子部小说家著录。其作者有四说：其一，刘歆《上山海经表》以为系夏时掌山泽禽兽舜臣益（伯益、柏翳、伯翳）所作；其二，《博物志》、《水经注》及《隋书·经籍志》言为禹所作，《严氏家训·书证》又谓夏禹及益所记；其三，明杨慎《山海经后序》（载《杨升庵全集》卷2）又有因九鼎图而作之说，并有清人毕沅《山海经新校正·山海经古今本篇目考》、郝懿行《山海经笺疏》阮元序、今人余嘉锡《四库提要辨证》卷18与之响应；其四，今人一般认为前三说不可信，以为本书约成于战国后，非出一人一时，后被合为一书，名曰《山海经》。《史记·大宛列传》首出其名，可知书名不晚于汉武帝时。

西汉刘向《七略》将本书分为13篇，即《山经》5篇、《海经》8篇。《汉书·艺文志》数术略刑法家据以收录。刘歆校书时又将《山经》分为10篇，故共为18篇（见刘歆《上山海经表》）。郭璞注此书又收入属《海经》部分而已佚在外的《荒经》以下5篇，凡23篇。《旧唐书·经籍志》又将刘歆所分《山经》10篇重合为5篇，以与18篇之数相符，即今本18篇，内含《山经》5篇、《海经》8篇及《荒经》以下5篇。

《山海经》全书3.1万余字，《山经》分《南山经》、《西山经》、《北山经》、《东山经》、《中山经》5卷；《海经·海外经》分《海外南经》、《海外西经》、《海外北经》、《海外东经》4卷；《海经·海内经》分《海内南经》、《海内西经》、《海内北经》、《海内东经》4卷；《大荒经》分《大荒东经》、《大荒南经》、《大荒西经》、《大荒北经》4卷，又《海内经》1卷。

　　本书内容驳杂，涉及神话、巫术、宗教、地理、物产、古史、医药、民俗、民族等多方面内容。是中国现存载录神话资料最多的古籍，亦为中国古代小说的主要源头。故明人胡应麟《少室山房笔丛·四部正讹下》称为"古今语怪之祖"。《四库全书总目》也称其为"小说之最古者"。书中神话传说反映出早期华夏民族的生存意志和生活理想，其中以人与自然关系内容居多。如女娲治水补天、鲧禹治水、精卫填海、夸父逐日等。从中可见先民在文化愚昧和生产落后时期征服与战胜自然的信心，并塑造了先民幻想中的英雄人物。另有很多人们社会关系题材，为氏族社会末期各部族战争的缩影。如黄帝战蚩尤、刑天舞干戚、后羿与凿齿之战等。显示出上古先民的善恶观念和英雄气概。书中还有若干历史传说，如太皋、女娲、共工、炎帝、黄帝、少昊、颛顼、帝喾、帝尧、帝舜等，以及殊方异国之奇异民族。这些神话传说神奇浪漫，为孕育华夏民族性格与民族精神的基本土壤和文化原型。

　　很多内容为后人散文、诗词、小说、戏曲广为引用。如陶渊明有《读山海经十三首》诗，很多名句至今脍炙人口。清李汝珍《镜花缘》小说所记海外异国诸状，多出本书。汉魏间《神异经》、《十洲记》、《洞冥记》、《博物志》等记虚幻地理博物传说的志怪小说，以及《异物志》、《南方草木状》、《岭表录异》等含异闻的地理博物杂著，均受此影响。

　　自汉魏以后，对本书考订、注释及研究者代不乏人，如晋代郭璞，明杨慎、王崇庆，清吴任臣、汪绂、毕沅、郝懿行等，均有校注或笺疏。其单刻本及丛书本不可胜数。

《穆天子传》（《周王传》、《周王游行记》）

　　先秦小说。阙名撰。西晋太康二年（281）汲冢古墓出土竹书，6卷，成书当不晚于战国。《隋书·经籍志》史部起居注类著录，《新唐书·艺文志》列入史部实录类，《四库全书总目》始入小说家类，姚振宗《汉书艺文志拾补》入诸子略小说类。

《穆天子传》初名《周王游行》，经荀勗等人考订后才改称《穆天子传》。今本有晋郭璞和荀勗序。前5卷叙周穆王驾八骏西征事，后1卷记穆王妃妾盛姬之死及安葬事，别名《盛姬录》。《四库全书总目提要》以为末卷为同时出土19篇《杂书》中1篇。本书用编年纪月形式，将神话与历史传说融为一体。描写周穆王驾八骏之车，率七萃之士，由周都出发，伯夭前导，造父为御；西登昆仑，北至旷野，经历名山大川，远涉西方各国，行程共达3.5万里。所到之处，各国君王首领均以礼相待，极见民族和睦之盛况。穆王还在昆仑山瑶池与西王母相会酬答。终写盛姬在穆王东征途中死于寒疾，穆王为之哀伤治丧。

本书是中国文学史上第一部具有小说意味的篇幅较长的作品。书中受史传文学影响，记事以人物为中心，将人物行为、对话及赋诗酬答等融为一体。语言亦散韵结合，与志怪小说粗陈梗概者相比，已明显不同。其中对穆王与西王母相见欢饮及盛姬病逝哭葬两节，尤为传神感人。它开创了中国有意识地以神话素材创作文学作品特别是小说的先例，开创了志怪小说的先河，其文体亦是唐人传奇之先导。

周穆王西征事屡见先秦史书及《楚辞》等典籍记载。本书在史事基础上，又极逞文采，颇加虚构。《四库全书总目提要》谓其记事"恍惚无征"，"多夸言寡实"，甚至有神话成分。明胡应麟《少室山房笔丛·三坟补逸下》谓其"文极赡缛，有法可观。三代前叙事之详，无若此者。然颇为小说滥觞矣"。魏晋以后同类小说如《汉武故事》等，直接受其影响。各类文学也多采此事为典故。如金院本《瑶池会》、《蟠桃会》，宋元戏文《王母蟠桃会》及元明间无名氏《西王母祝寿瑶池会》等，均本此衍饰。

《燕丹子》

汉代传记小说。《隋书·经籍志》小说类著录 1 卷。原注："丹，燕王喜太子。"《旧唐书·经籍志》小说类著录，作 3 卷，题燕太子撰，无据，恐望文生义。《新唐书·艺文志》、《宋史·艺文志》亦皆著录于小说家，亦作 3 卷。《永乐大典》卷 4908 所载为 1 卷。《四库全书》仍分 3 卷，列入小说家类存目。孙星衍从纪昀处传得抄本，加以校勘，先后刻入《岱南阁丛书》、《问经堂丛书》、《平津馆丛书》（见各本孙星衍《燕丹子叙》），为通行之本。

《燕丹子》成书年代颇有歧说。《文献通考·经籍考》引《周氏涉笔》、宋濂《诸子辨》、周中孚《郑堂读书记》、孙星衍《燕丹子叙》、鲁迅《中国小说史略》均认为秦汉之书；胡应麟《少室山房笔丛·四部正讹下》、《四库全书总目提要》皆以为书在东汉应劭、王充之后，唐以前；清李慈铭《孟学斋日记》以为宋齐以前高手所为，近人罗根泽《燕丹子真伪年代之旧说新考》（载《古史辨》第 6 册）则认为作者在萧齐之世。

本书叙燕太子丹质于秦后，所遇无礼，经百般周折，回到国内，思欲报仇。太子经细致观察，选中荆轲为刺客。太子对荆轲不惜重金珍宝，荆轲为之感动，遂出复仇之计。荆轲以献秦王仇人樊於期头和所慕督亢地图为礼，至秦王发图匕首现后，被荆轲所执。秦王从琴声得到暗示，负剑而搏，轲掷匕首中秦王耳。秦王断轲双手。轲倚柱大骂而死。此事系据长期民间传说编写而成，内容与写法又受到秦汉间《战国策》、《史记》诸书影响，并具有野史杂传因素，与《穆天子传》可并称为传记小说的开山之祖。胡应麟《少室山房笔丛·四部正讹下》称其为"古今小说杂传之祖"。

本书在历史上颇有影响，北魏郦道元《水经注》曾提到是书，唐代则大为流行，李善注《文选》，司马贞、张守节注《史记》，都曾大量引用。《北堂书钞》、《艺文类聚》、《初学记》、《意林》，以及宋代的《太平御览》，引用更多。本书故事后代诗文、小说、戏曲也多有铺演。如陶渊明《咏荆轲》、唐李翱《题燕太子丹传后》、元刻《秦并六国平话》、《东周列国志》小说，以及清徐沁《易水歌》、程琦《荆轲记》传奇等，均演此事。

《宋玉子》

南北朝杂俎小说。旧题楚宋玉撰，系后人伪托无疑。《隋书·经籍志》小说家类《燕丹子》条注："梁又有《宋玉子》一卷，《录》一卷，楚大夫宋玉撰，亡。"关于宋玉其人，《史记·屈原贾生列传》、《韩诗外传》、《新序》、《楚辞章句》中均有记载。相传作品很多，但可信仅有《九辩》1篇。本书亦当为南北朝间人伪作。除郑樵《通志·艺文略》据《隋志》注著外，他书均未见载。亦未见征引。

《越绝书》

古史书。此书作者，《隋书·经籍志》史部杂史类著录16卷，注子贡撰。《宋史·艺文志》史部霸史类著录15卷同，注云："或云子贡所作。"《新唐书·艺文志》史部杂史类著录子贡《越绝书》16 卷。《四库全书总目》史部载记类著录 15 卷。关于作者，陈振孙《直斋书录解题》以及明胡应麟的《少室山房笔丛》均否定子贡说。明代杨慎、胡侍、田艺蘅、焦竑等根据《篇叙外传记》的一段文字，推测其作者是东汉初年会稽人袁康和吴平。《四库全书总目提要》题"不著撰人姓名"，然又载："古人一书无两序，其有序者必附于末，最可考者，《吕氏春秋》之序在十二纪末，《史记》自序、《汉书序传》、扬雄《太玄》、《法言》、王符《潜夫论》、袁康《越绝书》，下至刘勰之《文心雕龙》诸序，亦皆在书末。"（《四库全书总目》卷 147）认为"此书为会稽袁康所作，同郡吴平所定"（卷 66）。

《越绝书》的卷帙，《七录》（《史记·孙吴列传》正义引）称 16 卷，《隋书·经籍志》也作 16 卷，但《崇文总目》著录此书仅有 15 卷，并说旧有内记 8，外传 17，今文题舛阙，才 20 篇，可见宋初已缺佚了 5 篇。宋晁公武《郡斋读书志》著录为 19 篇，说明这期间又缺佚 1 篇。19 篇中有内传 4 篇，内经 2 篇，外传 13 篇，共计 15 卷。清钱培名、王仁俊都曾做过辑佚，试图补齐残缺部分，但仍不完整。

关于书名及各篇内容，首篇《外传本事》说："越者，国之氏也。""绝者，谓勾践时也。"说明它是记述勾践时代越国历史的。全书自子胥入吴、破楚、服越开始，至越灭吴、楚又并越而春申君封吴之时为止。作者也不仅仅留意于历史事件的记载，而是更多地以历史人物为关注对象，书中人物形象生动，个性鲜明。

《西京杂记》

东晋志人小说。旧题汉刘歆撰，或题晋葛洪撰。《隋书·经籍志》史部旧事类著录 2 卷，不著撰人。《旧唐书·经籍志》史部起居注类著录，作 1 卷，《新唐书·艺文志》作 2 卷，故事类和地理类互见，均题葛洪撰。《郡斋读书志》杂史类著录，云："江左人或以为吴均依托为之。"《直斋书录解题》传记类著录 6 卷。《四库全书总目》始入小说家杂事之属，作 6 卷，兼题刘歆、葛洪姓名。则本书作者有刘歆、葛洪、吴均三说，卷帙有 2 卷、6 卷之别。

书中记事广博，举凡西汉一代宫室苑囿、珍玩异物、舆服典章、高文奇技、奢靡好尚、风土民情，无不涉猎载录。概而言之，内容可分为四类：一为宫廷生活，所记皇帝后妃、王公贵族等淫逸生活颇有可观；二为西汉历史名人逸事；三为下层民众种种事迹；四为怪异故事。综其全书特点，在于精于选材，文笔洗练。鲁迅《中国小说史略》称其"在古小说中，固亦意绪秀异，文笔可观者"，为允当之语。书中记述了不少有趣的历史传说与文人逸事，其取材、文笔及连篇成卷之杂记体制，成为后代杂记体志人小说的奠基之作。书中故事多为后人引为典故，所记题材对后代小说戏曲亦颇有影响。

《列仙传》

汉代神仙志怪小说。旧题西汉刘向（前 77—前 6）撰。《汉书·艺文志》未见著录。《隋书·经籍志》史部杂传类著录两种《列仙传赞》，皆题刘向撰。一作 3 卷，郭续，孙绰赞；一作 2 卷，晋郭元祖赞。《旧唐书·经籍志》史部杂传类著录刘向撰《列仙传赞》2 卷。《新唐书·艺文志》子部神仙类著录"刘向《列仙传》二卷"。至于撰人，宋以后学者多否认为刘向所撰。陈振孙《直斋书录解题》谓文章不类西汉人，胡应麟《少室山房笔丛·四部正讹下》、《四库全书总目》以为魏晋六朝人所为，杨守敬《日本访书志》卷 6 谓为东汉方所所托。鲁迅《中国小说的历史的变迁》确认为刘向所作，今人多从鲁迅说。据郭元祖总赞佚文，原书为 72 人，今本凡 70 人。清人姚振宗、杨守敬、沈涛、王圆照等人对所缺 2 人多有考证，然均未成定论。刘向字子政，本名更生。沛（今江苏沛县）人。仕宣、元、成、哀四朝，官至光禄大夫、中垒校尉。刘向为西汉著名经学家、文学家和目录学家，著作颇丰。事具《汉书》本传。

　　本书是中国第一部神仙人物传记著作，传本共叙述了 70 位神仙的姓名、身世和事迹。今本《列仙传》前有佚名《列仙传叙》，叙刘向撰此书原委甚详。叙称成帝信仰神仙之事，炼金之术，刘向有感于世人求之不勤，遂采辑古籍，搜罗诸说，著成是书。本书所记神仙，或为神话中仙人，如黄帝、赤松子、彭祖等。彼虽形貌古怪，而思想行为却颇具人味。此外，以历史现实中人为多，如老子、吕尚、介子推、范蠡、东方朔等。本书文字简洁，略乏描写。葛洪《神仙传序》讥其"殊甚简略，美事不举"。也有少数篇章故事情节曲折神奇，充满了幻想色彩。

　　本书开辟了中国神仙传记的先河。汉末《神仙传》、晋葛洪《神负传》、梁江禄《列仙传》、颜协《晋仙传》、旧题见素子（梁陈间人）《洞仙传》、宋曾慥《集仙传》、元赵道一《历世真仙体道通鉴》等书，均为其后续之作。书中人物及故事，亦常常为后人引为典故。如郭璞等人的游仙诗，多以此书中人物作为题咏内容。

《汉武内传》

魏晋传记小说。又作《汉武帝传》、《汉武帝内传》。旧题汉班固撰。《隋书·经籍志》史部杂传类著录，3卷，不著撰人。《旧唐书·经籍志》作《汉武帝传》2卷。《新唐书·艺文志》入道家类神仙之属，2卷。《四库全书总目》入小说家类异闻之属，1卷。明清旧本皆题汉班固撰，《续谈助》本晁载之跋引张柬之《洞冥记跋》，谓晋葛洪撰。孙诒让《札移》则谓《汉武内传》即《汉武帝禁中起居注》，出葛洪依托。余嘉锡《四库提要辨证》亦从其说。但班固、葛洪二说皆有疑问。考历代书目均无言班固撰此书者，明人以误传班固作《汉武故事》，又连及《汉武内传》。书中关于东方朔乘龙上长升事与班固《汉书·东方朔传》言朔虽"诡达多端"，而无怪异神奇的记载自相矛盾，故必非班固所作。葛洪说主要根据唐张柬之《洞冥记跋》和与唐昭宗同时的日本藤原佐世《日本国见在书目》杂传类的著录。张柬之跋云："昔葛洪造《汉武内传》、《西京杂记》。"此说似本葛洪《西京杂记序》："洪家复有《汉武帝禁中起居注》一卷，《汉武故事》二卷，世人希有之者。"姚振宗《隋书经籍志考证》怀疑张柬之系据此误记，而藤原佐世又因袭张说，故此说亦不可靠。考书中多用《十洲记》和《汉武故事》内容，二书皆汉末人作。则作者当在汉末以后，齐梁以前。

本书记汉武帝刘彻出生至崩葬始末，其中叙西王母下降会汉武帝一节描写特详。引事已见《汉武故事》，语极简略，不足四百字，而本书此节洋洋数千言，人物增多，情节繁复，场面宏大，气氛热烈，极逞铺排渲染之才。考书中所记种种事物与议论，有些显然来源于《十洲记》与《汉武洞冥记》二书。

本书摹写细致，词意清新。又采用汉赋排偶夸张手法，吸收五言诗入文。其靡丽错采与《汉武故事》之简雅朴实风格迥异。后代文人往往引为故实。如陈徐陵《玉台新咏》序中"灵飞六甲，高擅玉函"句，即用《汉武内传》中上元夫人授《五帝六甲左右灵飞方》语；唐李善注《文选》中的郭璞《游仙》诗，亦引《汉武内传》所载《玄灵》歌词。另如唐韩愈《读东方朔杂事诗》、李商隐《碧城》、《茂陵》等诗作，均有所引。

《拾遗记》

十六国前秦志怪小说。又作《拾遗录》、《王子年拾遗记》。王嘉撰，梁萧绮录。《晋书·艺术传》载嘉"著《拾遗录》10 卷，其事多诡怪，今行于世"。《隋书·经籍志》杂史类著录《拾遗录》2 卷，注："伪秦姚苌方士王子年撰。"并录《王子年拾遗记》10 卷，注："萧绮撰。"并录《王子年拾遗记》10 卷，注："萧绮撰。"两《唐志》杂史类两本并录，唯《拾遗录》误作 3 卷。《直斋书录解题》小说类著录《拾遗记》10 卷，云："晋陇西王嘉子年撰，萧绮序录。"另著录王子年《名山记》（见该条）。《四库全书总目》小说家类著录 10 卷本，仍题王嘉撰。据本书萧绮序，王嘉《拾遗记》原为 18 卷 220 篇。苻秦末年，经战乱佚阙，萧绮掇拾残文，补为 10 卷，并为之作"录"，即论赞。周中孚《郑堂读书记》以为历代著录之 2 卷、3 卷及 10 卷本，均非王嘉原书，而系 19 卷残缺者之不同传本。明胡应麟《少室山房笔丛·四部正讹下》谓乃萧绮托名王嘉而作。宋晁载之《续谈助·洞冥记跋》引张栗之语，称虞义造《王子年拾遗录》，均无确证，仍以王嘉撰为是。嘉字子年，陇西安阳（今甘肃渭源）人，以方术著名。事具《晋书·王嘉传》。

本书前9卷全记历史轶闻，上起疱牺，下迄石赵，杂录上古神话及汉魏以来传闻，其中多有怪诞不经之说。卷10专记昆仑、蓬莱、方丈等八座名山，后人别为《名山记》1卷。全书大略包含神话故事、历史传说、奇闻逸事三类内容，大体上诞漫无实，然文字绮丽，辞藻丰茂。《四库全书总目》谓"嘉书盖模仿郭宪《洞冥记》而作"，检二书相关段落，似有模拟之迹。

《梁四公记》

唐代传奇小说集。又作《四公记》、《梁四公子传》。张说（667—730）撰。《新唐书·艺文志》杂传类著录卢诜《四公记》1卷，注"一作梁载言"。《通志·艺文略》传记类作《梁四公子记》，卢诜撰。《宋史·艺文志》传记类作梁载言《梁四公记》1卷。《崇文总目》传记类作《四公子记》，无撰人。《直斋书录解题》卷记类著录，题张说撰。但陈氏又据《邯郸书目》等，经为临淄田通作较可信。顾况《戴氏广异记序》称："国朝燕公《梁四公传》。"张说于玄宗时封燕国公，顾况距张说时不远。故今人多主张为张说作。说字道济，又字说之。洛阳（今属河南）人。有《张燕公集》。事具新旧《唐书》本传。

本书原书已佚，《太平广记》引佚文3条。记梁武帝时四杰奇事。其中闰公明占卜，（黄嵓）公知礼仪，杰公善博物，石又月公善应对。在形式上类似汉代枚乘《七发》、东方朔《答客难》，在内容上类似晋人张华《博物志》。苏鹗《杜阳杂编》卷下、张敦颐《六朝事迹类编》卷上、赵彦卫《云麓漫钞》、庞元英《文昌杂录》卷6等，皆有称引。元吴莱《渊颖

先生文集》卷 4 有《观梁四公记》诗，陆友《砚北杂志》卷
下亦叙本篇内容。则本篇当亡于元代以后。明人据《广记》
将其收入《合刻三志》中，题《异人传》，注云即《梁四
公记》。

《隋遗录》（《大业拾遗录》）

唐代传奇小说。又名《南部烟花录》。旧题颜师古
（581—645）撰。《郡斋读书志》杂史类著录《南部烟花录》1
卷，云："唐颜师古撰。载隋炀帝时宫中秘事。僧志彻得之瓦
官阁笋笔中。一名《大业拾遗记》。"书后无名氏跋所云与此
略同，并谓其原书名《南部烟花录》，为颜公遗稿，重编后名
《大业拾遗记》。《宋史·艺文志》小说类著录颜师古《隋遗
录》1 卷，传记类又有颜师古《大业拾遗》1 卷，当为一书。
《四库全书总目》子部小说家类著录《大业拾遗记》2 卷，且
明言一名《南部烟花录》，"《唐艺文志》所载《烟花录》记
幸广陵事，此本已亡，故流俗伪作此书云云"。检《太平广
记》所引《大业拾遗记》与今本《隋遗录》不同，疑为杜宝
《大业杂记》佚文（见《新唐书·艺文志》杂史类，《崇文总
目》作杜宝《大业拾遗》）。《类说》卷 6 收《南部烟花记》
12 条，其中或见今本《大业拾遗记》，或见《广记》所引杜
宝《大业拾遗记》，则宋代或有两部《南部烟花录（记）》。
传本无名氏跋称"会昌中诏拆浮图"，为武宗灭佛事。又称
"今尧风已还，德车新驾"，则作伪当在宣宗大中年间。

今本《大业拾遗记》叙隋炀帝于大业十二年（616）为避
兵乱巡幸江都（今江苏扬州）经历。卷上记炀帝赴江都途中
与后妃宴饮奢侈，赋诗作乐，至鸡台时，遇陈后主及其妃张丽
华魂事。卷下记至江都后炀帝在宫中与萧妃、绛仙等人荒淫以

及后妃争宠事。所叙事件，大致符合史实，因而常被后人用为典故。本篇历叙隋炀帝逸游江都，荒淫腐败，似采史传和逸闻编次而成，结构不免琐碎松散，缀合之迹明显。其语言比较通俗，故被四库馆臣斥为"文极俚俗"，"极恶可疑"，鲁迅《唐宋传奇集·稗边小缀》也讥其"词意荒率"、"罅漏殊多"。然篇中描写细致真切，人物对话生动活泼，神情口吻毕肖各人个性。故鲁迅在《中国小说史略》第11篇中也盛赞其"文笔明丽，情致亦时有绰约可观览者"。其艺术成就明显在宋人《杨太真外传》、《海山记》等作品之上。明冯梦龙《醒世恒言·隋炀帝逸游召谴》即本此而作，《隋史遗文》、《隋唐演义》等隋唐题材作品中也采用本书部分故事。

《开元天宝遗事》

五代志人小说。后唐王仁裕撰。《郡斋读书志》史部传记类著录4卷，王仁裕撰，且云："仁裕仕蜀至翰林学士，蜀亡，仁裕至镐京，采摭民言，得开元天宝遗事一百五十九条。"《宋史·艺文志》故事类作1卷。《四库本书总目》始入小说家类，4卷。今传明铜活字本和《顾氏文房小说》本为2卷，146条。其余丛书均为1卷。洪迈《容斋随笔》卷1、胡应麟《少室山房笔丛·四部正讹下》曾因书中部分记载失实，怀疑本书非王仁裕所作。《四库全书总目》谓采摭委巷之谈，不必求实。仁裕事具《五代史》杂传。

本书每条均冠以标题，文字简短，记开元天宝年间朝野琐闻。卷上记开元，卷下记天宝，以宫中旧事居多。记开元者多为玄宗前期励精图治，从谏如流和忠臣贤相事迹。其记天宝年间事者则多记玄宗晚年荒淫奢侈，李林甫口蜜腹剑、阴险毒辣，杨氏兄妹恃宠跋扈。书中内容多为后代小说戏曲家所重，凡写明皇与贵妃题材诸书，如《梧桐雨》、《长生殿》等，无不遴取本书中材料，另书中"梦中有孕"条记杨国忠妻梦与夫交，孕而生子事，为冯梦龙用为《醒世恒言·独孤生归途闹梦》的入话。"选婿窗"记李林甫为六女择婿事，清人据以演为《文犀带》传奇。

《广陵妖乱志》

五代志人小说。《崇文总目》杂史类著录，3卷，题郭延诲撰。《新唐书·艺文志》、《宋史·艺文志》同。《直斋书录解题》杂史类题郑延诲撰，《五朝小说》等书从之。何光远《鉴戒录》卷八谓罗隐著，较为可信。翻刻本《虞初志》、《合刻三志》、《唐人说荟》等书题罗隐撰，《全唐文》卷897亦收作罗隐文。罗隐文（833—909），字昭谏，新城（今浙江富阳）人。曾官钱塘县令，为镇海军节度使钱镠掌书记、节度判官，历迁谏议大夫、给事中。著有《甲乙集》、《谗书》等。《旧五代史》卷24、《十国春秋》卷84有传。

《广陵妖乱志》，原书已佚，现存残帙。《虞初志》等书仅从《太平广记》辑其佚文四节。《藕香零拾》本有辑补，中华书局版《罗隐集》亦据此收入。记唐末淮南节度使高骈迷信神仙方术，吕用之、张守一、诸葛殷等自称能役使鬼神，炼金烧丹，骗取高骈的信任，从而援引朋党，弄权干政，横行不法，终至灭亡。叙事较为详尽，《资治通鉴》亦引用其文。明人多视之为小说，刻入各种丛书，始得广为流传。

《潇湘录》

唐代志怪传奇小说集。柳祥撰。《崇文总目》、《新唐书·艺文志》小说类著录，10卷，题柳祥撰。《中兴馆阁书目》、

《直斋书录解题》作李隐撰。洪迈《夷坚支志》癸集序称《潇湘录》与李隐《大唐奇事记》为一书，妄名二人而已。《宋史·艺文志》分别著录二书，均列李隐名下。今人多从《崇文总目》，定为柳祥作。柳祥事迹未详，据书中记事，知为唐末人。

原书已佚。涵芬楼本《说郛》卷3、33分别引36条，一条互见，共8条。《太平广记》引43条，《类说》节录4条，均见《广记》。《说郛》所引除"白凤衔书"一条外，亦均见《广记》。则本书共存佚文44条。书中记载不少奇事，文采殊寡，在艺术上的成就并不突出，但在构思上却很有特色，有些作品富于哲理。

《牛羊日历》

唐代传奇小说。刘轲撰。《新唐书·艺文志》小说家著录1卷，注云："牛僧孺、杨虞卿事。檀栾子皇甫松序。"原书已佚。晁载之《续谈助》收入部分佚文。清康熙间有顾氏秀野草堂刊本，今未见。其他丛书本皆不外掇拾《续谈助》而成。胡应麟《少室山房笔丛·四部正讹下》谓本书非刘轲所为，以为皇甫松伪托之作。刘轲事迹正史未载。据徐松《登科记考》卷18引刘轲《上座主书》，知为沛（今江苏沛县）人。天宝末年流落韶州曲江（见《曲江县志》卷14）。贞元中从师而学，元和初结庐庐山。又据《唐诗纪事》卷46、《全唐文》卷743，知轲字希仁，元和末（820）进士，文宗朝容文馆学士，迁侍御史，出为洛州刺史。轲著述颇丰，有《三传指要》15卷，《帝工历数歌》1卷，《刘轲文》1卷等多种。

本书为《周秦行纪》姊妹篇，系李德裕党诋毁牛僧孺党之作。文中牛指牛僧孺，羊指杨虞卿、杨汉公兄弟。记牛、杨二氏结党营私，沽名钓誉，诋毁朝臣，嫉贤妒能，上罔圣朝，下欺先父。民谣讥云："太牢笔，少牢口，南北东西何处走。"其中肆意谩骂，恐非信史。本书系党争之作，故文辞犀利尖刻，然失于外露浅显，故稍逊风雅。

《龙城录》（《河东先生龙城录》）

唐代志怪小说。旧题柳宗元撰。龙城即柳州。柳宗元从元和十年（815）至元和十四年任柳州刺史，世称柳柳州。《直斋书录解题》小说家类著录，1卷。《文献通考》、《宋史·艺文志》、《四库全书总目》均在子部小说家著录。《直斋书录解题》云："称柳宗元撰。龙城，谓柳州也。罗浮梅花梦事出其中。《唐志》无此书，盖依托也。或云王铚性之之作。"《春渚纪闻》卷5、《墨庄漫录》卷2认为系王铚所为。《朱子语类》卷138、陈振孙《直斋书录解题》均沿袭此说。洪迈《容斋随笔》卷10、余嘉锡《四库提要辨证》则定为刘焘所作。然二说均无确证。

本书所存各本多为2卷，共43条，篇幅不大，然内容比较丰富。所记以志怪为主，兼及志人杂事等。综观全书，语涉怪异者多，记人事者少。虽有一定故事情节，但多是三言两语，与语录体近似。有些则失之怪诞不经。其中有篇章直接为后世小说家所取法，如蒲松龄《聊斋志异》中的《陆判》，即承自本书中的《尹知章梦持巨凿破其腹》。

《白猿传》（《补江总白猿传》）

唐代传奇小说。又作《集补江总白猿传》、《续江氏传》。《新唐书·艺文志》小说家类著录1卷。《宋史·艺文志》作《集补江总白猿传》，《太平广记》卷444引此篇作"《欧阳纭》",注出《续江氏传》。《郡斋读书志》史部传记类著录,云:"不详何人撰。述梁大同末欧阳纭妻为猿所窃,后生子询。《崇文总目》以为唐人恶询者为之。"《直斋书录解题》入小说家类,曰:"欧阳纭者,询之父也。询貌类狝猿,盖尝与长孙无忌互相嘲谑矣。此传遂因其嘲广之,以实其事。托言江总,必无名子所为也。"《文献通考》入史部传记类。

本篇叙南朝梁欧阳纭携妻南征,至长乐深入险阻。其妻为白猿精掠至深山石洞,遂怀孕。纭率军士寻至洞所,将白猿精灌醉杀之,夺回妻子,遣返诸妇人。一年后纭妻生一子为询,状类白猿。后欧阳纭为陈武帝所杀,江总收其子。此文显然为诽谤侮辱欧阳纭之作,反映唐代"假小说以施污蔑之风"(鲁迅《中国小说史略》),但也可见唐人"有意为小说"的一个方面。本篇采用史传笔体,犹存志怪痕迹。然其结构完整,描写细致,情节曲折,已具唐传奇的基本特点。

《碧云骢》

宋代志人小说集。又作《碧云骢录》。梅尧臣(1002—1060)撰。《郡斋读书志》子部小说家类著录,作2卷,注云:"昭陵时,有御马名碧云骢,以旋毛贵,用以名书者,诋当时鼎贵之人,然其意专在范文正也。"《直斋书录解题》、《文献通考》小说家著录,作1卷。《宋史·艺文志》史部传记类附于《宋景文公笔记》后。尧臣字圣俞,宣州宣城(今属安徽)人。仁宗时召试,赐进士出身,累迁都官员外郎,参与修撰《唐书》。事迹见《宋史》本传。然宋代以来学人如王铚《范仲尹墓志跋》,叶梦得《避暑录话》等,多以为本书系魏泰所作,托名梅尧臣。邵伯温《邵氏闻见后录》仍以为梅氏所作。

书中所记多为朝中丑恶之事，或抨击王室，或指斥重臣。《直斋书录解题》云："以厩马为书名，其说曰：世以旋毛为丑，此以旋毛为贵；虽贵矣，病可去乎？其不逊如此，圣俞必不尔也。所记载十余条，公卿多所毁讦，虽范文正亦所不免。"《五朝小说大观》本陆辅之跋称尧臣可谓狂士，如是书为其所作，当可见一斑。

《艾子》

宋代寓言小说集。又作《艾子杂说》。苏轼撰。《直斋书录解题》、《文献通考》子部小说家类著录，1卷。至于其作者，自南宋起，陈振孙、胡应麟《少室山房笔丛·四部正讹》等学人多疑本书非苏轼所作。然并无确证。而周紫芝《太仓稊米集》卷7《夜读〈艾子〉书其尾》，以其中诗句与苏轼晚年迁岭南事暗合，肯定为苏轼作，当为可信。书中"改观音经语"一条，与《东坡志林》卷2"改观音咒"条所记相似，今人亦有疑本书为作者贬居惠州、儋州时所作。

书名取《诗经》"艾所以疗疾"之义。书中设艾子为战国时人，有借古讽今，针砭时弊之意。其中或讽刺昏君无能，或讽刺奸臣当道，或嘲讽世俗病态。全书杂而不乱，中心明确，自成体系，确是有为而作。笔调轻松，幽默风趣，寓庄于谐，发人深省，堪称寓言小说的上乘之作。

《毛颖传》

唐代寓言故事。韩愈撰。是编为典型的"游戏之传"，以咏物为戏。《毛颖传》写毛的一生，亦庄亦谐。毛颖，有出生地、祖籍背景等，模仿太史公司马迁的笔法，不但有人物的典型事迹，还有太史公的点评，无论从标题、内容还是形式来看,都是一篇典型的人物传记写法。

韩愈笔下的毛颖,不仅阴阳、卜筮、占相、医方、族氏、山经、地志、字书、图画、九流、百家、天人之书,及至浮图、老子、外国之说,皆所详悉。又通于当代之务,官府簿书、市井贷钱注记,唯上所使。而且善随人意,正直、邪曲、巧拙,一随其人。毛颖不但是个能臣,更是个忠臣,对秦始皇鞠躬尽瘁,直到发秃,然终不免"以老见疏"。文章以幽默讥刺、嬉笑不拘的游戏笔墨,抨击统治者的"刻薄寡恩",抒发怀才不遇的愤懑。卞孝萱《唐传奇新探》考出《毛颖传》中书令为司马迁受腐刑后所任之职,认为"《毛颖传》即是韩愈为其长兄韩会的政治悲剧而作,更是为其自身的仕途坎坷而作,可无疑矣"。可资参考。

文章幽默机警,嬉笑不拘,正言反说,奇正相生,亦庄亦谐。后世仿作颇众。元代郑持正《文章善戏》、明代支立《十处士传》、陆奎章《香奁友传》、钟岳秀《文苑四先生集》、清代杨忍本《笔史》等多种,均仿此而作。

《南柯》(实即《南柯太守传》)

唐代传奇小说。又作《大槐宫记》、《大槐国传》、《南柯记》。李公佐撰。未见著录。《太平广记》卷475引"淳于棼"条,注出《异闻录》(当即陈翰《异闻集》)。《类说》本《异闻集》收作《南柯太守传》,则《广记》所引当为《异闻集》之误。另李肇《国史补》卷下亦称作《南柯太守》,可知《南柯太守传》为原题。宋赵彦卫《云麓漫钞》卷3称其为《大槐国传》,《古今事文类聚》后集卷21节引作《大槐宫记》。明清以来诸书如《虞初志》、《合刻三志》、《唐人说荟》等均据《广记》录入而用汤显祖剧名《南柯记》。鲁迅《唐宋传奇集》、汪辟疆《唐人小说》亦收入，题《南柯太守传》。

传叙东平郡侠士淳于棼嗜酒使气，不守细行。其所居宅南有古槐一棵。某日醉后，恍然入梦，见二紫衣使者奉槐安国王之命邀其至大槐安国，拜见国王，被招为驸马，又出任南柯太守20载，得赐食邑、爵位。加之政绩斐然，一时荣耀无比。后因与擅萝国交战失利，公主病死，遂遭毁谤、猜忌，终被遣返。淳一觉醒来，只见家中一切照旧，不禁感念嗟叹。寻踪发迹，方知槐安国原为大古槐下之蚁穴，南柯郡即为槐树南枝。淳由此感叹南柯一梦之虚浮，领悟人世之倏忽，遂栖心道门。此事大略与《广记》卷474引六朝志怪《妖异记》中卢汾入蚁穴事相类，又受《枕中记》立意启发，然又能借以讽刺抨击现实丑恶现象。文后李肇赞曰："贵极禄位，权倾国都，达人视此，蚁聚何殊！"颇具现实意义，故与《枕中记》全然佛家色空虚无观念不同。

本篇构思新颖，以梦境形式描摹世态人情，实中有幻，幻中有实，余韵悠然。且结构绵密，文辞华丽，叙写尽致。全篇结构严谨，细节描写丰富细腻，情节穿插饶有情趣。李玫《纂异记》中"徐玄之"条则直接取材于此。后人亦多有沿用此事者。据宋王象之《舆地纪胜》卷37引《广陵行录》，宋代扬州甚至出现南柯太守墓以坐其事。明汤显祖《临川四梦》之一《南柯记》，车任远《四梦记》中《南柯梦》皆取材于此。诗词中用此为典故者更是不可胜数。

《东阳夜怪录》（《夜怪录》）

唐代传奇小说。王洙撰。未见著录。《太平广记》卷490引《东阳夜怪录》，未署撰人。据文中自叙，知为王洙撰。洙字学源，琅琊（今属山东）人，元和十三年（818）进士。事迹仅见篇首自叙。今传《虞初志》诸本皆题王洙撰。《合刻三志》本题作《夜怪录》。《唐宋传奇集》、《唐人小说》均收此篇。

文叙王洙闻成自虚自述遇怪故事。略谓成夜行至东阳驿，孤身投宿佛寺，黑暗中与老僧智高谈论。嗣有客人卢倚马（驴）、朱中正（牛）、敬去文（狗）、奚锐金（鸡）、苗介立（猫）、胃藏立（刺猬）、胃藏瓠（橐驼）等人来访，互相讥讽，并以诗暗喻其出身行迹及遭遇。天明方知为诸动物所扮作怪。此文借寓言体托物寓意，宣泄失意文人牢骚悲愤，颇富情采。

此事纯属虚构，而主人公成自虚观其名即知为子虚乌有之类。作品构思的特点是用"谐辞隐言"隐示动物。全文充满谐趣和讥讽，是谓"滑稽游戏"之作。文中结构缜密，布局严谨，颇具匠心。此类小说系从《毛颖传》一类咏物诗式谐隐文章变化而来，显然受到《玄怪录》中"元无有"一篇的影响。然"元无有"仅具情节，对话不多，描写亦欠细腻。而本篇能后来居上，补其不足，显示出传奇小说艺术技巧的成熟。

《剪灯新话》

明代传奇小说集。瞿佑撰。《百川书志》小史类著录，4卷，附录1卷，共21篇。然今传明成化刻本、清乾隆刻本、同治间《剪灯丛话》本等，然均作2卷。又据《古今图书集成·贤媛典》收录《寄梅记》1篇，共22篇。书前作者自序作于洪武十一年（1378），末序作于洪武三十年，则其书成后二十年方梓行于世。按明王奇《寓圃杂记》、都穆《听雨纪谈》引周鼎言谓此书系瞿佑窃取杨维桢原稿，加入部分已作而成。考本书自序言其书作于其《剪灯录》之后，他人诸序也作于洪武中，且后来《菽园杂记》、《蓬窗类记》、《少室山房笔丛》及《百川书志》等也均言瞿佑所作。

书中收宋元以来灵怪和爱情故事。自序称其撰旨意在"劝善惩恶"，故很多故事深含说教意味。所谓神怪故事，多篇实是反映社会政治问题，这些故事虽荒诞不经，然取自现实生活，在一定程度上能反映出元末以来社会现实和人们的思想观念，很有现实意义。书中所写爱情婚姻故事，更为细腻，富有文采，作者以同情或欣赏的态度，用洁净的笔墨，来写青年男女的自由爱情。很多故事生动曲折，词采粲然，常为后代小说戏曲所本，故能有较大影响。

本书上承唐宋传奇的余绪，艺术性虽不如唐宋传奇佳作，然诗文相间，骈散并陈，用力颇工。堪称明清传奇小说的重要代表作。明清很多文言小说均追步其后，除《剪灯余话》、《剪灯奇录》、《剪灯续录》、《剪灯琐语》等形成"剪灯"系列外，像《效颦集》、《秉烛清谈》、《觅灯因话》等均可从属此列。此外，据本书改编的古曲戏曲有 10 多种，多取材于《翠翠传》、《金凤钗记》等爱情小说，其中最著名的是据《绿衣人传》改编的《红梅记》。凌濛初《拍案惊奇》有多篇据本书改写而成。自明代开始，本书即在域外流传甚广，特别是韩国、朝鲜、日本以及越南等国影响犹大。

《剪灯余话》

明代传奇小说集。李祯（字昌祺，1376—1452）撰。《百川书志》小史类及本书前诸序均言本书为 4 卷 20 篇，每卷 5 篇，另将《还魂记》一篇附于书末，不计卷。现有明成化刊本、清乾隆刊本及同治刊本等均为 3 卷。据书前自序，本书成于永乐十七年（1419），后于宣德癸丑（1433）与《元白遗音》同刊。昌祺名祯，以字行。庐陵（今江西吉安）人。永乐二年（1404）进士（或作元年）。选翰林院庶吉士，曾参与修撰《永乐大典》。擢礼部郎中。洪熙元年（1425）迁广西布政使，后又任河南布政使。一生刚严方直，素抑豪强，以廉洁宽厚著称。以作此书为时人所短，竟不得入乡贤。事迹见《明史》本传及《列朝诗集小传》乙集等。

本书仿瞿佑《剪灯新话》，故名"余话"。取元末明初事实，以爱情故事为主，杂以幽冥灵异人物。作者在序言中称"以文为戏"，但全书说教气味较重，然部分作品较能触及社会问题，颇有深意。盖明初文网森严，作者以曲笔假托灵怪而议政刺世。其间的爱情故事崇尚爱情和人性，对阻挠、破坏青年爱情的封建礼教和陈规陋习进行了批判。全书内容丰富，情节曲折，词采绚烂。曾棨序谓其"浓丽丰蔚，文采烂熟"，并非溢美之词。本书在明正统年间虽列为禁书，但影响仍比较广泛。明代《情史》、《艳异编》等书都选载了《连理树记》、《芙蓉屏记》、《秋千会记》、《贾云华还魂记》等篇。凌濛初《拍案惊奇》有多篇源于本书故事。还有《芙蓉屏记》、《秋千会记》、《鸾鸾传》、《贾云华还魂记》等多篇被改编成戏曲。

附 录 三

胡应麟研究论著目录索引

说明：

1. 本目录按地区分类，分内地、香港、台湾及国外四个部分；

2. 各部分均先列期刊论文，再列学位论文，最后列专著；

3. 按发表或出版时间先后排序；

4. 胡应麟小说思想研究论著以"◎"标出。

一 内地

吴晗：《胡应麟年谱》，《清华学报》1934年第1期。

◎王先霈：《胡应麟的小说理论》，《华中师院学报》（哲社版）1981年第3期。

王国强：《胡应麟在目录学史中的地位》，《四川图书馆学报》1986年第2期。

谢灼华：《胡应麟在中国文献史研究上的贡献》，《武汉大学学报》（社科版）1986年第2期。

王勋敏：《明代文献学家胡应麟》，《湖北大学学报》（哲社版）1987年第1期。

邵胜光：《胡应麟梁启超伪书鉴别法补正》，《图书与情报》1988 年第 2 期。

◎刘晓峰：《在新旧小说观念之间——胡应麟小说研究述评》，《清华大学学报》（哲学社会科学版）1988 年第 3 期。

张文勋：《胡应麟神韵说述评——兼论神韵理论的美学内涵》，《社会科学战线》1990 年第 1 期。

戴建庭：《胡应麟与古书辨伪》，《浙江师大学报》（社科版）1990 年第 3 期。

李剑波：《论〈诗薮〉的诗论主张》，《中国韵文学刊》1992 年。

杨河源：《试论胡应麟在目录学史上的贡献》，《云南图书馆》1993 年第 2 期。

冯仲平：《简论胡应麟〈诗薮〉的诗歌理论》，《学术论坛》1993 年第 5 期。

李葱葱：《论胡应麟的史学思想》，《历史文献研究》1994 年第 5 辑。

赵永纪：《深刻缜密，自成体系：评〈胡应麟诗论研究〉》，《天府新论》1995 年第 2 期。

代继华：《试析〈史书佔毕〉的史学思想与历史思想》，《重庆师院学报》1995 年第 2 期。

曾贻芬：《胡应麟与古籍辨伪》，《史学史研究》1996 年第 1 期。

王嘉川：《胡应麟史学理论初探》，《天津师大学报》（社科版）1996 年第 3 期。

王嘉川：《论胡应麟的史家修养说》，《辽宁大学学报》1996 年第 6 期。

王记录：《胡应麟的"公心"与"直笔"说》，《史学史研究》1997 年第 4 期。

何华连：《胡应麟及其学术成就散论》，《浙江师大学报》（社科版）1997 年第 6 期。

刘海燕：《胡应麟〈诗薮〉的再认识》，《中国韵文学刊》1998 年第 1 期。

◎张庆民：《胡应麟对古典小说研究的贡献》，《青岛海洋大学学报》（社会科学版）1998 年第 2 期。

陈少川：《胡应麟与朱彝尊：私人藏书》，《图书馆研究与工作》1998 年第 3 期。

仓修良：《辨伪学家胡应麟》，《浙江学刊》1998 年第 5 期。

曹之：《胡应麟与图书编撰学》，《山东图书馆季刊》1999 年第 2 期。

王嘉川：《论胡应麟的史家修养说》，《辽宁大学学报》（哲学社会科学版）1999 年第 6 期。

曹之：《胡应麟与图书编撰学》，《编辑学刊》2000 年第 3 期。

陈少川：《"二酉山房"与胡应麟》，《图书馆学刊》2000 年第 4 期。

张晶：《论胡应麟的诗学思想》，《学术月刊》2000 年第 9 期。

刘德重：《格调，风神，神韵——胡应麟〈诗薮〉的理论特色》，《上海大学学报》（社科版）2001 年第 1 期。

王嘉川：《胡应麟图书分类方法刍议》，《河北大学学报》（哲社版）2001 年第 2 期。

陆涛：《二酉山房：胡应麟》，《东南文化》2001 年第 3 期。

贺春燕：《胡应麟编目志向平议——余嘉锡〈目录学发

微〉补阙一则》，《当代图书馆》2002 年第 1 期。

郑礼炬：《对胡应麟诗话中用事主张的分析》，《江苏广播电视大学学报》2002 年第 5 期。

朱华忠：《胡应麟与〈四部正讹〉》，《历史文献研究》2002 年第 21 辑。

◎董国炎：《学科交叉与学术错位——论胡应麟的小说学术史成就》，《明清小说研究》2003 年第 1 期。

李庆立、崔建利：《试析钱谦益对胡应麟的评价》，《山东师范大学学报》（人文社科版）2003 年第 1 期。

李庆立、崔建利：《寂寞玄亭下，穷年著作心——胡应麟的嗜书情结和治学成就》，《东岳论丛》2003 年第 2 期。

◎刘金仿、李军均：《唐人"始有意为小说"的现象还原——从胡应麟的"实录"理念出发》，《鄂州大学学报》2003 年第 3 期。

◎汪燕岗：《胡应麟和中国古代小说研究》，《内蒙古社会科学》2003 年第 4 期。

王嘉川、冯杰：《胡应麟论郑樵》，《史学史研究》2003 年第 4 期。

王嘉川：《〈经籍会通〉编纂考》，《图书与情报》2003 年第 5 期。

余锐：《充满意义的形式——论胡应麟〈诗薮〉对绝句的评论》，《湖北社会科学》2003 年第 9 期。

李庆立、崔建利：《〈诗薮〉文论视野新探》，《齐鲁学刊》2004 年第 1 期。

李庆立、崔建利：《胡应麟的文学生涯及诗歌创作》，《苏州大学学报》（哲社版）2004 年第 1 期。

张佳音：《"体格声调"与"兴象风神"的兼容共生——

论胡应麟的诗学观念》,《殷都学刊》2004 年第 1 期。

王明辉:《略析胡应麟对严羽、高棅诗学观念的继承》,《江汉大学学报》(人文科学版) 2004 年第 1 期。

王明辉:《胡应麟生平及诗学思想研究综述》,《江西财经大学学报》2004 年第 2 期。

朴英顺:《胡应麟、许学夷与严羽对汉、魏诗的理解》,《西安政治学院学报》2004 年第 4 期。

王嘉川:《论胡应麟的"史有别才"观》,《烟台大学学报》(哲社版) 2004 年第 4 期。

王嘉川:《论胡应麟对伪书价值的认识》,《图书与情报》2004 年第 5 期。

王明辉:《试论〈诗薮〉体例对文学史写作的意义》,《阴山学刊》2004 年第 6 期。

王嘉川:《胡应麟生平考略》,《图书与情报》2005 年第 3 期。

◎陈卫星:《〈少室山房笔丛〉与鲁迅的古代小说研究》,《兰州学刊》2005 年第 4 期。

王明辉:《〈诗薮〉撰年考》,《江汉大学学报》(人文科学版) 2005 年第 4 期。

王嘉川:《明末学术批评史上的一桩公案——周婴误批胡应麟学术态度考论》,《扬州大学学报》(人文社会科学版) 2005 年第 4 期。

李庆立、崔建利:《胡应麟诗论研究述评》,《中国文化研究》2005 年第 4 期。

叶国志:《论胡应麟的古代小说理论及其在文学史上的贡献》,《语文学刊》2005 年第 16 期。

王明辉、刘俭:《胡应麟与王世贞的关系考论》,《安庆师范学院学报》（社会科学版）2006 年第 1 期。

◎陈卫星：《胡应麟的小说史研究》，《佛山科学技术学院学报》（社会科学版）2006 年第 1 期。

王嘉川、赵云耕：《论胡应麟的史注观》，《沈阳师范大学学报》（社会科学版）2006 年第 1 期。

王明辉：《〈列朝诗集小传〉"胡应麟条"辨析——兼谈胡应麟的历史评价》，《殷都学刊》2006 年第 1 期。

王明辉：《略析胡应麟诗论中的"化"》，《烟台大学学报》（哲学社会科学版）2006 年第 2 期。

陈卫星：《〈胡应麟年谱〉补正》，《陕西师范大学学报》（哲学社会科学版）2006 年第 2 期。

◎陈卫星：《胡应麟小说思想研究综述》，《齐齐哈尔大学学报》（哲学社会科学版）2006 年第 2 期。

孙琴安：《论〈诗薮〉对古诗创作原则和审美标准的确立》，《上海财经大学学报》2006 年第 3 期。

陈卫星：《〈诗薮〉撰年新证》，《中国韵文学刊》2006 年第 3 期。

王嘉川：《胡应麟论刘知几》，《史学月刊》2006 年第 4 期。

◎陈丽媛：《论胡应麟的文言小说分类观——兼及文言小说分类之发展流变》，《明清小说研究》2006 年第 4 期。

赵燕：《胡应麟与〈古诗十九首〉》，《兰州学刊》2006 年第 4 期。

◎刘天振、程莉：《论胡应麟〈水浒传〉研究之贡献》，《浙江师范大学学报》（社会科学版）2006 年第 4 期。

陈丽媛：《胡应麟研究综述》，《福建师范大学学报》（哲学社会科学版）2006 年第 6 期。

王明辉：《胡应麟诗论中的"格"范畴》，《兰州学刊》2006年第10期。

陈小梅：《胡应麟评徐陵诗》，《成都教育学院学报》2006年第11期。

◎陈丽媛：《论胡应麟的文言小说分类观——兼及文言小说分类之发展流变》，《明清小说研究》2006年第4期。

杨亮：《明清文人元代诗学观之考察——以胡应麟、顾嗣立为例》，《广西师范学院学报》（哲学社会科学版）2007年第1期。

丁姗姗、陈海霞：《论胡应麟的元诗观》，《井冈山学院学报》2007年第1期。

◎王嘉川：《胡应麟小说史料论发微》，《扬州大学学报》（人文社会科学版）2007年第1期。

王嘉川：《胡应麟：中国古代图书事业史研究的奠基人》，《图书与情报》2007年第2期。

邱美琼：《胡应麟对黄庭坚诗歌的接受与明末宗宋诗风》，《南昌大学学报》（人文社会科学版）2007年第3期。

◎王齐洲：《刘知几与胡应麟小说分类思想之比较》，《江海学刊》2007年第3期。

姚永辉、马强才：《胡应麟的"用事"观及其在古代诗学中的价值》，《西华师范大学学报》（哲学社会科学版）2007年第5期。

张亚南：《论胡应麟的文献学成就》，《求索》2007年第11期。

陈卫星：《胡应麟著述考》，《图书情报论坛》2007年第4期。

崔建利、万华：《胡应麟传记资料及其历史嬗变》，《兰台世界》2008 年第 2 期。

叶佩珍：《胡应麟的文献学成就概述》，《农业图书情报学刊》2008 年第 7 期。

赵美娣、刘红梅：《胡应麟的二酉山房及藏书》，《兰台世界》2008 年第 19 期。

吕斌：《胡应麟典藏学理论探析》，《图书馆理论与实践》2008 年第 5 期。

余群：《胡应麟的"气运"说》，《重庆科技学院学报》（社会科学版）2009 年第 2 期。

白云：《胡应麟的史学批评》，《红河学院学报》2009 年第 1 期。

◎陈丽媛：《石破天惊 鞭辟入里——胡应麟的小说功用论》，《漳州师范学院学报》（哲学社会科学版）2009 年第 1 期。

陈卫星：《胡应麟学术成就述论》，《兰州学刊》2009 年第 3 期。

李思涯：《明代文学思想研究浅议——以胡应麟文学思想研究为例》，《苏州大学学报》（哲学社会科学版）2009 年第 3 期。

全根先：《略论胡应麟的图书分类思想》，《学理论》2009 年第 14 期。

郑琪：《胡应麟对古代图书馆事业的贡献》，《新闻爱好者》2009 年第 6 期。

王嘉川：《明代抄袭之风与胡应麟对治学规范的讲求》，《史学月刊》2009 年第 11 期。

王嘉川：《胡应麟生平考辨三题》，《保定学院学报》2009 年第 6 期。

王嘉川：《胡应麟与中国学术史研究》，博士学位论文，河北大学，2002 年。

王明辉：《胡应麟诗学研究》，博士学位论文，北京大学，2004 年。

吕斌：《胡应麟文献学研究》，中国社会科学出版社 2004 年版。

王嘉川：《布衣与学术——胡应麟与中国学术史研究》，商务印书馆 2005 年版。

王明辉：《胡应麟诗学研究》，学苑出版社 2006 年版。

二　香港

陈国球：《悟与法——胡应麟的诗学实践论》，《故宫学术季刊》1983 年第 2 期。

陈国球：《胡应麟的诗体论》，*Journal of Oriental Studies*，Vol. 21，No. 2，1983。

陈国球：《变中求不变：论胡应麟对诗史的诠释》，《中外文学》1984 年第 1 期。

陈国球：《胡应麟的辨体批评》，《古代文学理论研究》1986 年第 11 辑。

李顺媚：《典范的冲击——评陈国球著〈胡应麟诗论研究〉》，《读者良友》第 34 期，1987 年 4 月。

陈炳良：《〈胡应麟诗论研究〉序》，《读者良友》第 34 期，1987 年 4 月。

邓仕梁：《胡应麟论齐梁陈隋诗与唐律之关系辨》，《人文中国学报》1990 年第 9 期。

陈国球：《本色的探求与应用——胡应麟的诗体论》，《香港地区中国文学批评研究》，学生书局 1991 年版。

◎ 吴学忠：《胡应麟论小说述评》，硕士学位论文，香港中文大学研究院中国语言及文学学部，1995 年。

陈国球：《胡应麟诗论研究》，华风书局 1986 年版。

三　台湾

简锦松：《胡应麟诗薮的辨体论》，《古典文学》1979 年第 12 期。

张健：《胡应麟的诗学》，《"中央"日报》1983 年 4 月 9 日。

郑亚薇：《胡应麟之生平及诗薮产生之背景》，《"中国"市专学报》1983 年第 6 期。

郑亚薇：《胡应麟诗薮之研究》，硕士学位论文，"国立"政治大学中国文学研究所，1977 年。

金钟吾：《胡应麟的诗史观与诗论研究》，硕士学位论文，台湾师范大学国文研究所，1985 年。

谢莺兴：《胡应麟及其图书目录学研究》，硕士学位论文，东海大学中国文学研究所，1991 年。

四　国外

［韩］元钟礼：《胡应麟的乐府诗研究》，《圣心论文》1987 年第 19 辑。

［韩］元钟礼：《对王世贞和胡应麟诗论的比较研究》，《圣心论文》1989 年第 21 辑。

［韩］元钟礼：《在胡应麟〈诗薮〉美学体系中的兴象、风神与格调之关系》（上），《人文中国学报》2001 年第 9 期。

［韩］元钟礼：《在胡应麟〈诗薮〉美学体系中的兴象、风神与格调之关系》（下），《人文中国学报》2002 年第 12 期。

◎〔美〕Wu，Laura Hua，"From xiaoshuo to Fiction：Hu Yinglin′s Genre Study of xiaoshuo"，*Harvard Journal of Asiatic Studies*，Vol. 55，Issue 2，Dec.1995.

资料来源：

刘万全：《全国高等院校社会科学学报 1906—1949 年总目录》，吉林大学出版社 1984 年版。

《全国高等院校社会科学学报 1977—1979 年总目录》，吉林大学出版社 1984 年版。

李锡红编：《中国古代文论研究论文目录索引》（1950—1985 年初），东北师范大学中文系古代文学研究室。

刘高权编：《文学史论研究论文索引》（1954—1994），华中师范大学文学院资料室，1995 年 3 月。

《报刊语言文学研究篇目索引》第 5 期（1983.1—12），河北师院中文系。

《1949—1980 中国古典文学研究论文索引》，中山大学中文系资料室编。

《中国史学论文索引》（1900—1937），中华书局 1980 年版。

中国社会科学院文学研究所资料室编：《中国古典文学研究论文索引》（1980.1—1981.12），中华书局 1985 年版。

中国社会科学院文学研究所资料室编：《中国古典文学研究论文索引》（1982.1—1983.12），中华书局 1988 年版。

中国社会科学院文学研究所资料室编：《中国古典文学研究论文索引》（1984.1—1985.12），中华书局 1995 年版。

河北北京师范学院中文系资料室、中国社会科学院文学研究所图书资料室编：《中国古典文学研究论文索引》（1949—

1966.6），中华书局 1979 年版。

上海图书馆：《全国报刊资料索引》，1986—1994 年。

中国期刊网（http：//www. cnki. net/）。

上海图书馆：全国报刊索引数据库（http：//202. 114. 65. 32/bksy/）。

东洋学文献类目检索［第4.6版］（http：//www. kanji. zinbun. kyoto‐u. ac. jp/db/CHINA3/）。

（台湾）中国文化研究论文目录（1946—1979）（http：// 192. 192. 58. 101/cult/）。

（台湾）"中文期刊篇目索引影像系统"（从 1994 年起）（http：//readopac. ncl. edu. tw/cgi/ncl37_ now/hypage）。

（台湾）"国家图书馆"：国际汉学博士论文摘要数据库（http：//nclcc. ncl. edu. tw/ttscgi/ttsweb？@ 0：0：1：/ opc/mdwg/dao/dao）。

香港中文大学香港中文期刊论文索引（http：//hkinchippub. lib. cuhk. edu. hk/）。

香港图书馆图书论文索引（http：//libcat. hkpl. gov. hk/webpac_ cjk/wgbroker. exe？20050706211831 0531592 + ‐ access + top. all ‐ materials ‐ page）。

香港中文大学香港文学资料库（http：//hklitpub. lib. cuhk. edu. hk/）。

《20 世纪晚明文学思潮研究论著目录索引》，吴承学、李光摩编《晚明文学思潮研究》（附录），湖北教育出版社 2002 年版。

后　记

　　本书是在笔者博士学位论文《胡应麟小说思想研究》的基础上修订而成。胡应麟的小说理论思想，并不成系统，不过凡古代小说或古代小说理论研究者，一定有所关注，相关研究，也时有所见。之所以选择胡应麟小说理论思想作为学位论文的题目，主要是基于对当下中国古代小说理论史研究的一些思考。

　　中国古代小说发展的历史，是漫长而又复杂的。说其漫长，是由于时间上的久远；而言其复杂，主要是因为历史上的小说概念的内涵和外延总是在不断地发展和变化。那么，对于古代小说和古代小说理论史的研究，不仅应关注到这一事实，而且应基于这一历史事实进行展开。遗憾的是，古代小说和古代小说理论研究中，常常有意无意地忽略古代小说观念的特殊性，而更多的研究是基于西方小说观念。小说叙事、小说母题、小说人物形象比较等研究一直都是热门。在中国古代小说研究中，西方小说观念和小说发展史可以给我们很好的对比和参照，但是，如果单从西方小说观念的视角来审视中国古代小说，肯定是不全面的。

　　胡应麟作为明代一位有影响的读书人，与王世贞私交甚笃，名闻于当世，在史学、文献学、文学等领域均颇有建树。

但实际上，他并未有过专门的关于小说理论的著述。其小说理论思想，均散见于一些笔记中。这恰恰说明了小说（尤其是文言小说）在当时的文化地位，真实地反映了那时的小说观念。事实上，较为系统的小说理论的出现，是近代以来的事情，那么，要真正了解古代小说理论，唯一能做的，就是要重视这些散见的小说理论思想（包括笔记、小说序跋等），并能全面、真实地解读。胡应麟比较重视文言小说，有较多的相关言论，应当说，他的这些言论，既是他的小说理论思想的具体反映，更是中国古代小说理论发展史的一个重要环节。我们不能因为这些言论的零碎支离就不予重视，更不能因这些思想与现代小说观念不甚相合而视而不见，如果是那样，我们永远看不清中国小说理论发展史的真实原貌。

本论题基于这样一个朴素的愿望而展开，因此，在研究中，尽量将胡应麟的小说理论思想与中国小说理论发展史的全过程相联系，也尽量将小说观念发展的真实状况相联系。而在结论或评价方面，尽量做到用事实本身说话，不拔高、不溢美、不夸大。也就是说，胡应麟作为一位学人，他的小说观念、小说价值论、小说功用论、小说史观、小说分类思想，不只是他个人的学术思考成就，更是一种时代的真实，是一种历史的沉淀。研究要做的，就是将这种历史沉淀呈现出来，真实展现中国小说理论发展史上的这一重要环节。

按照我的研究初衷，胡应麟小说理论思想的研究，并不限于这一个学者的个案，而着眼于整个中国小说理论史的全面观照。虽然在本书的引言中，我也提出中国古代小说理论史的"重构"问题，但解决这个问题，绝非一朝一夕之事，更不是本书所能容纳得了的。只能等待日后的机缘了。

在研究过程中，有些观点已经先于本书面世，如《小说观念与中国小说理论史的构建》、《学说之别而非文体之分——〈汉志〉小说观探原》、《五四新文学观念对中国古代小说研究的影响》、《〈胡应麟年谱〉补正》、《胡应麟著述考》、《〈少室山房笔丛〉与鲁迅的古代小说研究》、《论胡应麟的小说史研究》、《胡应麟学术成就述论》、《〈诗薮〉撰年新证》、《〈世说新语〉书名考论》、《胡应麟小说思想研究述评》等文均与本书有比较紧密的关系。因个人学识所限，研究中可能不免疏漏，还恳请同仁教正。

2007 年 9 月，我博士毕业后，进入武汉大学博士后流动站，师从陈文新先生，想继续从事古代小说研究。但是，因个人一时的兴趣和心血来潮，竟选择了一个与古代小说完全无关的课题，还申报了中国博士后科学基金项目并获得了批准，从此进入了一个漫长、痛苦的重新学习过程。学术研究重在积累，厚积薄发是正途，而我却犯此大忌，一头撞进于我来说完全陌生的领域，研究进展的"高耗低效"自是不奇怪了。好在陈老师不仅以一个长者的宽厚容忍我的愚钝且随性，更以一个学者的儒雅给予了我足够信心和勇气。只望在课题研究结束后，还能再继续聆听陈老师的教诲，补上所缺的课。

在本书出版之时，我要深深感谢那些为我的成长和进步无私奉献的师长和朋友们。进入古代小说理论史的研究领域，缘于我的博士生导师王齐洲先生的引领。王老师不仅学养深厚，而且视野极其开阔，在古代文学研究中常常打破朝代或文体的限制，时有宏论；在小说研究尤其是古小说文献研究方面更是屡有创获。本论题从选题到论文大纲的确定，再到论文的审阅和修改，每一个环节，王老师都反复推敲、认真把关，付出了大量心血。学习期间，华中师范大学文学院张三夕先生的渊博学识和热情关怀也使我受益良多，不仅在学业上时有所得，而且在困难来临时，张先生达观的笑容常常成为我克服困难的精神动力。高华平先生涉猎广泛，博学多识，指点每每切中肯綮，使我大有茅塞顿开之感。求学期间，得到三位师德高尚、学问精深的老师的指导，是一件十分幸运的事情。三位老师的厚爱，无以回报，我唯有将感谢深深藏于心底。此外，还要感谢张晋业老师、胡亚敏老师、周晓明老师、佘斯大老师、刘安海老师以及研究生秘书赵琼老师等师长的时时关注和热情鼓励。这种感激之情，将同我所受到的教益一样，伴我终生。

当今社会，价值观念越趋多元，人生道路千差万别，社会生活更是五光十色，但是，学术圈子依旧是相对狭窄的，学术研究也是寂寞的。然而在问学过程中，总是可以得到相识和不相识的师长、朋友的关心、关注和帮助，使我倍感温暖。我抱着试试看的态度投稿到北京大学学报，不想竟收到素昧平生的程郁缀先生的热情回信，提出论文修改意见，先生古道热肠，关心后辈，令人感念。《中国文化研究》、《华夏考古》、《云南社会科学》、《江淮论坛》、《陕西师范大学学报》、《天府新论》、《中国韵文学刊》、《兰州学刊》等刊的编辑老师，为我的论文发表付出了的辛勤劳动。《〈诗薮〉撰年新证》一文只是课题研究的"副产品"之一，对王明辉博士的观点提出了异议，王明辉博士再次撰文商讨，综合三篇文章，相关材料较全面，结论自明，我更愿意把他的积极回应看作学术研究的必要争鸣。与西南交通大学罗宁博士虽神交已久，但真正见面是在澳门的一次学术会议中，大有相见恨晚之感，承蒙多次问候，并惠寄新著；问学珞珈山，师兄吴光正教授、李舜臣教授、桑大鹏教授，师妹曾军、江俊伟，师弟周勇、甘宏伟等真诚热心，他们的无私帮助更为我解决了不少实际困难……正是有了这些热心学术的师长和朋友，学术之路才满载着希望，充满了温馨。

　　此外，还要感谢武汉大学中国语言文学博士后流动站提供学习、研究和生活上的种种便利，感谢武汉大学社科部的大力支持，感谢陈文新先生的理解和宽容，感谢武汉大学的老师们的不倦教诲；感谢重庆三峡学院副校长胡继明教授、科技处处长应宏教授、科技处副处长孙天波副教授、文学与新闻学院封英锋教授、谢建忠教授、滕新才教授、汤宏建副教授、韩红宇副教授、郭作飞副教授等人的关心、支持和帮助；感谢我的家人和朋友，正是他（她）们，使我觉得除了学术之外，还有生活，还有许多值得追求的美好的东西。

陈卫星

2010 年 6 月于重庆万州长江之滨